L'AMI DE GALILÉE

Isaia Iannaccone est né à Naples. Chimiste et sinologue, spécialiste d'histoire de la science et de la technique en Chine, il est actuellement professeur à Bruxelles et chercheur associé auprès de l'Observatoire astronomique de Paris.

ISAIA IANNACCONE

L'Ami de Galilée

ROMAN TRADUIT DE L'ITALIEN PAR NATHALIE BAUER

STOCK

ISBN : 978-2-253-12011-7 – 1re publication LGF

À l'admirable Wu Pi-Chung
et à son talent polyédrique.

Il tremblait comme une feuille que l'ouragan agite quand on vint le chercher dans sa cellule. Il s'abandonna aux bras des soldats, qui se signèrent avant de passer sur son froc le scapulaire frappé de la croix de Saint-André. Un dominicain les accompagnait. D'un mouvement lent et hiératique, il plongeait le goupillon dans un bénitier tenu par un enfant et, le regard brillant d'un éclat sinistre, les aspergeait en poussant un terrible cri : « *Misericordia et Justitia !* » À chaque exclamation, le garçonnet baissait les yeux, ses lèvres murmurant on ne savait quelles prières.

L'homme fut porté jusque dans la cour, où l'attendait une charrette tirée par deux mulets. Lorsqu'on l'allongea sur le plancher, il paraissait déjà mort, il avait cessé de trembler et, semblait-il, de respirer. Un coup de fouet fendit l'air, et les bêtes s'ébranlèrent. Le véhicule franchit la porte du palais de l'Inquisition, à Ripetta, et se perdit dans le brouillard qui s'élevait du Tibre. Trois heures sonnèrent lugubrement dans le noir.

Indifférent aux cahots, à l'humidité qui déposait sur son visage un masque de gouttes grasses, au grincement des roues ferrées sur les pavés, aux obscénités et aux rires de la soldatesque qui suivait le convoi, le condamné fut réveillé par ses plaies. En se rouvrant, elles le repoussèrent dans le cauchemar des souvenirs et dans l'horreur du présent. Dix jours plus tôt, on l'avait déshabillé et pendu une demi-heure entière par les bras, attachés derrière le dos. Comme il n'abjurait pas, on lui avait frappé les talons avec une barre de fer, puis déboîté les articulations des mains et des pieds à l'aide de bâtonnets. Le fouet et le fer rouge avaient suivi : s'ils étaient peu utilisés, ils avaient permis de démontrer au Grand Inquisiteur d'Espagne, en visite à Rome, la rigueur et l'intransigeance dont on était capable à Rome.

Le prisonnier ouvrit les yeux. Il remua les doigts comme des serres à la recherche d'une proie, et la vie afflua de nouveau dans ses membres. Il se souleva sur un coude, jeta un regard à la ronde et s'effondra, accablé par la douleur physique et rongé par l'angoisse qui ne le quittait plus depuis la dernière convocation de ce qu'on appelait le tribunal de la Sainte Inquisition.

« L'hérésie est une erreur de l'intelligence, car elle constitue non seulement une adhésion de la pensée à une théorie qui s'oppose à la vérité de la foi, mais elle implique aussi l'intention, la ferme intention de favoriser cette fausse doctrine volontairement et sans réticence ! Vous êtes obstiné et incorrigible, vous n'avez même pas abjuré au terme du rigoureux examen, la torture, qui pouvait vous remettre sur le chemin de la vérité ! » lui avait vomi au nez le *cardinalis antiquior*, le doyen des cardinaux, qui parlait au nom du pontife. Celui-ci était assis dans un fauteuil à haut dossier, et ses pieds, harcelés par la goutte, reposaient sur un coussin revêtu d'un drap de velours rouge. Son visage gris, sillonné d'un fin réseau de rides, évoquait l'écorce d'un arbre foudroyé. Réunis à la séance du jeudi de la congrégation du Saint-Office, qui se tenait au palais du Quirinal, les cardinaux occupaient des sièges garnis du même velours, en signe de soumission au pape. Derrière eux, les conseillers, notamment le commissaire chargé d'informer le pontife des affaires dont on débattait.

« Vous continuez d'affirmer que le monde est infini ? Vide ? avait tonné le doyen des cardinaux. Que la Terre, siège de l'homme – créature première de la Création –, est l'un des corps célestes, et non le centre de l'Univers ? » Le prisonnier agenouillé ne répondant pas, il avait tendu le doigt vers le précieux crucifix en ivoire et pierres précieuses qui trônait sur une table également recouverte de velours, avant de poursuivre : « Voulez-vous répéter vos idées devant le Fils de Dieu, qui a donné sa vie pour nous sauver du péché ? »

Sans relever la tête, le prisonnier avait affirmé : « Éminence, vous conviendrez qu'un monde infini, infiniment riche, infiniment étendu, en perpétuelle mutation, éternel et privé des limites à l'intérieur desquelles les sphères cristallines pourraient le figer est le signe de Sa perfection, non de Son absence.

– L'Univers infini ? Vous persistez à l'affirmer ?

– Un Univers immuable, immobile et fini ne peut appartenir au grandiose projet divin.

– S'il est sans limites, alors notre Soleil ne peut illuminer et réchauffer tous les corps célestes existants ! Y aurait-il donc plusieurs soleils qui se reflètent dans les planètes et les étoiles que nous voyons ?

– Je crois qu'il en est ainsi. Les astres qui brillent sont innombrables. Mais si l'on admet que le monde est infini, il n'est qu'un point minuscule en comparaison avec le Créateur. »

Le cardinal avait bondi, renversant son siège à haut dossier. « Le concept d'infini ne peut s'appliquer qu'à Dieu, c'est-à-dire à un Être incorporel et spirituel !

Vous pourriez au moins abandonner votre arrogance et vous conformer à la prudence dont usa, il y a deux siècles, le cardinal Nicola Da Cusa, pour expliquer que l'univers est "indéterminé" ou "indéfini". Nombreux sont ceux qui ont appris et digéré ces précautions. À l'évidence, vous préférez répéter les enseignements de votre maître de manière aveugle et irraisonnable. »

Le prisonnier avait gardé le silence. Peu à peu, la force démesurée, surhumaine et inébranlable de la raison l'avait envahi, bien que le froid de la peur eût commencé à s'insinuer dans son cœur.

« Vous avez égaré votre langue ? avait insisté le cardinal. Vous n'avez rien à dire non plus de l'accusation dont vous êtes l'objet : avoir assisté à des réunions secrètes chez ce jeune patricien, le prince Federico Cesi ?

– Je l'ai déjà répété, Éminence, je ne connais pas le prince Cesi.

– Tant pis pour vous ! Lui, au moins, il a un oncle cardinal ! Il rencontre des individus qui se sont écartés du droit chemin, qui le dévoient, le séduisent, le flattent, lui font lire l'ouvrage que le mathématicien Galilée a publié il y a cinq mois sous le titre de *Sidereus Nuncius*. Vous le connaissez ?

– Que je sache, il n'est pas interdit par la Sainte Congrégation de l'Index.

– Pas encore, mais cela ne saurait tarder. Un livre qui entend bouleverser l'évidence des Écritures et faire tourner la Terre autour du Soleil ne peut rester impuni. »

Le doyen des cardinaux avait saisi une liasse de papiers, qu'un secrétaire lui tendait, et poursuivit : « Puisque vous avez retrouvé la parole, je vous exhorte à réfuter une fois pour toutes les accusations d'hérésie que vous lancent vos ennemis, et surtout vos amis franciscains. C'est la dernière chance que vous offre ce tribunal !

– Éminence, *De iusta aereticorum punitione* de frère Alfonso de Castro ne mentionne pas la thèse que je soutiens parmi les assertions hérétiques. L'infinité de l'Univers ne constitue pas une doctrine diabolique, et je n'ai jamais remis en cause le fait que la sainte Église doit avoir le dernier mot dans l'interprétation des Écritures. Je me suis contenté de formuler de simples raisonnements.

– Des raisonnements infondés et dangereux, qui ont déjà réduit à l'état de cendres l'homme qui les a instillés en vous.

– Le feu élimine les corps, pas les idées, Éminence. Comme mon maître avant moi, je suis prêt à déclarer hérétique la doctrine de l'infinité de l'Univers à la seule condition que le souverain pontife la qualifie de la sorte. »

Surpris par son propre courage, le prisonnier avait décidé d'en rester là. Le doyen des cardinaux s'était alors tourné vers le pape, qui fixait un point invisible sur le sol, la tête entre les mains. « Votre Sainteté a-t-elle entendu cet effronté ? Est-ce vraiment un homme qui nous provoque ? Ou plutôt une créature de l'enfer ? »

Paul V avait opiné du bonnet sans détourner les yeux du point qui paraissait l'hypnotiser. Depuis plusieurs mois, la république de Venise s'opposait à la fondation de nouveaux monastères sur son territoire et aux legs de biens immobiliers à des ecclésiastiques sans l'autorisation de son sénat, elle refusait aussi d'extrader deux prêtres qui devaient être jugés à Rome pour des crimes de droit commun. L'interdit dont il l'avait frappée ne lui avait pas permis de rétablir son autorité, et l'affront était aussi cuisant qu'un fer rouge.

De plus il nourrissait de vives inquiétudes pour le Banco di Santo Spirito, qu'il avait créé afin d'éviter les ingérences des banques privées dans les œuvres de la Chambre pontificale, pour la galerie d'art antique et moderne dans laquelle il avait investi presque toute la fortune de sa famille, celle des Borghèse, enfin pour les dépenses qu'entraînait sa splendide villa du Pincio.

C'est donc une voix lasse et tremblante qui s'était échappée de ses lèvres presque closes, pareilles à celles d'un ventriloque : « Comme notre prédécesseur Clément VIII, qui a montré la route par sa sainteté, nous affirmons que la thèse soutenue par l'accusé est si manifestement hérétique qu'il est inutile de proclamer quoi que ce soit à son propos. » Après avoir donné ce faible signe de vie, l'héritier de saint Pierre s'était replongé dans ses pensées en espérant trouver la solution à ses soucis.

D'un geste de l'index, le doyen des cardinaux avait ordonné à un petit homme de s'approcher. Cet individu vêtu de noir, à la fraise d'organdi blanc, à la tête nue et à l'air grave, n'était autre que le notaire du tribunal de la Sainte Inquisition. Il avait lu avec affectation un long parchemin : « *Sanctissimus Dominus Noster Paulus V, auditis votis eorundem Illustrissimorum, decrevit ut procedatur in causa ad ulteriora servatis servandis, ac proferatur sententia, et dictus frater Fulgentius...* »

Les oreilles du prisonnier s'étaient mises à bourdonner, et il avait craint de trembler ou de s'évanouir. C'est par fragments qu'il avait entendu la sentence : « Nous, Domenico d'Ostia Pinello, Geronimo Bernerio évêque de Ponto dit d'Ascoli, Pietro ayant le titre du Très Saint Jean et Paolo Aldobrandino... appelés par la miséricorde de Dieu et de la sainte Église romaine, prêtres, cardinaux... inquisiteurs généraux du

Saint-Siège apostolique... avons invoqué le nom de Notre-Seigneur Jésus-Christ et de sa Mère Très Glorieuse, toujours vierge... toi, frère Fulgenzio, fils de Loffredo... ayant été jugé avec véhémence hérétique, impénitent... et aucun crime ne comportant plus grande infamie... tu seras pendu par le cou le 5 juillet de l'an du Seigneur 1610, sur la place Campo dei Fiori, jusqu'à ce que ton âme et ton corps se séparent, et ton cadavre sera brûlé sur un bûcher élevé à cet effet... Le salut de ton âme sera confié à la confrérie de Saint-Jean-Décollé, qui t'accompagnera au supplice... » Les derniers mots que le prisonnier avait retenus étaient la signature du notaire : « *Andreas de Pettinis Sanctae Romanae et universalis Inquisitionis notarius.* »

L'écho de ces paroles, ou plutôt de leur souvenir, se perdit dans le bruit des sabots qui glissaient sur les pavés et dans le crissement du frein. La charrette s'immobilisa. Elle avait atteint le lieu de l'exécution.

Les soldats hissèrent le prisonnier, dont les membres étaient inanimés et le souffle réduit à l'état de râle, sur une estrade en bois, au centre de la place. Une voix stridente lui transperça le cerveau : « Le rosaire est la meilleure des prières », déblatérait le dominicain chargé de lui administrer les derniers sacrements en lui tendant un cordon hérissé de grains en bois. « Récite le Pater, l'Ave Maria et le Gloria Patri ! Tu n'auras pas d'autre occasion de contempler le mystère du Christ, de pénétrer dans l'intimité de Marie, de guérir ton âme immonde en la noyant dans la grandeur de Dieu ! »

Jamais le condamné n'aurait pu saisir le chapelet : ses mains pendaient, diaphanes, et ses yeux, embués par les larmes et par la fumée des torches, avaient perdu toute capacité de distinguer.

« Le rosaire est un don de Marie ! poursuivait le

religieux d'un ton de plus en plus enflammé. C'est Marie qui l'a donné à saint Dominique, son bien-aimé ! Prie, prie, comme le saint ! Le rosaire est une arme puissante contre l'enfer ! Il anéantit les vices ! Il détruit le péché ! Il extirpe les hérésies ! »

Il continua de la sorte jusqu'à ce qu'on resserre le nœud coulant autour de la tête du prisonnier. Au même moment, des cris retentirent dans le ciel, offrant un étrange contrepoint au silence soudain : les étourneaux avaient entamé leurs exercices de voltige au-dessus de la Ville sainte.

Ils furent les derniers à pénétrer la conscience du condamné, dont les sens s'effacèrent devant le silence et l'obscurité.

***

Une heure plus tard, la brise matinale dispersait sur le Campo dei Fiori les cendres de Fulgenzio Loffredo. Il ne resta de lui que des os calcinés sur les dalles de pierre où, dix ans, quatre mois et seize jours plus tôt, on avait brûlé vif son maître, Giordano Bruno.

I

Selon l'Allemand Johann Schreck, dit Terrentius, la fille nue qui se tenait allongée devant lui était de celles qui se croient invincibles et éternelles, y compris quand les circonstances leur sont défavorables. Tout, en elle, le prouvait : le buste, aussi tendu qu'un bâton de chêne, et les épaules, étrangement carrées pour une femme. Les hanches étroites et le ventre plat, autour d'un nombril parfait, les fesses fermes, les longues jambes qui se réunissaient en une jolie touffe sombre, la poitrine menue, pourtant fort peu en vogue, et le visage... Comment décrire tant de beauté ? Schreck plongeait dans ces yeux obliques, aussi noirs que du charbon, qui le fixaient avec sévérité, sans crainte. Le nez légèrement écrasé surmontait une bouche charnue, entrouverte sur des dents éclatantes.

La jeune femme parut remarquer l'intérêt qu'il lui portait. En vérité, le frémissement de sa pommette devait être attribué à l'une des nombreuses mouches qui se promenaient sur son corps. À en juger par ses traits somatiques, elle était de race orientale. Indienne peut-être, siamoise ou chinoise. Son teint ambré et sa peau lisse contribuaient à la rendre désirable. À l'évidence, elle n'avait pas plus de seize ans, et elle faisait partie de la petite armée d'esclaves que Rome abritait encore. En ce mois d'avril de l'an de grâce 1611, on en avait recensé sept cent trente-trois, dont quarante-huit femmes. Certains appartenaient à des étrangers de passage, d'autres à des familles romaines, d'autres encore à une dizaine d'ecclésiastiques. Enfin, il existait des esclaves d'État, propriété de la Chambre apostolique, qui travaillaient pour la marine pontificale. Cette jeune fille, songea Schreck, provenait sans doute d'un palais patricien.

« Il est temps de commencer », dit-il en soupirant. Une ombre de tristesse passa dans ses yeux verts.

Il ouvrit un coffret de bois que des renforts en cuir embellissaient. Ses instruments y étaient alignés. Il choisit avec soin un bistouri à lame courte, deux écarteurs à poignée de bois, une longue sonde en argent, une pince et un crochet. Juste avant d'inciser le ventre, il fut saisi de sentiments de culpabilité, comme s'il s'apprêtait à commettre une profanation. Cela ne dura toutefois qu'un instant, comme toujours. Et, comme toujours, il mania le bistouri avec fermeté. Quelques gouttes d'un sang noirâtre s'échappèrent de la fente nette, d'autres jaillirent lorsqu'il posa les écarteurs, précédant un flot rouge foncé.

***

Schreck avait appris à disséquer les cadavres à Padoue, lorsqu'il était étudiant. À l'époque, il flottait encore dans cette ville l'air qu'avait respiré André Vésale. On disait qu'il criait à ses élèves : « Tâtez, sentez avec vos mains, et ayez confiance en elles ! » En 1542, son *De humani corporis fabrica*, illustré par un élève du Titien, avait transformé os, muscles, tendons, squelettes et corps écorchés en science expérimentale. Comme William Harvey, l'Allemand avait suivi l'enseignement du chirurgien Fabricius Acquapendente, qui avait fait construire en ville le premier amphithéâtre d'anatomie.

Que dirait William de ce sang noirâtre ? s'interrogea Schreck, qui rêvait d'aller à Londres assister aux expériences de l'Anglais sur la circulation sanguine. Celui-ci était persuadé que le cœur était une pompe. Pour le prouver, il ouvrait la poitrine des chiens vivants. À en croire les galéniques, il en avait tué tant qu'on devait s'étonner qu'il en existât encore.

La transpiration fonçait ses cheveux blonds et coulait sur son col plissé. Il s'essuya avec sa manche. Dès l'instant où Gerardo, le gardien de l'hôpital des Orphelins, lui avait apporté le corps, il avait compris que la fille avait succombé à une maladie du foie, mais il n'avait pas pensé trouver deux jumeaux à peine ébauchés dans son ventre froid. Dieu est parfois impitoyable, se dit-il. La jeune femme avait peut-être subi les abus de son maître avant d'être abandonnée à son destin. À moins qu'elle ne se fût enfuie avec son fardeau humain. En tout cas, elle n'avait pas eu de chance.

Le temps s'écoulait lentement, et il régnait maintenant une chaleur épouvantable dans la cellule souterraine. Au loin, un orage éclata. Au même moment, ou presque, Gerardo entra en boitillant, pareil à une montagne en mouvement. Il avait le visage couvert de cicatrices et un œil masqué par un bandeau.

« C'est l'heure, Excellence. Je vais l'attendre en haut. »

Schreck acquiesça sans prendre la peine de se retourner, tant il était occupé à examiner les chairs tourmentées de la fille. Le gardien se dirigea donc vers l'escalier et entama son ascension. Un homme étrange que ce docteur Terrentius, songea-t-il une fois encore. En vérité, nombreux étaient ceux, à Rome, qui considéraient cet Allemand de trente-cinq ans comme un individu mystérieux et bizarre. Depuis qu'il fréquentait le cercle du prince Federico Cesi, certains l'estimaient même dangereux.

Tout en maniant soigneusement une pince aux extrémités très fines, Schreck s'efforçait de chasser les pensées qui se pressaient dans son esprit. Les derniers jours avaient été pénibles, et il s'étonnait encore d'être indemne.

La récente nomination au rang de cardinal de Scipione Caffarelli, neveu du pape Paul V, dans le siècle Camille Borghèse, et la rente annuelle de cent quarante mille écus qu'on lui avait assurée avaient déchaîné Pasquin. On avait vu apparaître sur les murs de la ville des vers qui déclamaient : « Après les Carafa, les Médicis et les Farnèse, voilà que doivent s'enrichir les Borghèse. » Une répression massive s'en était suivie. Tous les étrangers avaient été convoqués et traînés au siège du Saint-Office, pour un contrôle. Schreck avait donc dû subir un interrogatoire humiliant, qu'il avait affronté avec une argumentation serrée, prouvant qu'il avait suffisamment de moyens de subsistance et des amitiés haut placées. S'il s'en était tiré, c'était surtout parce que les enquêteurs n'étaient pas en mesure d'étayer l'accusation dont il faisait l'objet.

Un dominicain au sourire ambigu et rusé lui avait ainsi demandé : « Est-il vrai que vous pratiquez des activités de nature hérétique ?

– J'ignore à quoi vous faites allusion.

– Ah ! Vous niez que vous êtes un hématite ? »

L'Allemand avait élaboré quelques réflexions rapides : on l'accusait d'appartenir à une secte dont les membres se nourrissaient de la chair d'animaux vidés de leur sang. Le concile de Jérusalem l'avait condamnée en l'an 50, dans le but de frapper les Juifs. Puisque les disciples de la religion hébraïque ne pouvaient échapper aux tortures de l'Inquisition, on entendait donc l'arrêter. Il convenait de nier et de contrebattre avec efficacité, avait-il conclu. Et il avait répondu :

« Dans le chapitre XVII du Lévitique, Dieu ordonne aux Israélites : "Ne mangez le sang d'aucun animal, car le sang est la vie de toute chair." Je ne suis pas israélite, et je ne m'astreins pas à ce précepte. Je suis chrétien, je ne suis pas circoncis.

– Il est étrange qu'un chrétien ait une telle connaissance du Lévitique. En particulier des règles auxquelles obéissent les assassins du Christ, les Juifs !

– La *mitzvah* qui impose l'absorption de viande d'animaux saignés n'est pas le seul commandement des Israélites que je connaisse. Les six cent douze autres me sont familiers, bien que je ne les applique pas.

– Enfin ! Vous avouez !

– Non, monseigneur. Car si je connais l'hébreu, je connais aussi cinq autres langues mortes et pratique sept langues vivantes. Je nie seulement être hématite. Je n'ai aucun préjugé contre le sang, et j'obéis à l'indication du Christ que saint Jean nous a transmise avec amour dans le septième chapitre de son Évangile : "Celui qui mange ma chair et boit mon sang a la vie éternelle, et je le ressusciterai le dernier jour. Car ma chair nourrit et mon sang abreuve." Je reçois le corps et le sang du Christ à chaque eucharistie. Comme vous, monseigneur, je participe régulièrement à cet acte sublime de cannibalisme. »

Ces affirmations, notamment leur conclusion moqueuse, avaient désarçonné le dominicain comme une gifle en plein visage, le privant de toute réplique. C'est alors que la porte s'était ouverte dans un bruit sec et qu'était apparu un autre inquisiteur à la pâleur spectrale, lui aussi dominicain. Il s'était assis sur une chaise à haut dossier, placée au pied d'un crucifix qui s'étirait jusqu'au plafond. Les yeux levés, comme s'il recevait l'inspiration d'une entité invisible, il avait commencé : « Parlons des corps et du sang profanes, s'il vous plaît, docteur Terrentius, car vous semblez causer les tourments des premiers et faire couler le second à flots, avait-il dit, prouvant qu'il avait écouté la discussion. Croyez-vous en la résurrection de la chair ? Connaissez-vous les principes du concile de Trente ? On me dit que vous exercez la chirurgie et que vous entretenez des relations épistolaires avec des médecins protestants. Est-ce vrai ? Si un homme meurt dans un accident qui lui vaut l'amputation du pied, que faut-il faire ? Et si le même homme se fracasse la tête de manière que la moitié du cerveau s'échappe, comment agit-on ? »

Le cerveau ! Chassant les souvenirs de ce terrible interrogatoire, Schreck tira de son coffret une scie, un scalpel et un trépan à poignée d'ivoire. Pendant un temps interminable, le grincement de la lame sur le crâne couvrit l'écho de l'orage. Au fur et à mesure qu'il dénudait la matière cérébrale, l'interrogatoire s'estompait dans sa mémoire pour laisser la place à la surprise.

« Fabrius Acquapendente avait raison ! Les *ostiola* ralentissent le flux du sang pour empêcher que les parois veineuses se rompent, murmura-t-il en faisant allusion aux petits replis membraneux sis à l'intérieur d'un gros conduit veineux, d'où jaillissait le flot noirâtre. Et l'os sphénoïde ne possède pas de trou pour l'écoulement du flegme ! »

Cette fois, l'excitation l'avait conduit à s'exprimer tout haut, comme s'il s'adressait à un auditoire. Il écarta le lambeau de tissu à l'aide d'un crochet, et un sourire victorieux éclaira son visage. Les galéniques supposaient que la base du crâne était percée de petits trous semblables à ceux d'une éponge ou d'un crible, à travers lesquels le flegme, humeur froide du cerveau, se déversait dans le pharynx et dans les cavités nasales.

« Imbéciles ! Il n'y a pas le moindre orifice sous la glande pituitaire ! » s'écria-t-il presque. Emporté par sa frénésie, il dénuda les sept paires de nerfs crâniens. « Ils ne sont nullement creux ! »

C'est alors que Gerardo rentra dans la cellule de son pas ondoyant. « Excellence, je ne vois venir personne.

– Et s'il lui était arrivé quelque chose... Non, c'est impossible. Pas dans sa position ! »

Il était peu vraisemblable qu'on eût suivi son invité, pensa-t-il : ils étaient convenus qu'il laisserait voiture et cocher à une certaine distance de l'hôpital des Orphelins. « Remonte, il ne va pas tarder. L'orage a sans doute inondé la route, et Dieu sait quel détour il a été obligé de faire. »

Le gros homme haussa les épaules et disparut une nouvelle fois dans le noir. L'Allemand s'attaqua alors au cœur en exécutant les deux incisions croisées. Il a certainement bien palpité, songeait-il, cette pauvre fille était à ne pas douter une passionnée. Il découvrit les ventricules, impatient de constater *de visu* ce que Harvey lui avait révélé dans une lettre quelques jours plus tôt : de même que les planètes tournent autour du Soleil dispensateur de chaleur et de vie, de même la circulation sanguine est centrée sur le cœur, plutôt que sur le foie. « Les valvules surveillent l'entrée du cœur, comme des gardiennes devant des portes, lui avait écrit son ami. Battement après battement, le sang coule sans refluer. »

L'organe inerte de la jeune femme ne lui fournit toutefois aucune révélation. « Il faudra que je me décide, moi aussi, à éventrer des animaux pour observer leur cœur jusqu'à sa dernière contraction, chuchota-t-il. Des animaux ? Et pourquoi pas des hommes en chair et en os, en bonne santé ? Je connaîtrais ainsi le sort de Vésale. »

L'Inquisition avait, en effet, accusé le chirurgien flamand de disséquer des hommes encore vivants et l'avait condamné à mort. L'empereur l'avait toutefois gracié. Soudain oppressé, Schreck posa ses instruments et contempla ses mains souillées de sang. Il aurait aimé être à cent mille lieues de là, à l'air libre, loin de ce souterrain moisi, il aurait voulu vivre dans un monde où l'on pouvait recréer les secrets de la nature parce qu'ils n'effrayaient personne, et où personne ne prétendait les posséder sans les connaître. Il poussa un profond soupir et examina d'un autre œil le corps sur lequel il s'était acharné. Les prunelles de la jeune femme, qu'il n'avait pourtant pas touchées, avaient presque disparu dans les orbites, comme si elles avaient souhaité se retirer face à pareille boucherie.

Il refoula un moment de faiblesse. Il avait soif de savoir et d'apprendre. Le prince Cesi le disait bien : « L'étude de la nature constitue un devoir envers l'humanité, et les nouvelles connaissances doivent être divulguées de manière pacifique. Tel est notre projet, et Dieu ne peut S'y opposer. » Il décida d'inciser le foie : ainsi, il vérifierait son hypothèse concernant la mort de la jeune femme et déterminerait les rapports de cet organe avec le va-et-vient du sang.

Il reprenait en main ses instruments quand il entendit un cliquètement et des bruits de pas.

« Excellence, dit Gerardo, courroucé. Je retourne à la porte d'entrée, pour le cas où l'on me demanderait...

– Qui veux-tu qui te demande ?

– Je ne sais pas.

– Les enfants dorment, enfermés, et le directeur ne se montrera pas avant le matin. Je ne vois pas pourquoi tu devrais bouger. Il n'y a aucune raison de se préoccuper. Remonte, il ne va pas tarder. »

C'était la première fois que Gerardo se montrait inquiet, se dit Schreck. Déjà, au début de la soirée, il lui avait confié qu'il avait un pressentiment. Mais, dans sa simplicité, il n'avait pas su s'expliquer.

Le gros homme tourna les talons. L'Allemand le suivit un moment du regard, tandis qu'une angoisse subtile s'insinuait en lui. Comme le son d'un tambour que la brume atténue, l'écho des pas s'installa dans l'air humide et vicié du souterrain, se mêlant aux phrases redoutables et terribles – des élancements pour la conscience – qui retentissaient encore dans ses oreilles.

« Attention, docteur Terrentius, lui avait dit l'inquisiteur au teint pâle avant de le relâcher, vous êtes dans une situation de *levis suspicio*. La plèbe elle-même n'ignore pas que le "léger soupçon" confine avec l'absence du crime d'hérésie, voilà pourquoi nous ne vous retenons pas. Mais si nous parvenons à réunir des témoignages concrets sur votre activité illicite d'anatomiste, vous entrerez dans la catégorie du *vehemens suspicio*, et les forts soupçons justifient le rigoureux examen ! » D'un signe, le cardinal inquisiteur avait invité un soldat à libérer l'accusé, puis il avait conclu : « Hélas pour vous, vous n'êtes ni pauvre, ni rustre, ni ignare. Quand nous serons en possession des preuves, vous ne pourrez donc invoquer la crédulité comme une circonstance atténuante. Si votre culpabilité est prouvée, elle ne pourra être corrigée que par l'abjuration... Ou par le feu ! »

***

En haut, un grincement de gonds retentit, suivi par le bruit d'un guichet qu'on refermait. Gerardo avait ouvert un instant le judas, mais il n'avait rien vu à l'extérieur. L'homme qu'ils attendaient ne se montrait toujours pas.

II

Assis sur une chaise, Johann Faber regardait à travers la fenêtre. Allemand de naissance et romain d'adoption, il comptait parmi ces hommes qui considéraient les orages comme un phénomène naturel, non comme l'expression de la colère divine. Les éclairs répandaient une lumière bleuâtre dans la pièce et découpaient la nuit de leurs lames scintillantes. Le tonnerre grondait sans relâche. Pareil à une bombarde, il faisait vibrer les vitres dans leur châssis de bois et ondoyer l'eau de la bouteille, sur la table.

« J'allume la bougie, Excellence ? demanda la fille, dans le lit.

– Non », répondit-il en passant machinalement la main sur sa perruque.

Grand et maigre, il avait l'habitude de regarder les autres de haut en bas.

Sa compagne s'étira sans grâce. Elle extirpa des couvertures le bras droit, puis le gauche, et les poussa devant elle comme pour s'en débarrasser. Le buste suivit. Elle avait les seins flasques malgré son jeune âge, les mamelons pointus et toujours turgescents, raison pour laquelle les clients la surnommaient « Teresina aux clous ». Les éclairs projetaient sur elle une lumière intermittente, aussi intense que celle d'un théâtre quand on allume tous les chandeliers. Un sentier noir naissait sous son nombril et rejoignait l'épaisse touffe triangulaire qui lui couvrait presque tout le ventre. Elle se retourna, montrant ses fesses musclées et luisantes.

Faber alla se verser un verre d'eau, qu'il but goulûment. « Tu en as mis, du temps, dit-il les yeux mi-clos. Cela fait une demi-heure que je suis là. » Il eut l'impression qu'elle souriait de ses dents gâtées.

« Je suis pressé.

– C'est toujours ce que vous dites, Excellence, répondit-elle en éclatant de rire, mais ensuite...

– Aujourd'hui, je suis vraiment pressé.

– De belles occupations vous attendent sans doute.

– Belles ? Ah, si tu savais ! »

Il s'assit sur le bord du lit, attira la fille à lui et caressa nerveusement ses seins. Il avait de nouveau la bouche sèche.

« Votre Excellence est vraiment pressée », conclut-elle.

Il s'allongea sur elle. Il allait et venait brusquement ; à chaque mouvement, un peu de poudre s'échappait de sa perruque. Une autre femme eût craint de mourir étouffée sous son poids. Pas Teresina. Depuis près de deux ans, l'homme à l'accent étranger lui rendait visite une fois par semaine, il lui distribuait de bons pourboires et ne la frappait pas. Elle le connaissait donc, elle savait qu'il lui fallait être patiente, supporter son poids ainsi que sa perruque.

***

Tandis qu'il se rhabillait, Faber fut saisi d'un tremblement nerveux à l'œil gauche. Les derniers jours avaient été pénibles, et il avait peu dormi. Bientôt, les soirées chez le prince Cesi prendraient fin, tout comme les excursions et les études de sciences naturelles. Au cours de la dernière expédition sur le mont Gennaro, ils avaient trouvé un lynx blessé, que le prince avait fait conduire à son domaine d'Acquasparta. « Il me tiendra compagnie dans l'exil », avait-il dit, les larmes aux yeux. Ses amis s'apprêtaient à partir, et Rome regorgeait d'espions.

Faber tenta de chasser ces pensées, il recommanda son salut au petit crucifix de corail que le Saint-Père lui avait offert, glissa une main dans sa poche et le serra entre ses doigts. Teresina s'était rendormie, elle ronflait la bouche ouverte.

Dehors, il fut accueilli par une pluie battante. La voiture l'attendait non loin de là. Il lui aurait suffi d'un geste pour qu'elle le rejoigne, mais il préféra se soumettre au bain salvateur. Le cocher se hâta d'ouvrir la portière et demanda :

« Nous allons à Prima Porta, Excellence ?

– Non. Conduis-moi au Forum. Je te dirai quand et où m'arrêter. »

Cette fois, il n'avait pas le temps d'aller se confesser au curé de la petite église de campagne. Un brave homme : il avait beau ne pas connaître son identité, il le recevait à n'importe quelle heure de la journée. Il l'absolvait à chaque fois et empochait la prébende en murmurant la bénédiction. Le carrosse démarra.

Au cours de leur bref trajet, ils ne croisèrent qu'un seul véhicule, à la hauteur du Colisée, et n'en distinguèrent que les grandes roues à rayons, ainsi que le fouet du cocher, qui fendait l'eau dans un éclair. D'un coup de canne sur la portière, Faber fit arrêter le sien et descendit, sa cape sur la tête.

« Attends-moi là », se contenta-t-il de dire avant de s'élancer sur les pavés glissants, qu'il maudit, cette fois. Il était très en retard. La porte, qu'il atteignit cinq minutes plus tard, étant barrée, il se dirigea vers une impasse où se trouvait une autre entrée. Il frappa le nombre de coups convenu. Des yeux apparurent, ils scrutèrent son visage, puis la ruelle.

« Excellence, ne restez pas là, vous allez vous mouiller. Il vous attend. »

C'était la première fois que Faber voyait l'individu qui avait parlé : il était encore plus grand que lui, et deux fois plus large. Son visage sillonné de cicatrices et son œil caché par un bandeau lui donnaient une allure monstrueuse. Il esquissa une sorte de sourire et dit :

« Je m'appelle Gerardo, Excellence. Faites attention où vous posez les pieds, il y a des rats partout. » En lui emboîtant le pas dans le ventre noir du bâtiment, Faber songea un instant à Teresina.

Ils débouchèrent bientôt dans un couloir dont la voûte dégouttait d'eau. Les bruits y étaient étouffés, et l'on n'entendait plus que le tintement de la pluie, amplifié par l'écho. Le gros homme poussa Faber dans l'antre.

« Attendez-moi ici, Excellence. Je vais lui dire que vous êtes arrivé. » Il s'évanouit avec la lanterne, abandonnant l'Allemand dans l'obscurité la plus complète.

Une odeur douceâtre, nauséabonde, flottait dans l'air. Victime d'une crampe à l'estomac, Faber s'appuya contre le mur et sentit sous ses doigts un bâton dans un cercle de fer. C'était une torche. Il tira un briquet de sa poche, et la lumière éclaira la pièce. Il faillit hurler de peur : à quelques centimètres de lui se tenait le cadavre d'un homme aux yeux ouverts, allongé sur une table dont trois rats affolés rongeaient un pied.

Soudain, une colère irrépressible s'empara de lui. Jamais il n'aurait dû se fourrer dans une situation aussi dangereuse. Le fait de diriger les jardins pontificaux ne lui serait d'aucun secours si on le découvrait là, cela aggraverait même son cas. Son œil vibrait, ingouvernable. Il serra entre ses doigts le petit crucifix en corail au point d'imprimer une marque sur sa peau. Heureusement, la lanterne se rapprochait, et le gros homme annonçait :

« Excellence, vous pouvez y aller. Il est là-bas. Je vous rejoins. »

Faber avança avec soupçon en examinant le sol. Le couloir s'élargissait et formait une antichambre, sur laquelle donnaient plusieurs portes en fer. L'une d'elles était entrouverte, une lumière s'en échappait, tout comme un crissement sinistre. Quand l'Allemand la poussa, elle émit un horrible grincement.

La pièce ne contenait qu'un plan de travail, une armoire et des étagères, sur lesquelles de nombreux ouvrages étaient rangés. Schreck se retourna. Il avait les mains couvertes de sang. « Enfin ! Tu en as mis, du temps !

– C'est donc vrai ! s'exclama Faber à la vue du sang et du cadavre, le souffle court. Es-tu devenu fou ?

– Qu'est-ce qui te prend ? Ne pouvons-nous pas nous saluer normalement ? »

Incapable de répondre, Faber agitait l'index dans l'air, et Schreck crut comprendre qu'il indiquait les livres sur l'étagère.

« Ne t'énerve pas, Vésale n'est plus interdit. Et puis son *De humani corporis fabrica* est en bonne compagnie. J'espère que tu n'as rien contre le *De re anatomica* de Columbus, ou contre cette belle édition vénitienne d'*Anatomiae sive de resolutione corporis humani*, que Costanzo Varolio a dédié au cardinal qui le protège...

– Je me moque des livres ! Regarde-toi ! Tu ressembles à un boucher ! Te rends-tu compte de ce que tu fais ? Pourquoi m'as-tu donné rendez-vous ici ? Sais-tu ce qui nous attend si l'on nous trouve ? »

Un bruit soudain, à la porte, le fit sursauter. Il se retourna brusquement. C'était Gerardo, qui demanda à Schreck :

« Je l'emmène, Excellence ?

– Oui, il fait chaud. Cela vaut mieux. »

Le gardien enveloppa le cadavre de la jeune femme dans une grosse toile et sortit sans prêter attention au sang qui coulait.

« Il y a quelques années, je l'ai soigné de la vérole et j'ai sauvé son deuxième œil des mains du chirurgien..., expliqua Schreck en le suivant du regard. Il me procure des cadavres pour mes études. Il les trouve dans le Tibre ou dans la rue. Quand j'ai terminé, il les dépose dans les fosses communes. Il m'a juré fidélité jusqu'à la mort. »

Gerardo revint.

« Voulez-vous l'autre, Excellence ?

– Non. Je t'appellerai un peu plus tard. Pour l'instant, laisse-moi bavarder avec mon ami. »

Le cœur battant comme un tambour de guerre, Faber reprit : « Te rends-tu compte, Johann ? S'ils nous trouvent ici, c'en est fini de nous ! Éventrer des cadavres sans autorisation ! Tu es fou ! Tu es fou ! »

Schreck adopta un air dégagé, il froissa sa blouse noire entre deux doigts et lança : « Comme ce serait drôle si je portais les habits rouges que conseillait Sicillo Araldo dans son traité sur les couleurs !

– Quoi ?

– Sicillo affirmait que le rouge ennoblit, qu'il est de bon augure pour la médecine, n'est-ce pas ?

– De quoi parles-tu donc ?

– Il n'était pas le seul, poursuivit Schreck, impassible. Dans les *Storie di un Vallombrosano infermo*, de Pietro Lorenzetti, le médecin qui examine le patient arbore une blouse de la couleur du rubis sur une robe rougeâtre. Dans le codex *Chirurgia Magistri Rolandi*, Hippocrate est représenté avec un habit rouge. Et la tradition attribue pareille couleur à Cosme et Damien, les saints patrons des médecins, praticiens eux-mêmes... »

Faber écoutait, bouche bée. Ce discours étrange, déplacé, prouvait que son ami avait perdu la tête.

« ... Malgré tout, j'ai choisi le noir, qui me paraît plus sérieux. Au reste, ce n'est pas un hasard si les officiers, les magistrats et les avocats l'affichent. Selon Francesco Sansovino, les médecins vénitiens sont autorisés depuis 1360 à porter la même robe que les magistrats et les nobles. Voilà pourquoi le noir l'emporte. Certes, il y a quelques différences... En Lombardie, la blouse a les manches ouvertes. Et là, comme à Venise, les couvre-chefs en forme de fougasse qu'exhibent...

– Suffit ! Suffit ! Je t'en prie, reprends tes esprits ! »

Schreck commença à nettoyer ses instruments dans une cuvette. Après les avoir méticuleusement séchés, il les frotta avec un chiffon imbibé d'huile. Tandis qu'il les rangeait dans leur coffret, il déclara enfin :

« Je ne suis pas fou, Johann, mais, comme tu le vois, je peux interpréter ce rôle. Garde ton calme et écoute-moi sans me juger jusqu'à ce que j'aie achevé. J'ai besoin de toi, de ton amitié, de ta confiance et de tes conseils. J'ai voulu que tu viennes ici, à l'hôpital des Orphelins, car c'est l'endroit où je me sens le plus en sécurité. Tout le monde sait que j'y exerce bénévolement l'activité de médecin pour les enfants abandonnés, mais personne, à l'exception de Gerardo, et maintenant de toi, n'a eu vent de mes études d'anatomie. Je les mène en secret, et je n'en ai même pas soufflé mot au prince Cesi... Personne ne sait.

– C'est ce que tu crois ! L'autre jour, j'ai entendu le secrétaire de la Chambre pontificale dicter la liste des suspects au cardinal camerlingue. Il a mentionné ton nom et ajouté que des lettres anonymes t'accusaient de pratiquer la dissection des cadavres, malgré les dispositions du concile de Trente. Il a rapporté de nombreux commérages sur ton compte.

– Par exemple ?

– Que tu ne fais pas enterrer avec le corps les parties et les organes que tu en prélèves, au mépris de l'unité corporelle nécessaire au jour du Jugement, quand il y aura la résurrection de la chair.

– Je t'ai demandé de venir pour te parler d'une chose de la plus grande importance, non pour écouter ce qu'on dit à Saint-Jean. Et puis, Dieu miséricordieux Se moque bien qu'on soit enseveli entier, ou pas ! Peut-être Se moque-t-Il même qu'on soit, ou non, enseveli. Et les noyés, alors ? Ne sont-ils pas dignes de la résurrection ? »

Ces propos eurent l'effet d'une gifle sur Faber.

« Johann, ils se fichent bien des morceaux de cadavres, ou des noyés. Une seule chose compte pour eux : qu'on ne remette pas en cause leur autorité. S'ils te soupçonnent de miner l'état de choses par de nouvelles théories, ou ne serait-ce que de semer le doute, tu es perdu. À Rome, le doute est interdit et puni par la mort ! Le prince Cesi s'en est rendu compte, il a décidé de suspendre les séances de l'académie. Et pourtant, il a un oncle cardinal qui le protège et le dépeint à la Curie sous les traits d'un jeune homme naïf subissant l'influence d'amis peu recommandables. Je me permets de te rappeler que tu es étranger et que tu figures sur la liste noire du Saint-Office...

– Il n'y aura plus de séances à l'académie des Lincei[1] ? »

Faber s'approcha. Il saisit les mains de Schreck : l'huile les avait adoucies.

« La séance de demain sera la dernière, dit-il, tout au moins pour un certain temps. Le prince m'a remis à ton intention un texte dans notre langage chiffré. Il veut que tu quittes la ville demain soir, après l'expérience que nous ferons avec M. Galilée. »

Il lui tendit un billet, que Schreck lut avec avidité. Les lettres y étaient remplacées par les signes du zodiaque, leur alphabet secret. « C'est vrai, il me prie de partir après le grand événement.

– Le prince peut se permettre de courir quelques risques. Mais je ne sais jusqu'à quand. Ce n'est pas ton cas. Quitte immédiatement ces lieux lugubres et dangereux. Et demain, éloigne-toi de Rome, Johann, c'est la seule solution.

– Non, je reste. Je dois te parler d'une chose très importante. Tu comprendras que tu n'es pas venu en vain. »

Un hurlement, à l'étage, l'interrompit. On aurait dit le cri d'un animal blessé. Des exclamations plus intelligibles s'ensuivirent : « Excellence ! Les voici... Ah ! Lâchez-moi... Lâchez-moi... Par pitié... Excellence ! Excellence ! » La voix puissante de Gerardo s'éteignit dans un râle, puis on entendit des bruits de pas, des cliquètements.

Faber pâlit, et cette fois le contact du petit crucifix de corail ne parvint pas à l'apaiser. Schreck bondit dans l'escalier, il en gravit les marches quatre à quatre, avant de s'immobiliser. Un peu plus haut, une voix

1. Cette prestigieuse académie tire son nom du lynx, qui symbolise ici l'acuité d'esprit et la profondeur de la recherche scientifique.

intimait : « Espèce de sale cochon, si cela ne te suffit pas, je te coupe l'autre. Où est ton maître, on nous a signalé sa présence dans cette bâtisse. Parle ! »

Gerardo toussa un moment, puis déclara en articulant à grand-peine : « Il n'y a personne ici, monsieur l'officier. Cette maison est un hospice d'orphelins, et je n'ai pas de maître. »

Schreck monta prudemment deux autres marches. Gerardo gisait dans une flaque de sang, au fond du couloir, entouré d'une dizaine d'hommes en armes. On lui avait coupé l'oreille. Un soldat pointait une pique contre son ventre, tandis que l'officier tournait et retournait entre ses mains une épée qui brillait à la lueur de la torche.

« Eh bien ? insista celui-ci. Tu ne parles pas ? Alors ta langue ne te sert à rien. Veux-tu que je t'en débarrasse avant que tu puisses demander pardon de tes péchés ? » Il éclata d'un rire dément. « Ainsi, tu mourras damné ! »

Recroquevillé sur le sol, Gerardo demeurait immobile. L'officier adressa un signe au soldat, qui enfonça la pique d'un coup sec. Gerardo vomit une écume rougeâtre puis tressaillit et expira. « Fouillez partout ! » cria ensuite le militaire.

Schreck eut tout juste le temps de regagner le souterrain. Déjà, les soldats envahissaient l'étage en produisant un grand fracas. Il trouva Faber immobile, livide, le regard figé, comme si on l'avait cloué au mur, et le poussa hors de la pièce. « La police ! Suis-moi ! Et pas un mot ! » dit-il en l'entraînant dans un boyau humide. Tandis qu'ils couraient dans les ténèbres, il se débarrassa de sa blouse. Il virait tantôt à droite, tantôt à gauche, s'engageant dans des couloirs de plus en plus étroits et bas. Derrière lui, Faber, atterré, traquait des points de repère dans l'obscurité.

Il avait perdu sa perruque et ne cessait de se heurter aux parois de roche. Il lui sembla qu'il était couvert d'égratignures quand ils atteignirent la trappe. Schreck le tira comme un sac à l'air libre.

L'orage s'était calmé. On apercevait encore quelques éclairs à l'horizon, mais le ciel était clair et étoilé, comme il l'est d'habitude au printemps. L'hôpital des Orphelins formait une masse sombre, au loin. Devant eux, les pavés du Forum luisaient. Les deux hommes avaient surgi au milieu des ruines. Le vent d'ouest ranima Faber, qui guida son ami vers le carrosse, non loin de là. Alors qu'ils y montaient, Schreck se frappa le front.

« Mon coffret ! Mes instruments ! Dans ma hâte, j'ai tout oublié !

– Nous n'avons pas de temps à perdre, Johann. Il faut que nous partions, et vite. »

Il cria un ordre au cocher. La voiture démarra. La lune brillait tant qu'on avait l'impression d'en respirer la lumière.

III

Le lendemain, en fin d'après-midi, un carrosse lancé à toute allure sur la route du Janicule emmenait les deux Allemands au palais du prince Cesi. Tandis que Schreck remâchait les événements de la veille au soir, Faber récitait les nombreux Ave Maria que le curé de Prima Porta lui avait imposés en lui donnant l'absolution. En effet, le matin même, il s'était précipité chez Teresina, bien décidé à dissiper la peur qui ne le quittait pas. Le balancement et les grincements du véhicule accompagnaient les réflexions de l'un et les prières de l'autre. Sans se l'avouer, ils étaient tous deux persuadés que ce bruit et ce mouvement annonçaient un événement imprévisible. Et, de fait, un incident se produisit.

Soudain, la voiture s'immobilisa dans un vacarme effroyable. Un bras muni d'une lanterne fit irruption dans l'habitacle, bientôt suivi d'un visage ingrat, que soulignait une barbe noire. Capricieux, les yeux du soldat regardaient dans deux directions inconciliables.

« Ah, c'est vous, Excellence ! Veuillez m'excuser. » Il se décoiffa d'un geste maladroit avant de crier à un individu, sur la route : « Laissez passer ! C'est M. Faber, le directeur des jardins de Sa Sainteté. »

La voiture redémarra aussi brusquement qu'elle s'était arrêtée. Tandis qu'elle s'éloignait, ses occupants entendirent encore les cris des soldats du poste de garde, puis le bruit des roues et le crépitement des sabots reprirent leurs droits.

« S'ils avaient su où nous nous rendons et ce que nous allons y faire, ils ne nous auraient certainement pas laissés passer ! s'exclama Faber, un mouchoir sur le nez. Tous ces contrôles m'exaspèrent. »

Indisposé par la poussière, Schreck préféra garder le silence. Les deux amis se tournèrent vers l'extérieur. Une curieuse scène se présenta à leur vue : des hommes menaient des cochons, qui leur résistaient en pointant sur le sol leurs pattes massives. Ce tableau vivant incluait un enfant aux pieds nus qui jetait des cailloux sur les bêtes. Apercevant le véhicule, il s'interrompit pour l'admirer, mais au même moment le gardien du cochon le plus gros trébucha et tomba. L'animal en profita pour s'enfuir, poursuivi par les cris obscènes des porchers réunis, qui s'efforçaient gauchement de lui donner la chasse avec l'aide de quelques paysans, inquiets pour leurs champs. Cependant, les bêtes qu'on leur avait confiées les gênaient dans cette tâche.

Alors que les grognements se mêlaient aux imprécations, aux blasphèmes et aux bruits de pas, le cochon traqué et apeuré se rua sur l'enfant, qu'il renversa et traîna dans les buissons. Schreck frappa sur la portière. « Cocher, arrête-toi ! Arrête-toi ! Arrête-toi, bon Dieu ! »

Le véhicule s'immobilisa dans un nuage de poussière, et les deux passagers se précipitèrent vers l'enchevêtrement de bêtes et d'hommes. Le corps de l'enfant gisait dans une mare de sang, flanqué de deux porchers accroupis et muets. Les autres achevèrent d'attacher le coupable aux brancards d'une charrette avec ses congénères, avant d'accourir.

Schreck s'agenouilla près du petit, qui gémissait, les yeux écarquillés, la jambe réduite à l'état d'un amas de chairs sanguinolentes. « Mon sac, je t'en prie ! » lança-t-il à Faber.

Porchers et paysans s'effacèrent avec déférence devant ce dernier, qui revint aussitôt, muni d'une petite valise en cuir. « Faites place ! Faites place ! disait encore Schreck. Ne voyez-vous pas qu'il a du mal à respirer ? Cocher, la torche ! » On entendit le crépitement du briquet, et la flamme tremblante se rapprocha. Le médecin ordonna alors au porcher le plus robuste, celui-là même qui avait lâché l'animal, de prendre la torche et de l'éclairer.

C'est alors que surgit un groupe de paysans, attirés par ce vacarme. À sa tête, deux femmes, dont l'une se lamentait, les mains plaquées sur la bouche. Schreck tira de son sac un écrin en bois d'où il extirpa une racine semblable à celle des pommes de terre, mais plus charnue, plus grosse, de couleur brune, pourvue de deux épaisses ramifications et de longs germes. L'extrémité supérieure était courte et massive.

« Johann, dit-il, demande à ces gens de couper quelques branches du mûrier que tu vois là, et allume un feu, mais, pour l'amour de Dieu, fais vite ! Du mûrier, rien d'autre ! J'insiste ! » Il se tourna ensuite vers la femme en larmes et lui réclama un mortier. « Oui, un mortier, répéta-t-il, un de ceux qu'on utilise pour broyer le sel. Cours ! »

Elle retroussa sa jupe et s'éloigna à toute allure.

La nuit était tombée. À la lumière de la torche, Schreck planta un bâtonnet dans la racine et la réchauffa au-dessus du feu en veillant à ne pas la brûler. Quand ce fut fait, il l'écrasa dans le mortier que la femme lui tendait et entreprit de l'étaler sur la blessure. Gêné par les lambeaux de la culotte, il demanda de l'eau potable à la même paysanne, qui lui en apporta une bassine entière.

Il déshabilla soigneusement l'enfant, qui continuait de se plaindre, et nettoya les plaies avec un linge imbibé d'eau. En fin de compte, elles étaient moins profondes qu'il ne l'avait pensé. Il y appliqua les petits morceaux de racine, puis se releva et se tourna vers le porcher qui l'avait assisté.

« Qui es-tu ?

– Je m'appelle Santino, Excellence, je suis l'oncle du petit et voici sa mère, ajouta-t-il en indiquant la femme en larmes.

– Écoutez-moi bien. Ramenez l'enfant chez vous et nourrissez-le exclusivement de reins d'agneau pendant dix jours. Donnez-lui à boire du bouillon de riz. Vous nettoierez ses plaies avec de l'eau potable et y appliquerez durant deux semaines le remède que contient ce mortier. Il guérira. »

Sur ces mots, il ramassa son sac et se dirigea vers le carrosse, indifférent aux courbettes et aux remerciements. Faber lui emboîta le pas et le véhicule s'enfonça dans la nuit.

***

L'obscurité paraissait atténuer le grincement de la voiture et le crépitement des sabots. Rongé par mille questions, Faber gardait le silence. Schreck, étendu sur le siège, les yeux fermés, semblait s'être assoupi. Soudain, il se redressa et déclara dans un souffle :

« Elle vient de Chine.

– Quoi ?

– La racine que j'ai utilisée pour soigner le petit vient de Chine. C'est un remède prodigieux.

– Ah ! J'ai lu quelque chose dans l'*Histoire des*

drogues, espisceries et de certains médicaments simples de Garcia de Orto. Il y a longtemps. Si longtemps que j'en ai perdu tout souvenir.

– Tu l'as vue ? On dirait un petit homme aux jambes écartées, sans tête ni bras. Les Chinois la nomment *renshen*, ce qui signifie « essence à la forme humaine ».

– Tu étudies aussi le chinois ?

– Non, je l'ai lu dans des papiers...

– Des papiers ? »

Faber commençait à montrer des signes d'impatience.

Schreck se rallongea. « Je voulais t'en parler hier, quand tu m'as rejoint à l'hôpital des Orphelins... Pauvre Gerardo... quelle fin atroce ! Je n'ai pas fermé l'œil de la nuit... Il est mort par ma faute.

– Une soirée épouvantable ! Mais ne t'en veux pas, tu n'as rien à te reprocher. Certes, l'obstination avec laquelle tu mènes tes études d'anatomie est blâmable et dangereuse, cependant ce n'est pas toi qui as tué Gerardo. La réalité nous impose la prudence... Que voulais-tu me dire, hier soir ?

– L'an dernier, avant de venir à Rome, j'ai passé un certain temps à la bibliothèque de Dublin pour rendre service au conservateur. Il m'avait prié de classer des manuscrits grecs de géométrie en fort mauvais état. Les pages étaient réunies dans de gros étuis en cuir, abandonnés à l'intérieur d'une armoire poussiéreuse. J'ai découvert au fond du meuble des documents liés par un ruban crasseux. Ils étaient couverts d'une écriture minuscule, du gaélique ancien.

– Et alors ?

– Il s'agissait du journal de frère Jacques d'Irlande, le compagnon d'Odoric de Pordenone. »

Sous l'effet de la surprise ou d'une embardée, Faber

laissa tomber sa canne. Un peu de poudre s'échappa de sa perruque. Ces noms l'avaient ramené trois siècles en arrière : Jacques d'Irlande et Odoric de Pordenone, tous deux franciscains, avaient traversé la Méditerranée et l'Asie, puis atteint la Chine qu'ils appelaient alors Cathay et qu'ils voulaient convertir. Ils y étaient demeurés de 1325 jusqu'en 1328.

« On sait qu'Odoric séjourna dans la capitale du nord de l'Empire chinois et qu'il entraîna de multiples conversions, poursuivit Schreck. En revanche, on avait perdu les traces de Jacques jusqu'à ce que je retrouve son journal. On y lit qu'ils fondèrent de nombreux couvents dans des villes merveilleuses. L'une d'elles possédait dix mille ponts, ainsi que des rues pavées d'or. Une autre des tours de dix étages. Le palais de l'empereur se dressait derrière des remparts pourpres. Seul celui-ci, ses cent concubines et plus de quatre mille eunuques pouvaient y vivre. Les hommes de lettres et de culture jouissaient d'un grand prestige, au point qu'on leur confiait l'administration de l'empire. Il y est écrit également qu'on y guérissait les maladies en piquant le corps d'aiguilles...

– Des aiguilles ?

– Oui, et l'on connaît plus de huit mille espèces de plantes utilisées pour soigner toutes sortes de maladies. Parmi elles, le *renshen*.

Le grincement des freins et l'aboiement des chiens annoncèrent qu'on était arrivé au palais du prince Cesi. La portière s'ouvrit, et la veste dorée d'un valet, coiffé d'une perruque, apparut. Il ne resta plus à Faber et à Schreck qu'à descendre de voiture.

La résidence du prince Cesi consistait en un bâtiment imposant et carré. La porte d'entrée, placée à gauche et non au centre, était surmontée du blason de la famille. Des allégories peintes du monde grec et romain, qui paraissaient vivantes et mobiles à la lumière des torches, recouvraient la façade. Une longue frise, dans laquelle l'artiste Polydore de Caravage avait voulu représenter d'anciennes populations méditerranéennes, la décorait. On y distinguait l'embarquement de meubles, un voyage en mer, une terrible bataille contre une flotte ennemie. L'artiste avait apposé sa signature entre deux putti, dont l'un tenait entre ses mains replètes un masque d'or qui donnait son nom à la rue.

Devant la porte, Faber saisit le bras de son ami : « Et la racine ?

– Elle doit vraiment être miraculeuse, répondit Schreck tandis que les lourds battants s'ouvraient sans bruit, car elle me suggère en cet instant un projet qui résoudra tous mes problèmes. »

IV

La galerie des ancêtres du prince Cesi était un antre sinistre. Yeux, houppelandes, épées et tiares tremblaient à la lumière des bougies. Anselmo, le vieux domestique, précédait les deux Allemands, qu'il avait libérés de leurs manteaux, de leurs chapeaux et de leurs cannes. Au fur et à mesure qu'on se rapprochait de la bibliothèque, on découvrait les portraits des parents les plus proches. Parmi eux, le visage barbu et rubicond du condottiere d'Alviano, dont le peintre n'avait su corriger le long nez. Armée d'un grand épi de blé, sa fille, la pâle Isabella Liviana, affichait le même appendice, tout comme son petit garçon, Angelo, qui avait un poignard glissé à la ceinture. En face, sur une toile un peu plus grande, Gian Giacomo Cesi, arrière-grand-père du prince, semblait dormir les yeux ouverts. Il y avait aussi, dans de sévères habits cardinalices, le grand-oncle et homonyme du prince, Son Éminence Federico Cesi, plongé dans la lecture des Évangiles, et son oncle Paolo Emilio Cesi, au regard farouche, qui arborait une croix en or et une bague passée sur un gant violet. Les portraits des cousins Cesarini occupaient les deux extrémités de la galerie : autour de ces jeunes gens en armes, épées et chevaux se substituaient aux livres sacrés et profanes. On avait consacré à leur précepteur – peut-être choisi pour la trompe qui le défigurait – une peinture grotesque où il était représenté, les mains accrochées aux rênes de deux chevaux emballés qu'on aurait dits près de l'écraser. Derrière lui se dressait la belle villa de Parme où il avait vécu jusqu'à ce qu'un véritable coup de sabot l'expédie auprès du Créateur par une chaude matinée d'août quelques années plus tôt.

Comme ils touchaient au but, Faber et Schreck perçurent un bruit de voix confus, quelques toussotements, des tintements de verres. Anselmo, qui paraissait avoir deviné leur inquiétude, leur adressa un signe de révérence et indiqua, du bras qui portait le chandelier, deux gigantesques tableaux trônant au-dessus d'un passage.

« Le prince Federico père et sa belle épouse, donna Olimpia Orsini », déclara-t-il avant de s'incliner. Schreck connaissait ces portraits, il les avait vus lors de sa première visite au palais, quelques années plus tôt. Le prince lui-même les lui avait montrés : ils représentaient sa mère – une femme charitable, sensible et pieuse, dont il avait hérité la gentillesse, la finesse, la noblesse, la fierté des sentiments, surtout l'intelligence et l'esprit – et son père, un homme austère, dont il aurait voulu porter le titre de premier prince de Santangelo et San Polo, mais dont il ne pouvait exhiber que le grand nez caractéristique de la famille.

Ils pénétrèrent enfin dans la bibliothèque. Bien en vue sur un trépied métallique, ils virent un long tube doté de verres aux extrémités. Schreck sentit son cœur s'emballer. « La lunette de M. Galilée », murmura-t-il à l'oreille de Faber. L'instrument était long et fin, recouvert de cuir noir martelé. Ses verres brillaient comme des yeux intrigués. Pointé vers le haut, il évoquait un dard près d'être lancé. Anselmo déclara d'un ton solennel :

« Prince, MM. Faber et Terrentius.

– Vous voici enfin, mes amis ! » s'exclama Federico Cesi, qui abandonna un groupe pour aller à leur rencontre, les bras écartés. Grand, les cheveux châtains, il arborait un habit noir aux broderies argentées, ainsi qu'un manteau court qui lui donnait l'allure d'un voyageur surgi en ces lieux par hasard.

Faber l'étreignit. « Pardonnez-nous notre retard, prince. Nous avons eu en chemin une petite aventure. Elle s'est bien conclue grâce à notre Terrentius.

– Terrentius, Terrentius..., intervint alors, l'air furieux, un vieillard dont les oreilles se distinguaient non par leur forme ni par leur taille, mais par les touffes de poils qui en sortaient. Pourquoi vous faites-vous appeler ainsi ? Quand vous étiez mon étudiant, on ne vous connaissait que sous le nom de Schreck ! » Il s'agissait de Cesare Cremonini, professeur de philosophie naturelle à l'université de Padoue. Après avoir manifesté tant de véhémence, il poussa un soupir qui ressemblait à un râle, toussa, écarquilla les yeux et s'agrippa à la table. On l'aurait dit à l'agonie. Faber s'entremit :

« De nombreuses années se sont écoulées depuis cette époque, et de nombreuses choses ont changé. Le mot *Schreck* signifiant en allemand "fantôme", "cauchemar", et le terme *Schrecken* "terreur", notre ami Johann a voulu traduire par une onomatopée l'effroi que son nom évoque dans notre langue.

– Et vous pensez nous étonner ? Vous croyez-vous original ? »

Cette dernière question lui fut toutefois fatale : il rougit, blêmit et faillit étouffer. Si Cesi ne l'avait pas soutenu, il se serait écroulé.

« Cesare, qu'avez-vous donc ce soir ? lui lança celui-ci. Vous vous êtes disputé avec M. Galilée sur la nature du ciel, et vous vous en prenez maintenant à M. Terrentius. Je vous en prie, détendez-vous. » Il lui tendit un verre de cristal où du vin rouge ondoyait.

Comme si de rien n'était, un petit homme aux cheveux enneigés et au sourire franc se présenta. « Ils sont arrivés, prince. Vous aurez la preuve que je suis dans le vrai. » Schreck était intrigué par son habit démodé, par sa courte veste à brandebourgs dorés. Il finit par le reconnaître : il s'agissait de Giambattista Della Porta, le scientifique napolitain.

« Je suis content de vous revoir, lui dit-il. J'ignore de quoi vous parlez, mais je vous donne entièrement raison.

– Après s'être attribué la paternité de la lunette astronomique, répondit Cesi, M. Della Porta, ce prétentieux, déclare qu'il est le seul à savoir déchiffrer le vocabulaire botanique de son pays. Il a l'audace d'affirmer que vous l'ignorez.

– Bien sûr, rétorqua Della Porta. Je ne mets pas en cause la sagesse de M. Terrentius, mais je suis persuadé que la langue de Naples lui échappe. Vous voulez voir ? »

La provocation de Cremonini était oubliée, une discussion fort gaie allait commencer.

« Par exemple, qu'est-ce que la *pimpinella*, pour vous, monsieur Terrentius ? demanda à brûle-pourpoint le Napolitain.

– Ce que M. Faber nomme lui aussi *Poterium sanguisorba*. Elle parfume la salade, raison pour laquelle nous en mangeons tous.

– Et les *Peparuole a cerasiello* ?

– Eh bien, c'est facile ! Vous parlez du *Capsicum cerasiforme*, ou, comme le diraient vos maraîchers, prince, ajouta-t-il en adressant à Cesi un signe de complicité que celui-ci lui rendit, le piment rond, un de ceux qui enflamment les lèvres, les font souvent enfler, et dont le goût piquant sert à conquérir Vénus. Il convient de ne pas le confondre avec le *Peparuole a carcioffole* ou *Papaccielle pe' l'acito*, c'est-à-dire le vert et parfumé *Capsicum grossum*, dont raffole le professeur Cremonini. »

Les membres de l'assistance éclatèrent de rire, à l'exception de Cremonini, dont le visage cramoisi semblait sur le point d'éclater. Profitant de cette pause, le prince reprit la parole : « Cela fait bien longtemps que nous n'étions pas réunis, mes amis, et nous le sommes peut-être pour la dernière fois. Nous allons participer à une soirée qui s'annonce magique, et dont la seule attente me remplit d'allégresse. Remercions M. Galilée d'avoir confirmé ce rendez-vous en dépit de la gravité des temps qui courent. Voilà pourquoi je lui demande de tout mon cœur de ne plus nous faire attendre et de commencer sa démonstration. »

Schreck sentit se poser sur lui le regard d'un homme à la petite barbe frisée qui s'était tenu à l'écart jusqu'à cet instant-là. C'était Galileo Galilei. Il portait un pantalon et une veste noirs fort étroits qui accentuaient le contraste entre ses jambes frêles et son buste large. Son visage, marqué par une immense fatigue, abritait des yeux ronds, entourés de rides profondes et grises qui lui donnaient l'allure d'un vieillard, malgré ses quarante-sept ans. Seuls l'éclat de ses pupilles et leur mobilité révélaient l'esprit vif et indompté qui l'animait.

« Bonsoir, monsieur Terrentius, je me rappelle, moi aussi, l'époque où vous assistiez à mes cours, à Padoue. Je suis content de vous revoir, même si l'on me rapporte que mes découvertes suscitent votre scepticisme. Croyez-moi, cela ne me vexe pas, mais me stimule.

– Je suis très heureux d'être de nouveau à vos côtés, monsieur Galilée, permettez-moi de vous féliciter de votre nomination au rang de premier mathématicien et philosophe du grand-duc de Toscane. »

Galilée le remercia d'un léger signe de tête, et Schreck poursuivit : « En ce qui concerne vos découvertes, ce n'est pas tant du scepticisme que de la prudence que je nourris. Comme vous, je pense que la langue des mathématiques nous permettra de déchiffrer le grand livre de la nature, mais avant d'embrasser la théorie de Copernic et d'abandonner celle de Tycho Brahé, qui laisse la Terre tranquille et immobile au centre de l'Univers, fait tourner les planètes autour du Soleil, le Soleil et les planètes autour de la Terre, j'aimerais aborder avec vous la question des marées, voir les merveilles que vous décrivez de mes propres yeux à l'aide de votre instrument, que le prince a qualifié de lunette astronomique. »

Cesi se dirigea d'un pas solennel vers le long tube muni de verres qu'il saisit et souleva. Dans un silence complet, il déclara : « Nous allons accomplir ce soir, pour la première fois, le geste hardi que M. Galilée a déjà accompli avec une passion solitaire. Nous pointerons cet instrument vers le ciel. »

Des applaudissements retentirent avant de s'éteindre aussitôt. Un « Non ! » avait refroidi l'élan d'enthousiasme. Tous les regards se tournèrent vers Cesare Cremonini. Le visage terreux, la bouche tremblante, les yeux exorbités, le vieillard s'efforça d'expliquer son cri dans un bredouillement : « Entendez-vous refuser à la Terre le privilège d'être le centre du monde ? » Mais il n'avait pas assez de souffle pour continuer.

Galilée, qui le considérait avec commisération,

rétorqua : « Je ne crois pas qu'elle soit le centre du monde. En tous les cas, elle est sans nul doute le siège de la corruption. »

Cremonini s'effondra dans un fauteuil, puis, voyant que Cesi posait la lunette astronomique et se précipitait vers lui, il se releva à grand-peine et s'éloigna vers la porte après avoir esquissé un signe de tête. Il ne resta de sa présence que le bruissement des dentelles qui ornaient son habit. Anselmo fut le seul à lui emboîter le pas.

« À Padoue aussi, il a refusé de voir mon instrument, dit Galilée en caressant sa barbe. Il prétend que cela l'abêtirait.

– Je l'avais invité parce qu'il occupe une place importante dans le monde académique, déclara Cesi. De plus, son interprétation originale d'Aristote, laquelle l'amène à conclure que l'âme est mortelle, comme le corps, a suscité un profond débat. Il est parti. Cela vaut peut-être mieux. Nous devons apprendre à ne nous adresser qu'à ceux qui éprouvent la nécessité d'aller de l'avant. »

Comme poussé par la rafale de vent qui était entrée par la porte-fenêtre, un homme pénétra dans la pièce. Il avait les yeux en boutons de bottine et les dents gâtées. Il serrait entre ses doigts un verre de vin à moitié vide et ne semblait nullement se soucier de son habit taché. C'était Johann Van Heeck, un médecin hollandais doté d'un caractère irascible. Le bruit courait qu'il avait commis un meurtre.

Pressé par le péril de l'Inquisition, par l'inimitié des protestants, contre lesquels il s'apprêtait à publier un gros ouvrage, et par sa propre famille, qui le voulait marié dans sa patrie plutôt qu'errant dans le monde, l'esprit miné par l'instabilité, et le corps par une santé délicate qui lui causait de fréquents accès d'asthme et d'anxiété, Van Heeck s'était attaché à Federico Cesi. Il était âgé de vingt-six ans quand il avait fait la connaissance du prince, qui en avait alors dix-huit. Subjugué par ce jeune patricien omniscient, il avait participé à la fondation de l'académie des Lincei en 1603, et leurs liens d'amitié et d'estime n'avaient cessé de se renforcer au fil du temps.

L'air menaçant, il commença : « Par saint Jean Baptiste, s'il nous dénonce, je... les pavés de Campo dei Fiori sont encore chauds, ne l'oublions pas !

– Il est inutile de déranger votre saint préféré, auquel vous nous avez presque contraints à dédier notre académie, monsieur Van Heeck, réprima promptement Cesi. Si Cremonini n'est pas copernicien, il n'est pas non plus un espion. C'est un homme tourmenté, comme notre époque.

– Prince, l'Inquisition brandit sur notre tête l'épée de Damoclès. Si Cremonini nous dénonce, je...

– Calme-toi, mon ami, s'entremit Stelluti, un jeune homme ébouriffé à l'air modeste et au grand esprit, qui comptait, lui aussi, parmi les fondateurs de l'académie. Le prince l'a dit, nous ne sommes point arrivés à cette extrémité. » Il se tourna vers l'assistance et lança d'une voix triste : « Sommes-nous vraiment subversifs ?

– Messieurs, déclara Schreck, ne laissons pas cet incident nous gâcher la soirée. Nous avons été invités pour observer le ciel de près. M. Galilée nous montrera les monts et les vallées de la Lune, les planètes errant autour de Jupiter, les phases de Vénus et tout ce qui porterait à croire que la Terre se meut. Voilà ce qui doit compter pour nous en cet instant.

– Vous avez raison », approuva Cesi.

Il adressa un signe à Anselmo, qui était revenu entre-temps. Le domestique s'empara délicatement de la lunette astronomique et du trépied, puis se dirigea vers le jardin, où le rejoignirent quatre valets munis de torches. Ils s'engagèrent tous dans les allées du grand parc bordé de palmiers et atteignirent quelques instants plus tard une hauteur qui s'élevait sur le Janicule.

« Courage, messieurs, dit le prince. La pente n'est pas hostile, j'ai fait couper broussailles et orties. M. Malvasia nous attend sur la colline. Il a mis son jardin à notre disposition afin que nous puissions contempler le firmament loin de la chape d'humidité qui enferme le Tibre. Allons-y, l'heure est venue. Anselmo, donne-moi cet instrument et dispose les hommes de garde. Au moindre signe de danger, envoie-nous un valet. Prépare aussi la mise en scène. » Il congédia le domestique et s'ébranla.

En silence, le petit groupe entama son ascension.

***

Sa voix était un sifflement difficilement perceptible, mais elle évoquait par sa sacralité une prière qu'on dit les bras levés : « Prince, voici, au-dessus des vapeurs troubles de l'horizon, la splendeur et la magnificence de Jupiter, qui occupe le centre du ciel et éclaire son angle oriental. Cette planète est, aussitôt après Dieu, source de tous les biens ! » Galilée avait encore le regard perdu dans l'infini quand il s'écarta pour permettre aux autres de voir la beauté de la planète sur laquelle il avait pointé sa lunette astronomique. Cesi ayant décrété qu'il serait le dernier à regarder dans le tube optique, les membres de la compagnie le précédèrent, tandis que le scientifique pisan poursuivait : « Vous pouvez constater aujourd'hui ce qui dépasse de loin toute imagination et ce qui m'a poussé à publier le *Sidereus Nuncius*, pour annoncer aux astronomes et aux philosophes la grande nouvelle. Regardez bien, les quatre étoiles qui errent autour de Jupiter étaient inconnues jusqu'à ce jour !

– Voilà de quoi ôter tout scrupule à ceux qui admettent, dans le système copernicien, la révolution des planètes autour du Soleil mais qui sont troublés par la rotation de la Lune autour de la Terre, commenta le prince, bouleversé. Oui, si les quatre étoiles que vous venez de voir tournent autour de Jupiter, alors la Lune peut tourner autour de la Terre. » Il s'approcha de l'oculaire, et on l'entendit émettre de longs et profonds soupirs.

Un peu plus tard, alors qu'ils observaient la face rubiconde de la Lune, tourmentée par des monts et des cratères, et donc fort éloignée de la perfection que, selon certains, la création divine devait avoir au ciel, un bruit de pas attira l'attention générale, interrompant Galilée. M. Malvasia, leur hôte, apparaissait, hors d'haleine, en tenant son habit. Ce prêtre rond et alerte n'avait, de mémoire d'homme, jamais ôté son chapeau noir à large bord. Il arriva, ou plutôt déboula parmi les membres de l'assemblée, fort agité. « Prince, dit-il avant même de s'immobiliser, un de vos valets est venu vous avertir qu'un carrosse s'est présenté chez vous, et qu'il stationne maintenant devant votre palais. Il porte les armes des Colonna.

– Il s'agit sans doute du prince, le père de la belle Artemesia. Nous devons nous entretenir d'un sujet important, mais je ne l'attendais pas ce soir... Il est tard... Mes amis, continuez, j'ignore le temps que cette affaire me prendra, car elle me tient à cœur. »

Accompagné d'un valet de chambre, il disparut bientôt avec le halo de lumière que la torche diffusait.

Tandis que Van Heeck s'approchait de la lunette, Schreck eut le temps de murmurer à l'oreille de Galilée : « Sans instruments, la science ne peut être parfaitement menée. Grâce à eux, nos sens se multiplient et atteignent les limites de l'incroyable. Mes compliments, monsieur Galilée, vous êtes l'auteur d'une invention magnifique !

– Je vous en prie... L'idée ne vient pas de moi. Il y a quelque temps, un Flamand a fabriqué pour les militaires, les marins et les chasseurs une lunette permettant de distinguer nettement les objets éloignés. L'ayant appris, je me suis appliqué à construire cet instrument en me fondant sur la doctrine des réfractions. Avant tout, j'ai préparé un tube en plomb et appliqué deux verres à chacune de ses extrémités, en veillant à ce qu'ils soient plats d'un côté, convexes et concaves de l'autre. En regardant dans le verre concave, j'ai découvert des objets agrandis et rapprochés. Une fois ces verres améliorés grâce à l'habileté des maîtres verriers de Venise, j'ai construit cette lunette astronomique en bois, excellente et pratique.

– Et vous l'avez pointée vers le ciel...

– Exactement. J'ai abandonné les choses terrestres et me suis consacré à la spéculation des choses célestes.

– J'ai eu recours, moi aussi, aux talents des artisans vénitiens pour fabriquer mes instruments chirurgicaux. Hélas, ils ne sont plus en ma possession. »

Schreck relata dans ses grandes lignes la triste aventure qu'il avait vécue la veille au soir.

Les voyant converser dans l'obscurité, Faber s'entremit :

« Qu'avez-vous donc à marmonner ?

– Je viens d'apprendre que M. Terrentius ne dispose plus de ses instruments.

– J'en ferai fabriquer de nouveaux. Je connais un Romain qui pourra m'aider...

– Monsieur Galilée, l'interrompit Van Heeck, pourquoi ne nous montrez-vous pas les troupeaux de petites étoiles, disséminées de manière admirable, que vous nommez nébuleuses ?

– Je vais m'y employer. Nous allons pointer notre lunette sur l'étoile qu'on nomme Praesepia, et vous verrez qu'elle vous permettra de compter pas moins de quarante points lumineux. »

Avant de s'exécuter, il glissa à Schreck : « Si vous rencontrez des difficultés avec vos instruments, dites-le-moi, je connais des artisans habiles qui pourront vous prêter main-forte. » Il s'approcha de l'oculaire, fit tourner lentement la lunette astronomique sur son trépied et s'exclama : « Parbleu, elles ne m'ont pas trahi. Voici, messieurs, mes petites étoiles ! »

V

Le 3 mai 1611, dans une aurore déjà rouge du sang des moutons que les bouchers avaient écorchés et pendus à un crochet devant leurs boutiques, Johann Schreck s'engagea dans l'étroite via dei Caprettari. Il avait rendez-vous avec le médecin Antonio Carloni.

Depuis quelques jours, précisément depuis le soir où Galilée avait présenté sa lunette astronomique, l'Allemand était hébergé par Federico Cesi, qui avait décidé de demeurer en ville, malgré les exhortations de Faber. Après lui avoir garanti qu'il serait plus en sécurité dans sa demeure, le prince lui avait confié un projet auquel il tenait particulièrement. Il s'agissait de recopier et de commenter les dessins et les notes de Nardo Antonio Recchi, ancien directeur des services sanitaires du royaume de Naples, qu'il venait d'acheter. Ces papiers reproduisaient une étude sur les animaux et les plantes de la Nouvelle-Espagne, que le médecin Francisco Hernandez avait menée au Mexique, en 1570, au nom du roi d'Espagne Philippe II. Cesi comptait publier le travail de Schreck dans un ouvrage qu'il intitulerait *Thesaurus Mexicanus*.

Si l'Allemand s'était mis aussitôt à la tâche, il ne cessait de penser à ses chères études anatomiques et en particulier à ses instruments chirurgicaux. Non sans déception, il avait constaté qu'il n'y en avait pas un seul dans l'officine de Cesi, qui possédait pourtant toutes sortes d'appareils, y compris la lorgnette venue des Flandres que Galilée tentait d'améliorer et que le prince avait baptisée « microscope ». Résolu à s'en procurer de nouveaux, il avait décidé de s'adresser à Antonio Carloni.

Ce médecin, qui avait fait ses études à l'université de Louvain, était arrivé à Rome au début du siècle dans la suite de l'ambassadeur de la République vénitienne et n'avait jamais caché son mépris pour la médecine galénique, ce qui l'avait exposé à de violentes disputes avec ses confrères romains. Révoqué, après la mort de son protecteur, par le nouvel ambassadeur, qui le jugeait trop encombrant, il n'était pas reparti. Il gagnait sa vie en soignant des gens ordinaires et en fabriquant des instruments chirurgicaux qu'il envoyait à ses correspondants. Schreck, qui l'avait rencontré à plusieurs reprises, avait été séduit par ses connaissances, son habileté et sa modestie.

Quand il se présenta, Carloni s'employait à appliquer des sangsues à un porteur. Tendu, peu loquace, il lui promit qu'il recevrait ses instruments à un prix raisonnable dans un délai de trois semaines. Puis il le pria de ne révéler à personne leur rencontre : il avait été convoqué, lui aussi, par le Saint-Office et il devait se représenter au tribunal le mois suivant. En effet, il avait été dénoncé par un homme dont l'enfant était mort juste après l'accouchement. En proie à l'ivresse du vin, l'individu l'avait accusé de ne pas avoir fait baptiser le nouveau-né, dont il connaissait pourtant l'état, et de l'avoir condamné ainsi à errer dans les limbes. Carloni était maintenant soupçonné de compter au nombre des catabaptistes. Ces hérétiques, qui ne croyaient pas au péché originel, estimaient que le sacrement du baptême était un rite formel, seulement utile à ceux qui avaient la foi et donc sans efficacité sur les petits enfants. Interrogé à ce sujet, Carloni avait un peu trop hésité, et les inquisiteurs, qui se conformaient à leur manière au *Directorium inquisitorum*, le manuel du dominicain Nicolau Eymerich, écrit en 1376 et publié en 1503, l'avaient renvoyé en l'invitant à prier, de manière à passer de l'état d'hérétique supposé à celui d'hérétique repenti, en d'autres termes à écouter la voix de la sagesse, à avoir pitié de lui-même et à reconnaître son erreur. Il se préparerait ainsi aux peines qui lui seraient infligées.

Schreck fut bouleversé par cette histoire et par les conséquences que lui rapporta son ami : Carloni avait reçu des lettres anonymes qui l'accusaient de soigner ses patients à l'aide de la magie et le menaçaient de la mort réservée aux sorciers. L'Allemand prit congé de lui et s'éloigna en proie à deux sentiments, la joie de rentrer prochainement en possession de ses instruments et la crainte qu'engendrait le climat suspicieux dans lequel Rome baignait désormais. Soudain, une prémonition l'amena à se retourner. Le feu s'échappait d'une des fenêtres de Carloni.

L'incendie avait donc éclaté juste après son départ, et il était étrange qu'il fût déjà si étendu. Des individus couraient de tous côtés en portant des carcasses d'animaux et en poussant de grands cris. Schreck se fraya à grand-peine un chemin parmi cette foule, mais, quand il atteignit la maison de son confrère, elle était enveloppée de flammes si épaisses qu'il lui fut impossible de s'en approcher. Il aperçut à l'étage le porteur qu'il avait vu un peu plus tôt. Un instant, les yeux terrorisés de l'homme croisèrent les siens, puis l'édifice s'effondra dans un tourbillon d'étincelles.

Alimenté par la brise de l'aube, le feu s'étendit aux

autres bâtiments, dont il dévora les structures en bois. Soudain, un homme au tablier en flammes jaillit d'une boucherie et se roula par terre dans des hurlements inhumains. Schreck se tourna alors vers la tour de guet voisine : il était étrange qu'aucune alarme n'en fût partie. En effet ces tours, qui ponctuaient les quartiers de Rome, étaient occupées jour et nuit par un garde prêt à avertir la population des risques d'incendie. Il constata avec stupeur que celle-ci était vide.

Alors qu'il se précipitait vers le malheureux qui brûlait vif, la foule affolée le renversa, l'obligeant à trouver refuge sous un chariot, d'où il assista, impuissant, à la mort du pauvre homme. Puis son attention fut attirée par un étrange mouvement. Deux individus barbus surgissaient d'une écurie en pierre qui jouxtait la maison de Carloni, désormais perdue. Avant de s'enfuir, ils eurent un geste qui n'échappa pas à l'Allemand : ils se débarrassèrent de l'objet qu'ils tenaient à la main. Un bout de torche.

Schreck s'éloigna avec difficulté. Quand il vit apparaître l'église de Sant' Eustachio et la coupole de Sant' Ivo alla Sapienza, il s'arrêta pour reprendre haleine. Nul doute, songeait-il, l'incendie était criminel, les ennemis de Carloni avaient tenu parole. Il poursuivit son chemin d'un pas plus lent et gagna la piazza della Rotonda. Désormais, la lumière du jour inondait le quartier, et le ciel limpide annonçait le soleil. Il héla une voiture et retourna au palais de Cesi. Le prince était absent. De la fenêtre, on pouvait admirer les arabesques que traçait une nuée d'étourneaux.

***

En fin d'après-midi, armé de ses crayons, de ses pinceaux et de ses couleurs, Schreck se replongea dans le *Thesaurus Mexicanus*. Il le savait, il n'y avait pas de meilleur moyen que le travail pour se détendre. Il était si absorbé dans sa tâche qu'il n'entendit pas Faber entrer. Et il sursauta lorsque celui-ci lui lança d'une voix émue : « Ils seront là dans quelques minutes. Es-tu prêt pour la cérémonie ? »

Il lui fallut quelques instants pour comprendre de quoi il s'agissait. Mais au lieu de répondre à cette question, il relata à son ami la mort de Carloni. Rencontrant peu d'intérêt, il insista :

« Te rends-tu compte, on a mis le feu à sa maison ! Qui plus est, en toute impunité, puisque personne ne veillait dans la tour de guet !

– Et cela t'étonne ? Ce genre d'histoire circule en grand nombre à la curie. Les gens profitent de l'inflexibilité de l'Inquisition pour se dénoncer les uns les autres et déchaîner des vengeances personnelles n'ayant aucun rapport avec la religion. Et comme les inquisiteurs sont prêts à recueillir n'importe quelle délation, il suffit de peu pour échouer en prison : porter une tunique et un manteau blancs, par exemple, déambuler pieds nus, manger dans la rue, bénir la nourriture en chantant, et même chanter le *Salve Regina* au lieu de le réciter, ou encore mendier en revendiquant le modèle des apôtres ! Et toi qui dissèques des cadavres... Je ne cesse de te dire que le péril menace, et tu t'obstines à demeurer à Rome. »

Tout en parlant, Faber observait les illustrations. Il fut frappé par leurs légendes.

« Quels noms étranges ! *Ayotochchtly*, *Acaltetepon*, *Aquetzpalibn*, *Hoatzin*...

– Il s'agit du tatou, du scorpion, du crocodile et de la poule. »

C'est alors qu'un bruit rythmé de pas retentit dans le couloir.

« Les voici ! » s'exclama aussitôt Faber.

Anselmo pénétra dans la pièce et annonça pompeusement : « Le prince et les académiciens ! »

Cesi précédait Van Heeck, Stelluti, Della Porta et Galilée, en procession. Vêtus de noir, les cinq hommes affichaient un air grave et marchaient du pas cadencé des grandes occasions. Impressionné, Schreck décida d'abandonner ses sombres pensées pour concentrer son attention sur ce qui l'attendait. Il se nettoya les mains à l'aide de son tablier et rejoignit le groupe.

Le prince lui serra la main. « C'est un grand jour, monsieur Terrentius, dit-il. Et pourtant, vous ne semblez pas particulièrement heureux...

– On a mis le feu à la maison de Carloni, qui a trouvé la mort dans l'incendie. »

Cette nouvelle fut accueillie avec consternation. Cesi reprit : « Aujourd'hui plus que jamais, il importe que vous soyez des nôtres. Ensemble, nous serons plus forts. Êtes-vous toujours déterminé à entrer dans notre académie, comme l'a fait M. Galilée la semaine dernière ? »

Schreck acquiesça. D'un large geste de la main, le prince invita ses amis à se disposer autour de la table, sur laquelle Anselmo plaça un gros ouvrage. Était-ce le silence qui s'était abattu sur la pièce ? Ou le fait que le prince avait ouvert le livre sur une page blanche ? Faber sentit sa gorge se serrer sous l'effet de l'émotion. C'était aujourd'hui le tour de Schreck, ce serait le sien dans quelques mois, songeait-il.

Cesi tira de sa poche une bague en émeraude sur laquelle était gravé un lynx, et la posa tout près du livre. « Voilà, monsieur Terrentius. Vous faites maintenant partie de notre société. Veuillez signer le registre des Lincei. »

Anselmo lui tendit alors un encrier dont le col était

en or. La plume crissa, puis le valet souffla de la poudre sur l'encre. Les mots suivants s'étalaient sur la page : *Ego Johannes Terrentius alias Schreck Lyncaeus, Sebastiani filius, Costantientis, aetatis anno XXXV, salutis, 1611, sie Maji 3, Romae manu propria scripsi*.

Alors le prince saisit la main gauche de Schreck et lui passa la bague à l'annulaire. « Quiconque verra cette bague à votre doigt saura qu'il y a en vous un homme qui n'offensera jamais personne avec sa propre science. » Il ouvrit une chemise en cuir, sur laquelle se détachait l'inscription *Praescriptiones Lynceae*, y puisa des feuillets noircis d'une écriture minuscule et nette, puis déclara :

« Voici notre projet. Il est presque complet. Nous fonderons d'autres filiales de notre académie. Après Naples, je pense à Vienne, Cologne, Paris, Séville, Lisbonne, jusqu'à Calcutta, dans les Indes. Et, pourquoi pas, dans le très lointain empire de Chine... »

Il s'interrompit pour mesurer l'effet de ses paroles sur l'assemblée et vit qu'une lueur s'était allumée dans le regard de Schreck. Il reprit : « Notre académie n'est pas une de ces associations littéraires qui fleurissent en tous lieux, mais une république des études. Nous partagerons nos membres en plusieurs catégories – émérites, bienfaiteurs, chercheurs et novices –, de manière à ne porter tort à personne. Il sera interdit de s'occuper de théologie et de politique. Chacun devra mener une vie ascétique et honnête. »

Montrant un feuillet sur lequel étaient tracés les mots *Indicatio Philososphicorum Operum*, il ajouta : « Ceci est la liste des œuvres, monographies, traités et mémoires que nous devrons établir. Par exemple un *Coelispicium*, géographie céleste, que je confierais bien volontiers à M. Galilée. Une *Thautomatombria* ou *De admirandis pluvis* que M. Della Porta pourrait rédiger avec l'aide des chercheurs napolitains qu'il saura gagner à notre cause. Ce sera l'étude la plus complète et la plus moderne qu'on ait jamais lue sur les précipitations atmosphériques. M. Stelluti se consacrera à une petite encyclopédie qui abordera tous les domaines, de la littérature à la philosophie en passant par l'art militaire et la morale. Pour cet ouvrage, je prévois un titre trompeur : *De minorum magnitudine*. M. Van Heeck s'appliquera aux recherches concernant les états physiques en transition. »

Il lança à l'intéressé, qui le dévisageait d'un regard plus halluciné que jamais : « Vous rappelez-vous les bois fossiles que nous avons découverts lors de nos excursions dans mes domaines d'Ombrie ? Eh bien, j'aimerais que vous composiez sur ces vestiges fort anciens et sur tout ce qui subit des transformations physiques un traité que nous intitulerons *De medis naturis in universum*. Quant à moi, je termine, comme vous le savez, mes *Tabulae phytosophicae*, au moyen desquelles je définirai le système de classement botanique qui m'a beaucoup occupé ces derniers temps. Naturellement, je souhaite que M. Terrentius achève son herbier mexicain. »

Schreck tendit à Cesi un de ses dessins, qui représentait une fleur à corolle allongée, délicatement piquetée de noir. « Prince, un hommage de la Nouvelle-Espagne.

– Qu'est-ce donc que cette merveille ? s'exclama Cesi avant de faire circuler la planche parmi ses amis. Je n'ai jamais vu de fleur aussi belle et aussi élégante !

– Il semble qu'elle pousse communément au Mexique. On l'appelle *Coatzonte coxochiti*. Je lui ai donné, quant à moi, le nom de *Lyncis flos*.

– La fleur des Lincei ?

– Oui, une orchidée inconnue que je compte dédier à notre académie. Nous savons maintenant qu'il existe dans le Nouveau Monde une nouvelle espèce, tout aussi nouvelle que la science à laquelle nous nous appliquons. »

Faber lisait à voix haute la légende que Schreck avait inscrite au-dessous de l'illustration – *Hic elegantissimus flos et colorum varietate et macularum aspersione, quemuis in sua admirationem rapere cum queat, eum Lyncis florem...* – quand il fut interrompu par un brusque vacarme provenant du couloir.

Avant même qu'Anselmo eût le temps de se précipiter dehors, une poignée de soldats firent irruption dans la pièce, traînant un valet de chambre, en larmes, dont la main ruisselait de sang. « Au service de qui est cet homme ? demanda l'officier qui les précédait. Il voulait nous retenir ! »

D'un seul regard, Cesi lui cloua le bec. Tout le monde se tut, et même le blessé cessa de se plaindre. « Comment osez-vous entrer ici, et de cette façon ? Avez-vous oublié chez qui vous vous trouvez ? » Comme fouetté par ces mots, l'officier recula, tandis que le prince poursuivait, les yeux flamboyants : « Mon oncle, le cardinal Bartolomeo Cesi, sera informé dès ce soir de cette intrusion. Vous le paierez cher, monsieur ! Et maintenant, sortez !

– Excellence, pardonnez-moi, balbutia l'officier, qui avait sursauté au nom du cardinal. On m'avait signalé la présence d'individus suspects dans votre demeure... Un alchimiste, un magicien venu de Naples.

– Dehors ! » répéta le prince.

À présent, son visage évoquait un masque de cire.

Les soldats déguerpirent aussi vite qu'ils avaient surgi, escortés par Anselmo, qui soutenait le blessé.

Les savants se pressèrent alors autour de Cesi. Della Porta tremblait.

« Prince, par ma faute... Je n'imaginais pas être suivi... Mon Dieu !

– Vous n'avez rien à vous reprocher.

– J'ai l'impression de me retrouver vingt ans en arrière. Vous verrez, le cardinal Annibale Di Capua va de nouveau m'accuser de sorcellerie, et je serai obligé de prêter obédience une nouvelle fois à la Sainte Inquisition.

– Si les temps refusent d'évoluer, c'est nous qui les modifierons ! Pour commencer, ceux qui ont organisé cette irruption le regretteront. »

Galilée avait les yeux cernés, et l'on aurait dit que ses rides s'étaient multipliées. Les efforts nocturnes qu'il déployait depuis deux années pour mettre au point sa lunette astronomique le consumaient. Abattu, il déclara : « Un jour, peut-être, ils nous condamneront pour ce que nous découvrons dans le ciel et qu'ils refusent de voir.

– Puisqu'ils n'exigent de nous que des paroles, intervint Van Heeck avec un regard torve, nous pouvons toujours abjurer, monsieur Galilée. Ainsi, ils nous laisseront en paix. »

Effrayé, Faber plongea la main dans sa poche et la referma sur son petit crucifix en corail.

Cesi referma le registre. « Je suis désolé, mais il me faut lever la séance. Je vais me rendre sur-le-champ chez mon oncle, car on pourrait intercepter nos billets. Monsieur Della Porta, nous sortirons ensemble. Personne n'a jamais osé arrêter une voiture portant les armoiries de ma famille. Si ces gens devaient revenir, ce dont je doute, j'ordonnerai à Anselmo de préparer la mise en scène habituelle. »

Les membres de l'assemblée saluèrent tristement le

prince. Après son départ, Stelluti fut chargé de tirer les conclusions de la soirée. Il décréta qu'il fallait décider au plus vite des lieux où se replier. Pour sa part, il regagnerait Fabriano, avoua-t-il avec timidité. Van Heeck confia qu'il se réfugierait à Prague, à la cour de l'empereur Rodolphe II, qui lui avait déjà apporté son aide par le passé. Galilée s'exclama d'une voix indignée :

« Ils ont réussi ! Je me demande bien quand nous pourrons nous revoir. Je partirai ce soir même pour Arcetri. J'y serai en sécurité, sous la protection du grand-duc, réconforté par l'amour que me portent mes filles et leur mère... Messieurs, je vous fais une promesse. Où que je sois et quoi qu'il arrive, je cultiverai dans le jardin secret de mon esprit la fleur que M. Terrentius a dédiée à notre société ! Je sais qu'il en sera de même pour vous, et je pars donc soulagé. » Il se retira, suivi par Stelluti et Van Heeck.

Demeuré seul avec Faber, Schreck commença à ranger ses dessins. Anselmo réapparut, armé de cartes à jouer, de pièces de monnaie et de deux éventails, qu'il installa sur la grande table. C'était la « mise en scène » dont le prince avait parlé. Pendant quelques instants, on n'entendit plus que le bruissement des feuilles et les cris des étourneaux qui voletaient dans le ciel.

Encore très agité, Faber bredouilla : « Existe-t-il au monde un lieu où des gens de notre espèce peuvent vivre en paix ?

– Oui, il existe, répondit Schreck, les yeux rivés sur la danse des oiseaux.

– C'est difficile à croire.

– *Je t'assure qu'il existe.*

– Tu es sérieux ?

– Je t'en ai déjà parlé, l'aurais-tu oublié ? Il s'agit d'un empire très ancien, fondé par un homme, dénommé l'Empereur Jaune, qui inventa l'art de la médecine. Un autre empereur créa le bronze et étudia les plantes. On l'appelait Shen Nong. Yu le Grand parvint, quant à lui, à gouverner les eaux pour irriguer les champs et limiter les crues. Ils vécurent plusieurs milliers d'années avant Jésus-Christ, et leurs successeurs ont toujours considéré les hommes de culture avec respect, sans jamais les persécuter. Ce sont des lettrés qui dirigent l'empire. »

Faber était pris de vertige. Schreck continua :

« C'est la Chine, Johann. Le journal de Jacques d'Irlande la décrit à la perfection.

– Oh, ce journal ! Mais qui veux-tu qui aille en Chine ? Les marchands eux-mêmes n'ont pas l'autorisation d'y débarquer. Seuls les Jésuites, qui y ont fondé une mission, peuvent y mettre les pieds. »

Tout en parlant, Faber avait saisi une planche à laquelle son ami travaillait : « Mais je la reconnais !

– Oui, c'est la racine de *renshen* que j'ai utilisée pour soigner l'enfant mordu par le cochon.

– Elle pousse donc au Mexique ?

– Non. Je l'ai dessinée pour ne pas l'oublier.

– Tu ne m'as pas dit comment tu l'avais obtenue.

– Cela n'a pas été simple. Après la découverte du journal de Jacques d'Irlande, je l'ai cherchée chez tous les apothicaires que je rencontrais, d'Anvers à Gênes en passant par Venise et Madrid. Partout. En vain. Un jour, je fis la connaissance d'un marchand d'épices portugais. Il me raconta que deux Chinois de Canton utilisaient à Malacca une racine miraculeuse qui assainissait les plaies, calmait la douleur et guérissait du mal français, dit aussi mal russe, mal napolitain, ou gale espagnole.

– La syphilis !

– Exactement. Comme cet homme s'apprêtait à

repartir, je lui demandai de m'en procurer. Deux ans plus tard, il m'en apporta une belle provision, à un prix très élevé, bien sûr. Je découvris ainsi que cette racine ne faisait qu'un avec celle que décrivent les papiers de Dublin. Il m'a fallu plusieurs années pour en comprendre les secrets en l'essayant sur bon nombre de malades.

– Elle est donc si bénéfique ?

– Tu as pu le constater toi-même. »

C'est alors qu'un léger bruit retentit à la porte. Les deux hommes se turent. Cesi entra, encore vêtu de sa cape. Radieux, il traversa la salle à grandes enjambées avant de se planter devant les deux Allemands. Un sourire éclairait son visage tandis qu'il remarquait leur surprise. « Messieurs, je suis revenu en toute hâte, car j'ai une nouvelle magnifique à vous annoncer ! »

VI

La nouvelle que rapportait le prince rassura Schreck. Après lui avoir fourni un sauf-conduit au nom de Della Porta, son oncle cardinal lui avait appris que le Collège romain, où l'on instruisait les Jésuites, avait demandé et obtenu l'autorisation d'inviter Galilée afin de débattre de ses découvertes. Le père Christophe Clavius, membre de la Compagnie de Jésus et professeur de mathématiques au Collège romain, entretenait en effet depuis de nombreuses années une correspondance avec le savant pisan. Il comptait étudier le ciel au moyen de sa lunette astronomique.

« Ce n'est pas tout, ajouta Cesi. Un cardinal assistera à cette rencontre. »

Schreck était tiraillé entre l'espoir et la méfiance : si Galilée parvenait à se faire entendre, ils seraient tous sauvés. Mais s'il s'agissait d'un piège ?

Le prince précisa : « M. Galilée l'ignore encore. Il convient de l'avertir, avant qu'il reçoive l'invitation officielle, de façon qu'il puisse rentrer à Rome et se préparer à temps.

– La nouvelle lui fera un immense plaisir ! s'exclama Faber. Nous le verrons enfin sourire. Je peux la lui apporter moi-même, si vous m'y autorisez. Je partirai dès que possible, par exemple demain matin à l'aube. »

Sa proposition fut accueillie avec enthousiasme.

***

Faber profita des deux journées de voyage qui le séparaient d'Arcetri pour dormir tout son soûl. Une fois parvenu à destination, il se rendit chez Galilée, qui habitait une petite maison de campagne, ceinte d'un muret de briques que dominaient quatre cyprès et un châtaignier ombreux. Une fillette de onze ans au sourire triste lui ouvrit.

« Oh, vous voici, monsieur Faber ! Tant mieux. Mon père est dans la bibliothèque, hâtez-vous, je vous prie. Votre présence sera peut-être bénéfique. »

Perplexe, l'Allemand lui emboîta le pas. Quand elle ouvrit la porte, il vit voler un livre. Il s'agissait de l'*Epytoma in Alamgestum Ptolomei* de Regiomontanus. Dans sa chute, quelques pages du chapitre *Tredicimus* se détachèrent et se répandirent sur le sol.

Dommage, songea Faber, une édition aussi belle et aussi ancienne !

Ce fut ensuite le tour d'un ouvrage qui, en raison de ses petites dimensions, atterrit sans dommage : une traduction récente des *Mécaniques* de Héron d'Alexandrie qui roula plusieurs fois au sol sans trouver d'équilibre, bien qu'elle traitât de leviers.

Telle une machine roulante, Galilée extrayait les livres des étagères et les jetait dans son dos. Il semblait avoir perdu la tête. Faber attendit toutefois d'être effleuré par *Le Operazioni del compasso geometrico e militare*, que Galilée avait publié quelques années plus tôt, pour intervenir : s'il commence à jeter ses propres écrits, se dit-il, c'est la fin. Affichant un sourire forcé, il affronta la fureur de son ami.

« Monsieur Galilée, calmez-vous. Cela ne vous ressemble guère.

– Prenez cela comme une expérience sur la chute

des solides, Faber ! s'écria le savant sans cesser son manège. Et déguerpissez, si vous tenez à votre tête ! Maudits livres ! hurla-t-il. Vous n'êtes bons qu'à allumer le feu. Et ce n'est pas vous qui améliorerez ma situation. Au contraire ! »

Soudain, il distribua des coups de pied à tout ce qui se trouvait au sol. On eût dit qu'un ouragan balayait la bibliothèque : des volumes, des couvertures et des feuillets tournoyaient en tous sens. Excédé, Faber saisit son ami aux épaules et le poussa dans un fauteuil, sans remarquer qu'un être cher au scientifique l'avait élu comme domicile : son chat blanc. La bête ne fut pas assez prompte, et Galilée lui écrasa la queue de son puissant postérieur. Elle poussa un miaulement si sonore que les deux hommes se figèrent sur-le-champ. Puis le savant bondit sur ses pieds.

« Mon Dieu, qu'ai-je fait ? Pauvre créature, pauvre créature ! » balbutia-t-il. L'animal s'étant réfugié sous un meuble, il se mit à quatre pattes afin de l'adoucir.

« Monsieur Galilée, commença alors Faber, je suis venu vous dire qu'il vous faut regagner Rome. Le père Clavius vous invite au Collège romain. Les Jésuites souhaitent observer les planètes avec votre lunette.

– Voulez-vous répéter ce que vous venez de dire, je vous prie ? demanda le savant, soudain calmé.

– Vous êtes invité au Collège romain pour un débat concernant le ciel. Le père Clavius veut une lunette astronomique. Pourquoi étiez-vous donc si fâché ?

– Une histoire bien laide, monsieur Faber. Je croyais avoir déjà tout entendu, cette année. Que je fais des horoscopes ! Quel astronome n'en fait pas ? Que je vis en concubinage avec ma domestique ! Mais c'est la mère de mes filles, devrais-je donc la renvoyer ? Que ma lunette astronomique ne répond qu'à des exigences militaires ! Voyons, les soldats sont terrifiés à l'idée d'observer le ciel ! Et voici la dernière : les aristotéliciens de l'université de Pise, vient-on de m'informer, ont attaqué mon écrit sur le flottement des corps. Et les Dominicains s'apprêtent à utiliser ce que ce fou de Lodovico Delle Colombe et ce fanatique de Francesco Sizzi ont publié pour s'opposer à mes découvertes ! »

En entendant prononcer le nom des Dominicains, Faber frissonna. « Si les Jésuites vous reçoivent, vous n'avez rien à craindre de personne, dit-il.

– J'aimerais le croire, mais j'en doute beaucoup. Le Saint-Office intente un procès à Cremonini, qui est pourtant aristotélicien et qui a toujours refusé les thèses de Copernic. Imaginez-vous donc le destin qui m'attend, moi qui ne suis pas aristotélicien, mais copernicien.

– Cremonini enseigne, dans la lignée d'Aristote, que l'âme est mortelle, comme le corps. C'est son seul péché, mais il est bien protégé par la république de Venise, et l'Inquisition ne parviendra sans doute pas à l'arrêter. Vous êtes vous aussi en sécurité avec l'appui du père Clavius. Suivez-moi à Rome. Vous constaterez vous-même que personne ne s'en prendra à vous.

– Les réponses de Clavius à mes lettres sont la seule chose concrète et encourageante que j'aie reçue jusqu'à présent de ces messieurs qui prétendent connaître le ciel pour la seule raison qu'ils ne cessent de le prier. »

L'heure du déjeuner étant arrivée, Galilée invita Faber à partager son repas, que servirent ses deux filles – l'aînée, Virginia, que l'Allemand avait déjà rencontrée, et la cadette, Livia, qui avait un an de moins. Elles manifestaient à leur père une tendresse et un dévouement extraordinaires. Leur mère, donna Marina Gamba, ne se montra pas, mais on l'entendait s'affairer à la cuisine, parler aux fillettes et chantonner. À la fin du repas, les deux hommes allèrent se dégourdir les jambes dans le jardin, ainsi que l'astronome en avait l'habitude. Les fillettes se mirent à se poursuivre sur la pelouse en poussant des rires argentins.

« Quand je les vois si gaies, je me sens coupable, confia Galilée. Elles ne savent rien de l'avenir que je leur prépare... J'ai demandé au cardinal Maffeo Barberini, l'un des rares membres de la curie à honorer encore notre amitié, de m'aider à les mettre au couvent. Il intrigue pour les placer à celui de San Matteo, tout près d'ici. L'abbesse n'est autre que la sœur du secrétaire du grand-duc de Toscane, mon protecteur... Mes filles n'ont pas de chance, elles ne connaîtront pas les joies de la famille.

– Vous voulez qu'elles entrent au couvent ? Et pourquoi ? Elles ont déjà des prétendants, me semble-t-il !

– Je n'ai pas le choix. Il faut que je les sacrifie au bon Dieu. Peut-être me laissera-t-on alors poursuivre mes études en paix. »

Galilée invita Faber à revenir pour le dîner. Avant de partir, l'Allemand demanda à voir l'atelier que le savant avait bâti sur la terrasse. Un rideau noir protégeait la lunette astronomique, dont on ne voyait que l'objectif. « De cette façon, je peux la pointer sans être gêné par la lumière des autres astres », expliqua Galilée. Ainsi qu'il l'avait fait sur le Janicule, il montra à son ami le ciel de près. Et quand celui-ci regagna son auberge, les monts et les cratères de la Lune brillaient encore dans ses yeux.

Le lendemain, les deux hommes prirent la route ensemble. Une fois à Rome, Galilée s'installa chez l'ambassadeur du grand-duc de Toscane, et Faber se précipita chez Teresina afin de se détendre un peu. Ils ne se retrouvèrent au palais Cesi que le lendemain matin. Il y avait là Schreck, mais aussi Van Heeck, qui avait renoncé à rallier Prague, car on lui avait signalé la présence là-bas de membres de sa famille, bien décidés à le ramener en Hollande. Il avait déjà séjourné chez le prince, qui l'avait même hébergé dans le domaine d'Acquasparta. Cesi se présenta un peu plus tard. Il entra en saluant ses invités d'un signe, l'air embarrassé. Plus tard, à table, tandis qu'on mangeait de la bécasse aux figues, il s'exclama :

« J'imagine, messieurs, que vous avez tous une opinion concernant la candeur de la jeunesse. » Et, comme les convives lui lançaient un regard interdit, il tenta de s'expliquer :

« Permettez-moi ce jeu de mots, mes amis, mais peut-on à la fois être innocent et savoir qu'on l'est ?

– Prince, intervint Galilée, je serai demain au Collège romain. Il importe que je convienne avec vous d'une ligne de conduite. Or vous semblez naviguer sur d'autres mers. Lesquelles ? Expliquez-vous, je vous prie. »

C'était la première fois que le savant pisan traitait le prince avec brusquerie. Voilà pourquoi, peut-être, celui-ci se ressaisit : « Vous avez raison, monsieur Galilée, mais avant de débattre d'autres sujets je tenais à vous communiquer une grande nouvelle. Je vous dirai ce qu'il en est sans recourir aux artifices, comme je l'ai fait jusqu'à présent. Ce matin, les parents d'Artemisia Colonna ont enfin accepté mes présents de fiançailles, et nous nous marierons bientôt. Nous avons conclu un accord. Nous n'envisagerons notre descendance que dans deux ans, après son treizième anniversaire. C'est une jeune fille modeste, pudique, gentille et innocente. Je ne doute pas que vous lui plairez, vous, mes amis très chers.

– Prince, s'exclama Van Heeck, qui s'était rembruni, il y a quelques années, vous m'avez interdit de me marier ! Dans une de vos lettres, vous qualifiiez le mariage de "lien efféminé", et voilà que vous entendez prendre femme ! »

Les propos de Cesi avaient également surpris Faber. Plus d'une fois, en effet, le prince avait affirmé qu'on ne pouvait se consacrer aux études quand on devait s'occuper d'une épouse et d'enfants, excluant ainsi de l'académie les chefs de famille.

« C'est vrai, admit Cesi avec un léger sourire. C'est vrai, je ne renie pas ce que j'ai dit et écrit. Mais il est bon que je revoie mes positions, car à l'âge de vingt-six ans je brûle du désir de participer au jeu de la vie. Et j'ai besoin d'un héritier pour poursuivre notre aventure.

– Prince, je vous félicite de tout cœur, reprit Galilée, frémissant. Mais demain, je serai au Collège romain. Le père Clavius et ses amis attendent de moi un discours que je souhaiterais mettre au point avec vous.

– Monsieur Galilée, je ne doute point que vous saurez trouver les mots justes pour pénétrer ces cœurs. L'atmosphère vous sera favorable. Je serai à vos côtés, mais permettez-moi de me consacrer à autre chose ce soir. Tout s'est produit très vite, et je suis bouleversé. Demain, à l'aube, je dois envoyer le contrat de mariage à mon père, qui se trouve à Acquasparta, avec une lettre d'accompagnement. Je vous prie donc de m'excuser. Vous savez tous que ce n'est pas un homme facile. »

Sur ces mots, il prit congé en toute hâte, suivi d'Anselmo.

Les convives ne commentèrent pas la nouvelle, mais ils s'accordèrent tous sur le fait que la soirée ne pouvait continuer sans le prince. Galilée regagna donc l'ambassade toscane, de plus en plus inquiet, et Faber son propre domicile. Schreck et Van Heeck allèrent aussitôt se coucher.

***

Schreck se tourna et se retourna longuement dans son lit, à la recherche du sommeil. Son esprit se peuplait d'images et de pensées : le lac de Constance, vu de sa maison natale ; la jupe de sa mère, prise dans un confessionnal, à la cathédrale ; les chevaux pie du premier carrosse qui l'avait conduit dans un pays étranger ; le lorgnon de Viète, le mathématicien dont il avait été le secrétaire ; l'escalier raide qui menait à la chaire de Galilée ; le coffret contenant ses instruments chirurgicaux ; les yeux hallucinés de Van Heeck. En proie au sentiment de petitesse que lui transmettaient les paysages ancestraux, au remords de ne pas avoir aidé sa mère à se libérer du clou qui avait déchiré sa jupe, au vertige du premier voyage, à la stupeur de voir les lettres remplacer les chiffres dans le calcul éblouissant que Viète avait baptisé « logistique spécieuse », à l'admiration illimitée pour l'homme qui avait osé vérifier avec une lunette astronomique les assertions concernant le ciel qu'on répétait depuis deux mille ans, à de la tendresse amoureuse pour la fille dont le corps avait constitué son dernier exercice d'anatomie, enfin à l'inquiétude que lui causait le comportement imprévisible de Van Heeck, il décida de se lever et d'aller à la bibliothèque. La veille donnait à ce fardeau de souvenirs et de sentiments une couleur oppressante.

Il ne pouvait imaginer qu'à la bibliothèque d'autres yeux, ceux-là mêmes qui troublaient son sommeil, observaient un objet qui changerait radicalement le cours de sa vie.

VII

Dans le halo de lumière que la lampe répandait autour de sa tête, il évoquait ce même saint Jean Baptiste qu'il révérait. Il était tellement concentré sur sa lecture qu'il semblait dormir les yeux ouverts. Voilà pourquoi, sans doute, Cesi et ses amis le surnommaient l'« Illuminé », songea Schreck avant de toussoter. L'homme sursauta.

« Ah, c'est vous, Terrentius ! Je ne vous avais pas entendu entrer.

– Pardonnez-moi, je ne voulais pas vous effrayer, monsieur Van Heeck. »

Le Hollandais avait pris place dans un coin de la bibliothèque tapissé d'étagères en noyer. Sur les plus hautes, des oiseaux empaillés veillaient, telles des sentinelles. On pouvait admirer une collection de coquillages sur un guéridon, une peau de crocodile négligemment posée sur un chevalet et, par terre, une grande tortue de mer qui exhibait ses yeux de verre. Contre le mur, un meuble regorgeait d'étroits tiroirs. L'un d'eux était ouvert, et l'on y distinguait, à la lumière tremblante, des insectes transpercés d'une épingle. Van Heeck répondit avec politesse :

« Vous ne m'effrayez pas le moins du monde. J'éprouve même du plaisir à vous voir. Vous connaissez de nombreuses langues et vous pourrez peut-être m'aider.

– Vous êtes pourtant ferré en cette matière. Le prince m'a confié que vous savez huit idiomes. Il a également rapporté que vous possédez une mémoire prodigieuse et que vous êtes parvenu en l'espace d'un jour et d'une nuit à apprendre toutes les lois de l'État pontifical.

– Savez-vous pourquoi j'ai dû le faire ? rétorqua le Hollandais avec un sourire. Pour éviter la prison. Oui, c'était il y a huit ans, en 1603, époque à laquelle nous avons fondé l'académie. Un apothicaire de Scandriglia, un idiot du nom de Ranieri Casolini, me fit prendre la mouche, et je l'embrochai. Tué sur le coup ! Il me fallut apprendre à toute allure les codes pour me défendre au tribunal. Mais si le prince n'était pas intervenu, croyez-moi, on m'aurait jeté au cachot ! » conclut-il avec un glapissement amusé.

Schreck savait que Van Heeck avait fait ses études à Pérouse, et qu'il avait servi la famille des Cesi en qualité de médecin, mais il ignorait tout de cette histoire sanglante. Pour dissiper son embarras, il demanda : « Et en quoi pourrais-je vous être utile ?

– Je recensais les livres orientaux que le prince a achetés. Ceux-ci sont en arabe, et il les déchiffre sans grande difficulté. »

Il indiqua plusieurs ouvrages, notamment un volume des *Coniques* d'Apollonios de Perga, traduit du grec en arabe par Thabit Ibn, en précisant que le patriarche d'Antioche, Ignace Naámah, l'avait offert en 1578 au cardinal Ferdinand de Médicis ; le traité d'optique de Muhammad Tusense, lui aussi en arabe, ainsi que deux livres en persan. Puis il ajouta : « Celui-ci est rédigé dans une langue qui m'est totalement inconnue. Avez-vous idée de ce dont il s'agit ?

– Du copte. C'est un almanach astrologique, suivi de prières. Le titre signifie "Lumières de la nuit".

– Et celui-ci ? Le voyageur Piero Della Valle l'a offert au prince. »

Il tira de sous la pile un petit cahier, relié par un ruban de soie, et le feuilleta. Des centaines de signes étranges, alignés avec ordre comme des soldats, recouvraient ses pages fines.

Fasciné, Schreck contemplait ces traits, effectués au pinceau. Ils semblaient dissimuler d'importantes révélations.

« Qu'est-ce donc ? demanda-t-il d'une voix grave.

– Je n'en sais absolument rien, si ce n'est que ce texte est rédigé dans la langue des Chinois.

– Du chinois ! Pouvez-vous le déchiffrer ?

– Le chinois ? s'exclama Van Heeck avec un rire bruyant. Et moi qui comptais sur vous ! Vous ne le connaissez donc pas ?

– Bien sûr que non. Savez-vous qui pourrait nous éclairer ?

– Les missionnaires de la Compagnie de Jésus sont les seuls à connaître cette langue. Si vous accompagnez demain M. Galilée au Collège romain, vous aurez sans doute l'occasion d'en rencontrer un. Il nous aidera peut-être à découvrir le sujet de cet ouvrage.

– Le prince m'a déconseillé de me montrer. Et puis j'imagine qu'on ne pénètre pas au Collège sans invitation. Mais dites-moi, y aurait-il à Rome des prêtres qui ont séjourné en Chine ?

– Je sais que l'un d'eux doit rentrer, pour repartir aussitôt dans ce lointain empire. Mais s'il est déjà là... »

Il laissa sa phrase en suspens et écarta les bras.

Schreck demanda alors : « Pourquoi tout ce va-et-vient ?

– Bonne question ! Ceux qui s'en vont là-bas y demeurent toute leur vie. Vous comprenez, les dangers de la mer, le scorbut, les pirates, les naufrages... Et les Chinois, parbleu ! Il paraît qu'ils mènent de temps à autre des campagnes de persécution contre les étrangers. En général, les missionnaires ne regagnent jamais l'Europe. Mais dans certaines circonstances...

– Quelles circonstances ? interrogea Schreck en s'asseyant auprès du Hollandais.

– À l'évidence, vous ignorez tout de cette histoire.

– Il en est ainsi.

– Alors, il vaut la peine que je vous rapporte ce que l'oncle du prince, le cardinal, lui a raconté, et ce que celui-ci m'a dit. Pendant des siècles, aucun Européen n'est parvenu à pénétrer en Chine. François Xavier lui-même mourut sur une île, aux portes de ce mystérieux empire qu'on qualifie de céleste. Mais il y a une trentaine d'années, l'entreprise d'un autre jésuite, le père Matteo Ricci de Macerata, fut couronnée de succès. Il séjourna longuement dans le Sud et, au début du siècle, réussit à rencontrer l'empereur en personne, plus intrigué par ses connaissances en mathématiques et en astronomie que par la nouvelle religion dont il était l'ambassadeur. Il aurait, en effet, traduit en chinois plusieurs livres des *Éléments* d'Euclide. »

Van Heeck marqua une pause avant de reprendre : « Hélas, il s'est éteint l'année dernière. Mais avant de mourir, il avait écrit plusieurs fois au général de la Compagnie de Jésus et au pape, leur demandant de dépêcher en Chine des mathématiciens, des astronomes et des hommes de science, avec leurs livres et leurs instruments, afin qu'ils aident les Chinois à remanier leur calendrier. Le secours de la science aurait, selon lui, favorisé la diffusion de la religion. Il y a quelque temps, le père Niccolò Longobardo de

Caltagirone, successeur de Ricci à la tête de la mission chinoise, a envoyé l'un des siens en Europe pour organiser cette expédition. Il ne devrait pas tarder à rallier Rome, s'il n'est pas déjà arrivé. Il est originaire des Flandres et se nomme Nicolas Trigault. On dit qu'il établit un dictionnaire de la langue chinoise. »

Mille questions se pressaient dans l'esprit de Schreck, qui se contenta toutefois de dire : « Comment puis-je le rencontrer ?

– Je suppose que ce Trigault ira chercher ses mathématiciens et ses astronomes là où ils ne peuvent que se trouver, au Collège romain. Comme il disposera de peu de temps, il ne se perdra pas en mondanités et s'y rendra dès son arrivée. En d'autres termes, cher Terrentius, il vous faut vous adresser aux Jésuites pour rencontrer Trigault.

– Fort bien ! Donnez-moi ce livre chinois. Je me charge de le faire traduire.

– Que comptez-vous faire ? interrogea Van Heeck, l'air soupçonneux.

– Je n'en ai pas encore la moindre idée. Mais je vous tiendrai informé. »

Les deux hommes se saluèrent. Armé du précieux ouvrage, Schreck regagna sa chambre. Il le feuilleta longuement, et, après qu'il eut éteint la chandelle, les caractères de cette langue bizarre continuèrent de danser dans sa tête. La clarté du matin le surprit dans un état de grande excitation. Il sauta aussitôt en voiture et se dirigea à toute allure vers l'Aventin. Malgré l'heure matinale, on le laissa entrer à l'ambassade de Toscane, où il demanda à s'entretenir avec Galilée. Le savant, qui n'avait pas fermé l'œil, lui non plus, dans l'imminence de la séance au Collège romain, se présenta sur-le-champ. La barbe en bataille, les épaules voûtées, il semblait vaciller sous le poids d'un énorme fardeau.

La vue de Schreck lui tira un sourire. Il se redressa et se précipita vers lui.

« Monsieur Terrentius, on vous a jeté au bas du lit, ce matin ?

– Ah, je n'ai pas fermé l'œil !

– Alors nous sommes frères d'insomnie. Moi non plus, je n'ai pas réussi à trouver le sommeil, mais j'avais de bonnes raisons. J'ai passé la nuit à établir ce que j'allais faire chez les Jésuites. Et vous ? Quelles pensées vous ont-elles tenu éveillé ?

– Je peux imputer moi aussi aux Jésuites cette nuit sans sommeil. »

Croyant en une facétie, Galilée éclata de rire. « Ils sont partout. Voilà pourquoi on leur doit bon nombre de nuits blanches !

– Savez-vous qu'ils ont des missionnaires en Chine ?

– On m'a dit que le fondateur de la mission, Matteo Ricci de Macerata, fut l'élève du père Clavius, qui lui a enseigné les mathématiques au Collège romain.

– Et il a mis à profit les leçons de son maître, puisqu'il traduit en chinois plusieurs livres des *Éléments* d'Euclide.

– De qui le tenez-vous ? »

Schreck lui rapporta son entretien avec Van Heeck et exhiba le petit livre que celui-ci lui avait confié. Trouvant en Galilée une oreille attentive et curieuse, il mentionna le journal de Jacques d'Irlande, son désir de se rendre en Chine, l'arrivée imminente du missionnaire Trigault, chargé de mettre sur pied une expédition scientifique dans le but de remanier le calendrier des Chinois. Les yeux de Galilée brillaient.

« Si j'ai bien compris, dit-il, il ne vous reste plus qu'à réaliser vos souhaits. Qui sait ? Vous fonderez peut-être en Chine une section de notre académie. Imaginez la fierté du prince Cesi...

– C'est une belle idée, qui doit toutefois demeurer secrète. Je dispose d'un plan, mais j'ai besoin de votre soutien moral, d'informations en votre possession et des nouvelles tables astronomiques que vous préparez.

– Des informations ? À quel sujet ?

– Sur les hommes qu'on surnomme les « mathématiciens du père Clavius », ses élèves les plus doués. Je voudrais connaître leurs noms. Je pourrais les suggérer au père Trigault à son arrivée.

– Clavius me les fournira certainement. Vous avez mon plein appui et mon aide. Mais à quoi vous serviront mes éphémérides ? Il me faudra beaucoup de temps avant de les achever.

– Vos tables seront indispensables pour la révision du calendrier chinois.

– Diable ! Alors, vous comptez vraiment vous rendre en Chine ! Mais comment vous y prendrez-vous ? »

Les yeux de Schreck étincelaient tandis qu'il répondait : « C'est simple. Seuls les Jésuites pénètrent en Chine. Je me ferai donc jésuite ! »

***

Deux heures plus tard, Galilée entamait sa leçon au Collège romain, devant un public fourni, parmi lequel se trouvaient le père Clavius, le cardinal Cesi et son neveu, le prince. Au même moment, de l'autre côté du Tibre, à Borgo Santo Spirito, Schreck entrait dans une pièce immense, mais dépouillée, que seuls meublaient une table, deux chaises, un crucifix siennois au mur et une petite bibliothèque en noyer massif. Derrière la table se tenait, en habit noir, Claudio Acquaviva, le prévôt général de la Compagnie de Jésus, un homme au visage émacié, aux lèvres fines.

À la tête des Jésuites depuis trente ans, Acquaviva jouissait d'une grande renommée : sous sa direction, les membres de la Compagnie étaient passés de cinq à treize mille, dispersés dans le monde entier ; le nombre des maisons professes, des noviciats et des collèges avait triplé, on en comptait désormais cinq cents ; enfin, il avait eu affaire avec des papes, des empereurs et des rois. Ses incitations spirituelles avaient catalysé l'ardeur missionnaire, et certains jésuites, décédés sous son généralat, étaient déjà en odeur de sainteté ; parmi eux, Luigi Gonzaga, frappé par la maladie même qu'il soignait avec abnégation dans les hospices romains, et trois prêtres japonais martyrisés par leurs compatriotes.

Acquaviva demeura un moment immobile, les paupières fermées, puis il feuilleta ses papiers, attendant d'avoir déniché ceux qu'il cherchait pour pointer ses yeux perçants vers l'Allemand, debout devant lui, muet.

« Ah, vous êtes donc le docteur Terrentius ! On me raconte beaucoup de choses à votre sujet. Un étranger de votre espèce ne passe pas inaperçu dans notre ville sainte. Mon secrétaire me dit que vous souhaitez me voir. Il a ajouté que vous ne pouviez attendre. Je vous écoute.

– Mon père, je vous suis reconnaissant de m'avoir accordé cette audience. Je sais qu'il est fort difficile de s'entretenir avec vous.

– Pas lorsqu'on se présente de la part du cardinal Cesi. L'Église devrait pouvoir compter sur des saints hommes de sa trempe.

– Mon père, puis-je vous parler avec franchise ?

– Vous êtes ici comme à la confession.

– J'ai menti. Je ne suis pas le messager du cardinal. Je voulais juste vous rencontrer. »

Acquaviva ferma les yeux et poussa un soupir. Un sourire étira ses lèvres. « Depuis plus d'un mois, j'ai un couteau dans le flanc, docteur, un feu infernal qui me brûle les entrailles et le dos. La nuit, la douleur augmente tant qu'aucun remède ne parvient à la calmer. La prière est mon seul soutien. J'ai grand-peine à tenir debout et la nausée me coupe l'appétit. Mais j'ai encore la force d'accomplir mes devoirs et de louer Dieu. Votre mensonge est infime, comparé à ce que me dit mon médecin. Il veut me persuader que mon malaise est passager. » Un râle s'échappa de sa gorge, peut-être un sanglot étouffé.

« Vous êtes absous. Et maintenant, ayez la gentillesse de me dire ce qui vous amène.

– Cette souffrance se manifeste-t-elle à droite ou à gauche ? » demanda Schreck, qui commençait à entrevoir une issue favorable à sa démarche.

Comme tous les malades en présence d'un médecin, Acquaviva saisit cette occasion pour décrire en détail les maux qui l'affectaient. Schreck l'interrogea, en particulier sur son régime, sur la nature de ses souffrances – étaient-elles diffuses et atténuées, aiguës et concentrées, accompagnées de chaleur ou de frissons ? – puis livra son diagnostic. Enfin, il s'agenouilla, posa une main sur le bureau et, les yeux fixés dans les fentes qui s'ouvraient sous les sourcils d'Acquaviva, déclara : « Je souhaite entrer dans la Compagnie des Jésuites et prendre l'habit.

– Comment, docteur Terrentius ?

– Le Seigneur me dicte mes mots ! Je veux devenir jésuite ! »

Acquaviva s'octroya quelques secondes en murmurant un Pater dont il martela les syllabes, puis il croisa les bras et finit par poser les yeux sur l'Allemand, à ses pieds. « Vous, jésuite ? Que je sache, vous n'avez pas encore réglé vos comptes avec le Saint-Office. Pourquoi devrais-je causer des ennuis à ma Compagnie ?

– Parce que je sais comment vous guérir », répondit Schreck avec un sourire.

VIII

« La nouvelle concernant M. Terrentius m'a peiné en raison de la grande perte qu'elle comporte pour notre compagnie, et m'a réjoui pour l'autre, celle de Jésus, à laquelle je dois beaucoup et qui s'est acquis un être de valeur. Cet homme, qui a magnifiquement illustré les plantes mexicaines pour l'académie des Lincei, prie Dieu. Il s'applique aux spéculations célestes non plus du firmament avec ses étoiles et ses planètes, mais du Ciel de l'Empyrée où réside celui qui sait ce qui se dissimule dans l'esprit humain. »

Galilée ajouta à ces mots une formule de salut, répandit de la poudre sur l'encre et souffla dessus. Il relut sa missive et s'adressa à son interlocuteur, assis en face de lui :

« Voilà, monsieur Faber, vous pouvez la porter au prince Cesi. J'espère qu'il se résignera au départ de M. Terrentius. »

L'Allemand était pensif. L'entrée de Schreck à la Compagnie de Jésus, le 1er novembre 1611, avait jeté le trouble à l'académie des Lincei, dont les membres s'étaient interrogés sur la raison de cette démission moins de cinq mois après son adhésion. Mais l'homme s'étant retiré au noviciat de Sant' Andrea, personne n'avait pu le rencontrer, et les soirées du palais Cesi avaient été marquées par son absence. On avait évoqué plusieurs hypothèses, et Galilée avait affirmé d'un ton confiant : « Ne vous inquiétez pas, le docteur Terrentius sait ce qu'il fait. » Il en était resté là, en dépit de l'insistance de ses amis.

Avant de prendre congé, Faber interrogea : « Puis-je vous servir en quoi que ce soit ?

– Bien sûr, mais cela doit demeurer entre nous.

– Je suis à votre disposition.

– Vous avez des fréquentations haut placées. J'aimerais que vous me rendiez un service.

– Lequel ?

– Me mettre en relation avec Terrentius. »

D'instinct, Faber referma la main sur son petit crucifix en corail. Lui-même n'avait pas pu voir son ami, enfermé au noviciat. Bien décidé toutefois à contenter Galilée, il répondit : « Je ferai tout mon possible. » Puis il partit en laissant derrière lui le sillage parfumé de sa perruque poudrée.

***

Deux semaines plus tard, un homme remit à Galilée un billet rédigé dans le langage chiffré des Lincei. Faber invitait le savant à suivre le messager, qui le mènerait « au rendez-vous qu'il savait ». Galilée gagna l'appartement que l'ambassadeur de Toscane lui prêtait, redescendit vêtu d'une somptueuse houppelande et muni d'un gros sac en cuir. Le trajet fut bref. Le carrosse franchit la Porta Portese et s'immobilisa non loin d'une série de masures qui bordaient le Tibre, à l'endroit où une rigole de purin s'écoulait dans le fleuve. En raison de la puanteur qui y régnait, ces lieux avaient été épargnés par la soif de terres qui animait les grandes familles romaines. Plus qu'un quartier, ils évoquaient un village, où il était rare que pénètrent des étrangers. Le cocher frappa sur l'habitacle.

« Nous sommes arrivés, Excellence, vous pouvez descendre. »

Sans quitter son siège, il indiqua à Galilée une maison en pierre, précédée de quelques marches décrépies. Le savant frissonna de froid et jeta un regard à la ronde. Bien que l'endroit fût désert, il eut l'impression d'apercevoir un visage à une petite fenêtre, en haut. Il s'emmitoufla et, d'un pas lent, se dirigea vers l'escalier. À peine l'avait-il gravi que la porte s'ouvrit comme par enchantement et l'engloutit.

Deux bougies, qui brûlaient sur la table, transperçaient la pénombre. Une silhouette indistincte apparut, elle appartenait à une jeune fille au visage émacié qui respirait la misère. Elle adressa au visiteur un sourire vulgaire mais accueillant. Plusieurs couches de chiffon l'enveloppaient de la tête aux pieds sans parvenir à masquer la maigreur de son buste. Nul doute, ses côtes devaient être apparentes, songea Galilée, qui lui donnait quinze ans. Cependant, les paupières qu'elle plissait dans le but évident de mieux voir ajoutaient perfidement une dizaine d'années à cet âge. « Monsieur... Excellence », dit-elle, embarrassée, tandis que la porte se refermait dans un bruit sec. Ne sachant comment continuer, elle sourit et se ploya en une sorte de révérence. Craignant qu'elle ne trébuche, Galilée lui saisit le bras.

Un éclair obscène traversa les prunelles de la fille, qui déclara : « Je descends. N'hésitez pas à m'appeler pour satisfaire chacun de vos désirs. N'importe quel désir, Excellence. Appelez-moi. Je me nomme Teresina. »

Elle venait juste de disparaître quand une voix retentit dans la pièce : « Vous vous demandez sans doute comment Faber connaît cet endroit. Je préfère ne pas le savoir. » Un grincement de chaise s'ensuivit et Schreck jaillit de la pénombre.

« Terrentius, mon ami ! » s'exclama Galilée en se précipitant vers lui. Il l'étreignit un moment puis observa l'Allemand. « Montrez-vous... Comme vous avez changé... »

Schreck portait une cape noire et une longue robe de la même couleur à rabat blanc. Mais ce fut surtout son visage qui surprit Galilée. Il avait maigri, pâli, et ses traits revêtaient une certaine dureté. Toute sa silhouette dégageait une nouvelle sévérité. « Oui, je vous trouve changé.

– Devenir jésuite a un prix, vous ne l'ignorez pas », répondit Schreck en invitant le savant à s'asseoir.

Ils entamèrent une longue conversation. Galilée rapporta les dernières nouvelles de l'académie et de ses membres, sans oublier la maladie qui emportait Della Porta. Schreck relata à son ami sa vie de novice : la discipline, les exercices de pénitence, l'étude rigoureuse des classiques latins et grecs, qu'il connaissait déjà, les disputes oratoires destinées à affiner l'art de la rhétorique, enfin les mathématiques et l'astronomie, selon le programme du père Clavius.

« Vous savez, déclara Galilée, personne n'a jamais vraiment cru à votre vocation tardive. Vous m'aviez confié votre décision de prendre l'habit, mais vous ne m'avez pas dit comment vous avez réussi à entrer dans la Compagnie.

– Je dois remercier la maladie de la pierre, dit Schreck, l'air amusé.

– Comment ?

– Lorsque j'ai demandé un entretien au général Acquaviva pour le prier de m'accueillir dans la Compagnie de Jésus, je n'avais pas mis au point de stratagème. La bonne fortune a voulu, pour moi, qu'il souffrît et que personne n'eût encore décelé les causes de sa maladie. Il se croyait à l'agonie. Je lui ai donc proposé mes soins. Ce fut assez simple, car il était affecté de pierres dans les reins, des calculs dont une décoction de concombre et de feuilles d'achillée dans de l'eau distillée est venue à bout en l'espace d'une semaine. Un remède banal, mais beaucoup plus efficace que la saignée, et dont vous pouvez imaginer sans effort la provenance.

– Une méthode chinoise !

– Oui, je l'ai apprise dans les documents que j'ai consultés il y a quelques mois.

– Je n'ai pas oublié le journal de Jacques d'Irlande. À propos, avez-vous rencontré le missionnaire rentré de Chine ?

– Il n'est pas encore arrivé à Rome. Mais le général m'a assuré que je ferai partie de l'expédition que Nicolas Trigault organise dans le but d'apporter notre science à cet empire.

– Diable ! Alors vous avez réussi ! s'écria Galilée en abattant le poing sur la table. Si je ne devais pas veiller à l'avenir de mes filles, je tenterais moi aussi de me rendre là où les savants dictent les lois.

– Je vous assure que cela n'a pas été facile. Les bruits circulent vite, et le général a déjà reçu une centaine de candidatures. Rome appuie celle de Grégoire de Saint-Vincent, l'élève du père Clavius, qui s'intéresse au calcul infinitésimal et qui l'a suivi dans de nombreuses observations du ciel. Le directeur du collège d'Ingolstadt soutient, quant à lui, Christopher Scheiner et Johann Cysat. »

Une lumière sinistre traversa les yeux de Galilée, qui rugit : « Deux imbéciles ! Scheiner s'est permis d'affirmer qu'il a distingué les taches du Soleil avant moi. L'autre, qui s'amuse depuis des années à contempler Orion, en est le digne disciple ! De grandes perruques armées de la croix, qui se consacrent à la science dans le seul dessein de faire carrière, sans aimer Dieu ni les hommes !

– Inutile de vous énerver, leur candidature sera refusée. Acquaviva juge imprudent de priver les collèges de Rome et d'Ingolstadt de professeurs aussi prestigieux, d'autant plus que personne ne peut jurer qu'ils reviendront sains et saufs.

– Tant mieux pour les Chinois, mais tant pis pour moi qui devrai les supporter ! Diable d'Allemand, vous êtes têtu. Je n'aurais pas parié un sou sur vous, lorsque vous m'avez confié votre projet. Mais je suis heureux de constater que vous avez réussi.

– Mieux que je ne l'aurais jamais espéré. Le général m'a chargé de réunir les livres et les instruments nécessaires à la mission, notamment les thèses les plus récentes qui permettront de corriger le calendrier des Chinois. »

Galilée ne put s'empêcher de demander : « Vous pourrez donc emporter le livre de Copernic ? Et mon *Sidereus Nuncius* ?

– Pour l'heure, nous ne sommes autorisés qu'à nous munir des écrits de Tycho Brahé. Son idée du ciel – les planètes qui tournent autour du Soleil, et l'ensemble Soleil-planètes qui tourne autour de la Terre – est moins convaincante que celle de Copernic et la vôtre, mais elle est beaucoup plus moderne, aussi nos supérieurs la considèrent-ils comme un bon compromis entre ce qu'on voit et ce qu'on doit croire...

– Je me contenterai de vous pourvoir des nouvelles éphémérides auxquelles je travaille.

– J'y compte bien. Grâce à vous, les calculs des planètes seront exacts. En outre, j'emporte une lunette astronomique que m'a offerte le cardinal Borromée. Cela me rendra la tâche plus aisée en Chine.

– Vous m'aviez demandé des informations... J'ai rencontré au Collège romain les deux meilleurs élèves du père Clavius. Ils ont moins de vingt ans, mais recueillent l'estime de tous. L'un, milanais, se nomme Giacomo Rho. L'autre est un Allemand de Cologne, Johann Adam Schall von Bell. Ce sont de grands cerveaux.

– Je n'oublierai pas. »

La porte s'ouvrit. Teresina apparut.

« Vous m'avez appelée, Excellence ? »

Les deux amis se dévisagèrent, avant de poser sur la jeune femme un regard interrogateur.

« Il m'a semblé que vous m'appeliez », dit-elle, nullement troublée. Elle lissa sur ses hanches ce qui lui tenait lieu de robe et conclut, en s'adossant à la porte : « Toujours prête à satisfaire vos désirs... »

Schreck et Galilée comprirent, non sans embarras, où ils se trouvaient.

« J'aimerais être à mille lieues d'ici, murmura le premier.

– Et moi, à dix mille ! »

C'est alors qu'on entendit un crépitement de sabots au-dehors : une voiture se présentait. Quelques instants plus tard, la porte se rouvrit et une silhouette familière se dressa, à contre-jour, dans l'embrasure.

« Faber ! s'exclamèrent les deux amis d'une même voix.

– Dieu soit loué, vous vous êtes retrouvés !

– Quel plaisir de vous revoir, Excellence ! s'exclama Teresina en se précipitant vers son amant.

– Madame, veuillez observer la retenue qui convient à une débauchée en présence de gentilshommes ! »

Et tandis que la jeune femme fronçait les sourcils,

il poursuivit : « Mes amis, le moment est venu de conclure cet entretien. On vient de m'apprendre que le père Clavius a eu un malaise et qu'il gît dans son logis, à la maison professe. Johann, il serait opportun que tu lui rendes visite au plus vite. Et vous, monsieur Galilée, regagnez l'ambassade de Toscane comme si vous aviez effectué une banale promenade. Vous partirez le premier. Il convient d'être prudent. »

Les trois hommes dévalèrent l'escalier, à la grande stupeur de Teresina, demeurée au sommet des marches.

Dehors, Galilée se pencha vers Schreck. « Mon ami, je serai de tout cœur avec vous. Mes vœux de réussite vous accompagnent. » Il tira de son sac une pochette en velours d'une certaine consistance qu'il lui remit, les larmes aux yeux. « Tenez, c'est pour notre science », dit-il avant de s'éloigner. Une voiture surgit de derrière la masure. Galilée y monta, et le fouet du cocher claqua.

Alors que le véhicule s'éloignait dans la brume gelée, Schreck ouvrit la pochette. Elle contenait des instruments chirurgicaux d'excellente facture : des bistouris à la poignée en ivoire, un spéculum en argent, des curettes et des agrafes aussi brillantes que des miroirs, une lancette historiée, une série d'aiguilles de toutes les dimensions, des pinces, des écarteurs, des scies, des trépans, des rugines, des stylets dotés de miroirs inclinables et d'autres engins qui semblaient tout droit sortis d'un antre des merveilles.

« Je les emporterai en Chine, dit Schreck.

– Pardon ?

– J'utiliserai ces instruments en Chine.

– Tu as vraiment l'intention d'y aller ? Et quand ?

– Dans un an ou deux, peut-être trois, ou dix. Je

l'ignore. Je ne sais qu'une seule chose : je m'y rendrai, accompagné de ces instruments.

– Mais comment partiras-tu ? demanda Faber, dont l'œil se remettait à cligner.

– Il n'y a pas plus simple, puisque je suis jésuite. En revêtant l'habit du missionnaire.

– Es-tu devenu fou ?

– Cette fois, je le suis vraiment, répondit Schreck en écartant les bras et en s'étirant avec un plaisir évident.

– Crois-tu que le Saint-Office oubliera ses soupçons et te laissera partir aussi loin ? En qualité de prêtre, qui plus est ?

– J'ai la protection du général, Claudio Acquaviva.

– Et que feras-tu en Chine ?

– J'étudierai, j'apprendrai. Je veux pratiquer la science et en faire bénéficier les autres pacifiquement. Bien entendu, dans le respect des enseignements de Dieu.

– Johann, renonce à ce projet ! Ils te créeront des ennuis, je les connais. Ils trouveront le moyen de t'empêcher de partir. Ou ils instruiront l'un des leurs et le chargeront de te surveiller. Ils l'ont déjà fait, ils sont capables de tout. Tu seras suivi par un inquisiteur qui te rendra la vie difficile... impossible...

– Qui veux-tu qui se rende en Chine ? Qui veux-tu qui entreprenne un voyage dont il est rare qu'on revienne ? répliqua Schreck, agacé.

– Ils ont des créatures prêtes à tout. L'individu qui s'occupera de toi ne sera pas différent des autres : honnête, érudit, prudent, persévérant, habile, parfait. Il aura plus de quarante ans, comme le veulent les dispositions clémentines, ou trente ans, selon la coutume espagnole, dissimulera sous des qualités manifestes son état de docteur en théologie, en droit canonique, ou en droit civil, ou encore dans les trois droits à la fois. Fais bien attention lorsque tu atteindras Goa. Ils y ont un tribunal qui étend sa juridiction jusqu'au Japon. »

Le visage de Faber s'était froissé au cours de cette péroraison, tant le projet de son ami l'inquiétait.

Schreck s'efforça de le rassurer sans grande conviction. « Réfléchis donc, Johann. Il n'y aura pas de dominicains en Chine, mais d'autres jésuites. Et il est difficile d'imaginer qu'une créature de l'Inquisition puisse se cacher parmi eux. De toute façon, je m'appliquerai à citer saint Thomas d'Aquin, le dominicain le plus célèbre après saint Dominique, et le disciple d'Aristote le plus convaincu. N'amena-t-il pas l'Église à refuser toute pitié aux hérétiques ? Il prôna deux avertissements, pas plus, pour montrer l'amour de Dieu à ceux qui s'y opposent. Ensuite, seules les souffrances les plus cruelles et la mort attendent ceux qui s'obstinent dans leur erreur.

– Giordano Bruno était, lui aussi, dominicain, ne l'oublie pas ! répliqua Faber avec un sourire amer. L'habit ne suffit pas... Il y a encore treize ans, Luis de Paramo a affirmé qu'en chassant Adam et Ève du paradis terrestre Notre-Seigneur fut le premier inquisiteur. De nombreux possédés, déclarés ou cachés sous un habit quelconque, se sentent légitimés par leur horreur des hérétiques. Fais attention, mon cher ami, ne sous-évalue personne pendant le voyage, tu seras obligé d'être toujours sur tes gardes. »

N'obtenant pas de réplique, le directeur des jardins pontificaux écarta les bras et étreignit son ami. Ils demeurèrent ainsi, serrés l'un contre l'autre, pendant quelques minutes, en proie à une violente émotion. Peu à peu, l'angoisse s'instillait dans l'esprit de Schreck.

Six ans plus tard

IX

Des centaines d'individus avaient surgi depuis la nuit dans le seul but de voir les trois caraques lever les amarres. Ils n'oublieraient pas ce 17 avril 1618. Quand les beaux voiliers se furent éloignés de la côte portugaise au point de ne plus former que des points au milieu de la mer, ils abandonnèrent la plage de Belém, et le récit du départ des missionnaires pour la Chine se mit à voler de lèvres en lèvres, aussi léger qu'un rêve.

Les navires portaient le nom de *San Carlos*, de *San Mauro* et de *Bom Jesu*. Le premier, un immense trois-mâts en teck indien, à trois ponts de cinq pieds de hauteur, sur la muraille desquels donnaient vingt-quatre canons, servait de vaisseau amiral. Les étendards de la grand-voile, de l'arrière et de beaupré flottaient au vent, dominés par des banderoles, sur les mâts. Les marins foulaient les étais et les haubans, fixés aux hunes, en un va-et-vient rapide. Le vent doux leur avait suggéré d'installer sur les bouts-dehors les bonnettes, qui augmentaient la surface de voilure principale et lui donnaient une apparence majestueuse.

Le gaillard d'arrière abritait la sainte-barbe, le gouvernail et la dunette, ainsi que la cabine de l'amiral et quatre cellules pour les jésuites, où l'ameublement était presque inexistant : des hamacs de corde semblables à ceux des populations amérindiennes, un coffre utilisé aussi bien comme débarras que comme table de travail, un tabouret. Voilà tout ce qu'hébergeaient ces lieux opprimants où ils vivraient pendant six mois.

Les autres occupants de la caraque logeaient entre le deuxième et le troisième pont, et couchaient dans des hamacs accrochés contre les flancs du navire. Le pilote, qui revêtait la charge d'officier en second et touchait une solde deux fois plus importante que celle des marins, ne jouissait pas de privilèges particuliers. Ses quartiers, près de l'écoutille principale, étaient juste un peu plus spacieux. Les domestiques des passagers devaient se contenter, en revanche, de niches étroites, obscures et humides, où l'air semblait rare – une ironie du sort puisqu'ils avaient pour tâche de rendre le voyage confortable et agréable à leurs maîtres.

Les bagages des missionnaires étaient entassés au fond de la cale, entre la carlingue et le premier pont. Comme ils renfermaient pour la plupart des livres, on les avait recouverts de sciure, de manière que les vers ne les attaquent pas. Pour la même raison, on avait enveloppé les caisses d'instruments – des sphères armillaires, des pendules, des sextants, des quadrants et la lunette astronomique – dans des couvertures de crin de cheval goudronnées. Non loin de là, des tonneaux et des barils contenant de la viande de bœuf et de porc en saumure, du poisson salé, des galettes et de la farine également salées pour décourager souris et insectes. Ail, oignons, petits pois, haricots verts, pois chiches, patates douces, cassaves et fruits secs complétaient le garde-manger. Il y avait aussi de l'eau potable qui ne tarderait pas à devenir putride, raison pour laquelle on avait installé sur le pont de grands réservoirs en bois afin d'y recueillir la pluie, suivant l'usage des navires arabes qui sillonnaient l'océan Indien. Dans un coin de la cale, des centaines de poules, terrifiées par l'humidité et l'obscurité, le clapotis de l'eau qui filait sous leurs pattes, le grincement des cordes et les cris des rats, vivaient dans un état d'anxiété que les attentions de trois coqs noirs ne parvenaient pas à adoucir. Elles dégageaient une puanteur épouvantable.

Les jésuites, tous embarqués sur le *San Carlos*, étaient au nombre de vingt-deux : dix Portugais, cinq des Pays-Bas, trois Italiens, trois Allemands et un Polonais. Ce navire hébergeait en tout trois cent trente-six âmes, en comptant les passagers, pour la plupart des militaires et des marchands pourvus de leurs serviteurs. Le commandant en chef de l'expédition, l'amiral Christobal de Noronha, était un homme étrangement raffiné pour un marin : de taille et d'envergure modestes, il n'arborait ni barbe ni cheveux longs, ne jurait pas et ne se soûlait pas. Outre le portugais, il parlait l'espagnol et l'italien.

Avant de gagner la passerelle de commandement et d'ordonner, d'un coup de sifflet, de larguer les amarres, il s'était rendu par politesse au carré des officiers pour montrer les cartes de leur itinéraire au procureur Nicolas Trigault et à l'homme qui semblait le suivre en importance, un Allemand dénommé Terrentius. Ils emprunteraient la route portugaise, qu'un décret pontifical avait définie en 1498 afin de la distinguer de la route espagnole, qui passait, quant à elle, par l'Amérique du Sud, l'océan Pacifique et les Philippines. En d'autres termes, les lourdes embarcations se dirigeraient vers le sud, longeraient l'Afrique jusqu'au trentième parallèle et vireraient vers le minuscule archipel Tristan de Cunha. Après avoir contourné ces îles dans leur totalité, ou presque, elles iraient vers l'est en doublant le cap de Bonne-Espérance. Les moussons se chargeraient du reste, poussant les caraques vers Goa, en Inde, terre de désir qu'elles atteindraient, si Dieu le voulait, fin septembre. De là, elles repartiraient pour la Chine, précisément pour Macao.

***

À onze heures, deux domestiques empressés et deux marins avaient allumé le feu à l'avant sur le grand plateau de fer qui constituait le foyer en plein air : on y préparerait le premier repas de la journée à l'intention des officiers et des missionnaires. Assis sur un siège à haut dossier, au centre du pont, Johann Schreck était trop occupé par les tableaux des marées pour prêter attention à ce va-et-vient. Dès l'instant où la caraque s'était élancée sur les ondes d'un mouvement grave et majestueux, une gaieté démesurée s'était emparée de lui, effaçant les soucis et les efforts du passé.

Trigault se sentait, lui aussi, rasséréné : les années qu'il avait consacrées à la préparation de ce voyage ne lui avaient pas laissé que de bons souvenirs. Il avait rencontré des difficultés de toutes sortes pour rassembler fonds et matériel, s'était heurté à la jalousie non seulement des autres religieux, mais aussi de certains membres de son ordre, et à l'incertitude de Paul V, tiraillé entre l'approbation de cette opération et la crainte d'accroître la puissance des Jésuites en Orient. Pourtant le pape n'avait pu se dispenser de contribuer à l'achat des livres et des instruments nécessaires à la réussite de cette mission.

Les livres ! L'écueil le plus dangereux, sur lequel l'expédition tout entière avait failli se briser. « La religion catholique est une forteresse assiégée, et les livres constituent un danger pour sa stabilité », lui avait expliqué Giulio Antonio Santori, secrétaire de la Congrégation de l'Index, un grand dominicain disgracieux à la voix fluette et mielleuse. Depuis 1572, date à laquelle Grégoire XIII avait créé officiellement la Congrégation par la lettre *Ut pestiferarum opinionum* afin de mettre à jour l'*Index librorum prohibitorum*, que Pie IV avait publié en 1564, après le concile de Trente, le secrétaire de cette institution était, et devait être, un représentant de la religion dominicaine, qui travaillait de concert avec le Saint-Office. En bon dominicain, Santori avait dépêché à Trigault une série d'agents pour examiner, dans le respect des dispositions inquisitoires, les textes que les missionnaires apportaient en Chine.

Un véritable cauchemar ! pensait Trigault en se remémorant le sort qu'avait subi le *Discorso intorno alle cose che stanno in su l'acqua* de l'astronome Galilée. Bien qu'il fût vendu à Florence depuis 1612, un membre de la Congrégation de l'Index avait ordonné qu'on l'arrache à sa caisse, déjà embarquée dans la caraque. Et ce, pour la simple raison que M. Galilée rejetait et ridiculisait dans cet ouvrage la doctrine aristotélicienne selon laquelle le flottement et la submersion des corps dépendent de leur forme, pour mettre en valeur le principe d'Archimède, déclarant ainsi la guerre aux disciples d'Aristote dont fourmillaient la Congrégation de l'Index et le Saint-Office. Ajoutant à ce débat encore en cours l'injonction de 1616, qui avait imposé à M. Galilée d'abandonner les idées coperniciennes, jugées contraires aux Saintes Écritures, l'agent s'était arrogé le droit de réquisitionner ce livre. Heureusement, tout cela a pris fin ! songeait Trigault, le visage offert à l'air saumâtre.

Le procureur se tenait sur le gaillard d'arrière en compagnie de trois autres jésuites, Adam Schall von

Bell, Giacomo Rho et Wenceslas Pantaleon Kirwirtzer. Le premier, un Allemand grand et blond, était en quelque sorte l'antithèse du deuxième, un petit Italien à la chevelure clairsemée et aux yeux doux. Le troisième, un robuste Polonais de trente ans, avait la manie de caresser son menton proéminent. Trigault se tourna vers ce dernier :

« Alors, père Pantaleon, vous ne regrettez pas le Pérou ?

– Je me demande encore pourquoi le général m'avait destiné à la mission péruvienne...

– Peut-être parce que l'espagnol est la seule langue que vous parlez sans accent polonais ! s'exclama Schall von Bell d'un ton qui hésitait entre l'amertume et la plaisanterie.

– Mon espagnol est aussi mauvais que le vôtre. Je crois plutôt qu'on avait besoin au Pérou d'un médecin, ce qui rendait ma présence inutile.

– Ils auraient pu y envoyer Terrentius », rétorqua Schall von Bell, cette fois franchement venimeux.

Trigault reprit la parole : « Jamais je n'aurais cédé père Terrentius. Quant à lui, il ne songe qu'à la Chine.

– Et vous voulez l'y emmener ! Tant pis pour nous ! Il ne sera pas aisé de cohabiter avec un érastien !

– Ne dites pas ça, Adam ! Jamais !

– À défaut d'en avoir les preuves, j'ai de forts soupçons. Le père Terrentius a la même attitude que les élèves de ce médecin hérétique, Thomas Lieber, dit Éraste, qui s'opposait à une Église promulguant des décrets, des lois, et imposant sa foi. Il est mort il y a quelques années, mais sa pensée est encore vivante, à preuve le grand nombre de disciples qu'il compte dans le royaume d'Angleterre. »

Kirwitzer éclata d'un rire sonore. « Vous plaisantez,

Adam, j'en suis certain ! Mais vous m'avez effrayé. Terrentius, un érastien, voyons !

– Rien ne semble lui convenir. Comme Lieber, il aime la polémique et pratique la médecine !

– Et pas seulement, rétorqua le Polonais. Il y a un an, alors que nous nous trouvions à Lisbonne pour les préparatifs de la mission, nous avons passé la nuit à observer un phénomène étrange à la lunette astronomique : Vénus chevauchant la Lune. Le lendemain matin, Terrentius a écrit une longue lettre à son ami, le mathématicien Remo Ruderauf, afin qu'il raconte ce qu'ils avaient vu au célèbre Kepler, à Prague.

– Et Kepler ? interrogea Trigault.

– Il lui a répondu, à travers M. Remo, qu'il le considérait comme un véritable astronome, un de ses pairs, et lui a promis de lui adresser en Chine ses nouvelles tables astronomiques dès qu'elles seraient imprimées.

– Ce Kepler apporte de l'eau au moulin de Copernic, intervint Schall von Bell. À l'évidence, il ne craint pas de subir le même sort que l'ami de Terrentius, ce Galilée, il y a deux ans. Un autre hérétique. »

Cette fois, Kirwitzer s'écria : « Vous voyez des hérétiques partout, Adam ! Rien ne prouve que Galilée le soit. En vérité, votre professeur, le père Clavius, l'appréciait grandement. De plus, l'injonction qu'il a subie est pour le moins étrange. Ne proposait-il pas une théorie que les autorités n'avaient jamais contestée en l'espace de soixante ans ?

– Et pourtant il a été contraint d'abjurer !

– Vous faites erreur. On lui a communiqué qu'il ne fallait plus divulguer la théorie astronomique de Copernic, jugée incompatible avec la foi catholique et donc suspendue jusqu'à sa correction. »

Rho tint à ajouter : « Une lettre du cardinal Roberto

Bellarmino, datée de mai 1616, atteste que Galilée n'a pas abjuré et précise qu'il ne faut pas le calomnier, puisqu'il n'a reçu aucune pénitence. Bellarmino est un homme sérieux, le Saint-Office n'en a pas fait son consulteur par hasard. Et puis, c'est un jésuite !

– Oui, confirma Trigault, le cardinal Bellarmino est un homme pondéré. Il avait suggéré qu'on définisse la théorie copernicienne comme une simple hypothèse mathématique, mais Galilée s'est entêté à la proclamer. Cet astronome refuse tout compromis !

– Et Kepler est fait de la même étoffe », déclara le Polonais.

Le procureur acquiesça. « On dit qu'il s'apprête à publier un ouvrage intitulé *Harmonices mundi*, dans lequel il introduit une nouvelle loi astronomique, la troisième me semble-t-il, qui rattacherait les périodes de révolution des planètes à leur distance avec le Soleil. C'est tout ce que je sais, je l'avoue.

– Kepler explique de manière fort intéressante la rotation des planètes autour du Soleil, affirma Kirwitzer. Selon lui, le Soleil posséderait une *anima motrix*, un *effluvium magneticum* en mesure d'entraîner les planètes et de leur imposer une circulation régulière. »

C'est alors que survint Giulio Tolentino, un jésuite italien de trente-cinq ans aux traits fins, aux yeux bruns et naïfs, aux lèvres charnues, dont la petite barbe noire compensait la calvitie naissante. Timide et gentil, toujours disponible, il semblait animé par des sentiments de culpabilité qui l'amenaient à exécuter les ordres de quiconque à l'instar d'une expiation. Il était affecté aux petites tâches d'organisation : diriger les domestiques lors de la préparation des repas, vérifier l'état de la cargaison dans la cale. Sa réserve ne se dissipait qu'en présence de Schreck, pour qui il nourrissait un respect confinant à la vénération. L'Allemand l'avait presque adopté, et s'il le chargeait de transporter ses papiers et ses livres, il l'entretenait des heures durant du calcul mathématique et de la physiologie des végétaux ou des animaux.

Plus d'une fois, en observant Tolentino, Trigault s'était demandé pourquoi le père général Muzio Vitelleschi lui avait ordonné de partir pour l'Orient : ce n'était pas un homme de science, il ne possédait pas d'amitiés haut placées, ne brûlait pas du désir d'évangéliser peuples et races, et il était rare qu'il s'exprimât. Pourtant, son visage dégageait une certaine jovialité, de la joie de vivre et de la franchise. Peut-être le général avait-il voulu récompenser un fidèle et honnête sujet. À moins qu'il ne se fût libéré d'un incapable. Il lui demanda :

« Sommes-nous prêts pour le repas ?

– Encore quelques minutes, monsieur le procureur. Je vais avertir le père Terrentius.

– Vous complotez toujours ! lui lança Schall von Bell. Mais de quoi parlez-vous donc ?

– De la nature, père. Et de la grandeur de Dieu qui l'a créée.

– Vous parlez donc de métaphysique.

– De physique et de mathématiques aussi. »

Kirwitzer, qui n'avait jamais dissimulé sa sympathie pour Tolentino, lui dit d'un ton cordial : « J'espère que vous parlez de métaphysique, de physique et de mathématiques dans le respect de la hiérarchie. La métaphysique fournit aux deux autres sciences les principes sur lesquels elle repose, alors que la deuxième se contente d'en fournir à la troisième, et que la troisième ne sert qu'elle-même.

– En vérité, le père Terrentius s'est un peu écarté de ce schéma.

– Que voulez-vous dire ? interrogea brusquement Schall von Bell.

– Il a un point de vue différent. Quand on étudie un organisme naturel, tout le monde l'explique à la manière d'Aristote, *per causas*, c'est-à-dire en recherchant la cause qui l'a déterminé.

– C'est évident ! Si un événement précède celui que nous voulons examiner, il constitue une condition nécessaire et parfois suffisante, qui justifie cet examen. »

Tolentino tituba un instant, mais ne perdit pas courage : « Selon le père Terrentius, le procédé consistant à distinguer de manière unidirectionnelle la cause qui engendre un effet ne convient pas aux organismes mathématiques. »

C'était la première fois qu'il s'exprimait ainsi en leur présence et qu'il gardait la parole si longtemps.

« Expliquez-vous mieux, Giulio, dit Kirwitzer, l'air très intéressé.

– Eh bien, prenez par exemple le théorème qu'on attribue à Pythagore. Nous pouvons affirmer qu'on a un triangle rectangle quand la somme des carrés des côtés est égale au carré de l'hypoténuse. Mais nous pouvons également raisonner de façon inverse : si cette relation régit les carrés de trois segments qui forment une ligne brisée fermée, alors ils forment un triangle rectangle. Bref, il n'y a pas de lien unidirectionnel entre cause et effet.

– Ce point de vue m'intrigue, s'entremit Trigault. Nous avons tous fondé nos études philosophiques et scientifiques sur la séquence ordonnée des livres d'Aristote. Nous convenons tous qu'ils sont organisés eux aussi *per causas*.

– Oui, souligna Schall von Bell. D'abord les principes communs à toute la nature, puis les organismes physiques simples et incorruptibles, les organismes simples et corruptibles, les organismes corruptibles et inanimés et, enfin, les organismes corruptibles et animés. Une construction géniale, inexpugnable !

– Géniale ? dit Trigault. Peut-être pour son époque. Et si, en nous inspirant des propos du père Giulio, nous essayions maintenant d'introduire de nouveaux éléments dans ce schéma ?

– Les découvertes de Galilée, précisa Tolentino. Ou celles de Vésale concernant les détails intérieurs de notre corps.

– Exactement. Il n'est pas difficile d'en déduire que le château des *quaestiones* d'Aristote devrait être mis à jour.

– Selon le père Terrentius, il convient d'adhérer à l'aristotélisme de manière critique et nous sommes autorisés à être en désaccord chaque fois qu'Aristote peine à expliquer les phénomènes de la nature. »

Quoique hésitant, Trigault en convint. « Il faudrait peut-être repenser la nature avec plus de réalisme. »

Kirwitzer avait écouté les deux hommes en se tourmentant le menton. Quand il enseignait au collège de Gratz, il avait éprouvé plus d'une fois des difficultés à fournir aux étudiants des arguments convaincants à propos des nouveautés astronomiques. « Pardonnez-moi, père Nicolas, dit-il, mais j'ai peur de me perdre dans ce labyrinthe d'idées. Si j'ai bien compris, nous pourrions dire que la nature constitue l'espace physique, les corps, les forces qui agissent sur elle, bref, une entité, quoique privée de personnalité.

– Mais alors, s'écria Schall von Bell, vous osez prétendre qu'il existe entre Dieu et les créatures qui peuplent la terre un niveau intermédiaire, la nature ! Cette affirmation sent l'hérésie à plein nez ! »

Ce fut comme un seau d'eau glacée jeté sur la

conversation. Aussitôt, le silence s'abattit sur les missionnaires.

Schreck se présenta à ce moment-là. Ayant achevé ses calculs de marée, il avait observé les préparatifs du repas avant d'apercevoir ses confrères qui débattaient à l'arrière. Intrigué, il s'était approché en silence et avait entendu Kirwitzer rapporter ses propos. Il se sentait responsable et intervint donc :

« Selon saint Thomas d'Aquin, une proposition est hérétique si elle s'oppose à un dogme de foi, tel que le dogme de la Trinité, si elle est contraire à une affirmation que l'Église a qualifiée d'article de foi... par exemple que l'usure est un péché... Ou encore si elle contredit le contenu des Saintes Écritures. »

Les missionnaires, qui s'étaient brusquement retournés, l'écoutaient avec attention.

« Je ne vous suis pas, Adam, poursuivit-il, et je n'approuve pas non plus les conclusions de certains procès du Saint-Office, selon lesquelles déclarer qu'il y a entre Dieu et les hommes une nature entendue comme entité constitue une hérésie. Cette affirmation peut être qualifiée tout au plus d'erronée. Si toutes les hérésies sont des erreurs, toutes les erreurs ne sont pas des hérésies. Et si tous les hérétiques se trompent, tous ceux qui se trompent ne sont pas nécessairement des hérétiques !

– La simplicité de l'axiome selon lequel erreur et hérésie sont synonymes dans le domaine de la foi vous échappe peut-être. Et si vous mentionnez saint Thomas, il vous faut partager son impitoyable logique, à savoir que le crime d'hérésie est le crime le plus atroce qui soit puisqu'il écarte l'homme de Dieu. Il doit donc être puni avec le plus de sévérité possible. Nous avons une règle fort importante, Terrentius, l'obéissance. Que vous l'acceptiez ou non, les sentences des tribunaux, en particulier de ceux que le Saint-Père préside, ont valeur de loi et imposent l'obéissance ! Voilà pourquoi, en affirmant qu'il existe entre Dieu et l'homme une entité intermédiaire, on apporte son soutien à une pensée non orthodoxe, ou plutôt hérétique !

– C'est vrai, dit Giacomo Rho, qui avait écouté avec intérêt l'altercation des deux Allemands, saint Thomas a démontré que résister aux autorités de l'Église constitue un crime d'hérésie. »

Mais Tolentino répliqua, l'air déçu : « Saint Thomas disait aussi que l'astrologie appliquée à la divination des actes futurs dépendant du libre arbitre de l'homme est contraire à la loi divine car elle fait appel à la coopération du démon. Mais je ne comprends pas pourquoi nous en sommes arrivés là. Ne parlions-nous pas de cause à effet ? De science ? De nature ?

– Allons, allons, mes frères, intervint Trigault dans l'intention de ramener le calme. Nous débattons pour le simple plaisir de débattre. Vous qui avez cité saint Thomas, n'oubliez pas l'une de ses assertions les plus importantes : malgré la supériorité de la foi sur la raison, la philosophie peut rendre de précieux services à la connaissance de la vérité de foi, c'est-à-dire à la théologie.

– Je n'imaginais pas que vous connaissiez tous aussi bien la pensée de Thomas d'Aquin ! déclara Schreck.

– Et pourquoi pas ? s'exclama Rho. C'est un docteur de l'Église ! »

Kirwitzer, le seul à sourire encore, affirma : « J'espère que vous n'entendez pas m'envoyer au bûcher pour la simple raison que j'ai qualifié la nature d'entité de manière bien hypothétique.

– C'est une hypothèse hasardeuse, Pantaleon, déclara Schall von Bell. Et dangereuse. Admettez-le. »

Avant que le Polonais n'eût le temps de répondre, Schreck prit la parole, poursuivant son raisonnement : « Essayez donc d'imaginer que la nature est un organisme, et la mathématique la langue à travers laquelle elle s'exprime, comme l'a affirmé M. Galilée. Adam, vous êtes un mathématicien de grand talent, le meilleur d'entre nous, vous jouissez donc du privilège de pouvoir l'écouter et la comprendre mieux que quiconque. Et ceux qui écoutent la nature entendent Dieu qui l'a créée.

– Mes frères, s'exclama Trigault, bien décidé à détourner le cours de la conversation, passons donc à des choses plus concrètes ! J'espère que cette joute oratoire vous a laissé assez de curiosité et de forces pour observer la mer et toutes ses nouveautés.

– J'ai lu qu'elle est peuplée de poissons volants, des êtres extraordinaires qui passent avec agilité et naturel de l'eau à l'air, dit Schreck.

– Il en est ainsi. Je les ai découverts lors de mon premier voyage en Chine, il y a onze ans. Ils se sont abattus brusquement sur le pont. Ils ont le dos rougeâtre tacheté de bleu, le ventre blanc et bleu, et leurs flancs sont recouverts d'écailles rouge foncé. Leurs ailes brunes sont parsemées de taches vertes. Magnifiques ! »

Il fut interrompu par le son de la cloche qui annonçait le repas. Les religieux se dirigèrent vers le foyer, à l'avant, autour duquel les domestiques remplissaient déjà les gamelles. S'effaçant devant les autres, Schall von Bell saisit le bras de Rho et murmura entre ses dents :

« Tu ne trouves pas que le procureur lui laisse trop le champ libre ?

– Que veux-tu dire ?

– Comment le père Nicolas peut-il se fier à Terrentius, un homme qui s'amuse à démonter les thèses d'Aristote ? Il se prend pour un philosophe, et s'il continue il mettra également saint Thomas en pièces, l'interprétant à sa façon.

– Terrentius aime discuter dans le but d'atteindre la connaissance. Il ne fait de mal à personne.

– Es-tu donc aveugle ? Vous êtes tous aveugles ! Tu ignores qu'il s'est associé à la secte hérétique romaine, dont faisait également partie Galilée, le blasphémateur ! Et sais-tu ce qu'on disait de lui, à Rome ? Qu'il fait des autopsies ! Crois-moi, c'est un homme dangereux !

– Je ne l'ai jamais entendu remettre en cause la foi. Tout au moins jusqu'à présent. »

Rho aurait voulu ajouter quelque chose, mais Trigault les appelait. Il le rejoignit donc avec son compagnon, qui affichait un air sombre.

« Pardonnez-moi. Je retourne à ma cabine », dit Schall von Bell en saluant d'un signe de tête. Alors qu'il s'éloignait, à la stupeur générale, il se retourna un instant pour ajouter, les lèvres pincées, le regard fixé insolemment sur Schreck : « J'ai la nausée. » Puis il disparut dans le gaillard d'arrière.

X

Enfermé dans sa cabine, l'amiral De Noronha avait de bonnes raisons d'être d'humeur sombre. Toutefois, elles n'étaient pas à rechercher dans la terrible tempête qui s'abattait tout près de l'île de Saint-Laurent, ou Madagascar – il avait vu pire –, mais dans les règles que les jésuites avaient établies à bord du *San Carlos*, et qu'il avait été contraint d'accepter.

Ils avaient ainsi instauré que les blasphèmes seraient frappés d'une amende, ce qui leur avait permis de réunir un fonds, déjà non négligeable, à consacrer – prétendaient-ils – aux pauvres, une fois débarqués à Goa. De plus, ils avaient traqué partout dés et cartes à jouer et les avaient jetés à la mer, à la grande irritation des marins, avant de faire de même avec les livres jugés obscènes. À l'occasion des fêtes des saints ou des solennités particulières, les religieux passaient leur tenue de cérémonie et parcouraient le navire en procession, bénissant et distribuant des hosties consacrées. Chaque jour, ils aidaient et soignaient à tour de rôle les malades. Mieux, le lundi et le jeudi, entre deux et quatre heures de l'après-midi, le père Quentin Cousin, un prêtre d'âge mûr issu des Pays-Bas, sortait de la cabine où il vivait reclus le reste du temps, et s'occupait des cas de conscience. Il se promenait sur le pont en interrogeant les hommes – qu'il détournait ainsi de leur travail ! –, les incitait à confesser leurs peines et leur mal de vivre, pour prodiguer ensuite explications, conseils, oraisons, lecture des exercices spirituels ou poèmes tirés de l'œuvre de Jacopone da Todi.

Au début, marins et passagers avaient accueilli ces contacts avec froideur, puis au fur et à mesure que le navire s'était rapproché du sud, que les vents avaient apporté des parfums et des nuits qui semblaient devoir durer éternellement, ils avaient commencé à apprécier les entretiens avec le missionnaire. Et maintenant il n'était pas rare de voir plusieurs individus recueillis à genoux sur le pont, la tête penchée, au mépris de leurs obligations. Le père Cousin volait de l'un à l'autre en dispensant des murmures et des poignées de main, en distribuant croix et bénédictions à qui mieux mieux. Ces manifestations de dévotion s'étaient intensifiées à l'approche du cap de Bonne-Espérance quand le bateau, secoué par les ouragans, avait menacé de disparaître parmi les flots.

Le mercredi et le samedi, Nicolas Trigault enseignait le chinois à ses confrères. Ils s'asseyaient en général sur le pont principal, au pied du grand mât, où abondaient les rouleaux de cordages qu'ils utilisaient comme des sièges, et la leçon commençait. Trigault prononçait un caractère de cette langue étrange et le traçait au pinceau sur une grande feuille, toujours froissée par le vent, avant de faire circuler celle-ci parmi les jésuites, qui tentaient alors de répéter et de recopier ce signe. Puis le procureur récupérait le papier et expliquait les erreurs éventuelles. Cette activité, menée au centre du pont, suscitait la curiosité des membres de l'équipage, et nombreux étaient ceux qui s'arrêtaient pour écouter, voir et, de plus en plus fréquemment, répéter les phonèmes avec les missionnaires.

De Noronha s'interrogeait sur les raisons de sa mauvaise humeur, sans trouver le moyen d'y remédier. Il convenait de parler à Trigault afin qu'il amène ses frères à plus de discrétion. Mais comment s'y prendre ? Les missionnaires n'étaient pas des passagers ordinaires, et l'expédition qui devait les conduire en Chine était placée sous la protection du pape. Sans parler du roi du Portugal, qui avait déboursé la somme nécessaire à armer les navires.

La faible lueur de la bougie qui brûlait à l'intérieur d'un pot en verre, au milieu de la table, ne parvenait pas à percer l'obscurité. Bien qu'il ne fût que quatre heures de l'après-midi, le ciel était noir et vomissait un mur d'eau sur le bateau en produisant un vacarme infernal. Pénombre et bruit assombrissaient davantage l'humeur de De Noronha. Soudain, la porte s'ouvrit et Trigault, justement, pénétra dans la cabine. Fiévreux, il s'essuyait le front avec la manche de son habit, qui sentait le moisi. Ses yeux n'étaient plus que deux fentes.

« Amiral, je suis venu vous annoncer une mauvaise nouvelle. Une maladie contagieuse s'est déclarée à bord. »

De Noronha ne sembla pas surpris. Depuis deux jours, en effet, une vingtaine de marins et dix jésuites étaient victimes d'une forte fièvre, de dysenterie, de vomissements et de toux convulsives. Mais il n'était pas inquiet outre mesure : son expérience et les déclarations du docteur Juan Rozado, le médecin de bord, lui disaient qu'il s'agissait du scorbut, une maladie à laquelle les marins étaient habitués et qui, on le savait, faucherait plusieurs vies. Il était encore trop tôt pour s'alarmer.

Trigault parut lire dans ses pensées. « Selon père Terrentius, ce n'est pas le scorbut, car les malades souffrent de toux et d'expectorations sanguinolentes.

La fièvre l'a saisi hier, lui aussi, et il craint que l'épidémie ne se répande si nous ne prenons pas de précautions.

– Des précautions ? Et de quel genre ?

– Des mesures hygiéniques qu'il juge indispensables. Il voudrait que tous les hommes, malades ou non, se lavent à l'eau de mer deux fois par jour et que leurs vêtements soient scrupuleusement nettoyés. Il faudrait aussi que les seaux pendus à la batayole de la muraille, dans lesquels marins et passagers ont l'habitude de déféquer, soient jetés et remplacés par des passerelles pourvues de parapets et d'un trou central, suspendues au-dessus de l'eau, à l'arrière, de manière que les excréments soient aussitôt évacués en mer, loin du navire. Il conseille également qu'après s'être soulagé on se lave le derrière et les mains à l'eau de mer.

– Ça alors !

– Oui, amiral ! Le père Terrentius aimerait que les ordures ne soient plus accumulées dans la cale pour servir de lest, mais jetées à l'eau, et que le bateau soit passé au vinaigre. Malgré sa santé incertaine, il est prêt à examiner tous ceux qui vivent sur cette caraque afin de pouvoir les soigner à temps.

– Il y a déjà un médecin à bord.

– Le docteur Rozado a été pris ce soir de fortes fièvres. Il ne quitte plus son hamac. »

Cette phrase resta en suspens, car une vague imprima au bateau une inclinaison si importante que tous les objets qui n'avaient pas été opportunément fixés roulèrent au sol. Trigault dut s'agripper à la table pour ne pas tomber, sort qu'aurait connu De Noronha s'il ne s'était pas levé et accroché à une poutre du bas plafond au même instant. La lanterne ayant chu et s'étant brisée, la pénombre envahit la cabine. L'amiral et le jésuite se précipitèrent à l'extérieur et gagnèrent le carré des officiers. Ils furent assaillis par un flot d'eau qui les projeta un instant contre la cloison. Puis De Noronha disparut dans le nuage liquide en criant des ordres aux fantômes fuyants qui peuplaient le pont, tandis que le jésuite se réfugiait dans sa cabine.

L'intérieur, faiblement éclairé par deux lanternes pendues au plafond, évoquait l'antichambre de l'enfer : Terrentius gisait sur un hamac, épuisé, non loin de Giacomo Rho, qui avait perdu son air badin. Le visage emperlé de gouttes de sueur, les deux hommes respiraient avec difficulté et se soulevaient de temps à autre pour cracher dans un récipient catarrhe et vomissements, dont la puanteur se mêlait à celle des excréments. Giulio Tolentino s'affairait dans un coin. Trigault l'interrogea d'une voix forte pour couvrir le vacarme de la tempête :

« Du nouveau ?

– Voilà, monsieur le procureur... »

Il se retourna et indiqua la besace en cuir dans laquelle il puisait.

« Que faites-vous ?

– C'est le sac du père Terrentius. Il m'a prié de faire une certaine opération avec des herbes.

– Quelles herbes ?

– Il accorde beaucoup d'importance à la racine chinoise que voici. D'après lui, elle guérit de nombreux maux. »

Trigault la tourna et la retourna entre ses doigts pour l'observer sous tous les angles. Elle était grosse, charnue, dotée d'une fourche à l'extrémité. Soudain, une faible voix s'échappa du hamac où Schreck reposait, s'insinuant dans le vacarme de la tempête :

« N'oubliez pas, Giulio, il faut la hacher menu, avec...

– ... avec de l'aconit, de la galle et du gingembre,

acheva diligemment Tolentino en tirant des sachets de la besace. Je n'ai rien oublié, soyez tranquille, je préparerai la décoction à la concentration voulue. Père Trigault, le père Terrentius souhaite que nous absorbions tous cette décoction trois fois par jour. »

Les éléments déchaînés continuaient de secouer le navire. En proie à un sentiment d'instabilité et d'impuissance, Trigault s'agenouilla et se mit à dévider la prière de saint Ignace de Loyola, fondateur de la compagnie de Jésus : « *Alma de Cristo sanctifícame. Cuerpo de Cristo, sálvame. Sangre de Cristo, embriágame. Aqua del costado de Cristo, lávame. Pasión de Cristo, confórtame...* »

Tolentino se prosterna à son tour, les mains jointes, et murmura avec dévotion : « Venez en aide, ô très bon Père, venez en aide, ô très clément, je vous en prie, à mon âme pécheresse, toute privée de grâces et de vertus, chargée de misères, enveloppée de liens du vice et du péché, secourez-la... »

Il se signa et se releva. Ce faisant, il s'aperçut que Schreck le fixait de ses yeux mi-clos. Il lui adressa un signe et sortit de la cabine, où il revint un peu plus tard, muni d'une bouteille d'eau fumante, enroulée dans un linge. Il remplit trois tasses, en tendit une au procureur et aida les malades à boire le contenu des autres. Non sans réticence, Schreck finit par siroter la potion. L'Italien s'éclipsa de nouveau et réapparut, armé d'un balai, d'un seau et d'une serpillière. Montrant un sens de l'équilibre inattendu, il entreprit de nettoyer la cabine. Sans crainte de se salir, il vida les pots de chambre, déshabilla, lava et changea les malades, qu'il installa sur des hamacs propres. Puis il les alimenta, après avoir lavé le linge sale dehors.

Il répéta ces opérations en fin de soirée et durant toute la semaine. Il soigna aussi les missionnaires de la cabine voisine en refusant l'aide des domestiques. « D'après le père Terrentius, disait-il, la maladie se propage rapidement. Moins il y a de contacts entre les malades et les individus sains, plus les probabilités de contagion diminuent. » Il poursuivit son œuvre de secours jusqu'à ce que Schreck se rétablisse.

Au fur et à mesure que les jours s'écoulaient, Trigault recouvrait ses forces, ainsi que le courage et l'enthousiasme qui l'avaient abandonné. La boisson chaude que Tolentino puis Schreck lui avaient administrée obtenait l'effet désiré : fièvre et fatigue s'étaient évanouies, il avait retrouvé des couleurs et de l'appétit, il respirait sans effort désormais. Hélas, tous les malades n'étaient pas sur la voie de la guérison : cinq missionnaires, qui avaient résisté héroïquement pendant neuf jours, avant de céder à la maladie, étaient en fort mauvais état ; trente-deux marins avaient péri et huit autres agonisaient. Sur les conseils de Terrentius, le capitaine avait interdit aux deux autres embarcations d'approcher le *San Carlos*, qui avait navigué en quarantaine.

Douze jours après le début de l'épidémie, les cinq jésuites encore atteints avaient été réunis dans une cabine, où Schreck les soignait avec l'aide de Kirwitzer. La maladie qui avait assailli le navire et fauché en peu de temps quarante vies ne se concentrait plus que dans ces pauvres corps usés.

« Il est vraiment dommage que vous n'ayez plus de racines chinoises », déclara le Polonais tandis que Tolentino ramassait un monceau de linge sale. Schreck examinait, quant à lui, le visage d'un jeune missionnaire italien qui répondait au nom de Paolo Cavallina. Il lui soulevait les paupières, sentait son haleine, lui pinçait les oreilles, observait les veines de son bras et de son cou.

« Vous m'entendez ? »

Le malade hocha la tête, eut un sourire doux et murmura : « *Jesu dulcis memoria.* » Un faible soupir marqua sa mort terrestre. Schreck lui ferma les yeux et s'agenouilla, comme Kirwitzer et Tolentino. « À l'heure de ma mort, appelle-moi et ordonne-moi de venir Te louer avec Tes saints... », dirent-ils avant de conclure par un « Amen ». Tolentino se recueillit un dernier instant sur le corps inanimé de Cavallina. Il marmonna : « Oh ! venez à mon secours, je vous en supplie, venez au secours de tous ceux qui me sont chers », puis se signa.

Au cours des deux heures suivantes, les quatre autres jésuites s'éteignirent, et leurs noms furent inscrits dans le journal de bord, parmi les décès : il s'agissait de l'Allemand Johann Alberic, ainsi que des Flamands Quentin Cousin, Hubert de Saint-Laurent et Jean Decelles. Leurs funérailles eurent lieu en fin de matinée, en ce 8 août 1618. Leurs corps furent enveloppés dans un linge, bénis par Trigault et, au terme d'une triste messe, jetés dans les eaux de la mer Indicum. On lava le bateau au vinaigre et on y fit brûler du charbon et de l'encens. À la tombée du soir, après qu'on eut viré vers le nord-ouest en direction des îles Maurice, l'amiral De Noronha annonça officiellement la fin de l'épidémie et ordonna que les mesures d'hygiène qu'on avait adoptées pendant plus d'une semaine soient maintenues jusqu'à destination et étendues aux deux autres bateaux qui composaient l'expédition. En hommage aux défunts, les caraques effectuèrent la manœuvre de salut : elles se placèrent sous le vent, amenèrent les couleurs, tirèrent une salve de coups de canon, serrèrent les huniers et la grand-voile. Puis elles reprirent leur route.

***

Réfugié dans un coin du gaillard d'arrière, Johann Schreck contemplait la vaste étendue d'eau, comme égaré. Trigault s'approcha et posa une main sur son épaule. L'Allemand était accablé. « Nous n'avons pas été capables de sauver nos frères... », dit-il. En vérité, il regrettait de ne pas avoir pu effectuer leur autopsie, qui lui eût permis d'établir les causes de leur maladie et, peut-être, fourni des indications pour l'éviter à l'avenir.

« En tant que chef de la mission, j'assume toutes les responsabilités des pertes que nous avons subies, et je regrette de ne pas avoir disparu avec nos frères.

– Père Nicolas, vous avez failli les accompagner dans la tombe. En l'espace de quatre jours, vous avez eu plus de cinquante accès de fièvre. Dieu a voulu vous sauver, vous étiez comme mort.

– Selon le docteur Rozado, votre remède n'est autre que la thériaque.

– Le docteur Rozado devrait me remercier. C'est grâce à mon attachement à Hippocrate et à la médecine chinoise qu'il est encore en vie. La thériaque ne sert à rien, d'autant plus que sa préparation est compliquée. Selon la formule originelle d'Andromaque, médecin de l'empereur Néron, elle devrait comprendre pas moins de cinquante-sept substances. Plus de mille trois cents ans se sont écoulés depuis que Galien a écrit la lettre *De theriaca ad Pisonem*, élevant ce remède inutile au rang de panacée, et il y a encore des imbéciles, comme Rozado, pour croire en son infaillibilité.

– Je vous propose d'aller nous reposer. Nous devons tous deux dormir et recouvrer nos forces, le voyage est encore long. »

Les deux hommes poussèrent une porte et descendirent dans un étroit couloir, sur lequel donnaient les quatre cabines destinées aux jésuites. Il régnait là une forte odeur de vinaigre. Ils pénétrèrent chez eux. Une bougie, accrochée au plafond, se consumait lentement sous son verre, diffusant une faible lumière. On entrevoyait dans les hamacs les corps de Giacomo Rho et de Wenceslas Pantaleon Kirwitzer, qui dormaient d'un sommeil profond.

Mais il y avait quelque chose d'inhabituel : le coffre qui leur servait d'armoire était grand ouvert. Schreck plongea le regard dans cette gueule macabre et constata que là où sa besace, ses vêtements et ceux de ses compagnons étaient, d'ordinaire, bien rangés régnait un terrible désordre. Il s'empara de la lanterne pour mieux s'éclairer : les herbes médicinales qu'il conservait soigneusement dans des sachets, à l'intérieur de la besace, étaient émiettées et éparpillées sur les vêtements. Feuilles, tiges, fleurs séchées, poudres jaunes, marron et noires se confondaient avec les étoffes. Les flacons contenant les composés liquides avaient été vidés. Schreck invita Trigault à s'approcher.

« Que s'est-il passé ? dit l'homme, qui ne semblait pas mesurer la situation. Qu'est-ce que tout ce désordre ?

– Quelqu'un n'apprécie pas mes bagages ! Mon ami Faber avait raison. On m'a mis un espion sur le dos !

– Ciel ! Un espion ? De quel espion parlez-vous donc ?

– En tant que chef de la mission, vous n'ignorez pas que mes études m'ont valu il y a de nombreuses années une convocation du Saint-Office.

– Je le sais, je le sais. Mais je n'ai jamais douté de vous. À l'approche de la mort, le général Acquaviva se porta garant de votre personne et laissa à son successeur, Vitelleschi, une disposition vous concernant. Elle indiquait que vous étiez indispensable à cette mission. La passion avec laquelle vous m'avez aidé à l'organiser et les six années que nous avons passées à travailler côte à côte constituent, en outre, les meilleures preuves de votre action pour le bien de la Compagnie et pour la divulgation de notre foi.

– À l'évidence, d'autres n'ont pas la même opinion. Je suis persuadé qu'un individu, à bord, est chargé de me surveiller et d'entraver tous mes actes.

– Qui aurait intérêt à vous espionner ? répliqua Trigault, au comble de la stupeur.

– L'Inquisition.

– Voyons, si le Saint-Office était présent sur ce navire, je le saurais. On m'aurait avisé. Il m'est difficile de croire ce que vous affirmez.

– Alors, qui m'a joué ce vilain tour ?

– Je me le demande, moi aussi. Réveillons nos amis, ils ont peut-être vu quelque chose.

– Ils ne dormiraient pas s'ils avaient été témoins de cette rosserie. Et si l'un d'eux cachait le vil espion ? »

Sans prêter attention au regard désapprobateur que lui lançait Trigault, répugné par une telle hypothèse, Schreck se pencha soudain sur le coffre, qu'il se mit à fouiller frénétiquement. La consternation se peignit bientôt sur son visage.

« Qu'y a-t-il encore ? » le questionna Trigault.

La voix de l'Allemand retentit, tel le cri d'un animal blessé. « Ils ont disparu ! Les instruments chirurgicaux que M. Galilée m'a offerts ont disparu ! »

XI

Comme pétrifiés, les hommes observaient l'île Maurice de leurs yeux écarquillés dans un silence que seuls brisaient le vent et les cris des oiseaux. Montagneuse et boisée, la terre se détachait à moins de deux milles de distance. Le *San Carlos* avait jeté l'ancre le premier dans la baie du fleuve Noir, puis les deux autres navires avaient reçu l'ordre tant désiré de mouiller. De Noronha affichait l'air satisfait de ceux qui ont accompli une tâche difficile. Il pensait aux fruits frais, au gibier, au bois de chauffage et surtout à l'eau de source qui n'allaient pas tarder à rejoindre les cales.

L'île faisait partie des trois terres que le Portugais Pedro de Mascarenhas avait découvertes en 1507. Il avait donné son nom à l'archipel et appelé les îles « Cerné », « Réunion » et « Rodriguez ». En 1548, l'amiral hollandais Van Neck s'était approprié Cerné, à laquelle il avait attribué le nom de Maurice de Nassau, gouverneur des Provinces-Unies. Dès lors, quoique officiellement hollandaise, l'île était presque vierge, habitée de temps en temps par des chasseurs provenant d'autres îles. Seuls quelques Européens y avaient débarqué, à la recherche d'esclaves ou de ravitaillement. On murmurait que les Hollandais ne tarderaient pas à y fonder une colonie.

Schreck contemplait la terre ferme, une carte entre les mains. Kirwitzer lui demanda : « Nous emmènes-tu à terre, Giacomo et moi ?

– Père Nicolas a autorisé Giulio Tolentino à m'assister, c'est tout. Selon lui, l'île est peuplée de sauvages, et vous lui êtes trop précieux pour qu'il vous y perde.

– J'ai pris cette décision d'un commun accord avec l'amiral, confirma Trigault. Quelques membres de l'équipage descendront à terre en compagnie d'un sous-officier et du père Terrentius, chargé de ramasser des plantes médicinales avec l'aide du père Tolentino. »

Le chapitre était clos.

Bien vite, les préparatifs destinés au débarquement furent achevés. Schreck s'installa dans une des chaloupes qui feraient le va-et-vient entre les bateaux en rade et la côte, coiffé d'un tricorne et pourvu d'une canne à pointe d'acier. Tandis que la chaloupe s'éloignait, Trigault, Rho, Kirwitzer et les autres jésuites, à l'exception de Schall von Bell, qui s'était isolé à l'avant où il relevait des mesures à l'aide d'un sextant, le saluèrent d'un geste de la main.

À quelques pas de la rive, des marins armés de mousquets sautèrent à l'eau et se déployèrent. Les autres passagers gagnèrent la terre ferme, puis les chaloupes commencèrent leur ballet, allant et venant tout au long de la journée pour ramener à bord le chargement tant désiré. Un détachement supplémentaire fut envoyé pour la nuit et l'on vit brûler un bivouac sur la plage jusqu'à l'aube. Il en fut de même au cours des deux jours suivants.

***

Pendant ce temps, la vie à bord avait changé du tout au tout : les marins n'étant plus astreints à leurs devoirs quotidiens, la discipline s'était relâchée.

« C'est l'effet de la guérison, père Trigault, déclara l'amiral. Si les hommes ne peuvent se distraire de temps à autre, ils cessent d'obéir.

– Mais ceci n'est autre qu'une vulgaire oisiveté ! Il faut organiser leurs distractions.

– Que voulez-vous dire ?

– Vous ne les voyez donc pas ? Ils traînent, se cherchent querelle et s'absentent en pensée. »

En effet, privés de cartes et de dés, soumis à un rationnement strict du vin, les marins erraient sur le pont. Certains bavardaient, d'autres dormaient en plein air, d'autres encore se mesuraient à la lutte ou dans des épreuves de force. Ils évoquaient un troupeau dépourvu de berger et de chien. Décidé à y remédier, Trigault affirma :

« Distraire les hommes a constitué également un problème pour notre Compagnie. Depuis 1560, des directives réduisent le nombre d'heures consacrées quotidiennement aux études afin de laisser place à la récréation. Si les jeux violents sont interdits, on préconise l'activité péripatétique : on marche en débattant de littérature.

– Vous imaginez mes hommes en train de discuter de belles-lettres ? Ha ! ha !

– En effet ! Toutefois, je ne voulais pas arriver à cette conclusion. Je pense à la question que le recteur du collège d'Aquitaine posa au général Francesco Borgia en 1568 : quels jeux étaient autorisés ? Le général déconseilla les dames et les échecs, au profit des exercices physiques. Depuis cette époque, on joue dans nos collèges avec des balles et des bâtons, on lance des cannes à pointe ou des poids. Naturellement, tout cela est réglementé.

– Donnez-moi donc une idée. Je pourrai ainsi occuper mes hommes.

– Je vous conseille un jeu d'application et d'habileté fort à la mode dans nos écoles françaises. Il s'agit de taper dans une boule avec un maillet de manière à la faire passer à travers une série d'arceaux métalliques plantés en terre.

– Cela semble amusant !

– Amusant et éducatif, car les joueurs doivent respecter des règles rigoureuses.

– Je vais donner immédiatement l'ordre aux charpentiers d'installer des arceaux en fer sur le pont principal et d'apporter des maillets. Les flotteurs des filets serviront de boules. »

Ainsi, quand il remonta à bord au terme de son séjour sur l'île Maurice, Terrentius constata que le pont s'était changé en terrain de jeux, où marins et missionnaires se déplaçaient en frappant dans des boules en liège. Cependant son arrivée parut éclipser cette nouvelle activité. En effet, il tenait par la main deux hommes au teint couleur de tabac séché qui eussent été totalement nus si un linge, suspendu à un fragile pagne végétal, n'avait pas dissimulé leur virilité. Grands et élancés, musclés mais fins, ils étaient dotés d'yeux sombres, de longs cils, d'un nez écrasé, de lèvres épaisses, de cheveux noirs et crépus. Ils avaient sans doute moins de vingt ans. Ils observaient avec un intérêt naïf la foule qui se pressait autour d'eux.

En vérité, marins et passagers étaient stupéfaits par la vue de ces indigènes et plus encore par le fait qu'ils étaient montés à bord du navire. En effet, si les embarcations qui passaient par l'Afrique orientale avaient l'habitude de capturer des esclaves, ce n'était pas le cas du *San Carlos*. Dans le souci de rendre le voyage plus rapide, on était convenu de ne pas accueillir d'autres passagers, fussent-ils relégués dans les cales.

« Amiral, s'exclama le second, qui avait la responsabilité de la chaloupe. Je me suis opposé à ce que le père Terrentius fasse monter ces deux esclaves, mais il n'a rien voulu savoir.

– Ce ne sont pas des esclaves ! rétorqua Schreck, piqué au vif.

– Comment se fait-il..., commença De Noronha.

– Monsieur, l'interrompit Schreck, ces deux individus ont surgi du néant pendant que j'herborisais. À un moment donné, j'ai levé la tête et je les ai vus devant moi. Ils m'observaient avec gentillesse et m'ont souri. Ce sont donc des êtres humains, puisque le rire n'appartient pas aux animaux. Naturellement, vos marins ne devaient pas partager mon avis, car ils leur ont pointé un couteau sur la gorge. J'ai eu grand-peine à les convaincre qu'ils étaient inoffensifs et, plus encore, à leur ordonner de les conduire à bord.

– Pour quelle raison ?

– Pour les mesurer, commandant, pour les mesurer, voilà tout. »

Un éclat de rire général accueillit cette réponse. Seul Adam Schall von Bell garda son sérieux. S'il était resté à l'écart pendant qu'on jouait sur le pont, il entendait suivre cette affaire.

« Et pour les mesurer, vous avez l'intention de les supprimer et de les tailler en pièces ?

– J'étudie les êtres vivants en vie. Je veux établir des rapports de proportion entre leur tête, leur buste et leurs membres. Je compte également déterminer le degré de finesse de leurs sens et leur résistance aux efforts. Bref, je voudrais être en mesure de prouver que leurs fonctions sont identiques aux nôtres.

– Dans quel dessein ?

– Je n'ai pas d'autre dessein que de poursuivre la connaissance et la vérité. Vous n'ignorez pas que si Albert de Cologne n'empruntait que la voie de la foi pour atteindre la vérité, saint Thomas d'Aquin s'engageait aussi sur celle de la raison. Laissez-moi donc exercer la raison, s'il vous plaît.

– Saint Thomas disait également que la foi est exempte d'erreurs, alors que la raison peut nous conduire à des jugements illusoires ou erronés ! N'oubliez pas de le préciser, même si cela vous dérange ! »

Schall von Bell se tourna vers Trigault et conclut : « Il est inutile de perdre du temps avec ces sauvages. Ils appartiennent à une souche inférieure de la race humaine, c'est évident. »

De Noronha, qui avait écouté la discussion, ne s'expliquait pas ses accents enflammés. De plus, les arguments évoqués ne remettant pas en cause son autorité, il ne savait comment intervenir. Il entendait toutefois rappeler qu'il était le maître à bord de ce navire. La dernière réplique lui en donna l'occasion.

« Ces êtres sont si primitifs qu'ils ne peuvent être que des préadamites, déclara-t-il d'une voix convaincue.

– Préadamites ! s'exclama Schreck. Vous n'êtes pas sérieux !

– Réfléchissez donc. Ils ne peuvent pas être des descendants de Cham, qui vivent en Afrique, ou de Sem, qu'on trouve en Asie, ou encore de Japhet, qui peuplent l'Europe. S'ils n'appartiennent pas à la lignée de Noé, ils ne sont autres que le fruit d'une expérience créative que Notre-Seigneur fit avant de donner le souffle vital à Adam. Telle est la vérité.

– Amiral, il est singulier que vous citiez cette

absurde théorie de Paracelse qui remonte à un siècle. Je vous prouverai avec l'aide de mes mesures que ces deux êtres sont des hommes, comme vous et moi. Voilà la vérité. »

Cette fois, De Noronha crut bon de se taire. En revanche, Trigault intervint :

« Ainsi, vos mesures vous permettraient d'englober ces deux sauvages dans le genre humain ? Effectivement, ils nous ressemblent beaucoup et, si ce n'était la couleur de leur peau, nous pourrions les considérer comme nos égaux. Mais ont-ils une philosophie, une raison, une théologie, une mathématique, et ainsi de suite ?

– Si nous donnons à leurs manières la dignité que revêtent les nôtres, ma réponse est positive.

– C'est-à-dire ?

– Au cours de la longue préparation de notre mission, j'ai eu le loisir de m'entretenir avec toutes sortes de voyageurs. Certains d'entre eux m'ont appris que la population à laquelle appartiennent nos deux invités – et il souligna le mot "invités" – manifeste un grand respect pour la nature, la nature que Dieu a créée, je veux dire... qu'elle s'en inspire avec une grande sacralité et un sentiment religieux, sans la profaner ni lui faire violence, sans s'acharner inutilement sur les créatures qui la peuplent. »

Tolentino, qui s'était animé au cours de la discussion, concentrant son attention tour à tour sur ses acteurs, s'entremit soudain : « Père Schall von Bell, j'ai lu dans un récit de voyage que les sauvages des îles qui séparent l'Afrique de l'Inde ne s'autorisent à tuer un crocodile que si celui-ci a dévoré un de leurs amis. Pour éviter des accidents, leur roi, qui est aussi le grand prêtre du royaume, se rend une fois par an sur les rives des lacs, des fleuves et des marais, et invite solennellement la communauté des crocodiles à ne pas approcher les villages.

– C'est ridicule ! s'exclama Schall. Taisez-vous, Giulio ! Votre histoire prouve que nous avons affaire à des êtres inférieurs, des infidèles dont le seul destin ne peut être que l'esclavage, même si on leur administre les sacrements. »

Kirwitzer choisit ce moment pour prendre la parole, d'une voix sonore : « Monsieur le procureur, je souhaiterais aider le père Terrentius à mesurer ces deux indigènes.

– Faites donc, répondit Trigault, inquiet. Une seule chose m'importe : que vous n'en tiriez pas de conclusions avant d'en avoir débattu avec moi. »

Mais Schall von Bell n'entendait pas en rester là. Il attrapa brutalement un des jeunes Noirs par le bras et déclara : « Moi aussi, je veux participer à cette opération ! »

Malmené par cet homme vêtu de noir et bruyant, l'indigène, qui était resté bien tranquillement à côté de Schreck, fut saisi de peur. Il poussa un son guttural et se libéra sur-le-champ. Suivi de son compagnon, il se jeta à la mer et se dirigea à la nage vers la rive.

« Vous les avez mis en fuite ! » hurla Schreck en se ruant vers le bastingage. Des marins ayant empoigné un mousquet et visant l'eau, l'amiral De Noronha leur intima de ne pas tirer.

Entre-temps, les fuyards avaient presque atteint la plage. Furieux, Schreck se tourna vers Schall. « J'espère que Dieu vous éclairera... »

Le missionnaire lui jeta un regard de mépris et s'éloigna sans le moindre commentaire. Les autres religieux étaient consternés. « Ne vous fâchez pas, Terrentius, se hâta d'intervenir Trigault. Il s'est agi d'un malheureux incident. Je suis certain qu'Adam n'avait pas l'intention d'effrayer ces sauvages ! »

Une demi-heure fut nécessaire à Schreck pour retrouver son calme. Tolentino, Rho et Kirwitzer l'aidèrent à ranger ses herbes. Quand ils eurent terminé, ils arpentèrent le pont à ses côtés. « Quel aspect a l'intérieur de l'île ? interrogèrent avidement les deux derniers. Qu'avez-vous vu ? Qu'avez-vous fait ?

– Le bord de la mer regorge de coquillages. Il y a aussi des tortues dotées d'une chair délicieuse. L'une d'elles devait peser au mois cinq cents livres. La forêt n'est pas très épaisse, mais il y pousse une infinité de fleurs et de plantes aromatiques qui parfument l'air. On y rencontre une grande quantité de cèdres, d'ébéniers noirs et rouges, d'arbres appropriés à la charpenterie. Sans oublier les palmiers, les figuiers, les orangers, les citronniers, les acajous.

– Quelle richesse ! s'exclama Kirwitzer, captivé.

– Indigo, ananas, bananes, melons de terre et d'eau, pastèques, choux des Caraïbes, fèves, haricots, petits pois, ainsi que mille autres plantes et racines qui poussent naturellement partout, jusqu'aux montagnes... Et les dimensions ! Imaginez, les bananiers mesurent de dix à douze pieds, ils possèdent de grandes feuilles ovales qui portent des fruits de la longueur d'une main. Et les oiseaux... ils sont magnifiques ! Tourterelles, perdrix, bécasses, râles d'eau, ramiers, merles, grives, huppes, butors, poules d'eau, pintades, perroquets, aigrettes, geais, fous, frégates, moineaux et beaucoup d'autres petits volatiles. N'est-ce pas, Giulio ?

– J'ai vu des chauves-souris aussi grosses que des poules, dont le goût n'est pas mauvais, une fois qu'on a surmonté sa répugnance.

– Oui. Nous avons rencontré aussi de nombreuses

sources. À en juger par leur odeur, certaines eaux sont purgatives. Les ruisseaux et les rivières qui se forment arrosent la plaine et sont riches en poissons. Il y a aussi des lacs. L'un d'eux est si grand qu'il donne vie à sept ruisseaux.

– Un véritable Éden ! ne put s'empêcher de commenter Rho.

– Alors que nous nous apprêtions à rebrousser chemin, j'ai enfin trouvé ce dont j'avais tant entendu parler.

– Et quoi donc ?

– Un arbuste que les Hollandais appellent *stroontboom*, terme que nous pourrions traduire, veuillez m'excuser, par « arbre des excréments ». Son tronc, plus large que long, est recouvert d'une écorce toxique pour ceux qui se hasardent à la mâcher. J'ai également vu un arbre d'une grande beauté, dont les branches dessinent un cercle. Son feuillage, si épais que les rayons du soleil ne peuvent le transpercer, forme un immense parapluie sous lequel trois cents individus au moins peuvent s'abriter. Il paraît que certaines populations d'Orient le considèrent comme sacré et qu'on meurt avant un an lorsqu'on en arrache une feuille.

– Ainsi, tu t'es abstenu de les toucher ? interrogea Kirwitzer.

– Étant donné que j'ai frôlé la mort, lorsque j'étais malade, et qu'elle n'a pas voulu de moi, j'en ai rempli un sac. Venez, je veux vous les montrer. »

Ils se ruèrent à leur cabine, où Schreck exhiba des feuilles épaisses, de la largeur d'une main, semblables à celles des lilas et plus douces que la soie. Elles étaient accompagnées de fleurs blanches au parfum pénétrant, de fruits ronds et rouges à la peau dure, de la taille des prunes de Damas. Ils renfermaient des petites graines, comme celles des figues.

« Quelle splendeur ! s'extasia Kirwitzer.

– Les chauves-souris apprécient particulièrement ces fruits. Et voici l'écorce du *stroont-boom*. Peut-être nous sera-t-elle utile un jour...

– Et de quelle manière ? interrogea le Polonais. Tu ne comptes tout de même pas empoisonner quelqu'un !

– En vérité, j'aimerais bien... Mais tu n'as rien compris ! s'exclama Schreck en éclatant de rire. Je compte en tirer un antidote contre le poison... On ne sait jamais...

– Range bien toutes ces herbes et cette fois ferme le coffre à clef », conseilla Rho.

Tolentino conclut alors, non sans naïveté : « Je n'aurais jamais imaginé que vous ramasseriez une plante toxique, père Terrentius. J'en tremble ! »

Pendant ce temps, les marins avaient abandonné leurs jeux pour se préparer au départ. Perchés sur les mâts, certains obéissaient aux officiers chargés de la voilure. Le pilote s'était installé au gouvernail, sous l'œil vigilant de l'amiral. Enfin, le *San Carlos* s'ébranla, entraînant les deux autres navires dans son sillage. Le vent se remit à siffler, l'eau à gronder sur les côtés, et bientôt il ne resta plus de l'île Maurice qu'un souvenir.

L'Inde se rapprochait.

[illegible]

[illegible]

[illegible]

[illegible]

[illegible]

[illegible]

XII

Enfin, Goa, reine des épices, surgit d'une brume épaisse, offrant à la vue des passagers un immense manteau vert, derrière lequel on distinguait des remparts qui plongeaient dans la mer et des constructions dignes d'une crèche. La partie fortifiée, qualifiée de citadelle ou, plus simplement, de forteresse, occupait une surface de mille pas ordinaires de longueur sur mille cinq cents de largeur. Gloire de la puissance portugaise, elle était solide et imposante, rigoureuse et austère, selon les préceptes de l'architecture chā, qui faisait alors fureur. Y trônait le majestueux Palácio da Fortaleza, également dit « Palais du vice-roi », qui se dressait sur la place de Sabaio, du nom que les Portugais attribuaient à Adil Chah, le souverain musulman qu'Alfonso de Albuquerque avait battu en 1510. Cependant personne n'empruntait volontiers cette place, pas même pour se rendre à la belle église Sainte-Catherine, située en face du palais. Et ce, non à cause du vent violent qui la balayait régulièrement, ou des nombreux militaires – souvent d'extraction vulgaire – qui la fréquentaient, mais parce qu'il y avait là un corps de bâtiments, dénommé *Santa Casa*, qui n'était autre que le tribunal de l'Inquisition. Magnifique, avec ses trois grandes portes, il abritait un intérieur sévère : toutes les pièces y étaient carrées, de la grande salle des audiences jusqu'aux cellules, basses de plafond et privées de fenêtres qui regorgeaient de prisonniers destinés à un procès, au rigoureux examen ou au bûcher. Les canons qui jaillissaient des remparts rendaient ce tribunal inexpugnable.

Au sud de la forteresse, on pouvait admirer la grand-place, avec la nouvelle cathédrale Saint-Paul, la mairie et le collège des Augustins. La ville à proprement parler s'étendait sur un rayon d'un demi-mille depuis la place. Habitée par des Portugais, elle était constituée de belles demeures, de canaux, de rues larges et droites que bordaient des sempervirens aux magnifiques chevelures. Un faubourg de la même taille, peuplé d'Indiens, l'enserrait.

Si Augustins, Franciscains, Carmélites, Dominicains et Jésuites se disputaient le gouvernement des âmes, la Compagnie de Jésus l'emportait dans le domaine de la prêtrise, de la conversion, des églises, de l'éducation, ainsi que des richesses, de la soie et de l'or. Elle devait sa position privilégiée à l'homme qui avait évangélisé Goa, François Xavier, compagnon d'Ignace de Loyola. Il était arrivé en 1542 dans cette ville, que le navigateur Albuquerque avait fondée sur les ruines fumantes de pagodes, de temples et de mosquées, faisant d'elle l'avancée la plus orientale du rêve portugais. Sa dépouille était conservée, dans un coffre d'argent, à l'ancienne cathédrale Saint-Paul.

En ce 4 octobre 1618, toutes les cloches de Goa saluèrent l'arrivée des trois caraques. Le vice-roi en personne, le commandant du fort de l'Adil Chah et le triumvirat qui dirigeait la guilde des marchands de soie – il comprenait un jésuite – accueillirent les chaloupes des missionnaires. On célébra en leur honneur des cérémonies solennelles qui durèrent un mois et rassurèrent les habitants, effrayés par les récents autodafés qui avaient conduit au bûcher quinze hérétiques accusés de judaïsme et quinze autres de luthéranisme. Les exercices sacrés et profanes de la fête ayant remplacé ceux de la terreur, la colonie fut envahie par une immense gaieté, que consolida la nouvelle apportée par un marchand syrien selon laquelle François Xavier serait bientôt canonisé.

De nombreuses messes se succédèrent au collège Saint-Paul, dans le couvent de Notre-Dame-de-la-Grâce, mais aussi dans les églises des autres ordres religieux, à l'exception des Franciscains. De multiples processions animèrent les rues de la ville, qu'éclairaient les torches de mille cavaliers. On donna la représentation de la vie de saint François Xavier sur une estrade, devant l'église de la maison professe, où jeunes gens masqués et musiciens se relayèrent pendant une semaine. On organisa un bal masqué, où l'on vit deux individus déguisés en empereurs romains ; une soirée de prières devant le tribunal de l'Inquisition, dont les membres reçurent des honneurs et des présents ; enfin, sur cette place même que les habitants avaient coutume d'éviter, une course de taureaux à l'espagnole. Y figuraient toutefois des animaux paisibles qui apportèrent à ce spectacle un caractère pour le moins insipide. On profita aussi du mariage d'un certain Ventura di Costa Canarino pour introduire dans les festivités générales un concours de feux d'artifice, où deux jeunes imprudents perdirent hélas la vie. Les mariés furent escortés par de nombreux nobles et par un chœur de seize hommes habillés à l'indienne. Le torse peint au santal blanc, coiffés d'un turban et vêtus d'un pantalon coloré, ils étaient parés de fleurs, de bracelets, de colliers d'or et d'argent.

***

Johann Schreck et Wenceslas Pantaleon Kirwitzer agitaient frénétiquement un éventail en paille sans parvenir à se rafraîchir. Ils arpentaient côte à côte le vaste cloître que renfermait le collège du Bon-Jésus, résidence des jésuites. Au centre se dressaient de grands palmiers où vivait une tribu de singes bruyants. Schreck était intarissable : « Seuls les naïfs pouvaient croire que Giovanni Battista Cybo ferait preuve des qualités morales nécessaires ! Comment oublier son passé de libertin à la cour de Naples, dont le vice-roi n'était autre que son père ?

– Ce ne sont que des rumeurs.

– Il a eu sept enfants d'une maîtresse napolitaine ! Vous appelez ça des rumeurs ? Il en a reconnu deux officiellement, Franceschetto et Teodorina, et il a fait passer les autres pour des neveux. Tout le monde le sait !

– Moi, je ne le savais pas, répliqua Kirwitzer en se caressant le menton. Et je n'y apporte aucun crédit.

– Alors, je vais te livrer des détails que tu pourras vérifier dans les archives de Saint-Jean-de-Latran, si tu retournes un jour à Rome. Franceschetto jouait aux dés comme un possédé. Il perdit sept mille écus dans une partie qui l'opposait au cardinal Raffaele Riario. Et la fille de Teodorina organisa un somptueux banquet de noce, où son grand-père, Giovanni Battista Cybo justement, se rendit accompagné de dames à la réputation douteuse ! Sous l'influence de Laurent le Magnifique, il ridiculisa un peu plus tard le collège des cardinaux en accordant la pourpre cardinalice à Jean de Médicis, un enfant de treize ans qui avait déjà été nommé protonotaire apostolique à l'âge de sept ans ! »

Alors que le Polonais s'apprêtait à répliquer, Giulio

Tolentino et Giacomo Rho se présentèrent, en nage. « Nous vous cherchions partout, commença celui-ci. À la fin de la messe, vous avez disparu comme la neige au soleil.

– Pantaleon ne s'est pas encore ressaisi, après la dysenterie qui l'a frappé, répondit l'Allemand d'un ton moqueur. Il s'est accordé un moment de tranquillité. Je lui tiens compagnie. Nous avions une petite conversation sur la vie du pape Innocent VIII, au siècle de Giovanni Battista Cybo...

– Oui, dit Tolentino avec respect. Ce pape émit la bulle *Summis desiderantes* en 1484 pour exprimer le chagrin que lui causait la présence massive de sorcières et de sorciers sur les territoires teutoniques.

– Exact, confirma Rho. Légitimés par cette bulle, les inquisiteurs Henri Institoris et Jacob Sprenger, auteurs du *Malleus maleficarum*, « Le marteau des sorcières », laissèrent derrière eux un sillage de sang et de feu, dont les populations tyroliennes conservent le souvenir et l'avertissement. »

Schreck renchérit : « Je m'apprêtais justement à raconter à Pantaleon que bon nombre de femmes furent brûlées sur le bûcher à la suite de cette bulle.

– Des femmes de mauvaise vie, semble-t-il ! » précisa Rho.

Indifférent à ces répliques, Tolentino poursuivit : « Oui, Innocent VIII a été un grand pape. À mon humble avis, l'an 1492 marque non seulement la découverte de l'Amérique par l'amiral Christophe Colomb, mais aussi la fête que ce pape organisa à Rome pour célébrer la chute de Grenade, arrachée aux Maures infidèles ! Quelle victoire, pour les armées chrétiennes ! »

C'est alors que les singes se mirent à vociférer dans les palmiers. L'Allemand et le Polonais en profitèrent pour s'éloigner. « Pantaleon, viendras-tu herboriser en ma compagnie ? interrogea le premier, qui se sentait oppressé.

– Je ne peux pas. Je n'ai pas retrouvé toutes mes forces. Pour la première fois, aujourd'hui, je marche sans tituber.

– La promenade te fera du bien. Mais si tu veux guérir, abandonne les breuvages que te donne l'apothicaire, et cesse de dévider le Confiteor. Cela ne sauvera pas ton corps de la maladie, ni ton âme, noire comme un tison, de l'enfer.

– Mon âme ? Noire ? En vérité, je me suis gagné le paradis à force de passer mes nuits à observer le ciel en ta compagnie, sur le bateau puis ici, à Goa. »

En effet, les deux hommes s'employaient, avec le jésuite astronome Antonio Rubino, à mesurer les déplacements d'une comète qui était apparue dans le ciel.

« Je t'en donnerai du paradis ! Crois-tu que je ne te vois pas lorsque tu t'isoles avec Gali, la plus belle de nos souillons ?

– Elle vient se confesser.

– Est-il normal de rougir autant quand on écoute en confession une jeune fille aux yeux noirs, tout juste couverte d'une étoffe colorée ?

– Cela dépend des péchés qu'on entend. Ces Indiens sont pour le moins instinctifs... Ainsi Gali et Sunil, le marmiton... Je ne peux rien te dire de plus... le secret de la confession...

– C'est possible. Mais j'ai comme l'impression que tes joues s'enflamment à ce souvenir.

– La prochaine fois, confesse la petite Gali et montre-moi ton visage. »

Ils furent de nouveau rejoints par Rho et Tolentino. Interrompant cette querelle badine, ce dernier demanda :

« Alors, père Terrentius, nous allons herboriser avec vous, demain, n'est-ce pas ?

– Oui, mais Pantaleon préfère y renoncer. Quant au père Trigault, il est sur le départ. Dans quelques jours, il ira célébrer la messe parmi les communautés qui vivent dans la forêt. »

Autour d'eux, on s'activait. Des enfants à la peau sombre, aux hanches ceintes d'un linge de coton se penchaient sur le sol, armés de petits balais. Des femmes aux robes bariolées portaient sur la tête des corbeilles contenant de la viande, du poisson, des légumes et des fruits, et se dirigeaient en riant et en bavardant vers les cuisines. Assis en tailleur, les yeux clos, un vieillard nu, aussi mince qu'un stylet, priait dans un coin, comme l'indiquait le mouvement presque imperceptible de sa moustache blanche. La porte d'entrée était ouverte. Dehors, charrettes, hommes et bovins en liberté passaient dans un nuage de poussière sur un arrière-fond de cris, de piétinements, de bruits sourds.

***

Un large escalier menait au premier étage, où se trouvaient les logements et la bibliothèque. Les quatre hommes le gravirent d'un pas lent en bavardant. Ils débouchèrent au milieu d'un couloir sur lequel donnaient, des deux côtés, de nombreuses cellules. Chacune d'elles comportait une table de taille moyenne, deux chaises, un prie-Dieu, une armoire et un lit que surmontait une moustiquaire évoquant un nuage de passage.

« Entrons chez moi, dit Schreck.

– Nous pouvons aller dans ma cellule, proposa Kirwitzer. Elle possède deux fenêtres, il y fait plus frais.

– Moi, j'ai quelque chose à vous montrer », répliqua l'Allemand d'un ton mystérieux.

Les trois missionnaires lui emboîtèrent le pas. Ils furent surpris par l'odeur nauséabonde qui flottait dans la chambre.

« Comment peux-tu résister à cette puanteur ? interrogea Rho.

– Auriez-vous dissimulé un cadavre ? renchérit Tolentino, qui s'était pincé le nez.

– Pas un, mais plusieurs.

– Que dites-vous là, père Terrentius ?

– Je vais vous les montrer. »

Il souleva le drap blanc qui recouvrait une table. Y reposaient trois cuvettes hébergeant des poissons morts, dont les couleurs avaient dû être éclatantes. Rho s'écria, stupéfait :

« C'est un miracle que ta chambre ne soit pas encore envahie par les mouches ! Quel genre de poissons est-ce donc ?

– Je l'ignore. Je n'en ai jamais vu de pareils. »

Armée d'une baguette en bois, Kirwitzer retourna un exemplaire. De forme losangée, il était pourvu de nageoires bleues, d'un corps jaune et d'un nez plat d'où jaillissaient deux rangées de dents minuscules et pointues.

« Magnifique ! Tu m'avais parlé de nouvelles herbes, mais pas de poissons.

– Depuis notre arrivée, il y a trois mois, j'ai cueilli environ cinq cents espèces de plantes, pris quelques poissons, deux ou trois serpents, mais je n'ai pas réussi à mettre la main sur ces beaux oiseaux bariolés... qui volent trop haut. »

Ces propos furent salués par un éclat de rire général, au terme duquel Tolentino demanda :

« Pour conserver les herbes, vous les faites sécher. Et les animaux ? Expliquez-le-moi, je vous prie.

– Je les ouvre, regardez. » Schreck puisa dans l'armoire un sac d'où il tira des squelettes de poissons, des os et des peaux de serpent de plusieurs types. L'une d'elles, la plus belle, était ornée de stries jaunes et noires.

« J'ai encore beaucoup de choses à apprendre... », conclut Tolentino, l'air admiratif et perdu.

Entre-temps, Giacomo Rho avait ouvert porte et fenêtre, dans la vaine tentative d'aérer la pièce.

« J'ai mieux à vous montrer », continua Schreck avant de prendre, dans l'armoire, un coffret en zinc qui révéla bientôt une extraordinaire collection de végétaux : fleurs, feuilles, racines, graines et tiges pourvues de fins rubans et fixées sur des feuilles de papier épais. « Voici mon herbier ! » s'exclama-t-il, radieux.

Bouche bée, Tolentino, Rho et Kirwitzer saisirent avec délicatesse les pages que Schreck leur tendait et les examinèrent.

« J'ai fait sécher les échantillons entre des feuilles de papier, puis je les y ai appliqués, obtenant ainsi ma collection.

– C'est un système ingénieux, remarqua Rho.

– Je ne l'ai pas inventé. La belle Chloris eut, la première, l'idée de presser dans les plis d'une étoffe les fleurs que lui offrait Zéphyr. »

Tolentino, qui n'avait pas compris la plaisanterie, s'écria :

« Voyons, c'est une légende !

– Que je sache, dit Kirwitzer, c'est Jean Girault qui inventa ce genre d'herbier.

– J'ai vu le sien à Lyon. Il comprend trois cent dix plantes collées en désordre sur quatre-vingts pages environ. Il fut confectionné en 1588. Mais ce n'est pas le premier herbier de ce genre connu. Les Bolonais prétendent que Luca Ghini, qui enseignait la botanique dans leur ville en 1550, avait mis au point cette manière de conserver herbes et plantes. Je ne suis pas d'accord. En effet, le célèbre botaniste de Sienne, Andrea Matthioli, à qui Ghini donna de nombreux échantillons séchés, les mentionne dans les six livres de Pedanios Dioscoride sur la matière médicinale, mais il ne précise pas qu'ils étaient fixés sur des feuilles de papier et classés. S'ils l'avaient été, il l'aurait signalé.

– Qui fut donc le mystérieux inventeur de cette sorte d'herbier ? demanda Tolentino.

– Selon certains, un élève de Ghini, Ulisse Aldovrandi. Sa collection, constituée en 1563, est conservée au Museum rerum naturalium qu'il créa à l'université de Bologne. Mais j'ai pu consulter à Lisbonne un texte d'Amatus Lusitanus, le botaniste portugais qui se faisait appeler Juan Rodríguez de Castel Branco. Il relate au chapitre soixante-huit de son *Enarrationes in Dioscoridis libros* qu'il avait vu un Anglais du nom de John Falconer réunir les herbes de cette façon dans un volume au cours d'un séjour à Ferrare, entre 1540 et 1547. »

Tout en écoutant ces propos, Rho feuilletait avec intérêt l'herbier. « Un travail magnifique !

– Rien d'exceptionnel. Le plus beau doit encore être achevé.

– Tu en prépares un autre ? interrogea Kirwitzer.

– Pas moi, Gaspard Bauhin, à Bâle. Je lui ai rendu visite avant notre départ et j'ai pu admirer environ deux mille cinq cents planches hébergeant quatre mille plantes et organes végétaux.

– Vous avez rencontré Bauhin ? demanda Tolentino. N'est-il pas un disciple du marchand lyonnais

Pierre Valdo, cet hérétique ? Les Vaudois ont osé taxer l'Église de vénalité, l'accusant de faire commerce d'indulgences, de pratiquer le culte de la croix, celui des reliques et des images... Ils ont eu le toupet d'affirmer que c'est l'Église de Rome l'hérétique ! Heureusement, les troupes de François Ier les ont massacrés, et les rescapés se sont réfugiés en Suisse. Leurs descendants n'osent plus quitter leur vallée...

– Il est probable que Bauhin soit un disciple de la religion réformée, répondit Schreck. Mais cela ne remet pas en cause ses qualités de naturaliste, admirées dans le monde entier. Je le connais, je lui écris régulièrement, j'entretiens des relations avec lui et avec d'autres botanistes que j'estime. Par exemple, avec mon compatriote et ami Johann Faber, directeur des jardins pontificaux, et avec Ferrante Imperato, à Naples, deux excellents chrétiens.

– Si je ne m'abuse, fit remarquer Rho, ils appartiennent tous deux à la secte romaine dont tu faisais partie... quel est son nom, déjà ? »

Un instant, Schreck fut envahi par les souvenirs. Il tourna les yeux vers la fenêtre, tandis que ses lèvres s'étiraient en un sourire triste. « L'académie des Lincei ! Ce n'était pas une secte ! Ah, si tu savais... L'académie constituait une orientation de vie dans laquelle nous nous consacrions tous à l'étude de la plus haute expression de la nature divine, la nature. Si nos pères se vouaient, comme les Lincei, à la compréhension des phénomènes qui nous entourent, plutôt qu'à l'adoration passive de Dieu...

– Tais-toi, Johann ! s'écria Kirwitzer. As-tu perdu la tête ? Si l'on t'entend... Tu risques d'être traîné devant le Grand Inquisiteur de Goa, et peut-être d'être mis aux arrêts !

– N'ayez crainte, dit Tolentino. Les prisonniers

blancs sont beaucoup mieux traités que les indigènes, à la Santa Casa. Tout au moins pour ce qui est des repas ! »

Bien que personne ne rît à cette plaisanterie, il poursuivit : « Vous vous souvenez du psaume 73 ? “Lève-toi, ô Dieu, plaide Ta cause !” Les juges de l'Inquisition sont fermement convaincus d'être le bras auquel le Seigneur a confié le devoir de défendre l'Église. Pour ne pas encourir les foudres du tribunal, il suffit donc de ne pas remettre en cause la “cause” ! »

Il n'obtint pas plus de succès avec ce jeu de mots.

Schreck lui jeta un regard sceptique avant de déposer l'herbier dans le coffret et de ranger celui-ci dans l'armoire. C'est alors qu'il fit une étrange découverte. « Tiens, j'étais persuadé d'avoir glissé ces livres dans ma caisse à vêtements... » Il saisit trois grands volumes, *De la natural hystoria de las Indias* de Gonzalo Fernandez De Oviedo, *Las cosas que traen de nuestras Indias Occidentales, quen sirven al uso de la Medicina* de Nicola Monardes et l'*Exoticorum* de Charles L'Escluse. Ils comptaient au nombre des ouvrages qu'il emportait en Chine.

« Tu te trompes peut-être, hasarda Kirwitzer.

– Non, je suis sûr de moi. Je ne les ai jamais rangés dans l'armoire. »

Il adopta un air songeur et tapa du poing dans la paume de l'autre main. « Nous y revoilà ! On a fouillé dans mes affaires !

– C'est impossible, Johann, dit Rho. Qui pourrait se permettre de toucher à tes bagages ?

– Ce n'est pas la première fois ! À l'évidence, quelqu'un les juge dangereux. »

Il foudroya les trois missionnaires du regard avant de s'exclamer : « “Lève-toi, ô Dieu, juge la terre !” Psaume 82 ! »

XIII

Régulière et minuscule, l'écriture recouvrait la feuille de papier : *De Arundinibus Indicis. Bambu, sive Arundinis Indicae nomine folia : hec superiora folia esse censemus, adeo enim angusta sunt...*

Sa lettre à Gaspard Bauhin se poursuivait, occupant sept feuillets. Après avoir ravivé la flamme de la lanterne, Schreck se munit de papier vierge pour recopier la missive. Il comptait, comme à son habitude, expédier deux lettres identiques, l'une par la caraque portugaise qui rentrait à Lisbonne en suivant la route africaine, l'autre par le service postal qu'offraient les vaisseaux espagnols, qui se dirigeraient vers l'Europe en passant au sud des Amériques. Compte tenu du grand nombre de naufrages provoqués par les tempêtes ou les pirates, ou encore par la maladresse de certains commandants, il n'était pas rare que le courrier se perde.

Il décida de s'octroyer une pause. La chaleur humide des jours précédents s'était brusquement atténuée, et la fin de l'année s'annonçait moins pénible. Il se pencha à la fenêtre, ouverte sur la nuit, et huma les parfums de Goa. Ils se mêlaient à la fumée de l'encens qu'il faisait brûler pour éloigner les moustiques. Les sons de la vie et de la forêt parvenaient à ses oreilles : gémissements, babillages, cris et grognements l'emportaient sur les bruissements, les bruits de voix, le son des clochettes s'échappant des temples. Une flore démente se pressait autour de l'édifice. Au loin, là où la rue s'arrachait aux maisons pour se perdre dans la verdure, on entrevoyait des feux et des silhouettes. Le ciel, enfin libéré de l'humidité, offrait mille lumières tremblantes.

Schreck leva la tête vers le firmament et contempla la comète. Il avait confié pour ce soir à Giacomo Rho et à Antonio Rubino l'observation et les mesures de ses coordonnées. En cette nuit sans lune, les astres se montraient dans toute leur luminosité. Schreck reconnut l'étoile que les Arabes appelaient Alnilam, de la constellation d'Orion, presque au zénith ; au sud-est d'Orient, Canis Majoris et Canis Minoris, fidèles et immanquables ; à l'est, Alphard de l'Hydre ; au sud-ouest, Achernar, du groupe d'Eridan, et plus haut Zanrak, de la même constellation. Encore des noms arabes, se dit-il. Les disciples de Mahomet ont sans doute beaucoup d'autres choses à nous apprendre ! Il s'extasia sur la contemplation du ciel boréal qui lui était désormais familier, et s'exerça à un petit jeu de mémoire, s'amusant à énumérer par ordre alphabétique les constellations visibles. Il dévida tout bas leurs noms en une sorte de prière : *Andromeda, Antlia, Aquarius, Aries, Auriga, Caelum, Camelopardalis, Carina, Cassiopea, Cepheus, Cetus, Canis Major, Canis Minor, Cancer, Columba, Dorado, Draco, Eridanus, Fornax... Taurus, Triangulum, Ursa Major, Vela.* Cet hymne à la Création, songea-t-il, eût mérité un amen en guise de conclusion.

Il scruta ensuite une portion de ciel où il tentait, depuis des années, de distinguer à l'aide de la lunette astronomique une nouvelle constellation. Son cœur avait beau lui en signaler l'existence, les verres optiques lui en refusaient la vision. Il aurait aimé cadrer cet amas d'étoiles inconnues pour pouvoir le dédier à l'académie des Lincei sous le nom de Lynx. Il tourna ses pensées vers les amis qu'il avait laissés à Rome, le prince Cesi et Faber. Il revit la villa Malvasia, le soir où il avait observé le ciel à la lunette astronomique, et tous les lieux où il avait erré avec les Lincei avant de partir pour la Chine. Il revit Galilée, lors de leur dernière rencontre, et pensa à ses instruments disparus...

« Attention, doucement ! » Cette phrase en hindi, tout juste murmurée, le tira de ses souvenirs. Il baissa les yeux et observa l'endroit d'où elle provenait. Le feuillage qui bordait l'enceinte de la maison des jésuites s'agitait. Schreck rentra dans sa chambre et souffla sur la flamme avant de reprendre sa place à la fenêtre. Quand ses yeux se furent habitués à l'obscurité, il eut l'impression de distinguer deux silhouettes qui se battaient dans les buissons. Intrigué, il gagna le couloir sans se soucier de substituer une tenue décente à la chemise de nuit qui lui arrivait au genou et lui dénudait le cou, ainsi qu'à ses babouches en coton. Il s'engagea dans l'escalier et, une fois parvenu dans le cloître, ouvrit avec prudence une porte secondaire qui donnait sur l'extérieur. Il longea le mur. Les bruits se rapprochant, il se blottit dans un buisson.

Soudain, Sunil, le marmiton, et la belle Gali apparurent à quelques pas de là. Adossée à un palmier, la jeune femme s'agrippait d'une jambe aux fesses du garçon, que la clarté des étoiles faisait luire. Sunil mouvait son bassin avec lenteur et régularité, la tête enfouie entre les seins de sa belle, aussi noirs que la nuit, épais et larges. L'ondoiement des cercles argentés que Gali portait aux oreilles hypnotisa un moment le missionnaire. Curieusement, ce détail lui révéla la nudité du couple. C'était un spectacle agréable, qui trouvait un écho dans son trouble intérieur.

Enfin, l'exercice amoureux sembla s'achever, ponctué de halètements et de soupirs. Des gouttes nacrées coulèrent sur la jambe de Gali, qui eut un sursaut. Sunil la prit alors dans ses bras et la coucha délicatement sur le tapis d'herbe, avant de s'agenouiller à ses côtés. Schreck eut ainsi tout loisir de les admirer dans leur innocente beauté. Le garçon au physique d'adolescent, aux muscles saillants, paraissait encore plein de désir. Petite mais bien proportionnée, alanguie et sinueuse, Gali s'était soulevée sur un coude et avait commencé à lui caresser les flancs. Maintenant, leurs mains erraient sans honte sur leurs corps, tout comme leurs lèvres curieuses. Des éclaboussures luisantes signalèrent encore une fois l'arrivée du bonheur, et la semence ruissela sur le visage de la jeune femme. Ivre de joie, elle l'étala sur son cou et sa poitrine. « Ton esprit nourrira ma peau, et je serai belle, dit-elle.

– Tu es sublime, lui assura Sunil, qui s'allongeait et l'enlaçait. Mais veille à ne pas obscurcir la lune de ta beauté. Les dieux ne te le pardonneraient pas... »

En proie à un douloureux égarement, Schreck abandonna le théâtre de l'amour avec la discrétion qui avait caractérisé son arrivée. Il regagna le cloître, monta l'escalier à tâtons et s'engagea dans le couloir. Celui-ci étant plongé dans l'obscurité, il avançait à petits pas en comptant les portes qu'il effleurait. Pensant avoir atteint la sienne, il s'apprêtait à l'ouvrir quand il entendit un horrible grognement. Une masse sombre l'assaillit et le jeta à terre, tandis qu'une voix rauque s'écriait : « Halte-là, scélérat ! » Schreck reconnut Kirwitzer.

« Doucement, Pantaleon, c'est moi, Johann ! Tu ne

me reconnais pas ? » lui enjoignit-il tout bas en se relevant et en se massant la rotule.

Il fallut un instant au Polonais stupéfait pour se ressaisir. « Que sainte Prisca m'éclaire ! Que fais-tu à une heure pareille, dans le noir, devant ma cellule ?

– Pardonne-moi, j'ai dû me tromper de porte. Et toi, qu'as-tu à errer ainsi ? Tu as failli me casser la jambe ! »

Kirwitzer ouvrit la porte de sa chambre et poussa violemment son ami à l'intérieur. Puis il referma derrière lui et alluma une bougie. Le visage terreux, les deux hommes se dévisagèrent. Vêtu de sa chemise de nuit, Schreck ne semblait pas très digne.

« Veux-tu bien m'expliquer ce que tu fais dans cette tenue ? interrogea le Polonais.

– Je constate que tu sais garder pour toi les secrets de la confession. Et pourtant, je puis affirmer les connaître tous, ces fameux secrets.

– De quoi parles-tu ?

– De Gali et Sunil.

– Ils se sont confessés à toi aussi ? Cette nuit ? C'est étrange !

– Non. Ils ont fait mieux. Ils m'ont dévoilé à leur insu les pratiques qui les conduisent à s'accuser d'impureté en confession.

– Je ne comprends pas...

– C'est pourtant simple ! J'ai entendu du bruit sous ma fenêtre et je suis descendu. Il s'agissait de nos jeunes gens qui... qui...

– Qui ?

– Qui s'aimaient. Bref, qui était occupés à copuler.

– Mon Dieu ! Encore !

– Ta déception m'échappe, Pantaleon.

– Ces enfants ne pensent qu'à ça ! J'ai pourtant essayé de les en dissuader de toutes les façons possibles. À l'évidence, nous dispensons à ces populations un enseignement religieux trop maigre. Ils sont incapables de refréner leur sensualité.

– Je ne partage pas ton avis, mon cher ami.

– Pardon ?

– Ne crois-tu pas que le corps humain, dans toutes ses manifestations, est la chose la plus sacrée que Notre-Seigneur ait créée ? Pourquoi aurait-il fait des corps masculins et des corps féminins, sinon pour l'accouplement ?

– Non pas pour l'accouplement *sic et simpliciter*, mais pour la procréation.

– Si une nouvelle vie devait couronner chaque union humaine, nous serions trop nombreux sur terre ! Et puis que sais-tu de ces affaires, toi qui as choisi la chasteté, offrant tes sens à Dieu ? Que connais-tu des femmes et de leur appel ? »

Kirwitzer répondit promptement : « On lit, au chapitre vingt-cinq de l'*Ecclesiasticus*, "Toute malice n'est rien près d'une malice de femme", et au chapitre quarante-deux : "Mieux vaut la malice d'un homme que la bonté d'une femme."

– Mais Salomon affirmait que la femme est le bonheur et la joie de l'homme, un don de Dieu et une faveur du Ciel. Et saint Paul, qu'elle est la gloire de l'homme.

– Salomon et saint Paul parlaient de femmes vertueuses !

– "Allez et multipliez-vous" ! Cette exhortation fort claire, me semble-t-il, s'adressait à deux pécheurs et non à deux sages vertueux ! Et puis, réfléchis, la beauté de la femme ne dure pas plus que celle des fleurs. Ainsi, pour maligne qu'elle te paraisse, laisse ceux qui le souhaitent en savourer les douceurs. Pense à la grandeur de l'union de ces deux jeunes gens et à la cruauté de leur séparation !

– Ils n'ont pas reçu le sacrement du mariage !

– Ils ne pèchent pas, crois-moi. La joie de leurs yeux, le plaisir qu'ils ont choisi de se donner réciproquement sans tromperie, ni chantage, ni violence ne sont autres que la preuve de leur pureté et de leur innocence. Si tu avais vu comme ils étaient beaux... Dieu est bienveillant avec eux, sois tranquille. Quand ils viendront se confesser à toi, car, crois-moi, ils viendront après ce qu'ils ont fait ce soir, ne rougis pas, ne les accable pas de sentiments de culpabilité, ne les écrase pas sous les litanies. Mais pose une main sur leur tête et bénis-les. De ma part aussi. »

Pensif, le Polonais répliqua : « Tu vas bien vite... Il faut que je réfléchisse un peu...

– Et maintenant, dis-moi ce que tu faisais dans le noir à une heure si tardive ?

– J'ai été réveillé par d'étranges bruits. Une porte qui s'ouvrait, des pas feutrés, un pied qui trébuche, le grincement d'une poignée, un certain piétinement...

– Des pas ? Des bruits ?

– N'étais-tu pas dans le couloir ?

– J'ai parcouru le couloir, mais je n'ai pas trébuché une seule fois. »

Saisi d'une vive inquiétude, Schreck s'empara de la bougie et se rua dans la cellule voisine, la sienne. Kirwitzer lui emboîta le pas. Un horrible spectacle se présenta à la lueur tremblante de la flamme : le sol était jonché de papiers, de feuilles, de bouts de branchettes, de pétales déchirés, de fragments végétaux de toutes sortes. Ses plantes médicinales et son bel herbier avaient été réduits à l'état de confettis, son travail de recherche et de collection avait été balayé par une fureur dévastatrice. Constatant que tout était perdu, il se dirigea vers son lit d'un pas qui évoquait celui d'un automate et s'y effondra. Kirwitzer le rejoignit, il passa un bras autour de son épaule puis demanda :

« Qui a pu faire une chose pareille ?

– Toujours le même homme, chargé de m'entraver !

– Que veux-tu dire ?

– Rien. Mes soupçons se sont changés en certitude. »

Il serra les poings et murmura : « Faber m'avait pourtant averti !

– Allons réveiller le procureur !

– Non, attends ! »

Comme poussé par un élan, Schreck fondit sur l'armoire et l'ouvrit. Après avoir fouillé un peu à l'intérieur, il en tira un paquet volumineux constitué de chemises en cuir. Des dizaines de feuilles de papier, qu'il entreprit aussitôt de passer en revue, y étaient classées. Il poussa un soupir de soulagement. « Au moins, tout est intact de ce côté ! »

Kirwitzer s'approcha en s'efforçant de ne pas piétiner les restes de l'herbier. Il jeta un regard sur les planches : des végétaux y étaient minutieusement reproduits en couleur. « Ces dessins sont magnifiques. Je ne connais pas toutes ces plantes.

– Je conserve ici les reproductions des végétaux que j'ai découverts à l'île Maurice et à Goa. Maintenant que les échantillons sont détruits, il importe de les protéger coûte que coûte. Le meilleur moyen consiste à les divulguer. Il est temps que je me décide à établir un grand atlas consacré à tout ce que les Indes m'ont révélé. Je l'intitulerai *Plinius Indicus* et je le ferai imprimer ! »

Kirwitzer fut secoué d'un frisson, mais Schreck ne s'en aperçut pas. Il s'était replongé dans des hypothèses et des réflexions qui donnaient à son visage un air sinistre.

***

Le lendemain matin, Schreck s'entretenait avec Trigault. Il lui relatait la seconde destruction de ses plantes médicinales et l'état désastreux dans lequel il avait retrouvé son herbier. Il s'exprimait avec une agitation inhabituelle :

« Il ne reste pratiquement rien, à l'exception d'une écorce que j'avais mise de côté en raison de son caractère toxique.

– Une écorce toxique ?

– Celle du *stroont-boom* que j'ai recueillie à Mauritius. Je la conserve dans un sachet à part.

– Pour quoi faire ?

– Je compte mettre au point un antidote contre les poisons les plus ordinaires. Mais tout le reste est détruit ! »

Tandis qu'il décrivait en détail ce désastre, un valet apporta au procureur une lettre scellée. Celui-ci intima le silence à l'Allemand et décacheta le pli, qu'il lut avec un air interrogateur. « Pardonnez-moi, dit-il ensuite. Une urgence. Nous avons un malade dans la colonie, et l'on vous demande de le soigner.

– Il y a assez de médecins à Goa, tenta de se dérober l'Allemand. S'ils n'en trouvent pas parmi les civils, ils n'ont qu'à s'adresser à l'Hospital Real Militar. »

Le bruit courait, en effet, depuis quelques jours que les autorités de la ville entendaient consacrer à l'hôpital militaire un lieu plus vaste. Selon les plus informés, on l'installerait dans l'immense Casa de Pólvora, le Palais de la Poudre, que le comte et amiral Francisco de Gama avait fait construire une vingtaine d'années plus tôt. « S'ils ont besoin d'un hôpital plus grand, c'est parce qu'ils ont plus de malades, et donc plus de médecins. »

Trigault, assis dans un fauteuil en acajou un peu trop haut pour lui, joignit les mains et les porta à ses lèvres.

« Vos capacités de thaumaturge sont sans doute parvenues aux oreilles du vice-roi. C'est lui qui l'ordonne.

– Comment ferai-je, sans mes herbes...

– Je regrette. Je ne puis que vous inviter à vous y rendre.

– Où donc ?

– À la Santa Casa, place du Sabaio. C'est là que se trouve le malade. »

Trigault avait sursauté en prononçant ces mots. Il constata que Schreck avait soudain rejeté la tête en arrière.

Accompagné de Giulio Tolentino, l'Allemand se mit en route. Un page les attendait à la porte centrale du tribunal de l'Inquisition, il les conduisit au premier étage, dans une salle carrée que seuls un autel en marbre surmonté d'un crucifix et un prie-Dieu meublaient. Les deux missionnaires patientèrent un quart d'heure. Tolentino en profita pour s'agenouiller et tirer de son habit noir un chapelet artisanal, une simple ficelle ponctuée de nœuds. Il l'égrenait en murmurant une série de Pater, d'Ave et de Gloria, les yeux clos et le visage emperlé de gouttes de sueur, quand un officier se présenta et leur ordonna sans ménagement de le suivre. Effrayé, Tolentino jeta un coup d'œil à Schreck, qui l'invita à obtempérer.

Ils pénétrèrent dans une antichambre puis dans la Mesa do Santo Officio, la salle d'audience de l'Inquisition. Sa ressemblance avec son équivalent romain, où les inquisiteurs l'avaient interrogé quelques années plus tôt, n'échappa pas à Schreck, qui observait tout avec attention. Il fut particulièrement frappé par le crucifix : le christ en croix dominait les lieux, la tête tout près du plafond. Il y avait au centre de la pièce une table de quinze pieds de longueur et quatre chaises, deux de chaque côté. Un homme en occupait une. Âgé d'environ quarante-cinq ans, il portait une soutane ainsi qu'un minuscule tricorne, qui dissimulait en partie ses cheveux gris et ternes. Il fixa les nouveaux venus d'un regard sévère. Un autre prêtre, revêtu de l'habit dominicain, se tenait à côté de lui. Il avait une dizaine d'années de plus, un visage insignifiant, un teint jaunâtre qui trahissait une mauvaise santé et l'air absent, bien que ses yeux s'animassent de temps en temps. D'un geste de la main, il invita Schreck et Tolentino à prendre place et attendit qu'ils soient assis pour commencer :

« C'est un plaisir, un honneur incommensurable, de faire votre connaissance, docteur Terrentius. Si nous ne nous sommes jamais rencontrés, votre renommée vous a précédé. Les bons chrétiens de Rome qui veillent sur le bien-être de nos âmes ont eu la délicatesse de m'envoyer une dépêche, dit-il en indiquant les papiers qu'il avait devant lui, et nous savons maintenant qui vous êtes : une colonne portante de la nouvelle mission des frères jésuites ! Mais je fais preuve d'une étourderie impardonnable ! Je ne me suis pas encore présenté. Permettez-moi de le faire immédiatement. Je m'appelle Francisco Delgado De Matos, et j'exerce indignement la fonction de Grand Inquisiteur des Indes. » Il tira de sa manche un minuscule mouchoir de lin et le passa sur son front pourtant mat.

Une rage sourde s'empara de Schreck. Le sentiment

d'avoir été piégé et l'ignorance du dessein que poursuivait De Matos le contraignaient de recourir à toute sa vigilance et à tout son sang-froid. Il déclara : « J'ai été appelé pour soigner un malade, Excellence. »

L'homme, qui semblait jouer avec ses nerfs comme le chat avec la souris, fut légèrement décontenancé. Il répliqua avec un sourire ambigu : « Soigner est un verbe qu'il convient d'employer avec prudence. Pour soigner, il faut disposer d'instruments, de préparations, d'herbes, de racines... or vous êtes venu les mains vides ! Et pourtant, l'on m'avait assuré que vous étiez bien équipé, lorsque vous avez quitté Lisbonne... Auriez-vous oublié votre bel attirail ? Ou l'auriez-vous perdu ? »

Ces mots, prononcés du bout des lèvres, laissèrent entendre à Schreck que le dominicain avait eu vent de ses mésaventures pendant la traversée et à Goa. Il répondit : « Excellence, avec ou sans mes herbes, je reste un médecin. Je suis à votre service pour examiner le malade qui, me dit-on, se trouve dans cette sainte maison. »

L'inquisiteur jeta un coup d'œil à son voisin, qui semblait dormir les yeux ouverts, un sourire béat sur les lèvres. Or il était bien réveillé, puisqu'il lui tendit des feuilles de papier. « Voyons ce que vous pourrez faire pour ce... Luis De Melo... oui, tel est son nom, dit De Matos. Voyez-vous, docteur, il est atteint du *mordesin*. Connaissez-vous cette maladie ?

– Bien sûr. Elle se déclare par une violente fièvre et de terribles frissons, entraîne des vomissements, le délire, puis la mort. L'urine de couleur rouge en est un symptôme sans équivoque.

– Vous l'avez parfaitement décrite. En connaissez-vous aussi les causes ?

– Bien sûr ! rétorqua Schreck, qui soupesait tous

ses mots. Le *mordesin* est une indigestion pernicieuse, fatale quand elle s'attaque à un estomac affaibli et déséquilibré par la chaleur.

– On a soigné le pauvre homme en lui appliquant un fer rouge sur le talon, fit observer l'inquisiteur avec un air candide. Il poussait des hurlements atroces.

– J'ai cessé d'utiliser cette méthode depuis de nombreuses années. Je préfère me servir des herbes.

– Vous ne paraissez pas surpris d'apprendre que nous employons le fer rouge dans cette maison, docteur. Ce malheureux Luis De Melo a fini par s'y habituer, après trois séances de rigoureux examen !

– Alors le malade est un prisonnier ! Vous l'avez torturé !

– On m'avait vanté à raison votre perspicacité. Vous savez tirer les conclusions qui s'imposent. Il convient toutefois que j'ajoute un détail. M. De Melo, qui avait gentiment avoué sa bigamie et sa sorcellerie, n'est plus. Pendant que nous vous attendions, cette méchante maladie a eu raison de lui. Mais comme la mort n'arrête pas l'action de l'Inquisition, il sera désossé et ses os seront brûlés au premier acte de foi... Il y a toujours beaucoup de feu dans les autodafés ! »

Schreck eût aimé renverser sa chaise, la table et saisir l'inquisiteur à la gorge. Pour la première fois de son existence, il perdait son sang-froid, et cette sensation l'effrayait et l'exaltait à la fois, comme s'il se découvrait invincible. Mais un regard à Tolentino, qui s'était recroquevillé sur sa chaise, pâle et tremblant, le ramena au calme. Au prix d'un effort surhumain, il adressa à son interlocuteur un sourire radieux, exhibant une dentition éclatante.

« Je regrette, en qualité de médecin, de ne pas avoir pu sauver ce pécheur, mais l'idée que son âme a eu le privilège de trouver en vous une oreille attentive constitue, pour moi, un grand soulagement. Ma venue n'a point été vaine puisque j'ai eu le plus grand honneur qui soit dans cette colonie : faire votre connaissance. Maintenant, je me sens plus riche, prêt à affronter avec efficacité les dangers auxquels le service de Dieu m'a destiné, et je n'ai plus aucun doute sur ma mission.

– Nous avons de nombreux cas à juger, docteur, dit l'inquisiteur, dont les yeux n'étaient plus que deux fentes. Des Juifs pour la plupart, ainsi que des Maures adorateurs de Mahomet ; des bigames ; des nicolaïtes, qui s'échangent entre eux leurs épouses ; des ophites, qui vénèrent le serpent en tant que premier être intelligent à entrer au paradis ; des aquatiques, qui célèbrent la messe avec de l'eau, non avec du vin ; des circoncellions, qui pratiquent le suicide en tant que martyre ; des acéphales, qui combattent le concile de Chalcédoine et sont privés de chef ; des adamites, qui prient nus comme Adam ; des jovinianistes, qui n'établissent pas de distinction entre une vierge et une femme mariée ; des aloges, qui refusent de croire que le Christ est le Verbe de Dieu et nient la valeur de l'Évangile de saint Jean et de l'Apocalypse ; des hiérarchiciens, qui considèrent que les enfants n'ont pas leur place dans le royaume des cieux ; des novatiens, qui s'appliquent à rebaptiser les baptisés ; des individus qui emploient des mots scandaleux, des renégats de toutes sortes et même des disciples du magicien Ménandre, qui clament que le monde est l'œuvre des anges, non de Notre-Seigneur... Et bien d'autres encore. Ces gens se condamnent eux-mêmes aux peines de l'enfer et à celles de l'homme. Nous avons beaucoup de travail pour la gloire de Dieu, *Misericordia et Justitia* est notre devise pour accomplir Sa Volonté. »

Il se leva brusquement et fut aussitôt imité. Sa

bouche se tordit en une horrible grimace. « Je vous remercie immensément de bien avoir voulu venir et je vous salue, docteur Terrentius. Je tiens à souligner que votre présence a été, pour moi, une grande faveur, il est rare de rencontrer des individus de votre intelligence, capables de distinguer sans hésiter les actions qu'il convient d'entreprendre afin de glorifier Dieu. » Il pivota et s'éclipsa avec son compagnon.

***

Quelques instants plus tard, Schreck et Tolentino quittaient la Santa Casa. Ils traversèrent la place du Sabaio, quasi déserte comme à l'accoutumée. En se retournant pour jeter un regard hostile au palais de l'Inquisition, Schreck remarqua qu'on avait installé sur la porte d'entrée un étendard qu'il ne lui semblait pas avoir vu à son arrivée : une croix en bois flanquée d'une épée, à droite, et d'une branche d'olivier, à gauche, que couronnait l'inscription *Exurge Domine et Judica Causam Tuam*.

XIV

Le 22 juillet 1619, Johann Schreck et les autres jésuites – à l'exception de Kirwitzer, demeuré à Goa pour assister Antonio Rubino dans ses observations du ciel – arrivèrent à Macao.

Près de cent ans s'étaient écoulés depuis que les Portugais avaient fait comprendre aux Chinois qu'ils ne mangeaient pas les enfants, et soixante-dix depuis que l'empereur Shi Zong, qui régnait au cours de la période dynastique Jia Jing, les avait autorisés à construire une cité fortifiée sur la baie la plus majestueuse de l'île Xiang Shan, où se trouvait jadis un repaire de féroces pirates.

Quand le *San Carlos* avait jeté l'ancre en rade et qu'une flottille de jonques minces était venue les chercher pour les conduire à la rive, les missionnaires avaient éprouvé un sentiment d'appartenance à cette étroite langue de terre qui se tendait vers la mer. Elle était bordée de maisons blanches, disposées en amphithéâtre, et surmontée d'une montagne aride, qui créait une série de rideaux rocheux ouverts sur l'habitat. Les embarcations agiles accostèrent au quai de la Praya Grande, la vaste plage grise dont la défense était confiée à un petit château fortifié, léché par les eaux, d'où l'on tirait des salves en guise de salut. Une rangée de maisons et d'églises apparut. On eût pu croire, à la vue de leur régularité, qu'on avait abordé une ville européenne, mais la foule compacte des Chinois qui pullulaient sur le môle, la plage et, semblait-il, partout, dissipait rapidement cette illusion. Non loin de là, en effet, une rua escarpée, invisible de la mer, déversait au croisement de la Praya Grande et de la Praya Manduco, ou plage des grenouilles, et de là sur le port tout entier, une humanité dense et exotique, que dominaient les Chinois, au nombre de quinze mille, contre les quatre mille Portugais.

En s'engageant dans cette rua, à bord d'un palanquin ouvert que six robustes Chinois portaient sur leurs épaules, Schreck s'aperçut avec surprise que les édifices de style européen dissimulaient un centre habité d'un tout autre genre, à l'intérieur d'un enchevêtrement de ruelles en pente. Délimitée en haut et en bas par les quartiers occidentaux, la ville chinoise s'étalait, en effet, derrière un mur de brique semi-circulaire. On y accédait en franchissant des portes aux auvents de bois coloré, que surveillaient des soldats du Céleste Empire, des marins portugais et des Indiens cipayes venant de Goa, armés de pied en cap et commandés par un officier européen.

« Jamais je n'aurais imaginé une chose pareille ! » s'exclama Schreck à l'intention de Nicolas Trigault, qui le précédait sur le palanquin de tête. Le Belge se retourna et lui cria en retour : « Ne vous étonnez pas, les Portugais ont bien le droit d'occuper cette île ! Pour pouvoir vivre ici, ils versent dans les caisses chinoises cinq cents taels par an, soit environ trois mille sept cent cinquante francs lusitaniens.

– Cela les autorise-t-il à enfermer les Chinois dans un ghetto ? »

Trigault eut un geste pour signifier qu'il n'y pouvait rien. Le cortège des palanquins, escorté par des soldats qui brandissaient le drapeau portugais, avait pénétré dans la ville chinoise. Il se hissait maintenant sur le haut de la colline en fendant une marée humaine qui s'agitait dans tous les sens. Parmi les odeurs fortes qui flottaient dans la rue, on reconnaissait le parfum de l'encens, qui brûlait sur des autels coiffés de petits toits rouges aux carrefours, ainsi que la puanteur des égouts à ciel ouvert ruisselant au bord de la rua. Vautrés sur leurs litières, les étrangers concentraient sur eux des regards surpris et curieux. Une série de visages défila devant Schreck : une femme aux yeux étroits qui semblait avoir enfoui le nez dans du noir de fumée, un vieillard anguleux dont la barbichette était constituée de longs et rares poils chenus, un homme austère au chapeau bas, une mère portant un fagot humain qui cessa de pleurnicher à la vue des missionnaires, un petit homme à la tête rasée, une jeune femme au visage fardé de blanc qui tenait un porcelet en laisse. Sur le seuil d'une boutique d'éventails, un marchand à la longue robe noire s'étirait, les mains sur les hanches ; non loin de là, un négociant, qui exposait des porcelaines jusqu'à l'extérieur de son magasin, distribuait des ordres à des coolies courbés et vêtus d'un pagne, dont on pouvait compter les côtes tant ils étaient maigres.

Déconcerté par les cris des vendeurs, par le grondement des voix et par le crépitement des pieds sur les pavés, Schreck aperçut avec un certain retard le détachement de soldats chinois qui s'était placé devant leur groupe. Armés de longs roseaux, ils fouettaient la foule, qui s'ouvrait devant eux, se déchirant comme une plaie. Le cortège gagna enfin le quartier européen qui dominait la colline, ou mieux le mont, et retrouva une allure régulière dans ces rues plus larges et moins fréquentées. Schreck se tourna alors vers ses compagnons. Rho, qui dévorait des yeux ce monde nouveau, lui adressa un salut plein de gaieté. Un peu plus bas, sur leurs palanquins respectifs, Tolentino exhibait un sourire de stupeur qui lui donnait une expression ahurie, tandis qu'Adam Schall von Bell, nullement dérangé par le balancement de son véhicule, examinait le paysage et notait quelques phrases sur les pages d'un cahier. Venaient ensuite les autres missionnaires, puis les mulets chargés des bagages.

C'est justement auprès des bêtes qu'un incident se produisit. Soudain, une foule de Chinois sortant des magasins ou surgissant du néant, puisque leur concentration dans le quartier européen était modeste, se précipita sur elles. Averti par Schreck, Trigault ordonna aux porteurs de s'arrêter, puis à Rho et à Tolentino d'aller voir ce qui se passait. Les deux hommes retroussèrent leur habit et dévalèrent la pente. Après avoir hésité un instant, Schall von Bell et d'autres missionnaires leur emboîtèrent le pas. Ils furent bientôt engloutis par la cohue, que de nombreux Occidentaux, alertés par le bruit, grossissaient désormais. Un quart d'heure s'écoula. Trigault, qui sentait grandir son impatience, s'exclama : « Qu'en dites-vous, Terrentius, nous allons jeter un coup d'œil ? »

Schreck opina, et les deux hommes s'ébranlèrent. À mi-chemin, ils aperçurent Tolentino et Rho qui s'étaient extirpés de la cohue d'où s'élevaient des cris et des rires gras.

« Tout va bien, ne vous inquiétez pas ! » s'écria de loin le premier, tandis que le second effectuait des gestes rassurants. Et il expliqua un peu plus tard à Trigault : « Rien de grave. La courroie qui tenait le bagage du père Terrentius a cédé, et la malle a chu. Nous avons tout ramassé avec l'aide du père Giacomo et du père Adam.

– Les Chinois n'ont rien pris, confirma Rho. Ils n'étaient pas animés de mauvaises intentions, mais de l'envie de s'amuser à nos dépens. »

Une ombre d'inquiétude voilait le regard de Schreck, qui demanda, nullement convaincu :

« Giulio, êtes-vous certains d'avoir réuni toutes mes affaires ? Mes livres ne sont pas tous dans les caisses communes...

– Tout y est, je vous l'ai dit. Rien n'a été perdu. Votre bagage est maintenant assuré par une double courroie, et il ne pourra plus tomber. »

Entre-temps, les autres missionnaires avaient regagné leur litière, et la file s'était recomposée, prête à repartir. À un ordre de Trigault, elle s'ébranla. La rua dos Mercadores, bordée d'échoppes d'artisans portugais, menait à l'église Saint-Paul, qui dominait la baie. Encore inachevée, elle était assiégée par des échafaudages de bambou sur lesquels s'affairaient de nombreux ouvriers chinois vêtus d'un pantalon au mollet et coiffés d'un chapeau conique en jonc. Au pied de l'édifice, un énorme escalier se jetait à pic vers la ville. Près de la cathédrale se dressait le collège Saint-Paul et, un peu plus loin, le fort du même nom, le plus grand de l'île, sur lequel flottait le drapeau portugais.

Un comité d'accueil était réuni sur le perron du collège. Il y avait là le gouverneur, qui dépendait du vice-roi de Goa, son bras droit, dénommé *ovidor*, c'est-à-dire officier de justice, l'évêque et le sénat composé de huit fonctionnaires importants. Francisco de Gama, comte de Vidiguera, gouverneur de Macao, arborait une magnifique cuirasse en acier et or sur laquelle resplendissaient des décorations, des émaux et que traversait une large écharpe rouge. Coiffé d'un chapeau noir à plumet blanc, il portait au côté une épée dans un fourreau en cuir. Moins rutilant, l'*ovidor* avait revêtu un habit en damas rouge sous une légère cape de soie noire, et les sénateurs un habit sombre aux poignets et au col blancs. Abrité sous une ombrelle que tenait un serviteur chinois en chemise, l'évêque exhibait les signes de son rang, ainsi qu'une crosse en argent.

La cérémonie fut brève et nullement émouvante. Le gouverneur tint un petit discours de bienvenue consacré à la présence indispensable des chrétiens en terre païenne et à la clairvoyance de François Xavier, qui, marchant sur les traces de l'apôtre Thomas, avait vu en la Chine une terre de mission. Après quoi, Trigault reçut un laissez-passer en parchemin qui lui permettrait de se déplacer à sa guise sur l'île. Muets, les sénateurs manifestèrent leur respect par une courbette, et l'évêque bénit l'assistance, obligeant tout le monde, porteurs et soldats compris, à s'agenouiller dans la chaleur et la poussière.

Après que les notables se furent éclipsés dans un tourbillon de sabots, le directeur du collège, le père José Da Silva, un robuste prêtre aux manières aimables, fit conduire les missionnaires à leur logement et leur offrit un repas frugal dans une salle à part. Ce n'est donc qu'en fin d'après-midi, au cours de la messe des vêpres célébrée dans une modeste chapelle, à l'arrière de l'édifice, que Schreck et ses compagnons purent rencontrer les autres habitants du collège : une trentaine de pères, environ deux cents jeunes élèves, une pléthore de domestiques chinois et des valets de chambre portugais qui se pressaient, debout, sur les côtés et au fond de la nef.

***

Pareilles à des yeux écarquillés, les larges fenêtres attendaient la brise du soir, qui tardait à souffler. Schreck s'arracha au brouhaha qui montait de la ville basse pour ranger ses affaires dans l'armoire de sa chambre. Il était troublé par une étrange sensation, par un mauvais pressentiment, mais le bruit, la fatigue et les nouveautés de la journée l'empêchaient de se concentrer. C'est alors qu'on frappa à sa porte. Sans lui laisser le temps de répondre, Giacomo Rho entra, un sourire aux lèvres, suivi de Nicolas Trigault, de Giulio Tolentino et d'un jeune Chinois. « Nous voici, Johann, commença le premier. Nous sommes venus te présenter Zhang Wenming. »

Schreck lui ayant adressé un regard interrogateur, il poussa le garçon vers lui.

« C'est ton domestique. À partir d'aujourd'hui, il sera aussi ton ombre.

– Je n'ai pas besoin de valet personnel. Les domestiques chinois et portugais du collège me suffisent amplement.

– Ces Chinois ont déjà été attribués, déclara Trigault, qui était demeuré un peu à l'écart. Et gardez-vous bien d'avoir recours aux Portugais en ville.

– Elle est bien bonne ! Et pourquoi ?

– Ils ne vous seraient d'aucune aide en dehors de ces murs. Les Chinois ne peuvent concevoir qu'un Européen soit au service d'un autre Européen. Je vous ai donc assigné Zhang Wenming qui, m'a-t-on dit, est habile, sûr et fidèle. Il connaît aussi bien le portugais que le latin, et peut donc être utilisé à la fois comme laquais et comme secrétaire. »

Schreck adressa un signe timide au jeune homme, qui répondit par une courbette. Sa tunique et son pantalon large en coton blanc mettaient en valeur son teint ambré. D'un ton presque moqueur, Rho déclara : « Tu peux l'appeler par son nom de famille, Zhang, ou par son prénom, Wenming. Ou encore Xiao Zhang, soit Petit Zhang, selon l'usage chinois. C'est sans doute ce qu'il préfère.

– Je possède, moi aussi, un domestique chinois, s'exclama Tolentino, ravi. Je l'ai prié de m'accompagner à l'église de Nostra Señora de Los Angeles, afin que je puisse rendre hommage aux Franciscains, et à la Vierge du Rosaire, pour faire de même avec les Dominicains. Afin qu'il n'y ait pas de jaloux, je finirai par la chapelle du couvent des Augustins. »

Pendant l'intervention de l'Italien, Petit Zhang s'était assis sur ses talons. Giacomo Rho se rapprocha de Schreck et murmura : « On nous a attribué à tous un valet chinois et on nous a dit qu'ils apprendraient rapidement nos moindres habitudes. Imagine, poursuivit-il en indiquant le garçon du menton, il t'obéira avec zèle, se conformera à tous tes désirs. Il te réveillera chaque matin en t'apportant l'immanquable boisson chaude qu'ils appellent *cha*, et nous "thé", posera tes vêtements propres sur une chaise et se postera dans un coin en attendant tes ordres. Il rangera ta chambre pendant que tu iras à l'église assister aux offices du matin et te rejoindra en un éclair là où tu le voudras. Il s'occupera exclusivement de toi, ne laissera à personne l'honneur de te servir à table. Et il ne te coûtera que cinq piastres par mois, soit à peine vingt-deux francs lusitaniens. »

Schreck n'avait pas prononcé un mot. Le confort qui lui était offert en la personne de ce jeune Chinois avait balayé l'agacement qu'il éprouvait à l'idée d'être suivi à tout instant. Si l'on s'attardait à Macao, se disait-il, une aide constante serait la bienvenue.

« Que dois-je faire ?

– Rien. Quand tu iras te coucher, il s'installera par terre, ou sur le seuil. Comme tu le souhaites. »

Les trois hommes prirent congé avec un bref salut. Petit Zhang se leva et alluma les bougies sur la table. Schreck constata qu'il se mouvait avec rapidité et légèreté. Ainsi, le briquet était apparu dans ses mains comme par magie. Mince, les épaules droites, de taille moyenne, il avait le regard timide, et des yeux du même noir de jais que ses cheveux. Il portait une tunique fermée par des boutons en cuivre, un pantalon retenu par un cordon qui pendait sur le côté, et des chaussures en tissu noir.

« Quel âge as-tu ? demanda Schreck en chinois.

– Quatorze ans, mon père, répondit le jeune homme, les yeux rivés au sol.

– Où es-tu né ?

– À Canton, mon père.

– Depuis combien de temps vis-tu à Macao ?

– J'avais sept ans quand les vénérables missionnaires m'ont acheté. Cela fait donc sept ans que je vis ici, mon père.

– Tu dis qu'ils t'ont acheté ?

– Bien sûr, mon père. Autrement, ma famille ne m'aurait jamais laissé partir. J'ai toujours eu de bons bras...

– Et ton père ? Et ta mère ? Tu as peut-être des frères et sœurs.

– J'ignore où ils se trouvent. Mais ils sont certainement heureux de me savoir ici, mon père.

– Es-tu heureux... ici ?

– Oui, mon père, on mange bien et on peut apprendre beaucoup de choses.

– Tu peux t'abstenir de m'appeler "mon père", si tu le souhaites.

– Comme cela vous plaît, mon p...

– Ne t'inquiète pas, dit Schreck avec un sourire rassurant. Exprime-toi comme tu le souhaites. Maintenant, je voudrais me reposer. Cela fait plus de deux mois que je n'ai pas dormi sur la terre ferme, et j'ai l'impression de me balancer comme une cloche. Je suis épuisé, Petit Zhang. »

Le jeune homme l'aida à se dévêtir et à passer sa chemise de nuit, puis il installa la moustiquaire. Quand l'Allemand se fut couché, il alla se recroqueviller dans un coin, à même le parquet. À cette vue, Schreck se releva et ouvrit l'armoire, d'où il tira une couverture en laine, qu'il étendit en double au pied du lit. « *Wan an*, Xiao Zhang, bonne nuit, Petit Zhang », dit-il après avoir invité le garçon à s'allonger. Celui-ci obtempéra avec joie et plongea aussitôt dans le sommeil.

Quoique exténué, Schreck n'arrivait pas à s'endormir. Le bruit de l'eau filant sous la coque du *San Carlos* bourdonnait encore dans ses oreilles, mais ce n'était pas cela qui le tenait éveillé, pas plus que le bavardage de la ville chinoise pénétrant dans sa chambre par les fenêtres ouvertes, mêlé aux gongs des policiers nocturnes et des temples. Il venait de comprendre ce qui clochait dans ses bagages : les écorces du toxique *stroont-boom*, qu'il avait ramassées à Mauritius, avaient disparu.

XV

Armé d'un monocle, Schreck observait méticuleusement les pots à médicaments : certains étaient pansus, d'autres plus longs que larges, d'autres encore de proportions régulières, et tous resplendissaient sous les rayons du soleil qui s'introduisaient à travers une grande fenêtre latérale.

« Le noir et le violet ont certainement été obtenus avec de la pyrolusite de France. Le bol arménien a servi pour le rouge. L'école de Capodimonte est donc présente dans ces faïences », déclara-t-il.

Rho et Tolentino, qui le suivaient à un pas de distance, échangèrent un coup d'œil complice et opinèrent du bonnet. C'était le seul moyen dont ils disposaient pour masquer leur ignorance totale en matière d'art céramique. Désireux de se rendre utile, Tolentino tendait de temps à autre un cahier et un fusain à Terrentius, qui y griffonnait quelques notes. Les trois hommes étaient accompagnés de Petit Zhang, à l'évidence fort intrigué par l'officine du collège Saint-Paul, où il était autorisé à entrer pour la première fois.

Ornés de scènes bibliques, les pots que Schreck examinait étaient alignés en grand nombre sur les étagères de noyer qui tapissaient la pièce. Au centre, le père Antonio Gaspar, apothicaire de la colonie, se tenait debout près de la table. Âgé d'environ soixante-dix ans, il avait un visage émacié, un nez crochu et de petits yeux que surmontaient des sourcils épais, aussi en désordre que ses cheveux, pareils à un nuage blanc. Ses doigts fins ne cessaient de s'agiter, comme s'ils étaient animés d'une vie propre. Dès l'instant où il avait appris que le collège hébergerait Johann Schreck, dit Terrentius, Gaspar s'était promis de lui montrer sa collection de plantes médicinales. Sa réputation de botaniste et de médecin avait, en effet, précédé l'Allemand dans la colonie grâce à une lettre du père général au directeur du collège. L'invitation à visiter l'officine avait ravi Schreck, que ces missives romaines préoccupaient grandement, même si, cette fois, leur expéditeur n'était pas le Saint-Office. Le spectacle des pots avait toutefois relégué ses inquiétudes dans les replis d'une gaieté nerveuse.

« Père Terrentius, je souhaiterais que vous jugiez du contenu, et non du contenant. Je vous ai prié de vérifier l'état de conservation des plantes, et vous vous égarez dans l'examen des pots qui les conservent ! marmonna Gaspar, qui avait hâte de connaître l'opinion de Schreck. C'est un peu comme si un médecin appelé au chevet d'un malade gaspillait son talent à étudier ses vêtements !

– N'ayez crainte ! Si je m'intéresse à l'habit, c'est uniquement parce que je souhaite découvrir ce qu'il dissimule. Et, je peux en témoigner, ces herbes sont dans un bon état de conservation. »

Le père apothicaire poussa un soupir de soulagement et rougit de plaisir. Il s'était contenté de suivre la méthode la plus logique, faisant suivre les *aromates* et les *arbores* des *frutices*, *acres herbas*, *amaras herbas*, *salsas et dulces herbas*, *cerbas et acidas herbas*. Enfin, des échantillons d'*animalia* et de *mineralia* concluaient l'ensemble.

« Maintenant, mon bon ami, poursuivit Schreck, montrez-moi donc ce que vous gardez dans vos tiroirs.

– À quoi faites-vous allusion ?

– Aux plantes chinoises, naturellement.

– Mais je ne...

– Allons ! À en juger par l'importance de votre officine, vous avez beaucoup œuvré au cours de ces années. Je brûle de découvrir les produits locaux que vous avez réunis.

– Hélas, mes supérieurs ne m'encouragent pas dans cette voie... Mais puisque vous insistez, je vais vous montrer ma petite collection secrète. Suivez-moi. »

Rho et Tolentino échangèrent une nouvelle fois un regard interrogateur, qui n'échappa pas à Schreck.

Ils quittèrent la belle salle et traversèrent une cour intérieure. Les occupants du collège assistant tous aux vêpres, il n'y avait pas âme qui vive. Gaspar ouvrit une petite porte et s'engagea dans un escalier après s'être muni d'un cierge, posé sur la première marche. Suivi des trois autres jésuites et de Petit Zhang, il déboucha bientôt dans un sous-sol, où ils trouvèrent enfin un peu de fraîcheur. « Voici mon atelier », dit-il tout bas.

La lumière d'autres bougies révéla bientôt la pièce dans son ensemble. Contrairement à l'officine, tout y était modeste : la salle, la voûte, et l'ameublement, réduit à une table et à trois coffres. Des étagères remplies de livres couraient le long des murs, des cuvettes contenant des récipients en verre et des instruments chirurgicaux reposaient sur la table. Schreck contempla ces derniers : bistouris à lame fine, dilatateurs à ressort, crochets de diverses courbures, ciseaux dentelés, pointes de trépan, spatules, spéculums, érignes, canules, cathéters, aspirateurs et tant d'autres qui le ravirent. Il les saisit l'un après l'autre et les soupesa avant de les remettre en place.

Entre-temps, Gaspar avait ouvert un coffre d'où il tirait des petites boîtes et des sachets qu'il alignait sur une table, aidé de Tolentino. Non sans prudence, l'apothicaire exhiba le contenu de quelques boîtes : herbes et fleurs séchées, branchettes, racines, graines, bref, une collection d'herboriste. Schreck se précipita sur ce trésor. Il s'attardait en particulier sur les espèces qui lui étaient inconnues, les examinant, les reniflant, les tournant et les retournant entre ses doigts.

De temps à autre, Gaspar lui fournissait quelque explication : « Voici une racine aquatique, une sorte d'ivraie, qu'on appelle à Macao *jiaogu.* » Ou : « Cette fleur séchée provient d'une plante dénommée *longshe cao*, herbe de la langue de dragon. Et regardez ces feuilles, leur forme n'est-elle pas merveilleuse ? On les désigne par l'expression “ongles de Bouddha”, *Fojia cao.* » Et encore : « Le nom de cette espèce est fort étrange, *huixiang*, soit “parfum musulman”. À l'évidence, elle a été importée en Chine par un disciple de cette religion. »

À chaque précision, Schreck acquiesçait, imité par Rho et Tolentino, qui se pressaient autour de lui. Petit Zhang suivait les explications avec attention et fixait sur l'Allemand un regard admiratif chaque fois qu'il posait une question. Ses yeux semblaient dire qu'il était fier d'être au service d'un missionnaire aussi aimable et aussi savant.

Soudain, Schreck se figea. Au lieu d'extraire le contenu d'une boîte, il l'observait sans bouger. « Du *renshen* ! s'exclama-t-il.

– C'est le nom qu'on lui donne, confirma Gaspar. Vous le connaissez donc ?

– Je l'ai utilisé, et il m'a guéri d'une méchante maladie, qui s'était répandue pendant la traversée. »

Il saisit la racine : avec ses deux jambettes et son tronc massif, elle évoquait un petit homme poilu, un individu minuscule et magique.

Remarquant le regard enchanté de l'Allemand, Gaspar lui dit : « Comme vous le voyez, cette boîte en contient plusieurs. Si vous en voulez d'autres, je peux vous faire accompagner dans une boutique de la ville chinoise fort bien approvisionnée. On y vend de multiples variantes de cette racine : chinoise, japonaise, coréenne...

– Oui, je m'y rendrai. J'ai besoin de me ravitailler en herbes médicinales. Mais dites-moi, père Antonio, savez-vous utiliser le *renshen* ?

– Me demandez-vous si je l'emploie pour soigner des malades ?

– Exactement.

– Non, je ne m'en suis jamais servi, pas plus que des autres plantes. J'aurais dû, je le sais, c'eût été raisonnable. En vérité, mon travail d'apothicaire m'occupe énormément. Pour le reste, j'ai les mains liées. Vous n'ignorez pas qu'il nous est interdit, à nous autres prêtres, d'exercer la médecine sans l'autorisation de nos supérieurs. Il me faudrait œuvrer en secret pour connaître les effets de ces herbes inconnues. Je me contente d'être un simple curieux, un collectionneur passionné... »

Il fut interrompu par un bruit subit et par un gémissement de douleur. En installant des boîtes sur la table, Petit Zhang avait trébuché et chu. Il se massait le bras. Gaspar et Schreck l'aidèrent à se relever. L'apothicaire l'examina brièvement et conclut : « Tout a l'air d'aller. Une petite contusion au muscle palmaire court. » Puis il rassura le garçon avec un gentil sourire.

Schreck, qui s'était gardé d'intervenir, demanda alors : « Voulez-vous bien palper une nouvelle fois ce jeune homme ? » Gaspar appuya les deux pouces sur la paume de Petit Zhang, et, par un jeu de pression, mit en évidence les divers muscles. L'Allemand s'exclama avec satisfaction : « Je parie que vous avez appris ça à Ferrare !

– Comment l'avez-vous compris ? dit Gaspar en rougissant, sous l'œil abasourdi de Tolentino et de Rho.

– Je parie aussi que vous avez suivi les cours de l'anatomiste Giovanni Battista Canani !

– Comment le savez-vous ?

– Il faut avoir fait ses études à Ferrare avec l'auteur du *Musculorum humani corporis picturata dissectio* pour pouvoir effectuer avec autant de désinvolture une palpation de ce genre. Merci de me l'avoir montrée. Je n'ai pas eu la bonne fortune de rencontrer Canani. Quand j'ai entrepris mes études de médecine en Italie, il était déjà mort.

– Le livre que tu viens de citer ne comptait-il pas au nombre des ouvrages interdits par la Sainte Congrégation de l'Index ? interrogea Rho.

– Tu te trompes, personne ne l'a jamais remis en cause.

– Étrange, je croyais que tous les livres d'anatomie humaine étaient interdits. »

Tolentino, qui avait gardé le silence tout ce temps-là, crut bon d'intervenir : « Non, père Giacomo, seuls les livres contaminés par l'hérésie le sont. » Il ferma les yeux à demi pour mieux se concentrer et cita : « *Quia vero haeresis morbus animae perniciosissimus cancer serpit, et filii tenebrarum arcem catholicae veritatis omni machinationis genere oppugnant, libris praesertim haeresis veneno infecti promulgandis...*

– Giulio, vous connaissez par cœur toutes les bulles papales ? » Rho avait, en effet, reconnu un passage de la bulle *Immensa aeterna Deiae*, que Sixte V avait promulguée en 1588 afin d'établir les devoirs de la Congrégation de l'Index.

Tolentino haussa les épaules, comme un écolier pris en faute. « Je voulais juste préciser que seuls les ouvrages s'opposant à la foi et contraires aux coutumes chrétiennes sont interdits. Canani décrivit l'anatomie des membres. Jamais il ne fut accusé, comme Vésale, de disséquer des hommes vivants.

– Quoi qu'il en soit, ne t'inquiète pas, Giacomo, conclut Schreck. Père Gaspar n'a pas appris la médecine auprès d'un hérétique. Ni même la chirurgie, car vous êtes également chirurgien, n'est-ce pas ? »

L'apothicaire sursauta comme s'il avait posé les pieds sur des charbons ardents. Schreck s'expliqua donc : « Ne soyez pas surpris, j'ai vu vos instruments à l'entrée. Et ce ne sont pas des jouets.

– Vous faites erreur...

– Vous avez un bel attirail de chirurgie, et je m'y connais !

– Allons, père Gaspar, renchérit Tolentino sur un ton amical. Nous sommes jésuites, nous ne devrions pas craindre la chirurgie.

– Que veux-tu dire par là ? interrogea Rho.

– C'est une simple constatation. Nous autres Jésuites possédons indignement la grâce d'être voués à Jésus, qui reçut son nom huit jours après sa naissance, lors de sa circoncision. N'est-ce pas notre fondateur, saint Ignace, qui choisit l'anniversaire de ce jour historique pour principale fête de notre Compagnie ? Au reste, toutes nos églises renferment une œuvre artistique représentant la circoncision de Jésus. La circoncision étant en fin de compte une opération chirurgicale, nous autres Jésuites ne devons pas craindre la chirurgie. »

Gaspar éclata d'un grand rire. « Ha ! ha ! Si saint Ignace me protège, je peux avouer que j'ai pratiqué un peu la chirurgie par le passé. Ha ! ha ! »

Schreck rit de bon cœur, lui aussi, avant d'ajouter : « Père Gaspar, vous avez beau vous efforcer de travailler dans l'ombre, vous ne parvenez pas à passer inaperçu. Je vais vous dire une chose. Chaque fois que j'examinais un marin fiévreux sur le bateau qui nous a conduits ici, il me demandait si j'avais le *vinho de quina* du père Gaspar. Et quand mes patients souffraient de cette dysenterie bien particulière à laquelle Garcia de Orto donna le nom de choléra en 1543, on me réclamait votre *mezinha três paus*. J'ai entendu parler également de vos *pillulas douradas*, qui chassent les hémorroïdes et les varices, et d'un anti-inflammatoire miraculeux dénommé *Pò de pedra cordial*, qui, disait-on, renfermait de la corne de rhinocéros en poudre. »

Jamais Gaspar n'avait imaginé qu'on pût apprécier ses talents d'herboriste et de médecin. De joie, il offrit toutes ses racines de *renshen* à Schreck, qui ne lui en demandait que deux. Les ayant glissées dans un sachet en étoffe, il les tendit à l'Allemand. « Si vous souhaitez obtenir des renseignements supplémentaires à propos de cette racine, je vous montrerai un livre chinois qui en parle.

– Il existe donc un ouvrage consacré au *renshen* !

– Il y en a plus d'un. Les Chinois ont publié récemment une encyclopédie illustrée sur la flore, la faune et les minéraux à utiliser en médecine. Elle semble fort intéressante.

– Puis-je la consulter ?

– Elle est conservée à la bibliothèque du collège,

hélas fermée à cette heure-ci. Mais ne désespérez pas, vous l'aurez demain après la fonction. Ce soir, accordez-vous un bon somme. L'encyclopédie est rédigée en caractères chinois très fins. Pour les déchiffrer, il convient de posséder non seulement une bonne connaissance de cette langue mais aussi des yeux reposés. »

Au moment de repartir, Schreck laissa Rho, Tolentino et Petit Zhang le précéder. Demeuré en arrière, il s'entretint brièvement avec père Gaspar, et seul le dernier mot de l'apothicaire – « D'accord ! » – parvint aux oreilles du groupe de tête. Il concernait les instruments chirurgicaux que Gaspar s'engageait à céder en partie à Terrentius.

***

Les poings posés sur ses larges hanches, le visage emperlé de gouttes de sueur qui allaient se perdre dans sa barbe inculte, les joues rebondies et cramoisies, José Da Costa inspectait la bibliothèque du regard, ainsi qu'il en avait l'habitude. Il décida de tenir à l'œil quatre collégiens vêtus d'un habit noir au col et aux poignets en dentelles, qui travaillaient, la tête plongée sur de gros volumes dont ils tournaient les pages bruyamment. Sans oublier le prêtre allemand, Johann Adam Schall von Bell, qui avait demandé sans un brin de politesse à voir les livres chinois. Prétentieux ! Il avait exigé le *Zhou Bi Suan Jing*, un vieux texte de mathématiques, dont il l'avait invité à modifier le titre sur le catalogue. D'après lui, il convenait de remplacer *Classique arithmétique du gnomon et des orbites circulaires du ciel*, traduction à laquelle Da Costa était parvenu au terme d'une longue réflexion, par *Livre des calculs gnomoniques d'époque Zhou*. Absurde ! Que pouvait donc savoir cet imbécile des livres chinois ? se demandait le bibliothécaire. Il scruta avec férocité Schall von Bell, qui feuilletait ces fines pages et consignait des notes sur ses papiers, si concentré sur son travail qu'il ne semblait même pas respirer.

Soudain, la porte s'ouvrit et l'on vit entrer le père apothicaire, accompagné de Schreck, de Petit Zhang, de Rho et de Tolentino. Encore des casse-pieds, songea l'homme, qui considérait Gaspar comme un fainéant et jugeait le regard de Terrentius possédé. Il n'appréciait guère, non plus, les deux Italiens. Sachant qu'un malheur ne venait jamais seul, il pensa que ce quatuor ne promettait rien de bon. Bien décidé à montrer qui était le maître des lieux, il se dressa sur ses petites jambes et tendit la tête, aussi ronde qu'une bille.

Tandis que Schreck adressait un signe de salut à Schall von Bell, Gaspar s'approcha du bibliothécaire. Il dut répéter plusieurs fois le titre de l'ouvrage que l'Allemand désirait consulter et signaler qu'il avait l'approbation du directeur avant que Da Costa se résigne à obtempérer. L'homme remit enfin à Petit Zhang deux boîtes, tirées d'une armoire, et reprit sa pose de gardien, non sans avoir jeté à Schreck un regard mauvais. Encore un idiot qui croit connaître les livres chinois, se disait-il. Puis il lança à Petit Zhang, qui posait de fins dossiers sur une table : « Attention, mon garçon ! Ce n'est pas de l'étoffe que tu peux froisser à ta guise, mais du papier de riz très fin et très fragile ! »

Quand le serviteur eut terminé, Gaspar s'exclama avec fierté : « Père Terrentius, je peux enfin vous présenter l'encyclopédie chinoise de sciences naturelles dont je vous ai parlé. Il n'y a pas plus moderne ! Elle s'intitule *Ben Cao Gang Mu*, soit *Traité de thérapie végétale*, ou quelque chose de ce genre. »

Schreck s'assit et entreprit de feuilleter l'ouvrage, flanqué de Rho et de Tolentino, pendant que Petit Zhang l'observait, admiratif. Comme le voulait l'usage, les caractères étaient alignés en colonnes verticales. On les lisait de droite à gauche. Les illustrations apparurent après une brève introduction : des minéraux, puis une vaste section consacrée aux plantes et aux racines, enfin des représentations d'animaux – insectes, reptiles, poissons, tortues et autres espèces.

« C'est un ouvrage récent, disiez-vous, père Gaspar ?

– Oui, il a été publié il y a un peu plus de vingt ans. Son auteur, médecin et apothicaire, est vénéré comme une divinité. Il se nomme Li Shizhen. Je ne connais pas avec précision la date d'impression, entre 1593 et 1596 sans doute, mais je sais avec certitude que, pour composer cette encyclopédie, Li Shizhen a réuni et mis à jour les traités consacrés aux herbes médicinales et les herbiers chinois les plus anciens. Il a lui-même parcouru l'empire pendant de nombreuses années afin de recueillir des échantillons, qu'il a ensuite étudiés, catalogués et expérimentés.

– Il a donc œuvré sous le règne de l'empereur Shen Zong pendant la période dynastique Wan Li, le souverain même qui autorisa le père Matteo Ricci à fonder la première mission de Jésuites en Chine. Serait-ce un signe ? »

Schreck poursuivit sa lecture. « Regardez ! Voici des informations qui pourront nous être utiles. Ce livre a été édité à Jinling.

– C'est ainsi que mes ancêtres appelaient Nankin, mon père, déclara Petit Zhang.

– Les dessins sont signés Li Jianyuan.

– Le fils de Li Shizhen, expliqua Gaspar. On dit qu'il vit à Hangzhou.

– Hangzhou ? La ville fantastique que Marco Polo désignait sous le nom de Quinsai ?

– Exactement.

– Fort bien. Je voudrais maintenant compter le nombre des illustrations. »

Schreck s'acquitta de cette tâche et déclara bientôt, brisant un silence respectueux : « Il y a mille cent neuf figures. » Puis il ajouta tout bas : « Mon *Thesaurus Mexicanus* n'en contenait que sept cent dix ! »

Distrait par ce remue-ménage, Schall von Bell s'était levé. Après avoir écarté Tolentino d'un geste rude, il s'était placé dans le dos de Schreck et avait lorgné son ouvrage. « Botanique ! Vous voilà chez vous, Terrentius ! »

Schreck ne releva pas ces propos. « Cette œuvre est vraiment bien faite ! s'exclama-t-il plutôt. Mais elle a un défaut.

– Lequel ? demandèrent à l'unisson Gaspar, Rho et Tolentino.

– Les illustrations sont fort laides.

– En effet..., en convint l'apothicaire.

– Et vous, qu'en pensez-vous, Adam ?

– Pour une fois, vous avez raison, Terrentius. Le trait est grossier, simpliste. Fruits, feuilles, graines, tout cela manque de relief. Mais que vous importe mon jugement ? Je ne suis qu'un amateur en matière de botanique.

– Et pourtant quand, obéissant à un conseil, j'ai décidé d'indiquer votre nom au père général pour la mission chinoise, on m'a appris au Collège romain que vous aviez interrompu votre noviciat pendant quelque temps pour regagner votre patrie, l'évêque d'Eichstätt vous ayant demandé de vous occuper d'un traité de botanique. Est-ce la vérité ?

– Ce vieux fou était un ami de mon père et une connaissance du directeur du Collège, répondit l'Allemand après avoir pris une longue inspiration. Il en a profité pour se procurer un aide sans délier les cordons de sa bourse !

– Voyons ça !

– Johann Konrad von Gemmingen, je n'ai pas oublié son nom. Il exerça pendant seize ans sa mission de pasteur d'âmes en se consacrant essentiellement aux plantes qui poussaient dans le jardin de l'évêché. Et il publia deux volumes à ce sujet, le *Hortus Eystettentis*. Les plaques en cuivre furent gravées par le célèbre Wolfgang Kilian, qui tomba ensuite gravement malade. À l'heure de notre départ, soit cinq ans plus tard, il gisait encore, délirant et privé de forces, dans son lit.

– Bien, Adam, alors nous pouvons nous considérer non seulement comme des frères en Christ, mais aussi comme des confrères botanistes.

– Nullement ! Je ne suis pas botaniste ! Et si nous sommes tous deux jésuites, nous professons, me semble-t-il, des idées fort différentes ! »

Un grand froid s'abattit sur le groupe. Contrarié par ces éclats de voix, le bibliothécaire roula férocement les yeux, mais il n'eut pas le courage d'intervenir. Gaspar était abasourdi. Tolentino blêmit, tandis que Rho tendait l'oreille. Petit Zhang avait courbé le dos comme pour se protéger d'une attaque. Schreck paraissait troublé, lui aussi. « Que voulez-vous dire ?

– Je rejette votre scepticisme ! s'écria Schall von Bell avec une fureur inattendue. Vous êtes plein de votre empirisme blasphématoire et vous étudiez la réalité pour attirer le discrédit sur notre profession de foi !

– C'est faux ! Étudier et comprendre le fonctionnement du monde est un devoir nécessaire, Adam ! La nature est une machine géniale que seul le Tout-Puissant pouvait construire. Il nous l'a confiée, à nous autres hommes, et il nous faut la connaître parfaitement pour protéger ce don, pour vivre en harmonie avec Lui. L'étude de la Création est un devoir !

– Le monde que nous étudions est un instrument pour atteindre le salut, non une fin en soi ! Comme le disent les exercices spirituels de saint Ignace, les choses qui existent sur la surface de la terre ont été créées pour l'homme, afin de l'aider à poursuivre le dessein dans lequel il a été créé. »

Il se tut pour mieux juger de l'effet de ses paroles sur ses interlocuteurs. Si Petit Zhang, terrifié, avait fermé les yeux, les jésuites, qui connaissaient pourtant l'affirmation du fondateur de leur Compagnie, gardaient le silence, ne sachant comment réagir.

« Le monde est utile à l'homme parce que c'est là qu'il trouve Dieu ! continua Schall avec la même emphase.

– Êtes-vous certain que nos positions soient inconciliables ? Au fond, nous disons la même chose, mais d'une manière différente.

– Vous et moi n'avons rien en commun ! hurla Schall von Bell, avant de pointer l'index sur Schreck d'un geste menaçant. Vous, qui cherchez dans la nature des preuves impossibles d'une altération du message divin ! Vous, qui osez enfreindre les règles, qui pratiquez la médecine et découpez les cadavres ! Vous, qui vous servez du ciel pour élaborer les théories fausses et hardies que vous partagez avec la secte romaine à laquelle vous avez juré fidélité ! Ah, vos jurements ! Qui peut se fier à vos jurements puisque... »

Mais il ne put achever sa phrase. Ses derniers mots furent soudain couverts par le vacarme d'une explosion. Des gravats plurent sur la salle. Le collège parut sur le point de s'écrouler, et avec lui tout espoir de vie. L'horrible grondement fut suivi d'un nuage de poussière, mêlée d'éclats, qui se répandit de toutes parts. Pendant quelques instants, les hommes furent saisis de ce vertige qui accompagne l'étourdissement et la proximité de la mort. Les repères temporels et spatiaux avaient été balayés. Toussotements, plaintes, appels au secours s'élevèrent de cette brume, ainsi que de sinistres grincements qui annonçaient à l'évidence d'autres malheurs.

Au moment de la détonation, Schreck avait bondi sur ses pieds. Et s'il avait le souffle coupé, la vue embuée et les oreilles bourdonnantes, il avait réussi à garder son équilibre. En revanche, Schall von Bell était agrippé à la table, comme pétrifié. Petit Zhang portait secours au père Gaspar, étendu au sol. Agenouillé, Giulio Tolentino criait, les mains jointes et le regard vitreux : « Christ, pitié ! Christ, miséricorde ! L'heure du Jugement est arrivée ! Nous subirons ta justice ! Donne-nous ta miséricorde ! Christ, pitié ! » Rho titubait, aveuglé ; quant au bibliothécaire, il était couché sur le côté et gémissait, le bras gauche inanimé : « Je le savais ! Je savais que ces malheureux ne m'apporteraient rien de bon. » Les quatre étudiants avaient disparu, un abîme s'ouvrait à l'endroit où ils travaillaient un peu plus tôt. Toutes les vitres avaient volé en éclats. C'est alors qu'on entendit des détonations puissantes, identiques à celle qui avait précédé la catastrophe, mais cette fois régulières et très proches. Les canons tonnaient.

XVI

L'enterrement des collégiens fut célébré le lendemain de l'attaque des Hollandais, qui s'étaient heureusement retirés après les premiers coups de canon. Tandis qu'il se dirigeait vers la chapelle d'un pas apparemment tranquille, en remâchant à l'évidence des pensées qui n'avaient rien à voir avec l'imminente cérémonie funèbre, Schreck s'immobilisa soudain et s'exclama : « Je me demande s'il est sage, pour nous autres Jésuites, de nous appuyer sur le seul Portugal. Nous devrions demander leur soutien à toutes les nations et jouer ainsi un rôle de médiateur. Étant donné la situation, il n'est pas étonnant que nous subissions les canonnades ! »

À ces mots, Schall von Bell bondit, il rejoignit son compatriote, qui le précédait, et rétorqua d'un ton méprisant : « Ne blasphémez pas ! Ce sont les bulles de Nicolas V, de Calliste III et d'Alexandre VI qui ont imposé aux divers pays de diffuser la foi par des ordres religieux différents !

– Je n'ai pas besoin de vos leçons ! Les pontifes que vous mentionnez se sont distingués non par leur zèle évangélisateur, mais pour des raisons bien plus profanes. Nicolas V, terrifié par la peste, abandonna Rome en pleine année sainte, favorisa l'ignoble marché des indulgences et dépouilla de leurs marbres les grands monuments de la ville sainte. Calliste III n'occupa que pendant trois ans le siège de saint Pierre, il mit à profit ce court laps de temps pour octroyer la pourpre cardinalice à deux de ses neveux et introduire à la curie des protonotaires, des auditeurs, des sous-diacres et des clercs de chambre qui comptaient tous parmi ses fidèles. Quant à Alexandre VI, il convient de se rappeler qu'il était un de ces neveux de Calliste devenus cardinaux, que l'ombre de la simonie pèse sur son élection, qu'il nomma cardinal son frère Alexandre, lequel eut quatre enfants de Vannozza De' Cattanei et cinq d'autres femmes, que ses rejetons les plus célèbres, César et Lucrèce Borgia, furent accusés entre autres méfaits d'entretenir des relations incestueuses avec leur père, et l'un avec l'autre...

– Pardonne-moi, Terrentius, intervint Rho, mais cette fois je ne t'approuve pas. Il serait peut-être plus respectueux de rappeler que Nicolas V fut le premier à approuver le projet de construction du plus grand temple de l'humanité, la basilique Saint-Pierre. Calliste III soutint fort bien la croisade contre les Turcs. Et c'est sous Alexandre VI que naquit la *Pietà* de Michel-Ange, un exemple inégalé d'art religieux. »

Décidé à ramener le calme, le procureur Trigault déclara alors : « Grâce à la politique habile d'Alexandre VI, Charles VI traversa Rome avec ses troupes sans la détruire...

– C'est exact ! Les armées françaises épargnèrent Rome, s'exclama Terrentius, qui n'entendait pas se laisser bâillonner par le supérieur. Et savez-vous pourquoi ? Parce que Alexandre VI, qui s'était lâchement réfugié au château Saint-Ange, offrit à Charles VIII son fils César, en qualité de cardinal légat, afin qu'il lui serve de guide jusqu'au royaume de Naples !

– Relisez donc la bulle *Unam Sanctam* de Boniface VIII ! répliqua Schall von Bell, dont les yeux lançaient des flammes. “Nous disons, nous déclarons, nous définissons et nous proclamons qu’il est nécessaire, pour le salut de toutes les créatures humaines, d’être soumis au pontife romain !” Si le pape se trompe, seul Dieu peut le juger ! Celui qui résiste au pouvoir du représentant de Dieu sur terre résiste à Dieu, à moins qu’il ne croie en l’existence de deux princes. Dans ce cas, il s’agit d’un manichéen, et donc d’un hérétique ! Désobéir au pape est une hérésie ! Refuser à l’Église romaine ses privilèges est une hérésie ! »

Terrentius éclata d’un rire nerveux et forcé. « Ha ! ha ! ha ! À l’évidence, vous ignorez dans quel cercle de l’enfer le poète italien Dante Alighieri, un esprit sensible et religieux, a placé Boniface VIII. Dans ce cas, je vous le dis : celui des simoniaques ! Lisez donc le chant dix-neuf de *La Divine Comédie* ! »

Da Silva, le directeur du collège, qui avait suivi avec inquiétude cet échange venimeux, dont les raisons lui échappaient, crut bon d’intervenir : « Suffit, par la grâce de Dieu ! » Mais, ne sachant qu’ajouter, il conclut : « Il est temps de prier pour nos morts et de faire silence !

– J’obéis, répondit curieusement Terrentius, la tête basse. Ces pauvres jeunes gens...

– Avouez que vous utiliseriez volontiers ces “pauvres jeunes gens” pour vos exercices d’anatomie ! » l’interrompit Schall von Bell.

Malgré sa fureur manifeste, Terrentius ne releva pas cette provocation. Il se contenta de claquer la porte de la chapelle. Mais l’altercation qu’il avait eue avec son compatriote marqua profondément Da Silva, au point de lui ôter le sommeil pendant les trois nuits suivantes.

Et pourtant il n’était pas du genre à se laisser

impressionner. Il avait résisté à une attaque de pirates alors qu'il se rendait à Macao, quelques années plus tôt, et à la fureur du Grand Inquisiteur de Goa, qui entendait châtier par un autodafé assorti du bûcher quatre domestiques chinois surpris en train de former un dessin ressemblant vaguement à une croix de David. Il lui avait fallu alors puiser dans ses ressources pour le persuader qu'il n'était pas prudent de condamner des Chinois en Chine. Enfin, la mort ne parvenait plus à le bouleverser, lui qui avait administré si souvent l'extrême-onction, ni même la constatation que les défenses du fort Saint-Paul manquaient cruellement de canons et d'artificiers.

« Quel malheur ! Quel malheur ! » répétait-il. C'est alors qu'un domestique se présenta et lui remit un objet. Il s'agissait d'un livret portant, selon l'usage chinois, un sceau en cire marqué de deux caractères : *Zhao Cao*. Les doigts tremblants, le bibliothécaire rompit le sceau et découvrit douze feuilles de papier blanc, séparées au milieu par une page rouge sur laquelle on pouvait lire le nom de Zhao Cao, le juge qui représentait l'empereur à Macao, décliné en une écriture élégante.

Inquiet, Da Silva essuya son front moite et entreprit de lire le document. Il s'agissait d'une convocation. « L'humble fonctionnaire », « l'indigne représentant du Fils du Ciel » et ainsi de suite « avait l'audace » d'inviter le lendemain dans sa « modeste demeure l'illustre Nicolas Trigault, envoyé du roi de Poerduwaier », c'est-à-dire du Portugal, « main droite et œil vigilant du roi dénommé Pape » et le priait de venir avec son « estimé » collaborateur, Terrentius.

Trigault parut encore plus surpris que le directeur du collège – lequel voyait aussi dans ce livret l'annonce d'une nouvelle catastrophe –, cependant il était intrigué. Il avait rencontré le juge à deux reprises dans des réunions officielles, et l'homme ne lui avait pas semblé s'intéresser particulièrement à lui. Ne pouvant refuser une telle invitation, le procureur envoya au mandarin un mot de remerciement et de confirmation, accompagné d'une pendule et d'un compas. Le lendemain, à l'aube, Da Silva alla prier à la chapelle du collège.

***

La résidence du magistrat était perchée sur une arête rocheuse d'où l'on pouvait embrasser d'un seul regard la Praya Grande, l'entrée de la rade fourmillant de jonques et, au loin, les îles Macarera et Typa, qui évoquaient deux chiens de chasse couchés. Les chaises à porteurs s'immobilisèrent dans la première cour, où trônait un pavillon bas et carré. Au centre se tenait le maître de maison, un Chinois d'âge indéfinissable, de taille moyenne, au visage sillonné de rides, au regard placide, à la moustache tombante et à la barbe fine. Il était enveloppé dans une longue robe noire, frappée d'un cadre vert et d'un phénix brodé au fil d'or. Un serviteur l'abritait du soleil à l'aide d'une ombrelle en soie. Derrière, sa première femme et ses quatre concubines, vêtues l'une de rose et les autres de bleu pâle, arboraient de minuscules chaussures brodées. Leurs pieds, de la taille d'un poing d'enfant, semblaient avoir grand-peine à les soutenir. Elles étaient flanquées d'un garçon d'une dizaine d'années, à la pâleur spectrale, habillé d'une robe violette et coiffé d'une calotte, raidi dans une position de salut à l'évidence fort inconfortable pour lui. C'était le seul héritier du juge, né de son union avec sa troisième épouse, se souvint Schreck.

La cérémonie de bienvenue commença. Grave et solennel, Zhao Cao précéda ses invités à l'intérieur du pavillon. De l'encens fumait sur l'autel des aïeux, une étagère où étaient disposées des tablettes en bois portant le nom des illustres ancêtres du maître de maison. Des rouleaux ornés de peintures et de caractères chinois étaient pendus aux murs, le sol était recouvert d'une natte, une estrade accueillait une longue table, six fauteuils à haut dossier et à accoudoirs carrés, ainsi qu'un grand paravent en bois laqué sur lequel brillaient une myriade d'oiseaux en nacre.

Zhao Cao entreprit d'épousseter les fauteuils à l'aide de ses larges manches et les secoua un peu comme pour s'assurer de leur stabilité, puis il en indiqua un à Trigault. Par souci de politesse, les trois hommes firent quelques manières sans se résoudre à s'asseoir. Enfin, le magistrat écarta les bras d'un geste emphatique, signalant la fin du ballet rituel. Un vieux serviteur se présenta alors, apportant sur un plateau de bois quatre tasses de thé, qu'il servit en terminant par le maître de maison. Des fleurs de camélia flottaient dans le liquide, ainsi que des petits morceaux de fruits, que les convives mangèrent, dans le silence le plus complet, à l'aide d'une large cuiller en céramique. Quand ils eurent dégusté ce breuvage, on leur en versa une deuxième tasse. Au terme d'une série de sourires et de hochements de tête, la conversation put enfin commencer, naturellement en langue chinoise.

Zhao Cao indiqua, derrière lui, un rouleau de peinture représentant un saule pleureur au bord d'un étang. « Nos ancêtres ont eu la bienveillance et la prévoyance de nous transmettre les quatre méthodes pour peindre un saule, dit-il. La première consiste à en tracer le contour et à en remplir l'intérieur d'une couleur quelconque. La deuxième à colorer de vert clair les tendres pousses et de jaune pâle la pointe des feuilles nouvelles. La troisième se fonde sur l'usage exclusif du vert foncé, dont on ponctuera l'arbre entier. En appliquant la quatrième on s'abstiendra de toute couleur et l'on se contentera de quelques gouttes d'encre noire. Le choix d'une de ces méthodes dépend du mois au cours duquel l'artiste entreprend son travail. Il ne devra pas subir l'influence de la fatigue ou de l'abandon, car ces états ne siéent guère au saule, un arbre qui défie le vent et dont les branches effleurent l'eau. Semblable à la célèbre concubine impériale Xi Zi, qui se noya il y a mille ans par amour pour son souverain, il peut symboliser la souffrance, la ténacité, la fidélité et le sens du devoir, mais jamais la jouissance, le relâchement, la promiscuité et le désordre.

– Dans un de ses tableaux intitulé *Voyage au bord de l'eau*, le grand Song Xue employa justement l'encre noire pour représenter les saules, intervint Trigault. Je crois, illustre Zhao Cao, qu'il voulait souligner par ce choix les difficultés de la vie paysanne.

– Pas seulement, éminent monsieur Trigault. Il entendait aussi magnifier l'acharnement du peuple chinois à déterminer son propre destin. Nos ancêtres subissaient alors la funeste domination des Mongols et préparaient la rébellion qui allait déboucher sur l'ascension d'une dynastie chinoise, les Ming, lesquels possèdent encore, deux siècles et demi plus tard, le Mandat du Ciel et donc nous gouvernent légitimement. Voilà comment s'explique le choix monochromatique de Song Xue : dans notre culture, le noir est associé à l'eau, il est la couleur de l'étoile Mercure, indique le nord, le froid, l'hiver, et c'est aussi le symbole du chimpanzé. Pareille couleur ne semble pas appropriée à dépeindre l'état d'âme de ceux qui préparent et attendent une revanche, suivie d'une renaissance. Et pourtant elle symbolise mieux que toute autre les sentiments de révolte. De fait, n'est-ce pas de l'eau que naît le bois ? Et si vous observez le ciel de Mercure, ne voyez-vous pas qu'il cède soudain le pas à l'immense et rassurant Jupiter ? Après le nord, où nous conduit la succession des points cardinaux ? À l'est. Ainsi, l'on quitte progressivement le froid pour la douceur du printemps, avec le triomphe de la nouvelle vie des champs. Et le chimpanzé se transformera en tigre ! Voilà pourquoi, chers invités, le peintre se sert de la couleur noire, avec tous ses attributs, pour signaler un changement radical et vital à venir. »

Schreck, qui avait écouté attentivement ce discours, intervint en s'efforçant de respecter les règles cérémonieuses de la conversation : « Excellence, depuis mon arrivée à Macao, j'ai eu l'occasion de me pencher sur votre culture, dont vous nous dévoilez aujourd'hui l'immense profondeur. Tout en me consacrant à l'étude de votre langue, j'ai tenté longuement, quoique indignement, de comprendre des textes chinois traitant de sujets qui me sont chers, les sciences de la nature et l'art médical.

– D'après ce que j'ai appris, dit le juge avec un sourire énigmatique, vous ne vous êtes pas contenté d'une étude théorique, docteur Terrentius. On vous a vu à de nombreuses reprises dans la cité chinoise vous approvisionner dans une boutique qui vend des herbes et des racines destinées aux traitements des malades.

– Vous avez eu la courtoisie de nous parler du noir et de son rapport avec l'eau, poursuivit Schreck, qui n'ignorait pas que les étrangers étaient surveillés. D'après ce que disent vos livres antiques, les reins sont également associés à l'eau.

– Il en est ainsi.

– Si j'ai bien compris, les médecins chinois soignent les patients souffrant des reins par des remèdes appropriés, sans omettre de prendre en compte l'élément aqueux. Ils leur ordonnent donc de boire beaucoup d'eau et leur administrent des remèdes dans une solution. Ils ont recours à un régime riche en substances végétales qui, tout le monde le sait, se nourrissent d'eau.

– Vous êtes sur la bonne voie.

– Sans ce genre de remèdes, je n'aurais pas aujourd'hui le privilège de vous connaître.

– Souffrez-vous des reins ? »

L'Allemand ne put retenir un sourire. Ses pensées l'avaient conduit à sa première rencontre avec le général de la Compagnie de Jésus, Claudio Acquaviva. « Pas moi, monsieur le juge. Je faisais allusion à un traitement que j'ai prescrit il y a longtemps à... un malade. Je serais curieux de connaître les autres éléments.

– L'eau n'est qu'un des cinq éléments, précisa le mandarin en levant l'index.

– Les éléments sont au nombre de quatre, l'interrompit Trigault, surpris. L'eau, l'air, la terre et le feu.

– Cinq, monsieur le procureur. Le bois, le feu, la terre, le métal et l'eau, on ne peut faire erreur. »

Schreck voulait en savoir plus. « Chaque partie du corps humain est associée à un élément, n'est-ce pas ?

– Vous avez bien compris, docteur. Hélas, je ne suis qu'un modeste lettré. Je me bornerai donc à dire que cinq organes sont associés aux cinq éléments. Les reins à l'eau, le foie au bois, le cœur au feu, la rate à la terre et les poumons au métal. Je vous épargnerai les autres correspondances, mais il est évident que chacun des cinq organes du sens, des cinq tissus, des cinq émotions, des cinq goûts, des cinq fluides humains et ainsi de suite est en relation avec un élément déterminé.

– Les choses me paraissent plus claires, à présent. Voyez, Excellence, il est très important, à mes yeux, d'apprendre de nouveaux systèmes pour reconnaître les maladies et les guérir.

– Vous autres Européens avez toutefois tendance à ne soigner que les malades, bref, à attendre que le bouleversement ait lieu pour intervenir. En Chine, nous préférons devancer le mal, quand cela est possible. Voilà la différence. La médecine chinoise a pour vocation de prévenir. Moins les patients tombent malades, plus les médecins sont habiles et mieux ils sont jugés.

– Il suffirait donc de s'en remettre à un bon médecin pour ne jamais être affecté de la moindre maladie ? demanda Schreck, pensif.

– Non, les habitants de cet empire tombent malades et meurent, eux aussi. Malgré les efforts des taoïstes, l'élixir de l'immortalité demeure un rêve inaccessible. Les médecins ont beau se démener, ils n'arrivent pas toujours à bout des maux.

– Pas même si les patients se soumettent à des examens périodiques ?

– Le niveau du *qi* peut baisser entre deux examens au point de ne plus pouvoir s'opposer aux éventuelles maladies. Alors, il n'y a plus de traitement qui tienne. J'en sais quelque chose...

– Le *qi* ? reprirent à l'unisson les deux jésuites.

– Oui, messieurs, le *qi*, l'énergie vitale, l'esprit que chacun possède, celui qui donne élan et mouvement à tous les organes et à tous les viscères.

– Il s'agit sans doute de ce qu'Aristote qualifiait de *pneuma*, précisa Schreck à l'adresse de Trigault.

– Le *qi*, illustres invités, agit à l'instar du brouillard

et de la rosée, car il transporte toutes les saveurs dans le corps, réchauffe la peau, renforce les organes, assouplit les poils. Il nourrit, protège, réchauffe, meut. Toutes les maladies font suite à un bouleversement du *qi*. »

Le juge ferma les yeux, et les convives comprirent que les civilités touchaient à leur fin.

Trigault prit la parole : « Illustre Zhao Cao, je comprends maintenant pourquoi le peuple de Macao vous considère comme un sage au savoir infini. Lorsque nous avons accepté votre aimable invitation, poursuivit-il en lançant à Schreck un regard éloquent, nous n'avions toutefois pas l'intention de vous infliger des questions. Nous sommes venus dans le seul but de nous mettre à votre disposition.

– Monsieur le procureur, m'entretenir avec les savants que vous êtes et répondre à vos questions est pour moi un grand honneur. Si je me suis permis de vous arracher à vos occupations, c'est dans le dessein de vous confier, dans le secret de ma demeure, des chagrins qui affligent mon esprit et que, j'en suis persuadé, votre action pourra adoucir. »

Il fit un signe, et le vieux serviteur ressurgit du néant. Quand le thé fut servi, il continua : « Une question en particulier m'inquiète. Elle est d'une telle ampleur que si je n'avais pas suivi le dur apprentissage qui m'a jadis permis de surmonter les trois niveaux des examens impériaux, je serais aujourd'hui incapable de maîtriser mes émotions et de vous les livrer. Comme vous l'avez peut-être appris, les tribus barbares des Mandchous s'efforcent depuis plusieurs mois d'enfoncer nos lignes défensives, aux frontières nord-est de l'empire. De temps en temps, elles parviennent à faire des razzias dans les villages voisins, et ce qui reste de leurs excursions, à savoir des têtes coupées, nous conduit à envisager avec crainte le sort de la Chine entière en cas de défaite.

– Monsieur le juge, la longue muraille qui se trouve au nord et vos nombreuses troupes ne parviennent-elles donc pas à contenir l'avancée des Barbares ? demanda Trigault, stupéfait.

– La muraille mesure dix mille *li* de longueur, mais le bond d'un cheval suffit à l'enjamber ! Vous faites erreur en l'imaginant haute et puissante. Elle n'offre aucune protection contre l'invasion mandchoue. De plus, nos troupes ne peuvent rien contre les cavaliers que comptent nos ennemis. Habitués à chevaucher depuis l'enfance, ces hommes sont capables de résister dix jours en selle sans s'approvisionner, car ils sont munis de sacoches en cuir remplies d'eau, qu'ils utilisent, quand elles sont vides, pour flotter et traverser rivières et fleuves. Pendant la bataille, les cavaliers mandchous se déplacent rapidement et disposent de systèmes de communication qui leur permettent d'échanger des informations précieuses : lanternes colorées, drapeaux, fumée, etc. Les Barbares progressent de manière inquiétante et seules nos catapultes pourvues de bombes explosives parviennent à se jouer d'eux. Mais les catapultes sont lentes et imprécises ! Pour freiner ces diables et les refouler, il faudrait posséder des engins semblables à vos canons !

– Nos canons ? interrogea Trigault.

– Vous avez bien compris, monsieur le procureur. Vos canons. Il y a deux jours, j'ai reçu une dépêche de Pékin, de notre ministre de la Guerre, m'exhortant de demander aux Portugais l'aide nécessaire à fabriquer des bouches à feu pour le Nord.

– Comment pourrions-nous, nous autres missionnaires, vous venir en aide dans ce domaine ?

– C'est simple, répondit le juge avec un étrange

sourire. Il faudrait que vous persuadiez le gouverneur de nous... prêter pendant quelque temps... M. Rho ou M. Schall von Bell. »

Ainsi, se dit Trigault, le mandarin connaissait un des secrets que les autorités portugaises croyaient le mieux gardés, d'autant plus qu'il datait de la veille. En effet, après l'attaque hollandaise, le gouverneur avait confié à Rho et à Schall von Bell, qui avaient étudié la balistique, le soin de construire de nouveaux canons. Schreck, qui l'ignorait, dissimula sa surprise.

« Le gouverneur n'autorisera jamais un prêtre à participer à une mission militaire chinoise, affirma Trigault.

– Je vous serai très reconnaissant de trouver une solution, rétorqua Zhao Cao d'un ton sec.

– Il faudrait procéder à un échange. Si vous aviez quelque chose à donner au gouverneur, je pourrais faire en sorte qu'il vous accorde de l'aide.

– De l'aide ? Et de qui ?

– Par exemple, d'un des officiers que le père Rho et le père Schall von Bell instruiront en secret. Cependant, je le répète, il faudrait procéder à un échange. Je ne sais de quelle nature.

– Des informations précieuses, par exemple ! s'écria le magistrat en claquant des doigts.

– Et de quel genre, monsieur Zhao ?

– Du genre qui tient le plus au cœur des Portugais. Le genre militaire. Je possède des informations très importantes concernant la sécurité de Macao et de vos commerces, et je suis certain que vous saurez les apprécier à leur juste mesure.

– En vérité, vous connaissez bien nos amis.

– Très bien, monsieur Trigault. Ils aimeraient découvrir ce que les Hollandais préparent contre Macao, j'en suis persuadé.

– Encore une attaque ?

– Le gouverneur général des Indes orientales a installé à Jakarta, à laquelle les Hollandais ont donné le nom de Batavia, le siège du commandement qui se trouvait à Amboine. Ils rassemblent une grande flotte armée qu'ils enverront à Macao afin de réduire à néant le commerce des Portugais en Chine et de lui substituer le leur.

– Vous me communiquez des nouvelles fort inquiétantes.

– Inquiétantes et véridiques, monsieur le procureur. Je connais un autre détail qui éclaire la détermination des Hollandais : un des commandants de cette grande flotte n'est autre que Willem Bontekoe. Son expérience sur mer et au combat est extraordinaire. Il a, paraît-il, un tel ascendant sur les marins que ceux-ci seraient prêts à le suivre en enfer s'il le leur demandait.

– Je suis sûr que le gouverneur appréciera ces informations. Pour ma part, je me ferai l'interprète de votre demande et je prierai l'évêque de peser de toute son influence pour qu'elle soit satisfaite. »

Le juge opina gravement du bonnet : le chapitre était clos. Pendant quelques instants, il scruta le Belge d'un regard pénétrant. Cette longue pause amena et cristallisa sur ses traits une expression de tristesse. « J'ai un autre service à vous demander, monsieur Trigault. Je souhaiterais que vous autorisiez le docteur Terrentius à examiner mon fils. » Une ombre traversa son regard. Il baissa la tête et ajouta : « Avant qu'il ne soit trop tard ! »

XVII

Petit Zhang imaginait mettre à profit l'absence du père Terrentius, qui était allé rendre visite au mandarin Zhao Cao avec le père Trigault, pour s'octroyer un petit somme, avant de gagner les cuisines, où le vieux cuisinier, qui avait un faible pour lui, ne manquerait pas de lui servir une assiette de pieds de porc. Certes, il lui faudrait converser avec l'homme en veillant à ne pas le contredire, écouter ses discours marmonnés sur l'augmentation du prix de la viande qui l'empêchait de faire danser l'anse du panier, ou du fantôme qui, à ses dires, rôdait dans le garde-manger. Mais les pieds de porc en valaient la peine.

Cependant, il n'eut pas le temps de mener à bien son projet. Il s'apprêtait à s'allonger quand le directeur du collège Saint-Paul le convoqua en toute hâte et lui ordonna de gagner la colline orientale, muni de la besace de son maître. Alors qu'il se dirigeait vers un palanquin, il croisa les pères Rho et Tolentino, qui se promenaient dans la cour. Il leur expliqua qu'il allait rejoindre le père Terrentius, mais dut en rester là puisque c'était tout ce qu'il savait. La litière s'ébranla.

Habitué à trotter près de la chaise à porteurs de Schreck quand celui-ci se déplaçait, le jeune homme observait avec délectation le spectacle de la rue entre les deux pans du rideau de soie. Un Chinois vêtu d'une robe violette précédait le palanquin en brandissant une hampe, que surmontait un drapeau rouge, triangulaire, frappé du caractère *zhao* – cinq traits noirs représentant un couteau sur une bouche. L'enseigne au nom du magistrat obtenait un effet radical sur la marée humaine, qui évoquait à présent une étendue d'eau fendue par la proue d'une jonque. Intrigué, Petit Zhang avait oublié ses projets avortés, il s'abandonnait maintenant à un nouvel état d'esprit, mélange de crainte et de satisfaction.

Après avoir brutalement atterri devant la résidence du magistrat, il traversa une série de cours latérales qui alternaient avec des édifices bas et carrés. On le conduisit enfin à un pavillon. Avant d'entrer, il aperçut un groupe de bonzes qui égrenaient un chapelet autour d'un brasero d'où s'élevait un nuage d'encens épais et parfumé, ainsi que deux jeunes filles à l'air endormi. L'une d'elles lui sembla très jolie.

Les fenêtres étaient closes par un lourd brocart, et la pièce faiblement éclairée par une lanterne. Il faisait chaud, et il flottait dans l'air une horrible odeur, que le parfum de l'encens tempérait un peu. Deux silhouettes étaient penchées sur un lit où gisait un corps. Petit Zhang reconnut son maître, qui s'entretenait avec le docteur Liu, médecin personnel du juge, un homme chauve, doté d'une barbe blanche qui descendait jusqu'à sa poitrine. Son visage était aussi ridé qu'un arbre exposé depuis longtemps à la fureur des vents, ses doigts longs et fuselés. Il portait une étroite robe bleue sous une blouse noire.

« Je n'ai pas résolu le mystère de cette maladie, disait-il. Le *qi* du jeune Zhao Wen semble bouleversé de manière irréparable. Cet enfant se plaint depuis deux mois de fortes douleurs au ventre et a peu d'appétit. Il maigrit et pâlit à vue d'œil. Autrefois, la calligraphie lui plaisait, mais il n'a plus la force de tenir le pinceau. Il aimait capturer les grillons et leur confectionner de petites cages en bambou, mais il ne parvient plus à suivre leurs sauts du regard. Il adorait pincer les cordes de la pipa, mais ses doigts ne lui obéissent plus et sa voix de rossignol s'est éteinte. Les traitements que je lui ai prescrits ont tous failli. Ils semblent faire effet dans un premier temps, puis l'état de cet enfant s'aggrave en l'espace de quelques mesures horaires de la clepsydre. » Remarquant la présence de Petit Zhang, il s'interrompit.

Schreck s'empara de la besace que le garçon lui tendait et en tira des sachets de toile bien remplis. Puis il se dirigea vers la table. « Petit Zhang, il me faut une cuvette contenant de l'eau de pluie. Adresse-toi aux servantes qui attendent dehors. » Le jeune homme obtempéra aussitôt.

Le docteur Liu observait Schreck avec attention. « Docteur Terrentius, dit-il d'un ton aimable mais ferme, quand vous aurez examiné Zhao Wen, je lui prendrai le pouls et poserai les aiguilles.

– J'espère que votre science m'apprendra quelque chose.

– Votre réflexion me surprend. On m'a dit que vous autres Occidentaux n'appréciiez pas notre médecine. Vous seriez même persuadés qu'elle est le fruit de l'improvisation, étant donné qu'aucune école publique ne l'enseigne.

– Qui vous a dit pareilles bêtises ?

– Un de vos prédécesseurs, M. Matteo Ricci, qui était fort savant, mais bourré de préjugés. Il ignorait que notre première académie de médecine fut instituée il y a plus de mille ans et que le Collège impérial de médecine, pourvu de sept services, naquit il y a cinq à six siècles, à l'époque Song. On pouvait y étudier et y soigner les maladies des yeux, de la bouche, des dents, de la gorge, les ulcères et les gonflements, les maux féminins et les complications de l'accouchement. Deux autres services étaient consacrés à la liturgie et aux envoûtements. Un siècle plus tard, ils étaient au nombre de quatorze. Et savez-vous ce qu'est aujourd'hui notre Collège impérial de médecine ? »

Schreck secoua la tête.

« La glorieuse dynastie Ming a décrété que seuls les individus issus de familles où la médecine est traditionnellement pratiquée peuvent y entrer. La discipline y est rigoureuse et les études y durent trois ans. Je suis bien placé pour vous dire combien elles sont dures, combien les examens sont longs et difficiles. À l'évidence, M. Matteo Ricci ignorait tout cela. Il aurait affirmé que seuls les hommes de lettres ratés, par conséquent des désespérés dotés d'un faible esprit et de peu d'habileté, se consacrent chez nous à l'étude de la médecine et des mathématiques, ce qui expliquerait pourquoi ces deux sciences sont dédaignées et peu florissantes. Je souhaite vous informer que, dans notre pays, les médecins sont mieux payés que les fonctionnaires assignés au service de l'empereur. »

Schreck observa un silence pensif. Il monta sur l'estrade, toucha le front du petit malade, puis sa nuque, ses oreilles et sa gorge. « J'ai entendu dire que tu as mal au ventre depuis deux mois. Est-ce vrai ? » Zhao Wen opina faiblement. « On m'a également rapporté que tu souffres de nausées et de diarrhée. Il ne faut pas que tu t'inquiètes. Montre-moi ta langue... Bien... Et maintenant soulève la veste de ton pyjama afin que je puisse palper ton ventre. Est-ce ici que tu as mal ? Ou là ? »

Après avoir tâté le torse squelettique du garçonnet, l'Allemand alla chercher sa besace, d'où il tira un étrange appareil composé de deux entonnoirs en os unis par le tube. Il posa une extrémité sur le buste de son jeune patient et colla son oreille à l'autre. « Respire doucement, voilà, comme ça ! » Puis il rangea son instrument et, muni d'une soucoupe en verre, pria l'enfant de cracher un peu de salive, qu'il examina et saupoudra d'une substance contenue dans un flacon qui semblait avoir surgi de sa besace comme par magie. Ayant placé cette soucoupe sur la table, il se rapprocha du lit et demanda : « Qu'as-tu mangé ces derniers temps ?

– Je l'ignore, monsieur. Je peux vous dire toutefois que je mange toujours la même chose.

– Docteur Terrentius, intervint le vieux Liu, dès les premières apparitions de la maladie, j'ai ordonné que le patient se nourrisse de chou, de bouillie de riz, de poulet cuit à l'eau et de germes de soja. J'ai également aboli la graisse et les épices, et prescrit une décoction de gingembre à boire une heure après chaque repas.

– Je voudrais voir ses excréments et son urine. »

Le vieillard le conduisit derrière un paravent, où étaient alignés trois pots de céramique blanc et bleu. « Voilà ce que nous avons conservé au cours des deux derniers jours. »

Schreck observa, huma et compara, puis il déboucha un flacon, semblable au précédent. Il versa quelques gouttes de liquide dans les récipients, s'empara de l'un d'eux et le posa sur la table, à côté de ses sachets d'herbes. « Merci, docteur Liu. J'ai presque terminé. » Il regagna le chevet de l'enfant et, tout en lui adressant des sourires rassurants, souleva son pied gauche, dont il pinça la plante. « Que ressens-tu quand je te touche à cet endroit ?

– Cela me chatouille, répondit Zhao Wen avec un faible sourire.

– Et là ?

– Cela me chatouille aussi, monsieur. »

Schreck répéta cette opération avec l'autre pied puis, caressant la tête du garçonnet, lui dit : « Mes compliments, Zhao Wen, tu es le garçon le plus courageux que j'aie jamais rencontré. Je suis certain que tu pourras retourner bientôt à tes grillons. »

Le docteur Liu, qui avait suivi l'examen avec intérêt, remplaça Schreck auprès du malade. Entre-temps, Petit Zhang était revenu, armé d'une cuvette en cuivre remplie d'eau. Le jésuite y répandit des herbes, avant de la placer sur le brasero. Il rejoignit ensuite le médecin chinois, qui avait glissé un coussin minuscule sous le bras de l'enfant, dont il prenait le pouls. Le vieillard répéta cette opération à l'autre bras et demanda : « Connaissez-vous le *Classique du pouls*, docteur Terrentius ?

– J'en ai entendu parler, mais je n'ai jamais eu la possibilité d'en consulter un exemplaire.

– C'est une gloire de notre médecine. L'auteur, Wang Xi, le composa à une époque turbulente de notre histoire, celle de la dynastie Jin, il y a mille trois cents ans. Wang distingue plus de vingt types de pouls différents : profond ou enfoncé, caché, dur, boursouflé ou vide, faible, résonnant, subtil, superficiel, raboteux, raréfié ou évaporé, bandé ou tendu, lâche ou relâché, suffoqué, renforcé, lent et tardif, petit ou abattu, pétillant, intermittent ou changeant, précipité, vif et pressé, enflé, dissipé ou trompeur, solide et massif, enfin délié. Le pouls fournit toutes les indications nécessaires sur l'état du patient. Ainsi, ajouta-t-il en indiquant le poignet maigre de l'enfant, sur lequel il avait appliqué le bout de trois doigts, je peux sentir en cet instant les couples d'organes cœur-intestins faibles et foie-vésicule biliaire. Essayez. »

Schreck imita son confrère. Effectivement la position des doigts lui permettait de saisir dans le battement du sang des nuances qu'il n'avait jamais perçues jusqu'à présent.

« Et maintenant, palpez son poignet droit. »

Le garçonnet, qui suivait la conversation d'un air paisible, tendit l'autre bras.

« Comme vous pouvez le constater, le pouls est différent, et ce, parce que vous obtenez des indications sur les couples poumons-gros intestin et rate-estomac.

– Étonnant ! »

Tout en parlant, Liu avait déroulé un linge, pourvu de poches, contenant une série de longues aiguilles en argent. « Ces instruments ont plus de cinq siècles, docteur Terrentius. Mon père les a utilisés, et avant lui mon grand-père, ainsi que tous mes ancêtres qui pratiquèrent l'art de la médecine. C'est le fondateur de ma famille qui les fit fabriquer. Il était l'assistant principal de Xu Xi, le médecin qui parvint à guérir l'empereur Ren Zong d'un mal auquel les médicaments ne venaient pas à bout et que seules les aiguilles vainquirent. Voilà pourquoi Xu Xi et mon ancêtre furent distingués par l'Académie impériale de médecine. L'empereur accepta d'ériger, à leur demande, un temple à la mémoire de Bian Que, l'inventeur de l'acupuncture, dans le quartier ouest de la capitale Kaifeng.

– Ainsi, l'acupuncture a un inventeur !

– Quand le métal n'existait pas, nos lointains ancêtres employaient des bâtonnets de pierre, d'os ou de bambou très fins et très pointus. L'Empereur Jaune, qui régna cent dix ans, perfectionna les techniques de l'aiguille en pierre et inventa les neuf aiguilles métalliques. La Chine n'utilisait pas encore le bronze, c'était un pays heureux, gouverné par le plus sage, le plus juste et le plus équitable des souverains. Bian Que ne fut donc pas l'inventeur de l'acupuncture, mais il parvint le premier à l'expliquer et à la développer dans son *Canon des quatre-vingt-un problèmes de la médecine de l'Empereur Jaune*, qu'il rédigea il y a environ mille sept cents ans. »

Schreck avait entendu parler de l'Empereur Jaune et il avait feuilleté à la bibliothèque du collège Saint-Paul le livre consacré à ses traitements, un ouvrage très ancien et particulièrement hermétique, qui était à l'origine des textes de médecine chinois. Les connaissances qu'ils avaient réunies à ce sujet l'amenaient à considérer l'Empereur Jaune comme un personnage mythique, mais il se garda d'exprimer les doutes qu'il nourrissait sur son existence.

Le docteur Liu, qui avait déshabillé l'enfant, s'employait à planter des aiguilles dans son corps : les deux premières des deux côtés du nombril, deux autres un plus bas, deux autres encore à la naissance des testicules. Il en plaça plusieurs sur ses cuisses décharnées.

« Voyez, notre petit ami est calme. S'il ne ressent aucune douleur, c'est parce que je me borne à piquer des points bien déterminés, sous la peau, le long de canaux semblables à de véritables voies, où circulent le *qi*, soit l'énergie vitale, et le sang. Ces canaux sont rattachés aux organes, à l'intérieur, et à la peau, à l'extérieur. Il convient de planter les aiguilles là où le *qi* des organes atteint la surface. Ces points sont au nombre de trois cent soixante.

– Votre science est sans nul doute fort compliquée, docteur Liu. J'espère que vous aurez, dans des circonstances plus favorables, la patience de m'y initier.

– Je veillerai à vous procurer, pour les premières expériences, un mannequin identique à celui qu'on utilise au cours des examens au Collège impérial de médecine. »

Tout en parlant, Liu poursuivait sa tâche. Après avoir introduit des aiguilles près des yeux, sous le nez et sur la gorge de l'enfant, il déclara : « J'ai terminé. Laissons notre petit ami au chaud pendant une demi-heure. Pendant ce temps, nous pourrons échanger nos informations sur son cas.

– Il me faut attendre un moment pour vous communiquer les miennes », dit Schreck.

Il ordonna à Petit Zhang de prendre délicatement la cuvette qu'il avait installée sur le brasero et de la poser par terre. L'eau bouillante avait adopté une teinte noirâtre, des fragments de feuilles y flottaient, mais le gros des herbes s'était amassé dans le fond. Il versa trois cuillerées de ce liquide sur les excréments, qui virèrent aussitôt au blanc, et plusieurs poudres, tirées de ses sachets. Une fumée rougeâtre et irritante s'en éleva.

« Mon examen est terminé, docteur Liu. Je suis maintenant en mesure de bâtir des hypothèses plausibles sur la maladie qui torture cet enfant.

– Je constate que les pratiques des taoïstes ne vous sont nullement étrangères, répondit le vieux Chinois, qui contemplait, comme hypnotisé, les volutes purpurines. Vous possédez, comme eux, une connaissance de la nature qui vous permet d'anéantir la matière et d'en créer une nouvelle. Possédez-vous également le secret de l'élixir qui donne la vie éternelle ?

– Non, je ne cherche pas l'élixir de l'immortalité, et je suis incapable de créer ou de détruire la matière. Engendrer et dissoudre sont, à mon avis, deux tâches impossibles. Tout préexiste, et l'on ne peut que le transformer. Voilà pourquoi je me contente d'étudier les changements intimes de la matière. Je pratique l'alchimie, une science qui ne s'est pas encore affirmée chez nous. Pis, qui est incomprise et source de persécutions.

– Est-il donc interdit, dans le grand Occident, d'étudier les transformations des choses ?

– Vous vivez dans un pays qui respecte le savoir, docteur Liu. Et maintenant, avec votre permission... »

Schreck se tourna vers Petit Zhang et murmura à son oreille : « Interroge les servantes. Je veux savoir qui prépare les repas de cet enfant et qui les lui apporte. » Son domestique se rua à l'extérieur.

Le médecin chinois commença à ôter ses longues aiguilles métalliques. Son patient avait repris des couleurs, il dormait tranquillement. « On dirait que notre petit ami s'est ressaisi. Il en est toujours ainsi après la séance d'acupuncture. La potion de gingembre qu'il absorbe après le repas le tonifie davantage. C'est à la tombée du soir que son état s'aggrave. Il se réveille vers la troisième grande heure, en proie à de fortes douleurs au ventre, des nausées et d'abondantes suées. Ces symptômes sont suivis de vomissements, de diarrhées, et ses souffrances augmentent. Au reste, je ne peux poser mes aiguilles trop souvent ni lui donner trop de gingembre, car je risquerais de miner ses organes internes. La nuit, j'essaie de le soulager en lui donnant une décoction de *lurong*.

– *Lurong* ? »

Le Chinois tira de sa poche un sachet en papier. Il contenait de petits disques à l'apparence ligneuse.

« On dirait de l'os, dit le jésuite.

– Ces lamelles proviennent, en effet, des bois d'un cerf qui vit sur les monts Changhai, à la frontière nord-est de notre pays. Nous les utilisons pour revigorer, renforcer et nourrir le *qi*. Enfin, à l'aube, à l'heure médiane et au couchant, j'administre à notre jeune ami une infusion d'un remède au goût amer destiné à éviter le prolapsus des viscères. »

Il puisa dans sa grande poche un autre sachet et montra de minuscules végétaux bruns, arqués, issus d'un nœud unique.

Schreck les examina un instant. « *Rhizoma podophylli*, dit-il comme s'il se parlait à lui-même.

– Comme tous les remèdes amers, il a des propriétés astringentes et permet de contenir les pertes de liquides. Et pourtant, conclut le vieux Chinois, l'air inconsolable, il ne soulage que brièvement les souffrances de cet enfant. À la première grande heure de l'après-midi, son état se détériore et il empire avec la nuit. Bref, docteur Terrentius, les aiguilles et les remèdes sont, certes, efficaces, mais leur effet ne dure pas longtemps. »

Liu abandonna Schreck pour aller contrôler la respiration du garçonnet. Au même moment, Petit Zhang fit son apparition. Il murmura quelques mots à l'oreille de l'Allemand, qui opina du bonnet, avant de le renvoyer. Quand le vieillard le rejoignit, il lui dit : « Docteur Liu, je suis en mesure de révéler les causes du dépérissement qui affecte le petit Zhao. Mais il ne sera pas facile de les communiquer à son père. Discrétion et fermeté nous seront nécessaires. »

XVIII

Une vingtaine de lanternes, éparpillées ici et là, éclairaient la pièce à giorno. Deux hommes robustes, vêtus d'une simarre marron, se tenaient sur l'estrade, armés d'une lance, au sommet de laquelle le caractère *zhao* se détachait en noir sur un étendard rouge. Les gardes exceptés, il n'y avait personne dans la salle d'audience, et Schreck décida d'en profiter pour examiner de près les rouleaux peints qui étaient pendus aux murs. Le vieux Liu lui emboîtait le pas, les mains derrière le dos.

« Voici le style *fei bai*, blanc volant, dit Wang Yuzheng, expliqua-t-il. Le peintre a utilisé un pinceau aux soies séparées, ce qui donne une impression de légèreté et de mouvement à l'ensemble. Cette œuvre d'une grande beauté a été exécutée il y a huit cents ans. Et maintenant observez celle-ci. Regardez ces touches de pinceau *dafupi cun*. Elles évoquent de grosses entailles effectuées à la hache. On dirait que le rocher a dévalé les pentes d'un gouffre. L'auteur, Ma Yuan, prouva qu'on ne peut se considérer comme un peintre si l'on ne maîtrise pas toutes les techniques. »

Schreck admirait ces œuvres d'art en s'efforçant de déchiffrer les vers qui les accompagnaient. C'est alors que Zhao Cao, précédé d'un serviteur, pénétra dans la pièce d'un pas lent et majestueux. Il était suivi de sa première épouse, de ses concubines et de trois eunuques. Cette fois, les femmes étaient dépourvues d'éventails, et la couleur de leurs lèvres indiquait que, sous le voile de poudre blanche, leur visage devait être tout aussi blême. Un petit homme insignifiant, au menton pointu, qui arborait une houppelande noire et tenait un coffret, fermait la marche. Les épouses du magistrat s'alignèrent derrière la table, au centre de la salle, tandis que le nouveau venu ouvrait son coffret et en tirait des papiers, une pierre, un petit parallélépipède d'encre solidifiée, un flacon d'eau et des pinceaux, avant de prendre place. Zhao invita alors Liu et Schreck à s'asseoir à sa gauche, et les eunuques se postèrent devant la porte d'entrée, les bras croisés.

Avant de déclarer la séance ouverte, le juge ordonna qu'on alimente l'encensoir qui trônait sur l'autel de ses aïeux. Les bâtonnets diffusèrent rapidement une fumée au parfum pénétrant. Zhao Cao commença :

« Ceci est une séance officielle du tribunal, et tout ce qui sera dit sera enregistré par le scribe. Que chacun s'exprime avec la plus grande prudence, car les propos que j'entendrai pourront influencer mon jugement. » Il marqua une pause, s'assura que le scribe avait cessé d'écrire et poursuivit : « Le docteur Terrentius, qui a parcouru quatre-vingt-dix mille *li* pour atteindre notre pays, jouit d'une grande renommée parmi ses gens. C'est un médecin désintéressé, mû par la compassion et par la recherche de la vérité. Moi, Zhao Cao, magistrat de première classe, membre émérite de l'académie de la Salle de l'Élégance et de la Rectitude, quatrième secrétaire de l'académie de la Vénération de la Littérature, chancelier du Bureau des scrutins des examens impériaux et envoyé de l'auguste empereur pour administrer la justice sur cette île, j'ai invité le docteur Terrentius à soigner Zhao Wen, mon seul fils, que j'ai eu de ma troisième concubine, et il a accueilli ma prière avec bienveillance. En est-il ainsi ?

– Cela correspond à la vérité, monsieur le juge, répondit Schreck.

– Le docteur Liu, vénérable membre de l'Académie impériale de médecine, et médecin traitant de l'enfant, a assisté en tout et pour tout le docteur Terrentius. Il a donc suivi le moindre de ses mouvements. Cela reflète-t-il la vérité ? »

Le vieux Liu acquiesça.

« Et vous êtes-vous assuré que le docteur Terrentius a agi dans le seul intérêt de la connaissance, qu'il n'a pas exercé de pratiques nuisibles à mon fils, qu'il s'est adressé avec respect à celui qui pratiquera un jour le culte des ancêtres dans le but de me vénérer ?

– Noble Zhao, l'étranger a observé une attitude respectueuse envers le petit Zhao Wen, il s'est prodigué pour étudier son cas.

– Nous pouvons donc affirmer que le docteur Terrentius a pleinement mérité la confiance que nous avons placée en lui. »

Après avoir observé une nouvelle pause afin que le scribe pût compléter son œuvre, il se tourna vers le jésuite. « Docteur Terrentius, en vous exprimant ma gratitude pour la tâche que vous avez accomplie, je veux que vous répondiez à une question que m'impose la procédure. Connaissez-vous les dix grands crimes ?

– Non, monsieur le juge.

– Il convient alors que je vous les illustre avant de vous donner la parole. Le premier grand crime, *mou fan*, est celui qu'on commet en conspirant contre l'empereur. Le deuxième, *mou dani*, désigne les actions destinées à détruire le palais, les temples et les tombes impériales. Le troisième, *mou pan*, traduit un complot visant à trahir son propre pays avec l'aide de rebelles.

Il existe aussi des crimes dénommés *eni* et *budao*. L'un consiste à blesser ou à frapper mortellement des membres de sa propre famille, tels que ses grands-parents paternels, ses parents, son oncle paternel, son épouse, sa tante paternelle, ses frères, ses grands-parents maternels, son conjoint ou le premier-né de son époux. L'autre à tuer trois personnes d'une même famille qui ne sont coupables d'aucune infraction. Le sixième grand crime porte le nom de *bujing*, il regroupe une série d'actions odieuses, telles que le vol d'objets utilisés dans les sacrifices impériaux, ou la falsification des sceaux impériaux, la préparation ou l'administration de mauvais remèdes destinés au souverain, la construction de navires impériaux qui coulent, les critiques ou les injures à l'encontre de sa personne, ou encore l'opposition à ses décrets et le manque de respect. On se souille du septième crime, *buxiao*, quand on accable de paroles incorrectes ses grands-parents et ses parents, quand on s'abstient de subvenir à leurs besoins, quand on organise des banquets accompagnés de musique pendant la période de deuil qui suit leur mort, ou quand on omet de porter le deuil et de participer aux rituels de condoléances lorsqu'ils décèdent. Ceux qui accusent ou frappent leur époux, ou des parents d'un rang supérieur à celui de leur propre famille, perpètrent le huitième crime, *burnou*. Ceux qui tuent un fonctionnaire, leur maître dans l'exercice de ses fonctions ou leur officier supérieur s'ils sont militaires, commettent le neuvième crime, dit *buyi*. Enfin, un crime nommé *neiluan* concerne les individus qui entretiennent une liaison illicite avec leurs parents, ou avec la concubine de leur père. Docteur Terrentius, les sujets dont vous entendez parler ont-ils un rapport avec un de ces crimes ?

– Oui, monsieur Zhao. Avec le quatrième, que vous avez nommé *eni*.

– Dans ce cas, il vous faut rapporter les faits que vous avez appris. En vous en abstenant, vous seriez condamné en qualité de complice. Les dix grands crimes rassemblent les actions les plus infâmes dont l'être humain est capable. Soupesez avec sagacité vos propos, car votre témoignage pourra dévoiler des faits et des responsabilités. Et n'oubliez pas de fournir des preuves à tout ce que vous entendrez démontrer.

– Monsieur le juge, comme à mon habitude, je m'en tiendrai étroitement aux faits nécessaires, aux évidences tangibles. Quand vous m'avez demandé de placer mon savoir au service de votre enfant, qui plus est de votre fils aîné, je me suis senti investi d'une immense responsabilité, puisque cette tâche était ardue et son issue incertaine. Toutefois, j'ai accepté cette mission délicate non seulement par reconnaissance envers celui qui plaçait sa confiance en moi, mais aussi en vertu d'un vieux serment que j'ai prêté il y a de nombreuses années, dans mon pays, avec des confrères et des amis de grande valeur, et qui consistait à mettre toutes mes connaissances au service de l'humanité.

« Ainsi, j'ai examiné l'enfant avec le docteur Liu. J'ai été frappé par ses yeux enfoncés et cernés de noir, par la chaleur excessive qui se dégageait de lui et par la forte odeur d'urine qu'il exhalait. J'ai compris qu'il était affecté d'une intoxication maligne, engendrée par la coagulation de liqueurs qui devraient être absentes chez un individu en bonne santé. En palpant la nuque, l'os mandibulaire et la gorge du patient, j'ai remarqué que les glandes spongieuses qui alimentent les humeurs internes étaient particulièrement enflées. L'auscultation de la poitrine et du ventre m'a ensuite confirmé qu'une substance froide empoisonnait le sang du petit : ses poumons étaient presque noyés dans ces liquides, les battements de son cœur étaient irréguliers et je sentais qu'il luttait contre un élément étranger qui s'efforçait d'étouffer ses forces. On pouvait entendre des bruits de cascade dans son foie et des sons obtus dans ses intestins. Une première considération s'imposait au terme de cet examen : l'enfant était en proie à une invasion de fluides de nature nitreuse.

« Mais j'avais besoin de preuves objectives pour étayer cette thèse. J'ai effectué deux expériences simples sur les excréments, employant d'abord du sel d'aluminium enrichi de cuivre et de potassium mercuriel, puis une solution de feuilles d'héliotrope et d'amaricus traitées avec une essence de soude lessivielle et d'acide marin deflogifié. Soumis à ces deux expériences, les excréments ont produit du potassium sublimé ainsi qu'une vapeur nitreuse, réactions qu'on observe en général avec l'amande amère. Il est bien connu que l'amande n'a jamais fait de mal à personne, mais l'on sait qu'un distillat d'amandes empoisonne le sang. J'en ai aisément déduit que le sang du jeune Zhao Wen contenait une concentration si forte de cette substance que ses intestins en étaient imprégnés. Mais comment l'enfant avait-il absorbé pareille substance ? Certes involontairement : son goût très amer dégoûterait n'importe quel palais. Sans compter qu'une quantité supérieure à un quarantième d'once eût entraîné une mort subite. On avait donc dû la lui administrer goutte après goutte, jour après jour, probablement dans de la nourriture.

« Cette hypothèse a trouvé une confirmation dans les observations du docteur Liu, selon lesquelles l'état de son patient empire après les repas. Tout concordait donc. Les soins de mon confrère ont été efficaces :

après avoir subi une séance d'acupuncture ou avoir ingéré des potions médicales, le jeune Zhao Wen se ressaisit, mais, à l'instant où commence le processus digestif, ses conditions s'aggravent brusquement, la substance circulant dans le corps et l'empoisonnant. Petit à petit, l'enfant a accumulé une essence toxique si importante qu'elle risque d'entraîner sa mort. »

Les paroles de Schreck jetèrent un grand froid dans l'assistance. Le vieux Liu se tourmentait les doigts, et les femmes, qui avaient le regard rivé au sol, semblaient pétrifiées. Zhao Cao intervint :

« Avez-vous d'autres considérations à rapporter ?

– La conclusion est claire. Votre fils est victime du poison.

– À travers la nourriture, docteur Terrentius ?

– C'est, à mon avis, la seule façon de faire absorber à un enfant une substance aussi amère et aussi répugnante que le distillat qu'on tire des amandes...

– Y a-t-il autre chose, docteur ? Vous vous trouvez, je vous le rappelle, devant un tribunal impérial, et vous avez le devoir de dire tout ce que vous savez. La loi est sévère pour les contrevenants : cinquante coups de petit bâton, cent quarante coups de grand bâton si l'on a affaire à l'un des dix principaux crimes. Puisque vous êtes protégé par votre appartenance à la communauté portugaise, votre serviteur chinois subirait cette peine à votre place. »

Le jésuite avait entendu parler du petit et du grand bâton. Ces deux sortes de verge causaient des blessures fines, profondes et douloureuses qui avaient grand-peine à cicatriser. Il frissonna à l'idée que Petit Zhang pût être soumis à un tel traitement et se réjouit de son absence.

« Je vais exposer maintenant ce que je vous ai tu. Votre fils, je le confirme, est sous l'effet néfaste du poison. C'est, je le répète avec fermeté, la nourriture qui véhicule cette substance inique. J'affirme, en outre, que je connais le nom de l'individu qui attente à sa vie. »

Un silence pesant, que seul brisait le frottement du pinceau sur le papier, s'abattit sur la salle. Agrippé aux bras de son fauteuil, le juge s'écria : « Parlez, docteur Terrentius, dévoilez le mystère !

– Ma déduction est peu méritante, car elle provient de questions très simples que, j'en suis certain, vous vous êtes déjà posées vous-même avec une intelligence bien supérieure à la mienne. Et pour commencer : qui est chargé de préparer les repas du petit Zhao Wen ? »

À ces mots, la première épouse du magistrat bondit vers l'estrade, se prosterna devant le mandarin, posant trois fois le front au sol comme le voulait le rituel. Elle s'exclama : « Mon seigneur, c'est votre troisième concubine, Gao Mei, qui supervise la préparation des mets destinés à Zhao Wen. Chaque fois que j'ai tenté de l'aider, elle me l'a interdit. Pour éviter ma colère, elle a essayé de m'adoucir en déclarant qu'elle ne voulait pas que je me fatigue et qu'il fallait s'en tenir scrupuleusement aux indications du docteur Liu...

– Taisez-vous, madame ! Personne ne vous a demandé d'intervenir ! »

Gao Mei, qui avait écouté la première épouse, une main plaquée sur la bouche, se précipita à son tour aux pieds du mandarin et s'agenouilla maladroitement devant l'estrade. « Je m'occupe des repas de votre héritier, mon seigneur, mais veillez à ce que les soupçons ne souillent pas mon nom, je suis la mère de votre fils unique et si la vie le quitte, la mienne périt de jour en jour ! » Elle se recroquevilla, en larmes.

Zhao Cao la contempla un instant avant de l'apostropher : « Madame, personne n'a proféré la moindre accusation contre vous ! Que le docteur Terrentius achève son exposé !

– Avant de passer à des conclusions hâtives, déclara Schreck, qui avait assisté à la scène sans broncher, il convient d'énoncer et de résoudre la seconde des deux questions qui sous-tendent mon raisonnement, à savoir : qui est chargé d'apporter la nourriture à l'enfant ? »

Un gémissement terrifiant s'éleva. La première épouse se roulait à terre, la bouche écumante. En proie à des convulsions, elle s'agitait et arrachait ses vêtements en hurlant des phrases incompréhensibles. Quand le docteur Liu la saisit, elle avait dénudé sa poitrine et griffé son visage avec tant de férocité qu'il évoquait à présent un masque sanguinolent. Il suffit toutefois au vieillard de presser le pouce sur sa nuque pour qu'elle s'effondre, tel un jonc brisé, dans ses bras.

La troisième concubine, qui s'était levée, s'écria alors : « Seigneur, seigneur, je suis donc coupable ! C'est moi qui ai autorisé la première épouse à apporter ses repas à mon fils... elle m'en avait priée... je l'ai fait par pitié envers cette femme... une malheureuse qui ne vous a pas donné d'enfant ! Je pensais, je croyais qu'elle en aimerait davantage mon petit, bien qu'il ne lui appartînt pas, j'étais presque heureuse qu'elle manifeste de l'attachement pour lui... »

D'un geste de la main, le juge Zhao lui intima le silence et se leva. Croisant les bras, il déclara d'une voix claire et forte, qui paraissait dépourvue de toute émotion : « Le mystère est désormais résolu. La jalousie a armé de poison la main de ma première épouse, laquelle voulait se défaire d'un enfant qui n'était pas le sien. Peut-être craignait-elle que sa dignité ne s'assombrisse quand mon fils, une fois devenu grand, deviendrait le chef de famille, permettant à sa mère légitime de jouir des privilèges de la femme la plus importante de la maison. Ce que ma première épouse a dit et fait aujourd'hui est, pour moi, la preuve évidente de ses intentions et de la préméditation qui caractérisait son geste ignoble. Attenter à la vie de mon héritier est atroce, tenter d'accuser une innocente est ignoble. Le crime dont s'est souillée cette malheureuse est horrible, et une seule peine peut nous ramener en harmonie avec l'Univers. »

Les yeux du mandarin semblaient lancer des flammes quand il s'écria : « En vertu des facultés que le Fils du Ciel m'a accordées, je condamne cette femme à la décapitation ! Et j'ordonne que personne ne porte son deuil après sa mort ! Elle sera exécutée à l'automne, époque où l'année va vers sa fin, et donc le moment le plus opportun pour donner la mort aux criminels ! Que le père de cette femme, ses frères et tous les membres de sa famille jusqu'au second degré soient exilés à mille *li* de distance de leur résidence, qu'ils affichent tous sur le visage la marque de l'infamie, que leurs biens soient confisqués ! Que les servantes de cette malheureuse reçoivent soixante-dix coups de grand bâton, portent pendant quarante jours un collier en bois du poids de six *jin* et soient exposées en public ! Que chacune de leurs familles verse cinq cents *qian* au trésor public pour leur éviter la peine capitale par strangulation ! Qu'une copie de cette condamnation soit affichée à l'extérieur de cette demeure et à la porte de la ville ! Et maintenant, que tout le monde quitte cette salle, à l'exception du docteur Terrentius ! »

Les eunuques soulevèrent la première épouse et sortirent. Les autres femmes, notamment la mère de l'enfant qui sanglotait faiblement, leur emboîtèrent le pas. Liu prit congé dans de grandes révérences. Enfin, les deux gardes refermèrent la porte derrière eux, laissant le magistrat et le jésuite en tête à tête.

« Asseyez-vous à côté de moi, docteur. » Zhao Cao était las, il avait perdu l'air austère qu'il avait arboré tout au long de l'audience. On aurait dit qu'un poids énorme s'était abattu sur ses épaules.

Schreck s'exécuta. « Monsieur le juge, mon esprit est tiraillé entre deux émotions contraires : la satisfaction d'avoir contribué à sauver la vie d'un petit innocent, et le chagrin que me cause la punition exemplaire dont vous avez voulu frapper votre première épouse.

– Ne vous inquiétez pas. La loi doit suivre son cours et nous devons nous en abstraire, sinon... Croyez-vous que cela me plaise ? Quand j'ai épousé cette femme, c'était encore une enfant, elle a grandi et vieilli à mes côtés. Elle a suivi toutes les étapes de ma carrière en m'encourageant et en me réconfortant, selon les moments. N'ayant pas eu d'héritier, j'ai cru bon de prendre des concubines, au bout de plusieurs années. Je les ai choisies parmi les jeunes filles les plus en vue de la province. Mon épouse a dirigé mon gynécée dans le respect de mes volontés, avec équilibre, dévotion et rectitude, elle a toujours été un modèle pour les autres femmes de la maison, parce qu'elle a appliqué avec conviction la vertu confucéenne du respect que l'épouse doit à son mari. Mais le jour où Gao Mei a mis au monde le petit Zhao Wen, quelque chose s'est brisé en elle.

– Vous pourriez la réduire à la misère, la chasser, l'exiler, la déporter, pourquoi l'éliminer ?

– La loi est claire, seule la mort doit punir ceux qui se souillent d'un des dix grands crimes. Je ne peux rien pour cette malheureuse. La justice possède une logique, le Ciel le veut, et ceux qui s'y opposent font du tort au Ciel. Docteur Terrentius, je vous suis immensément reconnaissant de ce que vous avez fait pour mon petit héritier. Voilà pourquoi je vous invite à me dire de quelle manière je puis récompenser votre généreuse amitié. Demandez-moi ce que vous voulez, n'importe quelle somme.

– La tâche que vous m'avez confiée a été un immense honneur, elle constitue à elle seule la meilleure des récompenses. En outre, je n'ai jamais exercé le métier de médecin par amour du gain. Il y a toutefois une faveur que j'aimerais oser vous demander, une faveur qui serait prodigieuse, pour moi.

– Je n'opère pas de miracles, comme les saints bodhisattvas, toutefois je ferai ce qui est dans mes capacités pour satisfaire votre demande. De quoi s'agit-il ?

– Je voudrais un laissez-passer pour la Chine. »

***

Schreck salua une dernière fois le juge et se dirigea vers son palanquin, au centre de la cour. Avant d'y monter, il dit à Petit Zhang, qui l'attendait patiemment, assis sur ses talons : « Tu es pâle, que t'est-il arrivé ?

– Rien, mon père, j'étais inquiet pour vous.

– Et quand tu es inquiet, tu halètes comme un soufflet ?

– Non, mon père, j'ai l'impression de respirer régulièrement.

– Et quand tu respires régulièrement tes vêtements se déchirent ?

– Comment, mon père ?

– La manche de ta tunique est déchirée.

– Je ne m'en étais pas aperçu. Je vous demande pardon, mon père.

– Tu as également une marque sur le cou.

– Ciel ! Une maladie ?

– Non, mon garçon, une morsure, je crois.

– Père !

– À en juger par tes cheveux et par les traces de fard qui te blanchissent les joues, je dirais qu'il ne s'agit pas d'une maladie grave, mais d'un malaise passager, naturel, un de ces malaises qui frappent les jeunes gens et parfois les adultes quand ils ont un corps à corps avec un individu faisant usage de poudre, par exemple une fille.

– Je ne comprends pas, mon père...

– Je pense au contraire que tu as fort bien saisi mon discours. Bien ! Suffit avec les bavardages. Dis aux porteurs que je suis pressé, et toi, je t'en prie, accompagne-moi au pas de course. Je ne voudrais pas que tu te perdes, comme cela t'arrive parfois, sur le tronçon de rue que bordent les maisons de thé. »

Petit Zhang n'eut pas le temps de répliquer : Schreck s'était installé dans le palanquin et avait tiré le rideau. Il ne put donc pas voir qu'un grand sourire éclairait son visage.

XIX

« Mon cher ami Johann Faber, nous sommes le 3 mai 1621 et, toujours, paix dans le Christ. »

L'air était si chaud qu'il était inutile d'utiliser de la poudre pour faire sécher l'encre.

« Il y a quelques mois, je t'ai raconté dans une missive la vie extraordinaire que je mène à Macao. Mes activités me procurent une satisfaction croissante. Avant tout, je suis maintenant en mesure d'écrire la langue des Chinois au pinceau et à l'encre, laquelle n'est pas liquide ici, comme la nôtre, mais solide. On la dilue dans quelques gouttes d'eau, sur une pierre, et l'on en tire la mixture nécessaire pour tracer les caractères. J'ai également appris à reconnaître les maladies en prenant le pouls, et à les soigner au moyen de longues aiguilles métalliques. Tu le comprendras donc, j'ai le sentiment d'être un homme nouveau.

« Je travaille sous la conduite du docteur Liu, un vieux médecin qui m'a également guidé dans la lecture d'une encyclopédie chinoise intitulée *Ben Cao Gang Mu*, ce qui signifie "Traité de thérapie végétale". Son auteur, Li Shizhen, aurait eu sa place dans notre académie des Lincei, car il a consacré toute sa vie à l'étude de la nature. Elle contient onze mille neuf cent seize prescriptions qui suggèrent l'emploi d'herbes, de substances animales ou de minéraux pour guérir une vaste gamme de maladies. Elle n'a qu'un seul aspect négatif. Ses illustrations sont nombreuses, plus de mille, mais primitives et grossières quand on les compare aux nôtres. D'après le docteur Liu, Li Shizhen supervisa la gravure des caractères qui constituent le texte, mais il n'eut pas le temps de veiller aux figures, car il mourut en 1593. Ses enfants et ses petits-enfants s'empressèrent de faire imprimer son ouvrage, raison pour laquelle les planches furent exécutées au dernier moment.

« J'ai enfin compris, grâce à cette histoire, ce qu'il me faut réaliser pour rendre gloire à Dieu et respecter le pacte qui nous a liés au nom de saint Jean et du lynx. Je veux aller au Hangzhou et retrouver les descendants de Li Shizhen. J'ignore encore ce qu'une telle rencontre pourra engendrer. Si ces gens n'ont pas envie de me voir, l'aventure se terminera vite. S'ils sont, en revanche, comme je l'espère, sensibles à mon appel, mon projet prendra corps : échanger pacifiquement informations et savoir. Il n'est pas impossible, non plus, que je puisse me mettre à leur service et refaire les dessins du *Ben Cao Gang Mu* pour une édition à venir. Mais tout cela est encore dans les mains du Très-Haut.

« Quoi qu'il en soit, j'ai fait le premier pas. Le juge Zhao Cao, qui représente ici l'empereur, m'a octroyé un laissez-passer pour la Chine en échange de l'aide que je lui ai fournie il y a quelque temps pour résoudre un problème délicat. Je te parlerai une autre fois du juge et de ses difficultés, car nous partons demain et, bien que je me prépare à ce voyage depuis longtemps, j'ai beaucoup d'affaires à expédier et je suis fort agité.

« J'aurai pour destination la ville de Hangzhou, que j'atteindrai au terme d'un long et dangereux voyage, des milliers de lieues à parcourir, des fleuves à guéer, des lacs à traverser, des monts à gravir. Se rendre en Chine par les temps qui courent n'est pas une mince affaire, pour nous autres Occidentaux, les conditions ne sont plus propices, la présence d'étrangers suscite partout une vive opposition. Le procureur Trigault souhaite qu'on m'assiste au cours de ce voyage. Giacomo Rho, le mathématicien italien, a aussitôt proposé ses services, mais j'ai fini par choisir le père Giulio Tolentino, également italien, qui m'est souvent utile. Il est doté de bonne volonté, de générosité et de curiosité, même s'il a encore tout à apprendre, ou presque, de la science. Nos confrères nous rejoindront quand les temps seront plus favorables.

« Prie donc pour moi et rends-moi un service : demande à M. Galilée de bien vouloir m'envoyer ses nouvelles tables pour le calcul des éclipses, car si nous avons un mérite, aux yeux des Chinois, il réside justement dans notre faculté de prévoir les phénomènes célestes, ce dont ils sont incapables, en dépit des grandioses conceptions qu'ils ont élaborées dans ce domaine.

« Avant de refermer cette lettre, je vais te décrire brièvement mes dessins de voyage qui, comme tu le sais, constituent le *Plinius Indicus*, et ceux que j'ai effectués à Macao en reproduisant les espèces végétales qui poussent en Chine. Je te les adresserai très vite afin que tu les fasses publier.

« Je suis heureux de t'envoyer mes salutations fraternelles. N'oublie pas de transmettre mes hommages à notre prince et à M. Galilée. Je prie beaucoup pour eux. »

De légers coups à la porte interrompirent Schreck. C'était Petit Zhang.

« Mon père, j'ai apporté un peu de thé, dit-il en tendant au jésuite une tasse en céramique pourvue d'un couvercle.

– Merci, mon fils. Pose-le sur la table et achève de préparer mes bagages. »

Voyant que le garçon se gardait d'obtempérer, il répéta : « Je t'ai dit que tu pouvais t'en aller. Qu'y a-t-il ?

– Puis-je être sincère, mon père ?

– Tu dois l'être, comme toujours.

– Quel que soit ce que j'ai à dire ?

– Oh ! ne me fais pas perdre de temps ! Nous partons demain et de nombreuses tâches m'attendent. Toi aussi, au reste. As-tu vérifié mes caisses de livres ? Et mes instruments ?

– Ne me grondez pas, je vous en prie.

– Petit Zhang, dis-moi vite le motif de cette scène. Sinon, cours préparer mes bagages !

– Oui, oui, mon père...

– Tu dis oui, mais tu gardes le silence. Et maintenant, va-t'en !

– Eh bien voilà, mon père, je voudrais vous demander...

– Me demander ?

– Une chose importante.

– Alors ?

– Cela concerne l'organisation de notre départ.

– Puisque le temps presse, essaie de te décider avant que le soir tombe.

– Ne plaisantez pas, mon père. Ce que j'ai à dire est très important, vraiment très important.

– Aurais-tu perdu ta langue ?

– Cela concerne Xiao Juhua.

– Et qui est ce Petit Chrysanthème ?

– Mais comment ? Avez-vous oublié ? »

Comprenant que Schreck était à bout de patience, le

jeune Chinois se résolut à expliquer : « Il y a cinq mois, quand vous avez rendu visite au juge Zhao Cao pour soigner son fils malade...

– Tu ignores, mon garçon, que tu as failli subir les verges, ce jour-là. Peut-être aurais-je dû...

– Subir les verges ?

– Je n'ai pas le temps de te le raconter, continue !

– Si vous n'avez pas oublié cette journée, vous ne pouvez que vous rappeler Xiao Juhua !

– Qui diable est-ce donc ? s'écria le jésuite, exaspéré.

– Son visage est sublime, ses yeux expressifs, sa bouche évoque une fleur, elle a la taille fine...

– Ah non ! Tu ne vas pas me la décrire jusque dans les détails les plus intimes ! Je me demande ce que tu as dans la tête !

– Mon père, pardonnez-moi, pardonnez-moi ! La tête... je l'ai perdue !

– Alors retrouve-la vite.

– Xiao Juhua est une servante attachée au fils du juge. C'est à elle que j'ai demandé la cuvette d'eau et les renseignements dont vous aviez besoin, le jour dont nous parlons.

– Oui, je me souviens. Il semblerait que tu aies fait ample connaissance avec elle. Je me rappelle ta tunique déchirée, ainsi qu'une marque sur le cou... Quel est le rapport avec notre départ ?

– Père, je l'aime !

– Je ne comprends pas.

– Cet amour est partagé, mon père.

– Je ne comprends toujours pas, répliqua Schreck qui commençait en vérité à avoir un terrible soupçon.

– Nous nous aimons, père, le comprenez-vous ?

– Et toi, comprends-tu que j'en ai plus qu'assez ?

– Mon père, je ne peux vivre sans elle, et elle ne peut vivre sans moi.

– À combien de jeunes filles as-tu servi pareille bêtise ? »

Petit Zhang se rembrunit.

« Cette fois, c'est différent.

– Et pourquoi ?

– Dès que nous aurons disparu à l'horizon, demain, elle se tuera !

– Tu n'as qu'à rester à Macao ! Ainsi tu auras sauvé la vie d'une idiote, et je me serai débarrassé d'un simple d'esprit !

– Jamais je ne vous abandonnerai, mon père. Nous pourrions toutefois...

– Si tu comptes me demander d'emmener ton amie, autant te résigner... »

Le jeune Chinois s'agenouilla, les mains jointes. « Père, aidez-nous, je vous en prie. Xiao Juhua attend un enfant ! Si elle ne se tue pas, son père s'en chargera... Et il me découpera en morceaux, moi aussi !

– Mon Dieu ! Qu'avez-vous donc fait ? Êtes-vous devenus fous ? Tu as tout juste seize ans... et elle ?

– Trois de moins. »

Schreck commença à boire son thé nerveusement, tandis que Petit Zhang patientait, à genoux. Au bout de quelques instants, il déclara : « Nous ne pouvons demander son aide au juge, puisqu'il est parti pour Pékin avec les canons. Petit Chrysanthème travaillant à son service, il aurait obtenu le consentement de son père. As-tu une idée, vaurien ?

– Oui.

– Laquelle ?

– Mariez-nous !

– Comment ? Comment ?

– Allons, ne faites pas le difficile ! Si Xiao Juhua devient ma femme, je pourrai l'emmener.

– Et son père ? Comment obtiendras-tu son consentement ?

– Par l'entremise du directeur du collège, le père Da Silva.

– En vertu de quelles facultés crois-tu qu'il pourra amener un homme offensé et en colère à céder sa propre fille à un malheureux de ton espèce ?

– Cet homme dirige le chantier de la nouvelle cathédrale Saint-Paul, il a donc tout intérêt à plaire au directeur. »

Schreck foudroya son domestique du regard. « Tu as donc tout planifié ! Petit Zhang, tu es un être méprisable. Et maintenant, va examiner mes bagages. Quand tu auras terminé, tu iras au port expédier deux copies de ma lettre. Je veux qu'elles partent le plus tôt possible. Veille ensuite à ne pas commettre d'autres méfaits et donne-moi le temps d'organiser cette folie. Il faut que j'en parle au directeur... Quel méli-mélo ! Sais-tu au moins que le voyage sera dangereux ? Il vaudrait mieux que ta belle demeure chez ses parents jusqu'à ce qu'elle ait accouché.

– C'est impossible, mon père, elle ne peut vivre sans moi !

– J'ai rencontré bon nombre d'imbéciles au cours de mon existence, mais tu les bats tous à plate couture ! Apporter foi aux minauderies des femmes ! Et maintenant, va-t'en, débarrasse-moi le plancher ! J'ai besoin de calme pour réfléchir, et ta présence m'exaspère. Va-t'en, va-t'en ! »

Le garçon sortit comme s'il avait des ailes aux pieds. Sans doute courait-il annoncer la nouvelle à la jeune fille, songea Schreck.

Après qu'il eut recopié et scellé sa lettre, le temps

parut s'accélérer. Tandis que Petit Zhang allait confier la missive à une caraque portugaise en partance pour Goa, et sa copie à un vaisseau de marchands génois qui gagnerait les Philippines avant de rentrer en Italie par la route espagnole, Schreck partit à la recherche du directeur du collège. Il le trouva à la chapelle, agenouillé sur un prie-Dieu, le visage enfoui entre les mains, aussi immobile qu'une statue. Entendant des pas, l'homme se retourna et regarda le nouveau venu. Toutefois ses yeux semblaient fixer le néant.

« Ah... père Terrentius, dit-il d'une voix traînante.

– Pardonnez-moi de vous déranger. J'aimerais vous parler d'une question urgente. »

Le directeur du collège parut se ressaisir, mais il lui fut impossible de se lever. On aurait dit qu'un poids énorme le clouait sur le prie-Dieu. Un instant, il ferma les paupières et passa les mains d'un geste las sur ses joues. Il répondit : « Il se passe des choses graves... très graves... Pour la première fois...

– Je suis désolé, dit Schreck, frappé par la pâleur spectrale de l'homme et par ses mains tremblantes. Je crois que le moment n'est pas propice. Je peux revenir plus tard. »

Da Silva eut un sursaut. Il parvint enfin à se lever. « Restez, je vous en prie... Notre réputation... Les événements se succéderont de manière dramatique et irrépressible... Jamais je n'aurais imaginé... Ne vous inquiétez pas, je porterai la responsabilité pour tout... »

Schreck ne comprenait pas à quoi Da Silva faisait allusion et cherchait en vain un motif à tant d'agitation. Le directeur jeta un regard prudent à la ronde et poursuivit, en baissant le ton :

« Il est difficile d'établir qu'un individu est hérétique, vous le comprenez... On peut être faiblement, fortement ou gravement soupçonné d'hérésie... Mais on peut être aussi victime d'une diffamation... Hérétique ! Il est facile d'accuser les autres d'un tel crime ! On peut dire : un tel est adoptien, il prétend que Jésus n'était autre que le fils adoptif de Dieu ! Ou encore : un autre est disciple d'Arnaldo da Brescia et doit donc être écrasé, comme tous les arnaldistes ! Mais comment démontrer avec certitude qu'on a affaire à un henricien pur, ou à un simple sympathisant d'Henri l'Ermite ? À un gnostique, à un marcionite, pis, à un monophysite qui, comme les acéphales, s'oppose aux conclusions du concile de Chalcédoine, à un noétien, disciple de Noé de Smyrne, qui fait de Dieu et de Jésus une seule entité ? À un gnosimaque, qui se déchaîne contre toutes les connaissances, à un ébionite, qui pratique la pauvreté et refuse de croire au surnaturel divin, ou encore à un artotyrite, qui offre du pain et du fromage pendant la messe, ou... à un calviniste... Dites-le-moi !

– Pourquoi me parlez-vous donc d'hérésies et d'hérétiques ? demanda Schreck, de plus en plus inquiet. Que se passe-t-il ?

– Ceux qui adhèrent à un courant de pensée tordu, blasphème, sordide et contraire à toute évidence peuvent toujours nier qu'il s'agit de leur credo, ou encore abjurer. En revanche, il n'y a plus rien à faire pour ceux qui sont accusés d'hérésie à partir de preuves concrètes. Ils sont destinés à périr !

– À qui faites-vous allusion ? Soyez plus clair, je vous en prie...

– Des accusations anonymes provenant de Macao sont arrivées à la Santa Casa de Goa. Elles accusent père Gaspar, notre apothicaire, de s'occuper de chirurgie et de découper des corps humains. Monseigneur Delgado De Matos, Grand Inquisiteur des Indes, nous a envoyé un agent de l'Inquisition chargé d'enquêter.

Il a trouvé sans la moindre difficulté les instruments chirurgicaux que Gaspar conservait dans son atelier. »

Schreck, qui avait failli s'étrangler en entendant Da Silva mentionner la Santa Casa, se remémora la silhouette et la voix du Grand Inquisiteur, qu'il avait rencontré pendant son séjour à Goa. Il tenta de répliquer : « Conserver ne veut pas dire utiliser...

– C'est vrai, mais cela signifie garder, abriter, détenir, entretenir, préserver, défendre, posséder, avoir... Ce qui, à défaut de confirmer l'usage, ne l'exclut pas. Mieux, le suggère.

– Que va-t-il se passer maintenant ? Où est Gaspar ?

– Notre apothicaire est un homme intègre et discipliné. Il a reçu l'ordre de demeurer dans sa chambre, et il s'y emploie, sous la surveillance d'un des soldats qui accompagnent l'inquisiteur. Si la mousson le permet, il sera conduit dès demain à Goa.

– Et ensuite ?

– Ensuite, Dieu seul le sait. »

Il s'ensuivit un long silence que Da Silva interrompit après s'être signé. « L'agent de l'Inquisition est un dominicain. Avant même de se présenter, il m'a jeté au visage des dates : 1131, 1157, 1163, 1195, 1212, 1215. Savez-vous ce qu'elles indiquent ? Je n'ai pas eu le courage de lui avouer qu'elles ne me disaient rien. »

Schreck, qui connaissait bien ces dates funestes, ne fut pas surpris par l'ignorance de Da Silva en la matière. La première, expliqua-t-il, était celle du concile de Reims et du décret d'Innocent II qui interdisait aux prêtres et aux moines d'étudier la médecine à des fins lucratives. La deuxième était associée à l'interdiction d'exercer la médecine en dehors de l'enceinte de leur couvent que les Cisterciens avaient communiquée aux religieux médecins. La troisième faisait allusion au concile de Tours, qui avait exclu les hommes d'Église du corps médical, disposition réitérée par le concile de Montpellier, en 1195, quatrième date de la liste. La cinquième était celle du concile de Paris : il décrétait l'excommunication des religieux pratiquant la médecine extra-muros, à l'extérieur des monastères. Enfin, la sixième date frappait de son sceau la prohibition de la chirurgie, que le concile de Latran avait établie en se fondant sur l'assertion suivante : *Ecclesia abhorret sanguinem*, « l'Église abhorre le sang ».

Tandis que Schreck parlait, le directeur s'était égaré dans ses pensées. Constatant que l'Allemand s'était tu, il se borna à s'exclamer : « Que la volonté du Tout-Puissant soit faite ! Voyez, nous sommes obligés de louer le Seigneur dans cette petite chapelle où nous avons grand-peine à tenir tous, entassés comme des brebis. Nous, qui sommes son troupeau, nous n'avons pas encore été capables d'achever la cathédrale. Quand elle sera prête, nos prières pourront s'élever d'un lieu plus digne et être mieux écoutées.

– Nous avons été habitués, en suivant saint Ignace, à chercher et à trouver Dieu en toute chose, répliqua Schreck, qui ne jugeait pas la chapelle exiguë. Je suis persuadé qu'Il nous écoute ici aussi avec une très grande attention. Ce sont les hommes, directeur, qui refusent d'entendre. Les sourds nous entourent, nos problèmes ne sont jamais venus du Ciel, mais de la terre.

– Vous avez raison, vous avez raison. Nous traversons un moment difficile... L'arrestation du père Gaspar m'a blessé au plus profond du cœur. Je suis inquiet pour lui et pour moi, qui ne l'ai pas surveillé. J'ai dit surveillé ? Mais qui devais-je surveiller ? Un homme pieux, qui s'est toujours occupé avec abnégation de notre santé ? Qui nous a rassurés lorsque nous étions infirmes, blessés, accablés ? Est-il inconvenant de rechercher une adhérence entre organe et fonction ? De vérifier la perfection de la nature qui réalise, dans les organismes vivants, la synthèse la plus sacrée entre être et vie ? Et si tel n'est pas le cas, chez qui devons-nous puiser la connaissance ? Chez Galien ? Chez Aristote ? Je n'ai jamais soupçonné Gaspar d'opérer comme un anatomiste ! Comment en aurait-il le temps, lui qui soigne tous les Portugais de Macao ? Quel malheur ! Quel malheur ! »

Schreck comprit que le moment d'intervenir était arrivé. Au fond, les questions de Da Silva résumaient en partie ses doutes. « Gaspar est certainement innocent s'il a pratiqué la dissection des corps, et il l'est encore plus s'il s'en est abstenu. Dans le premier cas, il a appliqué le droit de tout individu à accéder à la connaissance afin de démontrer que la nature a assez d'autorité pour ne point se soucier des préjugés, des arguments et des lois de l'humanité. Dans le second cas, il a respecté les règles et les impositions mêmes qui l'accusent injustement. »

Da Silva recula, effrayé. Ces mots lui rappelaient soudain l'horrible discussion que son interlocuteur avait eue avec Schall von Bell le jour de l'enterrement des collégiens, tués dans le bombardement. De quoi l'Allemand avait-il été accusé ? Le directeur accomplit un effort de mémoire, et le mot « anatomie » lui revint à l'esprit. Mon Dieu, songea-t-il. Et si Terrentius était, lui aussi, un chirurgien ? Il regretta de lui avoir ouvert son cœur et se réjouit de son départ imminent.

« Tout doux, tout doux ! s'exclama-t-il en portant les mains à sa poitrine. Nous nous sommes engagés sur un sentier glissant et nous pourrions facilement tomber dans l'abîme. Quand on emprunte ce genre de voie, père Terrentius, on ne doit pas courir, mais avancer du pas de l'escargot, prêt à s'immobiliser et à rebrousser chemin si besoin est. Nous sommes allés trop loin. Une pause et un repli s'imposent. Comprenez-moi, les temps sont difficiles... Au fait, de quoi vouliez-vous m'entretenir ? » ajouta-t-il, soudain hautain.

Ce brusque changement de ton n'échappa pas à Schreck. Malgré le tourment que lui causaient le sort de Gaspar et son incapacité à l'aider, il décida d'en venir au fait : en prévision de son départ, il convenait de régler la situation de Petit Zhang et de sa belle, qu'il exposa au directeur du collège.

Celui-ci parut soulagé d'aborder des questions d'ordre pratique. Il débattit avec l'Allemand des péchés des deux jeunes gens et des problèmes d'ordre moral que leur union posait aux jésuites, qui risquaient, par de l'indifférence ou une condamnation, de se faire les complices d'un double meurtre. Puis il ordonna que le père Trigault marie les deux jeunes gens dans l'église du collège à la cinquième heure de l'après-midi. Pour expier leurs péchés, ils devraient toutefois veiller et prier toute la nuit devant sa chambre – Petit Zhang à genoux et Petit Chrysanthème assise, eu égard à son état. Ainsi, il aurait moyen de s'assurer que leur repentir corresponde à l'inconfort de cette peine.

Après avoir communiqué ces décisions à Schreck, il le renvoya d'un signe de tête qu'il accompagna d'une bénédiction aérienne.

***

La nuit était maintenant bien avancée, et Schreck ne parvenait ni à se détendre ni à s'endormir. L'idée que Gaspar était prisonnier de sa chambre, dans l'attente d'être conduit à Goa, le tourmentait, offusquant la joyeuse image de Petit Zhang et de Petit Chrysanthème après la célébration de leur mariage. Pour échapper au supplice de l'insomnie, il se leva et alla jeter un coup d'œil à ses bagages. Il changea plusieurs fois de place les instruments chirurgicaux que l'apothicaire lui avait donnés quelques mois plus tôt et finit par les cacher dans une caisse de livres.

À trois heures du matin, Schreck entendit un grand remue-ménage. Il y eut d'abord des pas feutrés et hâtifs, puis des murmures, une porte qu'on claquait et un cliquètement. L'Allemand quitta sa chambre et se dirigea vers l'escalier principal. Au fur et à mesure qu'il avançait, les bruits gagnaient en netteté : des individus distribuaient des ordres, d'autres répondaient, tout en se déplaçant à la lueur d'une lanterne. Il vit surgir un inconnu, qui portait l'habit dominicain – un froc en laine blanche et une cape noire surmontée d'une capuche en pointe. Il avait le visage allongé, glabre, les yeux écarquillés et tenait une petite croix de bois que les années et la transpiration avaient noircie. Il descendait les escaliers, la tête tournée vers l'arrière, sans cesser de répéter avec une grimace de dégoût : « *Misericordia et Justitia !* Réjouis-toi, frère, car nous te libérerons de l'immonde souillure de Satan et du péché ! *Misericordia et Justitia !* »

C'est alors que Gaspar apparut. Engoncé dans ce que les Portugais appelaient *saco bendito*, et les Espagnols *sanbenito*, la robe de pénitence – un simple sac de toile jaune frappé d'une croix de Saint-André rouge sur la poitrine et sur le dos –, il était coiffé d'une *coroza*, ou *carocha*, mitre en papier ponctuée de cette même croix. Deux soldats barbus arborant un casque métallique, une cuirasse en cuir sur une tunique jaune, des chaussettes rouges jusqu'au genou et d'épaisses chausses blanches l'encadraient. Le premier tenait d'une main une lance et de l'autre Gaspar, tout chancelant. Le second brandissait une longue pique et une lanterne. Tandis que le petit groupe atteignait le palier, l'apothicaire leva les yeux et croisa ceux de Schreck, qui brillaient dans la pénombre. Empreints du terrible courage que donne la résignation, ils transmirent à l'Allemand un signal, un avertissement, avant de se poser une nouvelle fois sur les marches.

Quand l'obscurité fut revenue, un fantôme parut s'en extirper. C'était Da Silva, qui suivait discrètement l'inquisiteur et sa proie. Il tâtait le mur pour éviter de glisser dans l'escalier et murmurait : « Quel malheur ! Quel malheur ! » Il s'évanouit lui aussi, laissant dans l'air le sillage aigre de sa terreur.

Schreck pleura en silence.

XX

Une heure avant l'aube, plusieurs mules portant de lourds bâts quittèrent l'esplanade du collège et traversèrent la cité chinoise pour gagner le port. L'embarquement sur la grosse jonque qui devait conduire les jésuites en Chine ne fut pas aisé : effrayée, l'une des bêtes fracassa d'un coup de pied la tête d'un domestique et se jeta à l'eau. Ce faisant, elle renversa l'une des barques affectées au chargement, provoquant de grands cris. Quand tout fut terminé, deux caisses de vaisselle manquaient à l'appel, ainsi qu'un domestique, tué, et deux marins, blessés. La mule s'était noyée.

Le groupe des missionnaires se composait de Schreck et de Tolentino, ainsi que de deux jeunes prêtres récemment ordonnés, un Portugais et un Chinois d'environ vingt ans, que l'évêque de Macao envoyait en renfort au père Niccolò Longobardo, supérieur de la mission en Chine, qui s'était réfugié à Nanxiong. Bien entendu, Petit Zhang et Petit Chrysanthème, qui s'étaient acquis à grand-peine le droit de participer au voyage, étaient présents, et cette seule idée remplissait Schreck de bien-être.

Quand tout le monde fut à bord, Tolentino et Petit Zhang portèrent les bagages sous le pont. Timides, hésitants et mal à l'aise, les deux jeunes prêtres se blottirent dans un coin. Le va-et-vient des innombrables embarcations européennes et chinoises, qui se croisaient, acheva de désorienter l'Allemand, que la nuit blanche et l'arrestation de Gaspar avaient bouleversé. Seul le spectacle de la ville flottante – un tapis de pauvres barques où s'entassait une humanité misérable – l'arracha à son engourdissement.

Des familles entières vivaient, parfois avec des chiens, sur ces *danjia*, ou « maisons en forme d'œuf » : de trois ou quatre mètres de longueur et très larges, elles étaient recouvertes d'une natte, fixée aux deux bords, qui leur donnait cet aspect bien particulier. On y naissait et on y mourait. Le jour, les hommes en bonne santé pêchaient sur des embarcations plus importantes ou allaient travailler dans la cité chinoise en qualité de porteurs. Les femmes, qui restaient à bord, faisaient preuve d'une grande habileté dans l'art de naviguer. Deux d'entre elles suffisaient à gouverner une *danjia*.

Les habitants de la ville flottante étaient considérés comme une race à part, ou plutôt comme une caste. Leurs ancêtres, qui avaient fui l'île orientale de Formose, sans cesse attaquée par les pirates japonais, avaient obtenu le droit de se réfugier dans la province de Canton, à condition de ne pas s'installer sur la terre ferme. Exposé au soleil, à la nuit et aux intempéries, ce peuple n'avait jamais troublé le calme de la colonie de Macao. Les femmes, aux yeux vifs, aux traits réguliers, gaies et souvent provocantes, ne jouissaient pas d'une bonne réputation, cependant on les considérait comme de bonnes mères de famille. Elles portaient un foulard aux couleurs vives sur la tête et des vêtements masculins – un pantalon large au genou, une tunique à manches courtes. Certaines avaient les bras et les chevilles cerclés de bracelets en métal, et il n'était pas rare d'apercevoir sur leur dos un baluchon de chiffons – en vérité, un enfant qu'elles berçaient en ramant.

Chaque fois qu'une jonque chinoise de haute mer – une de celles qui faisaient le va-et-vient entre le continent et l'île – ou un navire occidental longeaient la ville flottante, on voyait surgir de petites embarcations dont les pilotes, rivalisant de rapidité, offraient leurs services ou de petites marchandises. Certains proposaient aussi une fillette à acheter, et dans ce cas les *danjia* se distinguaient par les fleurs de papier qui les ornaient. Il n'était pas rare que cet assaut fût couronné de succès. De fait, Schreck vit des individus se hisser à bord des embarcations qui avaient accepté leurs services.

Juste avant de quitter le port, on aperçut, au loin, une caravelle au mouillage. Élégante, avec sa haute proue ronde, elle portait le drapeau portugais et les armoiries du gouverneur de Goa, fixés au mât de misaine et au grand mât qui se dressaient sur son unique pont. Une barque s'en approchait, emmenant à son bord deux soldats, un homme enveloppé dans une cape noire et un individu vêtu de toile jaune, recroquevillé à l'arrière tel un amas de cordages. Malgré la distance, on distinguait sur son habit des losanges rouges. Cette vision fut brève, car la jonque vira à ce moment-là.

« De qui peut-il s'agir ? demanda Tolentino.

– D'individus qui croient tous en Dieu, répondit Schreck, les yeux humides. Mais seul l'un d'entre eux l'aime. Voilà pourquoi, sans doute, il est persécuté.

– Pardonnez-moi, le sens de vos propos m'échappe.

– Vous ne savez donc pas ? »

Tolentino secoua la tête.

« Cette barque héberge notre bon père Gaspar, aux arrêts. On l'emmène à Goa. Il sera traduit devant le tribunal de l'Inquisition, qui lui reproche d'associer la pratique de la chirurgie à sa condition de religieux. On a trouvé ses instruments chirurgicaux et on l'a accusé d'effectuer des autopsies.

– C'est absurde ! Pour le condamner, le tribunal brandira encore une fois le canon du concile de Trente qui interdit aux religieux le luxe, les banquets, les bals, les dés, les jeux et toute occupation séculaire... Les membres du Saint-Office sont intransigeants, ils englobent même l'étude de l'anatomie et de la chirurgie parmi ces occupations. C'est absurde !

– Dans un mois, un an, un siècle, ou peut-être plus, quelqu'un devra demander pardon pour tout cela ! »

Schreck se rendit à l'avant de la jonque, qui s'était éloignée de la baie et qui se dirigeait maintenant vers l'embouchure du fleuve des Perles. Il s'agenouilla. Les autres missionnaires, Petit Zhang et Petit Chrysanthème l'imitèrent. Ils prièrent en silence, sous les regards sceptiques des marins.

***

Trigault n'aurait pas pu être plus clair : « Le ministre Shen Que et ses puissants eunuques souhaitent l'expulsion définitive de tous les missionnaires et la condamnation à mort des Chinois convertis. À Shanghai, nos confrères ainsi que l'homme de lettres Xu Guangqi, qui a été le bras droit de Matteo Ricci, ont fait l'objet de graves accusations. On leur reproche de nourrir des sympathies pour le parti de la forêt orientale, qui rassemble des intellectuels hostiles aux eunuques de la cour, de résider illégalement en Chine, de participer aux réunions d'une société secrète, de divulguer des théories religieuses et astronomiques qui contredisent la tradition chinoise, d'exercer la corruption dans le but de convertir, et même d'utiliser des termes tels que "Ciel" et "Grand", qui sont le privilège exclusif du vocabulaire impérial. Rares sont ceux qui ont relevé la tête pour oser nous défendre. Le lettré convers Michele Yang Tingyun, chez qui vous trouverez refuge à Hangzhou, a écrit un traité intitulé *Le phénix et la chouette ne chantent pas ensemble*, dans lequel il explique la différence entre le christianisme – le phénix – et les sectes rebelles, soit la chouette, avec lesquelles on voudrait nous confondre. Hélas, la plupart des Chinois sont analphabètes... Les temps ne sont pas propices aux serviteurs du Seigneur. »

Trigault avait donc recommandé la discrétion à Schreck. Il était interdit de se montrer sur le pont de la jonque et de se faire conduire à terre pour effectuer une excursion. Les autorisations dont les voyageurs étaient pourvus n'empêcheraient pas les fonctionnaires des villes et des provinces qu'ils traverseraient de les arrêter selon leur bon plaisir et même de les emprisonner sous un prétexte quelconque. La navigation fluviale les conduirait à Nanxiong, à la frontière du Guangdong et du Jangxi. On les attendrait à des endroits convenus pour leur fournir des instructions et les moyens de poursuivre leur route. Une halte était prévue dans la résidence du supérieur de la mission en Chine, Niccolò Longobardo.

« Les autres pères et moi-même vous rejoindrons par petits groupes, avait conclu le procureur. Le destin de notre entrée en Chine dépendra de la réussite de votre expédition. Bref, soyez discrets et ne commettez pas d'imprudences. Sinon, seul Dieu sait ce qui pourrait vous arriver. »

Ces paroles inquiétantes retentissaient encore aux oreilles de Schreck. Allongé sur une couche minuscule dans le carré fétide et humide des officiers, il songeait aux étrangetés de la vie : dix longues et difficiles années s'étaient écoulées depuis qu'il avait décidé de partir pour la Chine, et maintenant qu'il pénétrait dans ce pays, il lui était interdit de mettre le nez dehors !

En vain, il chercha le sommeil : le clapotis de l'eau sur la coque, les pas des marins sur le pont, le grincement des écoutes qui gouvernaient la voile au quart, le crissement des poulies, tout le détournait du repos. Il rouvrit les yeux. Assis sur le plancher, Tolentino récitait des prières en silence, la bouche étirée en un sourire béat. On pouvait lire sur ses lèvres la série de Pater, d'Ave et de Gloria que scandaient également ses doigts sur son pauvre chapelet de ficelle. Les deux jeunes jésuites priaient, eux aussi, sur une natte moisie. Leur murmure se mêlait aux bruits du bateau, et l'on distinguait de temps à autre des fragments des Exercices spirituels : « Prends, Seigneur, et reçois toute ma liberté... tout ce que je possède... Donne-moi Ton amour et la grâce... »

Plus il observait les deux prêtres, plus Schreck était perplexe : quelle aide apporteraient-ils à Niccolò Longobardo par ces temps si difficiles ? Plus qu'un secours, leur manque d'expérience, leur inquiétude et leur peur constitueraient une gêne. En outre, on murmurait que Longobardo avait un caractère difficile, qu'il était irascible et distrait, qu'il étudiait avec acharnement les tremblements de terre et qu'une sorte de fureur le poussait à fonder des églises où qu'il se trouvât. Enfin, qu'il s'était souvent heurté aux autorités chinoises.

La jonque se rapprochait maintenant de Canton, et la circulation fluviale s'intensifiait avec son cortège de bruits, au point qu'on avait l'impression d'entrer dans une foire. Schreck brûlait de descendre à terre afin de visiter cette ville que les Chinois nommaient Guangzhou, tout au moins de jeter un coup d'œil à l'extérieur. Il avait envie de voir, d'entendre, de sentir et de toucher ! On prétendait qu'on pouvait acheter de tout, dans le désordre de Canton : racines, épices, scorpions séchés, pattes d'ours, os de tigre hachés, testicules d'éléphant, foies de chameau, poils de léopard, dents de crocodile et même des fœtus humains et des placentas prêts à l'usage médicinal. Et encore des oiseaux, des singes, des poissons, des tortues, des chiens et autres animaux qu'on tuait et cuisinait sur demande afin de satisfaire des palais particulièrement exigeants. Que dire enfin des fleurs, des légumes, des drogues, des épices et des fruits provenant de toute la Chine ? L'idée de passer non loin de là sans avoir la possibilité de s'arrêter était une véritable torture.

Plongé dans ses pensées, Schreck ne s'était pas aperçu que la porte s'ouvrait. Il vit soudain Petit Zhang surgir à ses côtés.

« Avez-vous besoin de quelque chose, mon père ?

– Dis au commandant que je veux monter sur le pont, déclara-t-il, bien décidé à contrevenir aux ordres.

– Et si l'on vous voit ? s'entremit Tolentino, l'air inquiet. Père Trigault a donné des recommandations sévères, nous devons être discrets, car le danger menace.

– Un petit coup d'œil ! Que voulez-vous ? Si l'on m'attrape, je finirai mes jours en martyr. Mon envie de voir le fleuve est si grande que je ne crains rien, pas même d'être réduit à l'état d'une relique, qu'elle soit vénérable ou non.

– Que voulez-vous dire, mon père ? demanda Petit Zhang.

– Que si l'on m'attrapait, m'arrêtait, me condamnait et me découpait en morceaux, veille à ramasser chacun de ces morceaux car Rome me fera peut-être l'honneur posthume de me déclarer martyr de la foi, répondit Schreck avec un air faussement gai. Dans ce cas, mes reliques deviendraient précieuses...

– Vous m'effrayez...

– Voyons, Petit Zhang, entrer dans la liste des martyrs jésuites serait un honneur pour moi. Savoir que mon nom figure parmi ceux de Robert Southwell, Henry Walpole, Thomas Woodhouse ainsi que mes autres confrères torturés et massacrés en Angleterre et au pays de Galles au cours de ces vingt dernières années, parce qu'ils défendaient la primauté du pontife romain sur les choses spirituelles... Être mentionné au même titre que Paul Miki et que les vingt-six autres martyrs crucifiés à Nagasaki le 5 février 1597, dont la seule faute était de prêcher l'évangile, ou que Guillaume de Saultemouche qui criait courageusement quatre ans plus tôt : "Résiste, chair, résiste !" sous les coups de poignard assassins des huguenots. Ou encore que Jacques Sales, qui choisit de mourir avec Guillaume plutôt que de trahir notre habit... Et pourquoi ne pas apparaître tout près de Melchior Grodecz et d'Étienne Poncgraz, torturés et tués à Kosice en Pologne il y a juste trois ans car ils avaient refusé d'abjurer leur, ou plutôt notre foi. Ou de Rodolfo Acquaviva, trucidé par les hindous, à Salsette, le 25 juillet 1583, avec Pietro Berno, Francisco Aranha, Antonio Francisco et Alonso Pacheco à Salsette... Rodolfo était le neveu de notre regretté général Claudio Acquaviva, à qui je dois tant... »

Il marqua une pause, scruta son auditoire éberlué et conclut : « Ah, le martyre, le martyre ! Deviendrai-je un jour une relique ?

– Si vous me permettez, bredouilla le jeune prêtre chinois, vous parlez avec légèreté des martyrs et des reliques, père Terrentius. Ce sont des choses sacrées, et donc sérieuses, même très sérieuses. »

Nul doute, la déclaration de Schreck l'avait profondément agacé pour qu'il osât s'adresser à lui sur ce ton véhément, alors qu'il avait gardé le silence jusqu'à cet instant.

« J'imagine que vous êtes ferré en la matière, répliqua l'Allemand, sournois.

– Il paraît qu'à Rome toutes les églises, vraiment toutes, conservent les reliques d'un saint. Et ce n'est un sujet de plaisanterie pour personne !

– Pas d'un seul saint, de plusieurs...

– Plusieurs ? »

Intrigué, le jeune missionnaire portugais interrogea : « Combien ?

– Ils sont innombrables, croyez-moi, répondit Schreck. Mieux, je vous dirai qu'à Rome l'importance d'une église se mesure au nombre de reliques qu'elle possède.

– J'aimerais en savoir plus, insista le prêtre chinois.

– Je vais vous donner un exemple concret et vous parler de la basilique Saint-Jean-de-Latran, sur le mont Celio. Comme vous le savez, c'est le siège du pontife, les papes y sont nommés et vivent depuis mille ans, et l'on y a tenu plus de vingt conciles. Cet édifice respire donc la sainteté. Enfin, nulle autre église au monde ne contient des reliques aussi importantes. La sacristie renferme le crâne de saint Jourdain et celui de saint Épimaque. Le tabernacle qui se trouve au-dessus de l'autel de Marie Madeleine abrite la tête de saint Zacharie, père de Jean Baptiste, et celle de saint Pancrace, martyr, qui ruissela de sang pendant trois jours après qu'elle fut tranchée. Ces reliques sont exhibées à Pâques. On conserve également dans le tabernacle une épaule de saint Laurent, une dent de saint Pierre apôtre, le calice dans lequel saint Jean l'évangéliste but le poison sous l'ordre de Domitien, les cendres et le cilice de saint Jean Baptiste, les cheveux et les vêtements de la Vierge Marie, la première chemise de Jésus-Christ, le linge qu'utilisa notre rédempteur pour essuyer les pieds de ses disciples, la verge qui s'abattit sur sa tête, le manteau de couleur pourpre que lui mit Pilate, imbibé de son précieux sang, des morceaux de la croix, le suaire qu'on posa sur son visage dans le sépulcre, l'eau et le sang qui sortirent de son côté. »

Abasourdi, le missionnaire chinois demanda : « Il y a donc tout cela à Saint-Jean-de-Latran ?

– Beaucoup plus ! s'exclama Schreck comme s'il le gourmandait. Il y a dans les grilles en fer que fit fabriquer le pape avignonnais Urbain V, dont le corps repose dans la paix éternelle en l'église de Saint-Victor, à Marseille, eh bien, il y a dans ces grilles les cendres des apôtres Pierre et Paul. Chaque fois qu'on les montre, une indulgence est accordée à tous les fidèles présents dans la basilique : de trois mille ans s'ils sont romains, de six mille s'ils viennent des pays voisins et de douze mille s'ils arrivent de très loin. Pour éviter qu'on n'accumule trop d'indulgences sans grand effort, on exhibe rarement les saintes reliques des apôtres, à savoir le mardi, le jeudi, le samedi et le lundi de la semaine de Pâques, et les dimanches qui séparent le Corpus Domini du 9 novembre. Et ce n'est pas tout ! Il y a, dans la chapelle voisine de la grande porte, l'autel que saint Jean avait érigé dans le désert, le bâton d'Aron et celui de Moïse, la table sur laquelle notre sauveur consomma son dernier repas avec ses disciples, les pains des prépositions, les ciseaux qui tondirent saint Jean, le voile que le Christ garda sur la croix... Oui, tout cela est à Saint-Jean-de-Latran ! »

Les jeunes missionnaires semblaient captivés, et Tolentino, mal assis, les genoux dans les mains, affichait un air énigmatique. Petit Zhang écoutait attentivement le discours de son maître, qui reprit soudain : « Voulez-vous savoir aussi ce qu'il y a dans la basilique Saint-Paul, sur la via Ostiense ? Eh bien, c'est très simple. Le corps de saint Timothée, disciple préféré de saint Paul, et ceux des saints Celfus, Julien, Basile, Martianille, ainsi que de nombreux autres innocents. Voyons... un bras et une dent de sainte Anne, mère de la Vierge Marie, la chaîne qui tenait saint Paul prisonnier, la tête de la Samaritaine, un bras de saint Nicolas, les bois de la croix, une partie de la tête de saint Ananie et de saint Étienne protomartyr, un bras de saint Alexis confesseur, et deux autres ayant appartenu aux apôtres qui portaient le nom de saint Jacques, une épaule de saint Denys, un morceau de bourdon de saint Paul et les vêtements de la glorieuse Vierge. La meilleure pièce demeure toutefois le corps de saint Paul, qui repose sous le maître-autel.

– Père Terrentius ! s'écria Petit Zhang. Vous avez dit tout à l'heure que les cendres de saint Paul se trouvent dans la basilique Saint-Jean-de-Latran !

– Jeune homme de peu de foi ! Le corps de l'apôtre saint Paul gît dans la basilique qui lui est dédiée. En revanche, ses cendres sont à Saint-Jean, ainsi qu'on l'affirme depuis des siècles ! Il s'agit peut-être d'une petite portion de son corps, à moins que... à moins que ce ne soit un miracle ! » ajouta-t-il en pointant le doigt vers le ciel.

Les deux jeunes prêtres se signèrent, comme foudroyés. Mais ils durent se ressaisir sans tarder, car l'Allemand poursuivait :

« Si vous vous rendez à la basilique Sainte-Marie-Majeure, vous pourrez vénérer les corps des saints Matthias apôtre, Romolus, Rédempte et Jérôme, la crèche où Jésus naquit à Bethléem, le linge dans lequel la bienheureuse Vierge l'enveloppa, l'étole de saint

Jérôme, la tunicelle et le manipule de Thomas, évêque de Cantorbéry, imbibés de son sang, la tête des saints Bibiane et Marcellin, un bras de saint Damas, évêque, et de très nombreuses autres reliques...

« Et maintenant, passons à la future église Saint-Pierre. Vous en avez entendu parler, n'est-ce pas ? Quand je suis parti pour l'Orient, l'architecte Carlo Maderno achevait le prolongement de la nef centrale sur trois travées et pensait ajouter deux clochers latéraux à la façade pour la raison que nombreux étaient ceux qui comparaient l'édifice à un palais, et non à une église. Quoi qu'il en soit, vous ne pouvez imaginer combien de reliques enrichiront ce lieu et en feront le plus sacré au monde. On envisage avant tout d'y translater les corps de saint Pierre et de saint Paul, d'y conserver onze têtes sacrées et vénérables, celles des saints Luc, Sébastien, Iacus Intercisus, André, Potentiana, Lambert, Damase pape, Magne, Pétronille et... non, j'ai oublié à qui appartient la onzième tête, mais peu importe. On y vénérera aussi la gorge de saint Blaise, une épaule de saint Antoine évêque, une jambe de saint Sévère, la chaire de saint Pierre. Et encore des fragments de la sainte croix de Notre-Seigneur Jésus-Christ, son Visage saint dit de la Véronique, le fer de la lance qui le blessa au côté et tant d'autres témoignages sacrés dont la liste serait trop longue. »

Cette fois il semblait s'être tu pour de bon. Mais il ordonna soudain à Petit Zhang : « Mon garçon, va me chercher un pantalon et une tunique identiques aux tiennes, ainsi qu'un de ces chapeaux en paille que portent les marins. Je monte sur le pont, il est temps que je voie la Chine... Et vous, Giulio, vous m'accompagnez. Ainsi, nous verrons à quoi ressemble ce pays.

– Père Terrentius, êtes-vous sûr que nous pouvons ?

– J'ignore si nous le pouvons, mais il est certain que nous le devons ! Nous passerons sur cette terre la dernière partie de la vie que Notre-Seigneur nous a donnée, et il nous faut la comprendre pour apprendre à l'aimer. »

Le commandant de la jonque, un Chinois d'âge mûr aux traits vulgaires et aux dents gâtées, avait reçu, lui aussi, des recommandations. Il savait qu'il était dangereux de convoyer des étrangers, malgré les permis dont ils disposaient. Mais il n'osa pas contredire Schreck, qui, en tant que chef de l'expédition, le paierait à l'arrivée à Nanxiong. Il se borna donc à lui lancer un regard de désapprobation quand il le vit surgir de l'escalier en compagnie de Tolentino.

Les deux jésuites se placèrent à bâbord, entre Petit Zhang et Petit Chrysanthème. L'embarcation abandonnait un tronçon de fleuve si large qu'on avait l'impression de voguer sur la mer, et seules des voiles de style chinois se dressaient à l'horizon. En l'espace de quelques minutes, les contours de la côte apparurent à l'ouest. La jonque avançait, poussée par un vent frais et constant. Les missionnaires comprirent qu'elle emprunterait un large couloir d'eau, point de conjonction entre le fleuve des Perles et le Bei Jiang, le fleuve du Nord. Les rives de ce dernier étaient longées par une allée qui bordait la campagne, sorte de ruban poussiéreux où hommes, charrettes et animaux ne cessaient de passer. On distinguait çà et là un muret de pierraille qui servait sans doute de limite entre deux terrains, ainsi que des villages aux maisons de boue séchée et aux toits de paille. Au fur et à mesure que la jonque progressait vers le nord, la campagne se dévoilait dans sa platitude et son amplitude, pareille à une peinture.

De temps à autre, Petit Zhang indiquait un détail :

une grande ville, un rassemblement qui évoquait un marché en plein air, une silhouette solitaire montée sur un buffle noir et luisant, ou encore des charrettes si remplies qu'elles paraissaient contredire toute loi de l'équilibre. Le jeune homme associait à ces visions des souvenirs et des récits d'enfance qui illustraient la vie dure et simple qu'il avait menée jusqu'à ce que les Jésuites l'achètent.

Immobile et silencieuse près de Schreck, le visage enveloppé dans un foulard vert, Petit Chrysanthème souriait avec modestie chaque fois que le jésuite lui adressait la parole. Elle paraissait plongée dans de lointaines pensées tandis qu'elle contemplait la rive du fleuve, bordée par une route. Deux silhouettes y surgirent bientôt. L'une appartenait à un petit homme qui portait sur l'épaule un long balancier auquel deux lourdes jarres étaient fixées, l'autre à un paysan qui poussait une charrette de légumes. En se heurtant, les deux individus tombèrent, le véhicule se renversa et les jarres se brisèrent. Tant qu'ils le purent, les passagers suivirent du regard la bagarre qui s'ensuivit, tout comme les curieux qui s'étaient aussitôt approchés. Petit Chrysanthème éclata de rire, une main pudiquement posée sur la bouche.

Sa bonne humeur s'étendit aux autres passagers, et Petit Zhang déclara : « Vous savez, mon père, Xiao Juhua est native de cette région. Le juge Zhao Cao l'a achetée à sa naissance à son père, un paysan qui habitait un des villages que nous avons longés avant de rejoindre Macao.

– Ainsi, elle a été vendue, comme toi.

– Nous l'avons été, moi, parce que j'étais pauvre, elle parce qu'elle était une fille. Si son père n'avait pas trouvé d'acquéreur, il l'aurait noyée dans le fleuve, car il voulait un fils pour l'aider aux travaux des champs, non une fille à entretenir et à doter. »

Schreck garda le silence un moment puis, profitant du fait que Tolentino s'était éloigné pour observer les étranges reflets verdâtres de l'eau, il dit : « Puis-je te poser une question, ma fille ? »

Petit Chrysanthème acquiesça en baissant les yeux.

« Depuis quand portes-tu un enfant en ton sein ? »

Comme elle ne répondait pas, Petit Zhang intervint : « Xiao Juhua, le père Terrentius est notre père, et c'est aussi un grand médecin. Il faut donc que tu répondes à ses questions.

– Cela fait trois mois que mon ami n'est pas venu, mon père, dit la jeune femme après quelques hésitations.

– Ton ami ?

– Oui, père, le sang ne vient pas depuis trois mois.

– Ah, j'ai compris. Trois mois, donc.

– Oui, père.

– N'es-tu pas fatiguée par le voyage, avec ce précieux fardeau que le Seigneur t'a envoyé ?

– Oh, père, je sens que, près de vous, j'aurai assez de forces pour résister. »

C'est alors que des tintements retentirent au loin. Les passagers tournèrent les yeux dans leur direction et découvrirent, sur une colline, une pagode octogonale à plusieurs étages. Agitées par le vent, des clochettes placées aux angles de chaque toit enjoignaient aux mauvais esprits de ne pas approcher. Fasciné par ce son, Schreck ne s'aperçut pas que Petit Chrysanthème avait glissé au sol, comme morte.

XXI

Cette maudite Dame de la Médecine était introuvable. « Je me rappelle pourtant l'avoir placée dans vos bagages, bredouilla Petit Zhang, l'air inconsolable, après avoir fouillé ceux-ci en vain.

– Tu l'as sans doute oubliée. Je m'en passerai donc.

– Vous n'entendez tout de même pas examiner Petit Chrysanthème dévêtue ! »

Schreck commençait à s'énerver : la jeune femme avait été sans connaissance pendant dix minutes, et Petit Zhang s'obstinait encore à chercher la statuette de la Dame de la Médecine pour éviter que le jésuite ne voie son corps nu. L'objet en question, cadeau du docteur Liu, consistait en une statuette d'ivoire représentant une silhouette de femme allongée. « Votre patiente vous indiquera sur une figurine de ce genre la région douloureuse, afin de ne pas avoir à se déshabiller et, par conséquent, à se couvrir de honte », avait expliqué le vieux médecin chinois. La situation requérait toutefois une intervention immédiate.

« Ne complique pas les choses, s'il te plaît.

– Mon père, il n'est pas convenable...

– Et une fausse couche ? Crois-tu que ce soit plus convenable ? »

Petit Zhang finit par céder. Il s'entretint un moment

avec la jeune femme puis laissa le champ libre au médecin.

L'examen, qui eut lieu dans le carré des officiers, fut bref. Petit Zhang avait saisi la main de son épouse. En proie à l'embarras, il la regardait droit dans les yeux, sans cesser de sourire. Une fois sa tâche achevée, Schreck ordonna : « Prends le sachet du *Lilium concolor*.

– *Lilium*, père ?

– Le Rouge de la Montagne, ou *Shandan*, comme vous l'appelez, vous autres Chinois. Fais infuser trois fleurs et trois bulbes puis administre cette tisane à Petit Chrysanthème. Ne t'inquiète pas, ta femme se porte bien. La poche utérine manque d'énergie, voilà tout. »

Bien qu'il n'eût pas compris les propos du jésuite, le jeune homme parut ragaillardi, il s'empressa d'obtempérer sans poser de questions.

***

La jonque s'immobilisa près de Nanxiong à la nuit tombée. Le débarquement fut donc furtif. Schreck descendit le dernier après avoir remis au commandant une bourse remplie de pièces de monnaie en cuivre. L'embarcation disparut ensuite, engloutie par les ténèbres.

Un Chinois nerveux attendait les passagers. Il les fit monter de mauvaise grâce dans un chariot fermé. Une heure plus tard, ils pénétrèrent dans une vaste cour, plongée dans la pénombre, où se dressait un pavillon qui avait dû être autrefois beau et élégant. La peinture rouge qui recouvrait ses colonnes était tout écaillée, et le bois vermoulu. Un vieil Européen se tenait devant l'édifice. Maigre, il portait une épaisse cape bleue, qui lui tombait jusqu'aux pieds, et un couvre-chef noir. Un Chinois armé d'une torche l'accompagnant, les nouveaux venus purent voir ses yeux hallucinés sous des sourcils épais et blancs, sa longue barbe argentée, ses lèvres fines, pincées en une grimace énigmatique.

« Père Terrentius, je suppose », dit-il quand Schreck eut atteint l'escalier.

Il n'était point besoin de présentations : il ne pouvait s'agir que de Niccolò Longobardo, le supérieur de la mission en Chine. Schreck se pencha et lui baisa la main. « Disposez de ma personne comme vous le souhaitez, mon père. Être au service du successeur de Matteo Ricci est un honneur pour moi. »

Tolentino s'agenouilla et posa à son tour les lèvres sur la main de l'homme tout en murmurant son nom. Non loin de là, les deux jeunes missionnaires s'étaient prosternés, le front au sol, à la chinoise.

À l'évidence agacé par ces manifestations de déférence, le vieux Longobardo soupira. « Allons, allons, relevez-vous ! Et pas de cérémonies ! La soirée est humide et mes os protestent. Entrons ! » Il tourna les talons et pénétra dans le pavillon.

La salle où le groupe fut accueilli avait sans doute connu, elle aussi, des jours meilleurs. Il y régnait une atmosphère d'abandon. À l'exception de hautes chaises, au milieu de la pièce, les meubles étaient entassés dans un coin : un secrétaire, deux énormes paravents ornés de dragons et de phénix, des tabourets, deux tables rondes en marbre, de petits repose-pieds, un coffre ouvert d'où jaillissaient une grande quantité de rouleaux peints.

Longobardo s'assit avec raideur et invita Schreck et Tolentino à faire de même. Puis il ordonna aux deux jeunes prêtres, qui s'étaient modestement placés derrière l'Allemand, de s'asseoir à leur tour. Mais il se releva aussitôt et, imité par ses convives, joignit les mains. Les yeux fermés à demi, il commença :

« Avant tout, remercions le Seigneur de nous avoir laissé la vie, tout au moins jusqu'à présent, et de nous indiquer la voie à suivre. Il appartient à la souveraine sagesse et bonté de Dieu notre créateur et Seigneur de conserver, conduire et faire avancer dans Son saint service cette très petite Compagnie de Jésus... » Les autres voix se mêlèrent à la sienne pour réciter le préambule des constitutions qu'Ignace de Loyola avait écrites de sa propre main, le document fondateur de la Compagnie. Schreck fut particulièrement ému par ce passage, qui comparait leur petite formation aux saints hommes qui avaient épaulé saint Ignace : « ... pour ce qui est de nous, la loi intérieure de la charité et de l'amour de Dieu que l'Esprit saint a coutume d'écrire et d'imprimer dans les cœurs, doit, plus que les constitutions extérieures, y aider... » La voix puissante du supérieur couvrait toutes les autres. Il se signa et s'assit.

« J'ai fait préparer du riz et des fruits, nous n'avons pas beaucoup d'eau potable car un individu a noyé un chien dans notre puits, la rendant inutilisable. Je ne peux vous offrir qu'une modeste couche. Vous dormirez à l'arrière, au rez-de-chaussée. Et habillés ! » conclut-il en criant, ou presque.

Un silence respectueux accueillit ces paroles. L'homme ôta son chapeau, et son visage fut soudain encadré par une cascade de cheveux blancs, fins et vaporeux. « Nous traversons un moment difficile, pour notre mission, et nous devons être prêts à tout. Pas plus tard qu'hier, cette maison a été la cible de tirs de pierres qui ont fracassé la tête d'un serviteur, un bon chrétien, et brisé toutes les lanternes du patio. Il y a deux jours, mon sacristain, un pauvre homme de soixante-seize ans, a été arrêté. Un peu plus tôt, le chien dont je vous parlais est mort dans le puits. Ces événements se sont succédé en l'espace d'une seule semaine. Les policiers du district s'abstiennent de nous protéger, en dépit de nos plaintes incessantes. Et tout cela à cause d'une bande d'eunuques assoiffés de pouvoir qui, de Pékin, ont ordonné de nous rayer de la carte de l'empire. Pour quelle raison, je vous le demande ? Tout simplement parce qu'ils ont peur de nous.

– Peur ? De nous ? laissa échapper le prêtre portugais.

– Jeune homme, serais-tu l'un des brillants mathématiciens que nous avons réclamés à Rome il y a plus de dix ans ? interrogea Longobardo, l'index pointé sur le missionnaire.

– Non, père supérieur, je ne...

– Mon père, intervint Schreck, je suis le seul membre du groupe de mathématiciens et d'astronomes dont vous avez souhaité la présence. Si nous trouvons des circonstances favorables, le père Nicolas Trigault, que vous connaissez bien, votre compatriote Giacomo Rho et le père Johann Adam Schell von Bell, qui est allemand, nous rejoindront. Le père Giulio m'accompagnera à Hangzhou. Nos deux confrères sont venus dans le seul but de servir le bon Dieu et votre personne. »

Le vieillard fronça les sourcils et jeta un regard mauvais aux jeunes missionnaires. « Ceux qui nous veulent du mal et qui ont monté le peuple contre nous ont peur de nos mathématiques et de notre astronomie.

– En quoi les mathématiques sont-elles nuisibles, mon père ? demanda timidement Tolentino. Et l'astronomie ?

– Les Chinois possèdent un système fort compliqué pour introduire dans le calendrier les mois intercalaires, raison pour laquelle ils s'égarent parmi les solstices et les équinoxes. Ils ignorent tout de la géométrie sphérique, ce qui les empêche de calculer avec exactitude les lunaisons et les éclipses. De plus, ils sont persuadés que le vide sépare les planètes et que le ciel est infini. Le père Matteo Ricci leur exposa le système de Ptolémée, il décrivit les sphères cristallines sur lesquelles les corps célestes étaient enchâssés, traduisit en chinois les *Éléments* d'Euclide et fabriqua bon nombre d'instruments. Voilà pourquoi notre mission fut appréciée au début. Mais les choses ont changé. Nos prévisions exactes des éclipses ont suscité de fortes jalousies parmi les astronomes impériaux, qu'ils soient chinois ou musulmans. Un groupe de fonctionnaires influent s'est alors employé à convaincre le souverain que nous minions la tradition. Ils ont également monté contre nous le clergé bouddhiste, qui nous considère comme des rivaux, et les autorités locales, qui entendent nous frapper d'impôts fort élevés.

– Il n'est pas rare, à Macao, qu'on parle de violentes persécutions à notre encontre, commenta Schreck.

– Comme vous pouvez le constater, c'est le cas, à présent. Quels ingrats ! Ils ont oublié qu'ils se massaient autrefois devant la résidence de Pékin pour obtenir de père Matteo une pierre de Venise, ce prisme qui décomposait la lumière en mille couleurs ! Nous en avons distribué aux mandarins les plus importants, à des gouverneurs, à des vice-rois et même à des princes. En 1601, le père Matteo en a lui-même offert deux à l'empereur. Les Chinois les revendaient à des prix fabuleux, jusqu'à cinq cents écus, alors qu'ils ne coûtaient pas plus de sept ou huit baïoques en Italie ! Misérables ! Et que dire de la stupeur qu'ils manifestaient devant notre peinture ? Les tableaux de la Vierge, de Sainte-Marie-Majeure, de la Madone à l'Enfant, de saint Jean et d'autres saints, que nos pères nous envoyaient de Rome, d'Espagne, des Philippines, ou encore du Japon, les envoûtaient. À les entendre, les personnages paraissaient animés tant les couleurs étaient vives. Et comment qualifier leur émerveillement devant les lois de la perspective dont ils ne savaient et ne savent toujours rien !

« Et nos livres ! Ils les laissaient sans voix. En 1604, je m'en souviens, on nous livra à Pékin les huit volumes de la Bible polyglotte imprimée à Anvers. Ils étaient reliés en or ! Père Matteo attendit le 15 Août, jour de fête, pour les montrer au peuple, installé sur une table à l'église. Il les encensa solennellement, revêtu de sa chape et de son surplis. Des milliers de Pékinois entrèrent alors dans notre église et en furent ravis. Plus que tout, ils apprécièrent cependant nos horloges – grandes, petites, à engrenage, à ressort, à sable – qui sonnaient les heures et les quarts. Fascinés, ils leur donnèrent le nom de « cloches qui sonnent toutes seules ». L'empereur en reçut deux. Il se servit de la plus grande pour fabriquer un magnifique ciboire en bois à quatre colonnes, dont le cadran était orné des caractères chinois et d'un aigle qui indiquait les heures de son bec... Tout cela a été oublié ! Tout cela a pris fin ! On nous considère comme des ennemis ! Ils n'ont rien compris. Ce ne sont pas leurs postes de fonctionnaires que nous voulons, ce sont leurs âmes ! Ils en sont arrivés à nous insulter, à nous qualifier de subversifs, ils nous ont même accusés de nous laver à l'eau bénite, de nous réunir dans des églises sombres afin de mieux conspirer, de vouloir nous approprier le territoire chinois ! Ils mourront en païens. »

Longobardo se leva brusquement. « Allez donc vous reposer, dit-il. J'ai encore fort à faire.

– Puis-je vous poser une question ? demanda Schreck, non sans hésitation.

– Oui ?

– Il y a parmi nous une jeune femme, mariée à mon serviteur, qui attend un enfant. Elle a eu un malaise pendant le voyage, et nous nous efforçons de la ménager. Je vous serais reconnaissant de lui offrir le plus de confort possible.

– Je vais ordonner qu'on lui prépare ma chambre. Elle donne sur une cour intérieure, c'est la plus silencieuse. Mais qu'elle dorme avec ma servante, non avec son époux. Sous ce toit, les ténèbres sont faites pour le repos.

– Je ne voulais pas vous déranger...

– Ne vous inquiétez pas. De toute façon, je ne pourrai pas me coucher cette nuit.

– Acceptez le conseil du médecin et pardonnez ma franchise. Vos traits sont las et vous avez beau manifester une grande vigueur, vous n'êtes plus un jeune homme. Je vous fournirai une potion qui vous permettra de dormir pendant plusieurs heures.

– Votre conseil est inopportun, père Terrentius. Ce n'est pas par caprice que je renonce au sommeil, mais par devoir.

– Vous pourriez renvoyer cette tâche à plus tard.

– La mort ne peut attendre. Un de nos convertis les plus en vue, un magistrat, est à l'agonie, et je dois aller le bénir. J'espère que le Seigneur ne l'a pas encore rappelé. Bonne nuit ! »

Tolentino et les deux missionnaires se précipitèrent pour baiser la main du supérieur, mais celui-ci les repoussa. D'un signe, Schreck retint Tolentino, tandis que leurs confrères se retiraient à reculons. « Vous n'allez pas vous coucher ? interrogea le vieux jésuite.

– Permettez-nous de vous accompagner. »

Terrifié par le tableau que Longobardo avait brossé,

Tolentino sursauta. Schreck poursuivit : « Dehors, le péril menace. Plus nous serons, mieux ce sera.

– Personne ne me touchera. J'ai un système bien à moi. Ils me craignent comme si j'étais le diable.

– Vraiment ? » s'exclama l'Allemand, amusé.

Le vieillard lui jeta un regard sévère avant de répondre : « Si vous voulez me suivre, je vous y autorise. Partons sans tarder. »

Cinq ombres noires quittèrent la résidence : les trois jésuites, un domestique du supérieur et Petit Zhang, qui n'aurait abandonné son maître pour rien au monde dans un moment difficile. La demeure où ils devaient se rendre n'était pas éloignée. Ils traversèrent une artère bordée d'arbres et une série de ruelles sombres. Puis ils s'immobilisèrent devant une porte massive et basse, surmontée d'une poutre, qui se découpait dans un mur de brique. Ils furent aussitôt accueillis par deux serviteurs, qui se prosternèrent devant Longobardo et les conduisirent à une salle obscure où flottait une insupportable odeur de renfermé. Le plafond en bois foncé rendait l'atmosphère étouffante. De longs panneaux noirs, couverts de caractères, pendaient aux murs. Ils dispensaient une série de sermons : « Tantôt on monte, tantôt on descend, rien n'est perpétuel », ou : « Quand on piétine le gel, la glace compacte émerge », et encore : « Sac fermé. Pas d'ennuis. Pas de gloire », « Que vos enfants et vos petits-enfants soient tous pleins de promesses ».

Soudain, un jeune homme d'environ vingt-cinq ans surgit de derrière un paravent orné d'oiseaux en nacre. Il portait une robe bleu pâle, boutonnée sur l'épaule droite et resserrée à la taille par une ceinture en cuir, ainsi qu'un petit chapeau cylindrique de couleur violette. Il se prosterna devant Longobardo en posant trois fois le front contre terre. Le vieux jésuite l'invita à se relever.

« Je n'ai pas pu venir plus tôt, monsieur Wang, car j'attendais des missionnaires partis de Macao, en particulier ce confrère, dit-il en indiquant Schreck. Donnez-moi des nouvelles de votre père.

– Il y a peu, à la dixième double heure, il a rendu l'âme à Notre-Seigneur, répondit le Chinois d'une voix faible.

– Que Dieu le garde. Je veux le voir et prier pour lui. »

Sans ôter sa cape, il se dirigea vers une porte latérale en compagnie de son domestique. Il semblait bien connaître la demeure, et personne ne l'arrêta. Le jeune Wang invita Schreck et Tolentino à patienter sur un banc au dossier marqueté en ivoire.

Longobardo réapparut une dizaine de minutes plus tard et salua le maître de maison. Le petit groupe rebroussa chemin, s'enfonçant dans le dédale des *hutong*, des ruelles qui se ramifiaient telle une toile d'araignée. Comme on entendait des cris et des bruits, non loin de là, ils pressèrent le pas. Ils s'engageaient dans l'avenue qui menait à la résidence des jésuites quand ils durent se mettre à l'abri : une vingtaine d'individus vociféraient et s'agitaient en traînant un homme, qu'ils projetaient de tous côtés, comme un pantin. Le malheureux était couvert de boue et ses vêtements étaient en lambeaux. Parvenus au centre de l'artère, ses bourreaux le lâchèrent. L'un d'eux renversa sur son corps inanimé un sac rempli de tubes en bambou.

« Voici tes instruments, renégat ! Maintenant, tu pourras jouer dans le royaume des morts pour ton dieu ! » cria-t-il avant d'infliger à sa victime des coups de pied, dont on entendit le bruit sourd.

« Mon Dieu ! dit Longobardo. Le marchand de flûtes ! »

À la grande stupeur de ses accompagnateurs, il bondit vers les tortionnaires et se dressa devant eux. D'un geste rapide, il se débarrassa de sa cape, dévoilant, à la lueur hésitante des torches, une précieuse robe de mandarin qu'ornaient un dragon et un phénix brodés au fil d'or et d'argent. Puis il tira d'une poche un petit chapeau cylindrique surmonté d'un pompon en coton et agrémenté d'une plume de paon, dont il se coiffa. Levant les bras, il s'écria alors : « Âmes damnées, j'entends déjà siffler les gaz qui vous détruiront en sortant de la terre ! Ce bruit se propagera dans l'air à la vitesse de l'éclair ! Le vent se figera sur le fleuve, des vagues rideront l'eau des puits, et le nuage bleu du séisme s'élèvera dans le ciel ! »

Les forcenés, qui s'étaient immobilisés à la vue du jésuite vêtu de l'habit des hauts fonctionnaires impériaux, furent saisis de panique. Le nom chinois de Longobardo, Long Huamin, circula parmi eux tel un frémissement. Certains s'agenouillèrent et se prosternèrent, front contre terre, d'autres reculèrent de quelques pas, d'autres encore se mirent à trembler et laissèrent tomber leurs torches. L'obscurité qui en résulta s'ajoutant à l'écho de la malédiction et à la prestance du missionnaire, les voyous s'enfuirent à toutes jambes. Schreck et Tolentino sortirent alors de leur cachette, en compagnie de Petit Zhang et du domestique de Longobardo. Ils soulevèrent la victime et gagnèrent la porte postérieure de la demeure. Le vieux jésuite leur emboîta le pas, après avoir récupéré le sac et tous les instruments. « Pauvre homme ! » s'exclama-t-il en refermant derrière lui.

Plus apeuré que blessé, le marchand de flûtes se ressaisit rapidement, grâce aux sels de Schreck. Tandis qu'il le secourait, l'Allemand apprit qu'il jouait de la musique tous les dimanches pendant la sainte messe et qu'il était fort apprécié de la petite communauté catholique de Nanxiong. Les domestiques aidèrent l'homme à se changer, lui servirent une tasse de thé bien chaude et lui trouvèrent une place pour la nuit. Avant qu'on l'y conduise, il baisa la main de Longobardo et récupéra ses flûtes à douze trous.

Schreck laissa le vieillard agenouillé au pied d'une statuette de la Vierge et gagna sa chambre en compagnie de Petit Zhang. Il s'agissait d'une pièce étroite, sur le sol de laquelle on avait installé des lits improvisés. L'impossibilité de se soumettre à un bain régénérateur lui parut une cruelle torture, cependant il fit contre mauvaise fortune bon cœur et se contenta de passer des habits propres.

« Dors bien, mon fils, dit-il au jeune Chinois après lui avoir conseillé de l'imiter.

– *Wan an*, que la nuit soit paisible, père. »

Ils soufflèrent sur la bougie, chassant leurs ombres des murs où elles dansaient un peu plus tôt. Soudain, les notes mélancoliques d'une flûte s'élevèrent en une mélodie lente et sinueuse. Ému, Schreck voulut remercier Dieu en employant les mots mêmes de saint Ignace : « Donne-moi ton amour, et je serai assez riche, je ne cherche rien d'autre, Toi seul me suffis, ô mon Jésus, ma Vie, mon Tout ! »

Mais au même instant, la porte s'ouvrit dans un bruit sec, et Longobardo surgit dans la pièce, pareil à un cyclone. « Vite, levez-vous ! Il faut que vous repartiez immédiatement !

– Que se passe-t-il ? demanda Schreck, tandis que Petit Zhang bondissait comme si un dard l'avait piqué.

– Votre vie est en danger.

– En danger ?

– Le temps presse ! Un fidèle vient de m'annoncer que les soldats du préfet marchent sur nous. Ils vont fouiller la maison. Il ne faut pas qu'ils vous trouvent ! »

Petit Zhang et Schreck quittèrent la pièce à la vitesse de l'éclair. Ils rejoignirent dans la cour Tolentino et Petit Chrysanthème, gagnèrent l'arrière du bâtiment et montèrent dans un chariot tiré par deux mules.

« Terrentius, une jonque vous attend au fleuve, dit Longobardo. Nous nous reverrons si Dieu le veut. » Puis il ajouta, en remettant un paquet ficelé à l'Allemand : « Prenez, cela pourra vous servir ! »

À son signe, le véhicule s'ébranla et s'enfonça dans la pénombre.

XXII

Le crâne rasé, vêtu d'une robe orange, le prieur du monastère bouddhiste de Nanhua exposait ses vérités à Schreck et à Tolentino, son visage de terre cuite éclairé par un sourire angélique. Il avait la peau aussi lisse que celle d'un enfant, des yeux mobiles et expressifs, dont il émanait une intense lumière intérieure.

Ses propos troublaient Tolentino, bien qu'il ne semblât y prêter qu'une oreille distraite. À en juger par les cernes noirs qui ourlaient ses yeux, la peur ne l'avait pas abandonné dix jours après le lynchage du marchand de flûtes et leur fuite précipitée. Nul doute, ces épisodes hantaient encore ses nuits et l'empêchaient de prêter au prieur l'attention qu'il méritait.

Tout oreilles, en revanche, Schreck était assailli de doutes. Heureusement, songeait-il, on ne se trouvait pas à Rome, ni à Goa, où les inquisiteurs dissipaient de telles interrogations par les flammes du bûcher. Apprendre que les diables et les anges du christianisme étaient des emprunts à d'autres religions, ainsi que l'affirmait le supérieur du monastère de Nanhua, l'avait peu surpris – au fond, cette assertion ne remettait pas en cause les dogmes. Que ce fût le cas également de la virginité de Marie l'avait, en revanche, bouleversé.

Passe encore que Giotto n'eût rien inventé en peignant dans l'église de Saint-François, à Assise, des diables s'envolant d'Arezzo, ni même Duccio da Boninsegna, avec son démon ailé tentant le Christ, à Sienne, se disait-il. Que les horribles figures infernales voltigeant dans le *Triomphe de la Mort*, au cimetière de Pise, ne fussent autres qu'une réplique des diables de l'enfer bouddhiste, puisque, à entendre le bonze, les disciples de cette religion avaient commencé à représenter des diables ailés quatre siècles avant ces artistes. Enfin que les anges gardiens fussent la copie des bodhisattvas, les Êtres éveillés qui renoncent à leur propre nirvâna pour aider les autres à devenir des bouddhas. Mais l'histoire de Mayadevi ! Cette histoire avait causé à Schreck un profond sentiment d'égarement.

Mayadevi était encore vierge quand, après trente-deux ans de mariage, une vision prémonitoire lui avait annoncé la naissance d'un fils prodigieux – l'Annonciation ! Et de fait, dix mois plus tard elle avait donné le jour à un enfant. Certes, le fait que celui-ci fût sorti de son flanc, tandis qu'elle était agrippée à une branche de figuier, était un peu étrange, mais la naissance de Jésus, engendré par une jeune Marie toujours vierge après l'accouchement, avait également de quoi surprendre. Schreck avait appris avec stupéfaction que l'enfant de Mayadevi – qui portait le nom de Sâkyamuni, soit « Sage des Sâkya », ou de Siddhartha, « Celui qui a atteint son but », ou encore de Gautama, car il descendait de la lignée brahmanique de Gotama, mais aussi de Jina, le Victorieux, ou de Tathâgata, « Celui qui est venu ainsi », et de Baghavat, le Bienheureux – bref, que cet enfant, né d'une mère vierge comme Jésus né de Marie, n'était autre que Bouddha, l'Éveillé, qui fonda le bouddhisme cinq cents ans avant le Christ.

Tandis que la stupeur de Schreck se changeait en soif de savoir et qu'une kyrielle d'hypothèses se pressait dans son esprit, le prieur, dont le crâne brillait sous les lanternes alimentées au beurre de yak, aborda un autre sujet : « Il y a mille cent ans, Qiluo San, noble indien en quête de vérité, fonda ce monastère. Il fit fabriquer une grande cloche et construire une tour pour l'abriter. Hélas, un tremblement de terre détruisit ce bâtiment il y a plusieurs années. Le sage Long Huamin, que vous nommez Longobardo, se trouvait alors dans notre région, où il érigeait une de vos églises avec l'aide de Chinois fort habiles dans l'art d'utiliser les briques, le fil à plomb et l'équerre. Il nous vint en aide, ordonnant à ses ouvriers de reconstruire le pavillon à l'identique, ce dont ils s'acquittèrent en l'espace de quelques jours. Une forte reconnaissance nous unit à lui. »

Schreck comprenait maintenant pourquoi Niccolò Longobardo avait envoyé leur petit groupe au monastère bouddhiste de Nanhua. « Ce sont des amis, vous serez en sécurité, avait-il dit au moment du départ. Vous reprendrez la route de Hangzhou dès que le calme sera revenu. » Deux jours plus tard, Schreck, Tolentino, Petit Zhang et Petit Chrysanthème avaient trouvé refuge au couvent.

À Nanhua, les journées se succédaient, tranquilles et bien réglées, ponctuées par des moments de prière avec les bonzes, et de travail dans le grand potager. Schreck avait tout loisir de s'appliquer à la culture des herbes médicinales. De temps à autre, le prieur convoquait les deux jésuites et leur posait des questions sur leur religion, n'omettant jamais de répondre poliment quand il était interrogé à son tour.

Le vieux bonze aimait beaucoup bavarder, assis dans le *padmâsana*, la position du lotus, sur le sol du pavillon qui hébergeait le bouddha Vairochana aux quatre visages, le premier des bouddhas transcendantaux, incarnation de l'Absolu. Placée au centre de la salle, la grande statue dégageait la force du dharma, la doctrine, la vérité révélée par Gautama. Le prieur parlait d'un ton aimable sans cesser de sourire, encourageant toutes sortes de conversations.

Les jésuites sirotaient du thé ou se familiarisaient avec des concepts tels que le noble chemin octuple, qui conduit à l'extinction du désir et donc à la cessation de la douleur qui en résulte, ou le nirvâna, état de béatitude absolue, dans lequel on surmonte définitivement le mystère de la souffrance pour atteindre l'illumination. Au terme de ces séances, Schreck tentait en vain de commenter avec Tolentino les propos qu'ils avaient entendus : l'Italien, encore en proie à la terreur, évitait de se prononcer, prétendant qu'il était las et qu'il avait envie de se reposer. Un jour, il déclara au sujet des bonzes : « *Honeste vivere, discere et docere* », jugeant satisfaisante la vie saine qu'ils menaient, le fait qu'ils apprenaient et enseignaient. Mais c'était la seule appréciation que Schreck put lui soutirer.

Petit Zhang, en revanche, avait surmonté les craintes et les appréhensions de leur bref séjour à Nanxiong. Toujours de bonne humeur, plein d'énergie, il trottait à côté de Schreck, l'aidant au potager ou l'accompagnant lorsqu'il allait étudier les statues et les peintures dont le monastère regorgeait. Plus que tout, les symboles et les attributs rituels qui apparaissaient dans ces représentations l'intriguaient. Bien décidé à comprendre leur signification, il interrogeait son maître, qui rapportait ensuite ses questions au vieux bonze.

La cloche *vajira*, symbole féminin de la sagesse, la dague *vajrakita*, qui permet de soumettre les forces démoniaques, l'étincelante épée *khadga*, destructrice de l'ignorance, et le bâton magique *khatvanga*, symbole des pouvoirs surnaturels qu'on acquiert au fur et à mesure qu'on développe la maîtrise de son esprit par la méditation, plaisaient au jeune homme. Il admirait surtout la hache *kartika*, symbole de la désintégration de la matière, et la hache de combat *parashu*, qui indique le détachement des choses terrestres. Sa curiosité et son enthousiasme amenaient un sourire sur les lèvres de Schreck, qui aimait se promener avec lui dans le monastère.

Petit Zhang vénérait Schreck, qu'il considérait comme un père, et l'Allemand s'attachait progressivement à ce jeune homme débordant de vitalité. Il suivait avec bienveillance son évolution et son éducation, s'employait à développer sa confiance en lui-même et le sens de la responsabilité, ses élans juvéniles le poussant souvent dans des situations difficiles. Ainsi, dès le premier jour, il avait enfreint les règles du monastère pour retrouver en cachette son épouse dans le temple où trônait la statue du bouddha Maitreya, le bouddha du futur, représenté debout dans la position *bhradrasana*. Ce bouddha régnait sur le paradis bouddhiste, et l'on attendait sa réincarnation cinq mille ans après la naissance de Gautama : il apporterait la lumière de la vérité à tous. En vertu de ces qualités, Petit Zhang et Petit Chrysanthème avaient fait de son temple leur lieu de retrouvailles. Le jeune Chinois disparaissait le soir, au grand embarras de Schreck, qui craignait que ces rencontres n'entraînent une punition sévère et la fin de l'hospitalité dont ils jouissaient. Il ne se privait donc pas de le réprimander à son retour, concluant ses reproches par un impuissant : « Choisir le bouddha du futur pour veiller sur vos folies ! » Heureusement, ces manèges ne furent pas découverts au cours de la dizaine de jours que dura leur séjour.

***

Une autre jonque, un autre voyage. Ils demeurèrent plus d'un mois sur l'eau, presque toujours dissimulés sous le pont. Ils suivirent le cours du fleuve Zhang Shui, qui s'élargit à la hauteur du Ganzhou en prenant le nom de Gan. Peu à peu ses rives rocheuses s'abaissèrent et ils débouchèrent bientôt sur le lac Poyang, une vaste et tranquille étendue d'eau au nord-est de la ville de Nanchang. Il leur fallut une demi-journée pour le traverser en direction du nord, parmi les cris de rage des cormorans, dont les proies, trop grosses pour leurs gorges étranglées, étaient englouties par les paniers des pêcheurs.

Ils longèrent ensuite une île surmontée d'une montagne pointue, à laquelle deux pagodes étaient dangereusement agrippées, et s'engagèrent enfin dans un grand couloir d'eau qui semblait conduire vers l'infini : le fleuve Yangzi. Le commandant de la jonque, un homme taciturne à la peau grêlée, alluma alors un bouquet de bâtonnets d'encens à la proue et les jeta à l'eau quand ils furent presque consumés.

« Honorons le père de tous les fleuves, et que les esprits malins s'éloignent ! » s'exclama-t-il d'une voix grave. Ce fut la phrase la plus longue qu'ils l'entendirent prononcer.

Après avoir parcouru environ cent cinquante lieues lusitaniennes, ils atteignirent les abords de Nankin. Entre-temps, mai avait cédé la place à juin, et l'on était au dix-neuvième jour du nouveau mois. Obéissant aux lois préfectorales, le commandant abandonna le centre du fleuve et poursuivit sa route plus près de la côte, interdisant aux jésuites de monter sur le pont tout le temps que durerait le trajet en ville. Tolentino obéit sans souffler mot, mais Schreck se plaignit de ne pas pouvoir admirer la première des grandes villes où Matteo Ricci, le fondateur de la mission en Chine, avait résidé.

Sachant que Nankin avait été le théâtre des persécutions les plus féroces à l'encontre des chrétiens, il finit toutefois par se résigner. Il songea avec regret aux montagnes pourpres qui hébergeaient l'observatoire astronomique et les quatre instruments de bronze que Matteo Ricci avait décrits dans son journal. De grande dimension, ils remontaient à l'époque de Marco Polo : un globe comprenant les méridiens et les parallèles, que trois personnes auraient pu étreindre, une sphère armillaire de deux brasses de diamètre, un gnomon de quatre à cinq bras de hauteur, une autre sphère composée de trois ou quatre astrolabes. La lunette astronomique qu'il entendait apporter en Chine lui revint alors à l'esprit. Elle était restée à Macao, tout comme les autres instruments et la plupart de ses livres. Ils arriveraient avec Trigault, Schall von Bell et Rho dès que la situation serait plus calme.

Schreck pensa alors à Galilée. Où se trouvait-il à l'heure qu'il était ? Dans son refuge d'Arcetri ? Le jésuite se promit de lui écrire dès qu'il aurait atteint Hangzhou : ses éphémérides lui seraient indispensables pour corriger le calendrier des Chinois. Il n'avait plus eu de nouvelles du savant pisan, seulement de brèves allusions de la part de Faber, dans les rares lettres qu'il avait reçues.

La voix de Petit Zhang l'arracha à ses réflexions : « Les hommes s'agitent. Il semblerait qu'un esprit malin se soit emparé du gouvernail. Ils ne parviennent plus à manœuvrer la jonque. » En effet, l'embarcation tanguait bizarrement, et Tolentino, allongé sur le plancher, égrenait son chapelet en ficelle de ses mains tremblantes.

« Le bon Dieu excepté, ne te fie qu'à la vue, à l'odorat, au toucher et au calcul. Je te l'ai déjà dit mille fois !

– Mon père, c'est ici qu'Aizi a été menacé par un fantôme ! »

Le jeune homme entreprit alors de raconter l'histoire d'un homme pieux qu'un esprit mauvais avait assailli alors qu'il réparait une statue du dieu du fleuve. « Il court encore, le pauvre ! » conclut-il. Constatant toutefois que le bateau ne tanguait plus, il déclara : « La fumée de l'encens a chassé l'esprit malin. »

Schreck s'abstint de tout commentaire. Le commandant ayant ramené le bateau vers le centre du cours d'eau, il se sentit autorisé à sortir.

« Où allez-vous donc, Terrentius ? s'exclama Tolentino, blême de peur.

– Ne vous inquiétez pas, Giulio, je ne commettrai pas d'imprudences. »

Schreck abandonna son confrère à sa terreur et monta sur le pont. Il fut impressionné par la longue procession de barques qui sillonnaient les eaux. Il en compta cent vingt-neuf entre midi et une heure, et un peu plus tard cent quarante-huit dans le même laps de temps.

L'embarcation quitta le Yangzi aux abords de Dantuzheng et s'engagea dans le canal impérial, qui conduisait au sud. D'une largeur d'environ cent quatre-vingts pas, cette voie d'eau avait été creusée entre 587 et 608, sous la dynastie Sui, afin de rattacher les régions du Nord à celles du Sud. Elle permettait de transporter des denrées alimentaires et des troupes, ainsi que les tributs agricoles que les provinces étaient tenues de verser à l'empereur. Schreck remarqua que les relais de poste et les entrepôts se succédaient à intervalles réguliers le long des rives. Le lendemain, Suzhou apparut.

« De même que le paradis est au ciel, Suzhou et Hangzhou sont sur la terre, récita Petit Zhang, l'air rêveur.

– Qu'est-ce que tu marmonnes ?

– Il s'agit d'un dicton que mon grand-père répétait souvent. »

Quand Marco Polo avait décrit ces deux villes, il avait brossé le portrait de deux cités merveilleuses, se souvint Schreck en observant Suzhou. Ceinte de murs crénelés, celle-ci abritait de nombreux canaux, dont l'embouchure était surveillée par des gardes. Certains étaient tellement encombrés qu'on n'en voyait même pas les quais. Plusieurs sortes d'habitations les bordaient : de minuscules masures en bois, assombries par la moisissure, sur les balcons desquelles on faisait sécher du linge fixé à des bambous, et des demeures prestigieuses pourvues d'un mur d'enceinte et d'un quai particulier. Des ponts en pierre massifs, pas toujours dotés de balustrade, accueillaient une foule en mouvement incessant. Schreck aperçut des femmes qui lavaient vêtements et étoffes dans l'eau, aux points les plus facilement accessibles, tandis que des nuées d'enfant s'ébattaient.

« On se croirait à Venise ! s'exclama-t-il, ravi.

– C'est une ville, mon père ?

– Oui. Une ville bâtie sur l'eau, comme Suzhou.

– Y a-t-il des jardins ?

– Très peu. Mais cela n'enlève rien à sa beauté.

– Ici, les jardins sont nombreux et célèbres. Mon grand-père racontait qu'ils ornent les demeures des fonctionnaires et des hommes de lettres. » Et il énuméra les jardins « du Maître des Filets », « du Pavillon des Ondes », « du Pavillon des Ondes jaillissantes », « des Lions », « de l'Humble Administrateur », etc.

Ils longèrent les remparts de la ville pendant une heure et demie. Alors qu'ils l'abandonnaient, ils virent se dresser un pont immense en pierre carrée, pourvu de cinquante-trois arcs. Schreck fut frappé par la hardiesse de cette construction : jamais il n'en avait vu de pareille. Ainsi qu'ils l'apprirent un peu plus tard, il s'agissait du pont Baodai, dont l'édification remontait à la dynastie Tang, près de huit cents ans plus tôt.

Enfin, le 26 juin, ils atteignirent Hangzhou. La ville était fort bien organisée, elle regorgeait d'œuvres d'art célébrant l'au-delà et l'intelligence humaine. Au cours de la demi-heure qui les séparait de l'amarrage, Schreck compta un grand nombre de ponts en pierre qui reliaient les multiples canaux entre eux. Ici et là se dressaient des tours et des pavillons, où dominaient les couleurs or et bleu. Les faubourgs et le centre étaient ceints de remparts élégants, dans lesquels se découpaient dix-huit portes monumentales. Des maisons de plusieurs étages en bois et en bambou donnaient sur ces canaux : adossées les unes aux autres, séparées par des ruelles grouillant de passants, elles paraissaient mieux entretenues qu'à Suzhou. Il y avait aussi de riches demeures et des temples ceints de murailles qui s'enfonçaient dans l'eau.

La jonque s'engagea dans un enchevêtrement de canaux de plus en plus étroits et se ménagea un passage parmi des centaines de barques qui transportaient riz, bois, charbon, briques, volailles, sacs de sel et monceaux de thé. Elle s'arrêta enfin à un quai où se pressaient d'innombrables embarcations que leurs pilotes manœuvraient à l'aide d'une perche ou d'une rame, à l'arrière. La résidence de Michele Yang Tingyun, qui devait les abriter, se dressait là.

Schreck sauta à terre le premier, suivi de Tolentino, puis de Petit Zhang, qui déposa deux besaces sur le quai, avant d'aider Petit Chrysanthème à descendre. L'Allemand admirait son empressement quand il entendit un sifflement bref, mais aigu. Au même moment, le jeune Chinois porta les mains à son cou et tomba à l'eau, entraîné par une force irrésistible. Schreck remarqua que leur jonque avait disparu et que le quai s'était vidé en un éclair. Les individus qui l'encombraient un peu plus tôt observaient maintenant la scène de loin, sans mot dire. On ne voyait plus sur les planches moisies qu'un seul homme, vêtu d'un uniforme militaire – tunique bleu foncé sur un pantalon bleu ciel, bottes noires, petit chapeau rond au fond orange. Pourvu d'un carquois bien garni et d'une épée à lame recourbée, il exhibait sur la poitrine les signes du commandement – un disque jaune –, roulait et déroulait entre ses doigts un long fouet et ricanait horriblement en contemplant les tentatives maladroites que faisait le jeune serviteur pour s'arracher à l'eau boueuse et regagner la terre ferme.

Soudain, une dizaine de soldats accoururent, habillés d'une tunique sombre à l'effigie du paon, symbole du gouverneur de la ville. Ils ne soufflèrent mot, mais Schreck comprit à leur attitude et au geste impérieux de leur chef qu'il fallait les suivre sans protester. Ayant ordonné à Petit Chrysanthème de se placer entre Tolentino, tremblant de peur, et lui-même, il se dirigea vers les soldats. Petit Zhang, que l'homme au fouet poussait devant lui, les rejoignit. Une marque sanguinolente s'étalait sur son cou.

Ils n'eurent pas à marcher longtemps, en revanche, il leur fallut patienter avant qu'on les reçoive. Un officier leur demanda avec rudesse leur nom et la raison de leur présence en ville. Schreck refusa de répondre, déclarant qu'il voulait parler au gouverneur de Hangzhou. Non sans sarcasmes, le militaire lui lança : « Vous vous trouvez justement dans sa résidence, mais le gouverneur n'a pas de temps à perdre avec des pèlerins et des mendiants. Et puis a-t-on jamais vu une mouche atteindre une étoile ? »

Le jésuite esquissa un sourire méprisant et, les yeux pointés sur ceux du militaire, ôta sa longue cape d'un geste lent et mesuré, dévoilant un habit de fonctionnaire impérial, frappé d'un phénix, qui lui donnait un air noble, sévère et terrible. C'était le présent que Longobardo lui avait remis, bien empaqueté, au moment du départ. Blême, l'officier s'inclina et sortit. Il réapparut une dizaine de minutes plus tard et les conduisit à un riche pavillon, entouré de gardes. Puis il les fit entrer dans une grande pièce parée de colonnes de santal qui dégageaient un parfum agréable. C'était la salle d'audience du gouverneur de Hangzhou.

Le gouverneur, un homme insignifiant doté d'une fine et longue moustache, portait une tunique ornée de broderies en fil d'argent représentant des phénix et des paons en vol. Il échangea un signe de tête avec Schreck et accepta avec déférence le geste de prosternation des deux jeunes Chinois, qui coûta un effort non négligeable à Petit Chrysanthème. Puis il prit la parole et s'exprima avec prudence : « Mes hommes sont chargés de chasser les chiens, or ils se sont trompés, ils ont pris une noble tortue. Une grave erreur, qui vaudra à leur cou de connaître le fil de la hache.

– Vos soldats sont dignes de louanges, Excellence, ils ne pouvaient savoir qui j'étais, ils ont soigneusement exécuté vos ordres !

– Un officier doit savoir reconnaître la fourrure du tigre, y compris quand elle est travestie en peau de rat. Il paiera pour tous. »

L'Allemand, à qui le regard de satisfaction de Petit Zhang n'avait pas échappé, jugea bon de garder le silence, ne pouvant s'opposer à une sentence du gouverneur. Celui-ci demanda alors :

« Puis-je savoir à qui j'ai l'honneur immérité de parler ?

– Je me nomme Terrentius, répondit Schreck après un instant d'hésitation, et mes amis chinois m'appellent Deng Yuhan.

– Vos amis ont choisi un beau nom, « Jade enfermée dans l'antique principauté de Deng ». J'espère que j'aurai bientôt la chance de compter à leur nombre.

– Je serai un homme fortuné le jour où vous accepterez de me juger digne de votre amitié.

– Votre habit est une garantie de rectitude, poursuivit le gouverneur, qui brûlait d'en savoir plus. Je vous serai toutefois reconnaissant de combler mon ignorance et de me dire pourquoi vous vous trouvez dans notre belle ville.

– Si Hangzhou est aussi fascinante, c'est parce qu'elle est administrée avec sagesse et habileté, tenta d'éluder Schreck. Sa grandeur et son importance sont votre œuvre, Excellence. »

Le gouverneur, qui eût été mieux représenté par un renard que par un paon, tant son habileté oratoire était grande, n'en démordait pas : « C'est la noblesse et le savoir des visiteurs qui apportent la gloire à notre ville. Mes mérites sont donc bien maigres. Votre présence honore Hangzhou, et je désire connaître l'heureuse circonstance qui vous amène ici.

– Je suis venu rejoindre mes confrères d'Occident,

que M. Yang Tingyun héberge. Mes serviteurs et moi jouissons de la protection du juge Zhao Cao, représentant de l'empereur à Macao. »

Sans précipitation, il s'empara de son laissez-passer et le tendit.

Le gouverneur examina brièvement le document. « Tout cela est en ordre, dit-il en lissant sa moustache. À un détail près. Le juge Zhao Cao a été condamné à mort pour trahison et décapité la semaine dernière. Ce laissez-passer n'a donc plus aucune valeur. »

XXIII

Michele Yang Tingyun provenait d'une famille qui avait produit plusieurs générations d'illustres lettrés. Il avait passé, pour sa part, les examens impériaux et administré la justice civile à Anfu, dans la province du Jiangsu. C'était un homme honnête, équitable, toujours soucieux du bien-être de la population, par conséquent aimé et estimé. Disciple du philosophe néo-confucianiste Wang Yangming, il avait fondé avec une vingtaine de fonctionnaires locaux l'Académie pour le retour aux rites, qui prônait l'abandon du désir de puissance et de richesse, ainsi que le retour à la piété filiale, à l'amitié, à la bonté.

En 1602, sa rectitude lui avait valu, à l'âge de quarante-cinq ans, d'être nommé Censeur de Pékin. C'est ainsi qu'il avait fait la connaissance de Matteo Ricci et de ses collaborateurs chinois, Leone Li Zhizao, également issu de Hangzhou, et Paolo Xu Guangqi, convertis. À l'époque, il était lui-même un fervent bouddhiste.

Yang Tingyun avait épousé une jeune noble qu'il aimait et respectait mais, celle-ci ne lui ayant pas donné d'héritier, il avait été contraint de la répudier. Il s'était alors marié avec la plus jeune de ses concubines, une femme en bonne santé, dont il avait eu rapidement deux beaux garçons, ce qui avait apaisé sa crainte d'être privé du culte des ancêtres, après sa mort. En 1603, Yang avait regagné sa ville natale couvert d'honneurs et chargé de surveiller le transport des céréales sur le canal impérial. Les nécessités de cette tâche l'amenaient souvent à Suzhou, mais son existence gravitait essentiellement autour de Hangzhou et de sa belle résidence, avec vue sur le mont des Nuages.

C'est alors qu'un grand changement s'était produit dans sa vie, un bouleversement stupéfiant : il s'était converti au christianisme. Baptisé sous le nom de Michele, il avait répudié sa concubine, non sans lui assurer une belle dot, et renoué avec sa première épouse, qui avait élevé avec lui ses enfants. Ces décisions lui avaient été inspirées par la confiance sereine et tranquille en le Seigneur du Ciel que lui avait insufflée Leone Li Zhizao à Pékin, puis à Hangzhou, où le disciple de Matteo Ricci se rendait fréquemment.

Michele Yang Tingyun était ainsi devenu un catholique fervent et militant. Il avait choisi de protéger sa nouvelle religion et les sages missionnaires venus d'Occident qui la diffusaient au péril de leur vie.

Voilà pourquoi il attendait dans sa demeure Schreck, Tolentino et les deux jeunes Chinois.

***

Le ciel s'assombrit soudain, et de grands nuages noirs, gonflés d'eau, surgirent au sud. Un vent de bourrasque s'était également levé quand le portail qui menait à la résidence de Michele Yang Tingyun s'ouvrit, comme par enchantement, alors qu'ils s'apprêtaient à actionner le marteau en bronze.

Schreck, Tolentino, Petit Zhang et Petit Chrysanthème traversèrent deux grandes cours puis se laissèrent conduire par un domestique dans un élégant pavillon ceint d'une balustrade en marbre. La salle était vaste et bien éclairée. Une table ronde et massive, dotée de chaises à haut dossier, était placée dans un angle. Un tapis étroit et bleu, où s'étalaient les caractères dorés de la longévité et du bonheur, conduisait au centre de la pièce, où se tenait, debout entre quatre colonnes, le maître de maison. Yang Tingyun portait une tenue bleu pâle, sur le devant de laquelle se détachait un phénix brodé au fil d'or, et un petit chapeau cylindrique de soie noire agrémenté d'une plume de paon. De la même taille que Schreck, mince, doté d'une moustache blanche qui descendait jusqu'à sa poitrine, il avait le regard ferme et serein.

« Père Terrentius ? Enfin ! s'exclama-t-il.

– Vous êtes bien monsieur Michele ? » Schreck serra la main du Chinois, qui s'agenouilla pour baiser la sienne. « Je vous en prie, relevez-vous !

– Nous vous avons attendus avec impatience. Nous avions entendu dire qu'on avait installé des postes de police sur le canal impérial et qu'on vous avait arrêtés. Puis nous avons appris que vous étiez à Hangzhou, mais à la disposition du gouverneur...

– Sans votre intervention, nous serions encore en train de moisir dans une cellule à l'heure qu'il est. J'étais persuadé que le laissez-passer du juge Zhao Cao m'ouvrirait toutes les portes...

– Les canons que les Européens ont fabriqués à Macao sont arrivés à destination. Hélas, l'un d'eux a explosé pendant un entraînement et tué un instructeur portugais, ainsi qu'un grand nombre d'apprentis artilleurs chinois. Un individu malintentionné a accusé le juge Zhao Cao de s'être procuré des canons en mauvais état avec l'accord des Occidentaux, afin d'avantager les envahisseurs mandchous. L'incident a coûté la vie au juge et refroidi les relations entre les autorités et les chrétiens. Par chance, le gouverneur de Hangzhou est un de mes cousins. Le présent de deux compas destinés aux mesures géométriques, œuvre du père Giulio Aleni, a achevé de le persuader de votre caractère inoffensif. »

Un Européen vêtu d'une longue robe noire, boutonnée sur la poitrine, apparut alors, comme s'il surgissait du néant. Il adressa à la compagnie un salut chaleureux de ses mains jointes et commença : « Aujourd'hui, notre bon Michele n'a cessé de prier pour vous. Et ses prières ont été exaucées. » Il s'agissait justement de Giulio Aleni, un barbu de trente-neuf ans originaire de Brescia, aux yeux noirs, au regard franc et pénétrant, qui vivait en Chine depuis huit ans. « Vous ne pouvez imaginer notre joie de vous voir sain et sauf parmi nous. Soyez le bienvenu, père Schreck. »

L'Allemand présenta alors Tolentino en louant ses qualités, notamment son attention et sa précision. « Il se prénomme Giulio, comme père Aleni, ce qui est de bon augure pour le succès de notre mission.

– Je ne suis ni précis ni attentif, répliqua Tolentino, qui soupirait d'aise depuis qu'il avait pénétré dans l'opulente demeure de leur protecteur chinois et souriait à l'idée de ne plus avoir à affronter dangers et craintes. Le père Terrentius, en revanche, est un volcan qui sème sa science à tous vents. Il aurait besoin d'un assistant bien plus habile que moi.

– Ainsi, vous êtes un incendiaire, père Schreck ! s'exclama Aleni. Mieux vaut toutefois le feu de la connaissance que celui qui réduit en cendres les hérétiques !

– Les hérétiques peuvent toujours espérer que le bûcher les libérera de la misère terrestre et de la vanité de ce monde, fit observer Tolentino. En revanche, il n'est point d'issue aux flammes de père Terrentius, car elles vous ligotent aux soucis de la vie... Il suffit d'herboriser en sa compagnie pendant un après-midi pour être calciné, je vous l'assure ! »

Tout le monde éclata de rire.

Pendant ce court échange, Yang Tingyun avait remarqué que Petit Zhang et Petit Chrysanthème, intimidés, se tenaient à l'écart. « Père Schreck, dit-il, vous êtes accompagné de vos serviteurs. Je vais donner l'ordre qu'on leur attribue un logis approprié... Mais l'un d'eux est une femme ! C'est la première fois que je vois une servante si jeune auprès d'un missionnaire.

– Ils sont pour moi comme des enfants. Le Seigneur les a réunis et je n'ai eu qu'à accueillir Son invitation à vivre avec eux. Voici Petit Zhang, le plus dévoué des rejetons qu'un homme puisse souhaiter. »

Le serviteur s'agenouilla aussitôt, front contre sol. « Et voici Petit Chrysanthème. Cette jeune personne, d'une intelligence exceptionnelle, n'a commis qu'une seule erreur dans son existence... épouser ce garçon. »

Petit Chrysanthème rougit et baissa la tête. Elle s'apprêtait à se prosterner quand Schreck la prit par la main. « Monsieur Michele, pardonnez-moi de vous priver du salut que vous méritez, mais cette jeune femme porte en son sein une nouvelle vie, et je ne voudrais pas qu'elle mette sa santé en péril.

– Qu'elle se repose donc. Je la confierai à la gouvernante de la maison, comme s'il s'agissait de ma propre fille. »

Yang Tingyun frappa deux fois dans ses mains et ordonna au serviteur qui accourait : « Va chercher l'*ayi*, qu'elle vienne immédiatement. »

Une vieille femme voûtée, au visage parcheminé, aux yeux brillants comme des perles, se présenta quelques instants plus tard. Elle chancelait sur ses pieds minuscules, qui jaillissaient d'un pantalon de soie noire. Mais sa fragilité n'était qu'apparente, ainsi que son ton assuré le prouvait. « Que de hâte, que de hâte ! La maison serait-elle en train de brûler ? Ou la cavalerie mandchoue se tiendrait-elle à notre porte ? Croyez-vous qu'une pauvre vieille de mon espèce puisse éteindre un incendie, ou s'opposer à unc armée de Barbares ? Pourquoi me faut-il toujours courir ? Je ne le saurai jamais !

– *Ayi*, petite tante, tu es la seule qui puisses te charger d'un cas délicat et précieux. La jeune personne que tu vois ici est la protégée de l'illustrissime père étranger, et l'épouse de ce brave garçon, déclara Yang Tingyun en indiquant Petit Zhang. Elle vient d'accomplir un long et périlleux voyage alors qu'elle attend un enfant. Je voudrais que tu t'occupes d'elle avec les égards et les attentions dont elle a besoin.

– Décidément, les filles d'aujourd'hui ont toutes la tête dans les nuages ! Alors que vous les croyez attentives, elles songent à un bellâtre dont les manches touchent le sol ! Ce garçon semble habile, ajouta-t-elle en se tournant vers Petit Zhang, et pourtant il a la mine rusée des voleurs de poules. S'il peut charmer une ingénue de ses cils recourbés et de son regard langoureux, il ne m'aura pas ! » Elle saisit la jeune Chinoise par la main et l'entraîna. « Viens, ma petite, je vais m'occuper de toi, ne crains rien. Je t'apprendrai aussi une ou deux choses pour faire marcher ce vaurien ! »

Quand elles eurent disparu, Yang Tingyun déclara : « Croyez-moi, je n'ai jamais connu de femme aussi bonne. Elle m'a allaité et elle me sert encore de mère. Mais la vieillesse l'a dotée d'un mauvais caractère... »

L'heure qui suivit fut consacrée à l'installation des invités. Schreck se vit attribuer un riche pavillon renfermant des tables, des sièges, des étagères, des armoires et des peintures en grand nombre, ainsi que des tapis de couleur bleue typiques de la région de Pékin. Petit Zhang dormirait dans un lit, tout près de son maître. Disséminées un peu partout, des croix de bois rappelaient que les occupants de la demeure adoraient le Dieu des chrétiens – le Seul, le Vrai – et Son Fils martyr. On donna à Tolentino une grande chambre, bien meublée, dans un édifice voisin, de l'autre côté d'une allée bordée de chrysanthèmes géants.

Yang Tingyun fit servir un dîner somptueux, au terme duquel il invita ses convives à faire une promenade. L'air orageux avait laissé la place à une soirée calme et parfumée, et, si la lune se cachait derrière les derniers nuages, le jardin était éclairé a giorno par des dizaines de lanternes, dont la lumière se reflétait dans les canaux que des ponts frêles enjambaient. Schreck eut ainsi l'occasion de mesurer l'immensité de la propriété. L'aile des femmes, constituée de deux bâtiments contigus, était entourée d'un jardin de roche. Un édifice au toit bas et en pointe était réservé au maître de maison et à ses fils. Il y avait aussi quatre pavillons pour les invités, des salles d'étude et de conversation, plongées dans la verdure, des cuisines, les logements des domestiques ainsi qu'un entrepôt.

Giulio Aleni, qui déambulait d'un pas lent, les mains dans le dos, prit la parole : « Nos vies sont agitées comme des roseaux dans le vent. Sans l'hospitalité fraternelle de M. Michele, je serais aujourd'hui en exil à Macao, chassé comme un chien. Quand je pense à la façon dont j'ai œuvré pour le bien de ce pays ! J'ai travaillé dans de grandes villes et dans de petits villages, j'ai fondé de nouvelles missions, j'ai baptisé jusqu'à deux cent cinquante personnes l'année dernière. Et pourtant mes efforts n'ont pas donné les fruits que j'espérais, puisque je me trouve ici, caché comme un criminel en fuite.

– Si les autorités ne vous estimaient pas et ne vous admiraient pas, elles vous auraient exilé à Macao, répliqua Yang Tingyun.

– Elles attendent que j'aie terminé mon *Zhi Fang Wai Ji* pour se débarrasser de moi. »

Avec l'aide de Yang Tingyun, de Li Zhizao et d'un autre lettré dénommé Qu Shigu, expliqua Aleni, il rédigeait en chinois un ouvrage de géographie sur les nations non tributaires, afin de présenter à l'empereur les pays inconnus de la Chine.

« Ainsi, seule notre science les intéresse, dit Schreck.

– Oui, cher Terrentius, c'est le seul résultat que nous ayons obtenu en trente années de mission. Devenir des mathématiciens et des astronomes, voilà ce qu'ils veulent ! Ils se moquent bien de notre religion. Et de nos personnes aussi, désormais.

– Ce n'est pas tout à fait vrai, Giulio, intervint Yang Tingyun, désireux de réconforter son protégé. Vous avez de nombreux amis à Hangzhou et partout où vous avez séjourné. Vous êtes vénéré pour votre sagesse, votre bonté et votre rectitude à Shanghai, à Nankin, dans les villages et les villes du Jiangsu, du Zhejiang et du Shanxi, au point que leurs habitants vous surnomment le Confucius d'Occident. Je peux vous garantir que bon nombre de mes compatriotes voient en vous l'homme noble et respectable que vous êtes.

– J'aimerais me tromper, mais je crois que la fermeture de la mission et la relégation sont désormais inéluctables.

– Moi, je suis plus optimiste, déclara Schreck. Nos confrères arriveront dans quelques jours avec le père

Trigault, ainsi que les sept mille ouvrages et les instruments que nous avons réunis en Europe. Nous possédons même une lunette astronomique. Je suis certain que nous restituerons rapidement à notre mission le lustre que le père Matteo Ricci et vous tous lui avez apporté avant que ne commence l'ère des calomnies et des mortifications.

– Une lunette astronomique ? demanda Yang Tingyun en se lissant la moustache. De quoi s'agit-il exactement, père Terrentius ?

– D'un instrument prodigieux. Un long tube doté d'un verre à chaque extrémité, qui permet de voir les objets éloignés en les rapprochant de l'œil. Chez vous, son inventeur serait jugé digne de tous les honneurs. Chez nous, en revanche... »

Il s'interrompit sous l'effet de l'émotion, et Tolentino acheva son discours à sa place : « Il se nomme Galileo Galilei. Ce philosophe, mathématicien et astronome a divulgué et tenté de démontrer dans un ouvrage intitulé *Sidereus Nuncius* la théorie de l'immobilité du Soleil et de la mobilité de la Terre qu'a bâtie le Polonais Nicolas Copernic. Quand nous sommes partis pour la Chine, l'œuvre de Copernic et celle de tous ceux qui professent ses idées avaient été suspendues par la Sainte Congrégation de l'Index, afin qu'elles soient corrigées... *suspendudos esse donec corrigantur*... Galilée devra donc purger, lui aussi, ce qu'il a écrit pour éviter qu'une telle opinion ne se répande, causant la perte de la vérité catholique.

– Que se passe-t-il donc en Europe ? s'écria Aleni, stupéfait. Quand je l'ai quittée, Copernic n'était pas interdit !

– Les temps ont changé, expliqua Tolentino. Galilée est un disciple du franciscain Roger Bacon, le *Doctor Mirabilis*... » Il se tourna vers Yang Tingyun. « Cet homme vécut il y a quatre siècles. Comme lui, Galilée place la connaissance des phénomènes au-dessus de leur interprétation. C'est une méthode dangereuse, très dangereuse... Bon nombre de logiciens sont tellement aveuglés par leur orgueil qu'ils ne voient pas que l'intrusion de la philosophie dans le domaine de la théologie est parfois indiscrète.

– Bacon n'était pas un naïf, s'enflamma Aleni. J'ai étudié à Milan sa grammaire de la langue grecque, la première à jamais avoir été écrite.

– Et celle de l'hébreu ! s'exclama Schreck. Grâce à elle, on peut comprendre les Saintes Écritures dans la langue du Christ sans avoir à passer par les commentaires et les interprétations d'autrui. Bacon préférait le Nouveau Testament en langue originale aux *Sentences* de Pier Lombardo et à la *Summa theologiae* de Thomas d'Aquin.

– Le *Doctor Mirabilis* n'aimait pas le *Doctor Angelicus*, commenta Tolentino. Et cela lui coûta cher. Les Franciscains l'emprisonnèrent sous l'ordre de leur général, Geronimo d'Ascoli... Je l'ai déjà dit, il est dangereux d'être orgueilleux !

– Oui, j'en conviens, déclara Schreck, mais Bacon était surtout malchanceux. Le pape Clément IV, qui était attiré par ses idées et s'était fait envoyer tous ses écrits, mourut sans avoir le temps de se prononcer à leur propos. »

Le silence se fit. Yang Tingyun, qui avait suivi cette discussion avec intérêt, reprit la parole au bout d'un moment. « Dans une semaine, Leone Li Zhizao et Paolo Xu Guangqi, les lettrés qui œuvrèrent avec le père Matteo Ricci, seront également parmi nous. Ce sont deux hommes exceptionnels, d'une immense culture et d'une sensibilité hors du commun. Et d'excellents chrétiens. Vous verrez, ils nous aideront. »

Ils se quittèrent sur cette note d'optimisme, chacun s'engageant dans l'allée qui le menait à son logis. Quand l'écho des derniers pas se fut évanoui, une brise légère se leva et la lune surgit comme par enchantement.

***

Au cours des jours suivants, Schreck commença à travailler avec Aleni. Le savant de Brescia composait sans relâche des textes chinois ayant trait aux mathématiques et à la géométrie, il méditait aussi des traductions qui permettraient de divulguer des principes sacrés, tels que l'incarnation, la contrition, la pénitence, la messe, la vie du Christ. Si Schreck lui apportait son aide pour les ouvrages scientifiques, il s'abstenait d'intervenir sur les livres religieux : les doutes qui l'avaient assailli au monastère de Nanhua ne l'avaient pas abandonné. Les journées s'écoulaient dans le calme, d'autant plus que personne n'était venu déranger le petit groupe depuis que le gouverneur l'avait autorisé à résider chez Michele Yang Tingyun. Par prudence, on sortait rarement.

Cependant, la tranquillité de Schreck n'était qu'apparente : il brûlait de nouer des contacts avec les héritiers de Li Shizhen, l'auteur de l'encyclopédie médicale intitulée *Ben Cao Gang Mu*. Mais il préférait attendre, s'habituer d'abord au milieu, se mesurer à la réalité de la mission, connaître le terrain pour éviter de commettre des faux pas. Il eût été impardonnable de devoir une expulsion à ses propres erreurs. Maintenant qu'il était en Chine, il convenait d'y rester. Et si possible sans encombre.

Or, quelques jours avant l'arrivée de Trigault, de Rho et de Schall von Bell, alors qu'on apprêtait la demeure comme pour célébrer une fête, un événement désagréable se produisit. Il ne venait pas de l'extérieur mais de l'intérieur, et il ne fut pas aisé de ramener le calme. D'autres arrivées, totalement inattendues, se chargèrent de compliquer la situation.

XXIV

Schreck agitait l'index de la main droite : « Je t'ai dit mille fois de ne jamais te comporter de manière offensante. Jamais ! Tu as compris, Petit Zhang ?

– Mon père, ne vous énervez pas, je n'ai rien fait de mal. Je vous l'assure.

– L'*ayi* m'a fait une scène affreuse. Elle prétend que tu es un dépravé, que personne ne te voudrait pour fils. À l'entendre, on aurait dû te vendre il y a quelques années, quand on pouvait encore faire de toi un eunuque.

– Cette vieille folle me déteste !

– Tu l'expédieras dans la tombe avant l'âge, si tu t'obstines à l'irriter !

– Avant l'âge ? Elle doit avoir cent ans !

– Je veux savoir exactement ce qui s'est produit.

– Je vous dirai tout, mon père, mais ne me regardez pas comme ça.

– Je te regarde comme j'en ai envie. Et maintenant, parle, sinon, aussi vrai que le Créateur et la Création existent, je te renverrai à Macao. Et seul !

– Bien, bien, je vais tout vous dire.

– Je t'écoute.

– Mon père très aimé...

– Viens-en au fait !

– Tout a commencé quand nous sommes arrivés

dans cette maison. Vous rappelez-vous que Petit Chrysanthème fut confiée à cette mégère ?

– Ne sois pas insolent !

– Dès lors, je n'ai pas eu une seule occasion de la rencontrer en tête à tête. Chaque fois que je me suis rendu dans les quartiers des femmes et que j'ai demandé à lui parler, une servante est venue me dire que l'entrée était interdite aux hommes et m'a éloigné avec rudesse, sur les ordres de l'*ayi*.

– Cette histoire n'a rien à voir avec le motif de ma colère.

– Je ne comprends pas...

– Tu ne vas pas tarder à saisir. »

Schreck ouvrit un coffre et en tira une série de petits ouvrages recouverts de soie bleue. Il en feuilleta un au hasard. Des colonnes de caractères imprimés s'étalaient sur les pages. « Et ça ? »

Sous le regard gêné du jeune Chinois, il lut d'une voix solennelle : « La position de gober à la façon des poissons. On invite deux femmes à se coucher et à s'enlacer comme si elles faisaient l'amour. Leurs vulves sont en contact. Comme elles se frottent, leurs bouches de poisson s'ouvrent spontanément, forme qui évoque des poissons qui nagent en gobant des lentilles d'eau. L'homme s'assoit en tailleur à leurs côtés. Il attend que monte la marée rougissante et qu'elles commencent à haleter. Il explore d'abord de la main l'endroit où les deux bouches de poisson se sont accolées, puis il installe entre les deux sa tige, monte et descend selon que s'y prêtent leurs mouvements, les pénètre, entrant de chaque côté et échangeant avec elles une commune jouissance. Cela durcit grandement les os et les muscles, double la force du souffle, réchauffe les organes internes, remédie aux cinq épuisements et aux sept malaises. Cette manière rappelle celle des poissons qui nagent et frétillent entre les lentilles d'eau. Il est toutefois important de gober le pur et de recracher le turbide. »

Comme saisi de panique, Petit Zhang répétait : « Père, père, mon père...

– Tais-toi ! Ce n'est pas terminé. »

Il s'empara d'un autre ouvrage et lut : « L'Empereur demanda : "Pourquoi ces différences de taille, de grosseur et de dureté du trésor viril ?" La Fille Candide répondit : "Il en est de la variété des formes dont nous sommes dotés comme du visage particulier à chacun. Les différences de grosseur, de longueur, de consistance font partie des dispositions naturelles que nous partageons. C'est pourquoi un homme de petite taille peut l'avoir mâle et un grand gaillard l'avoir petit, un garçon fluet l'avoir gros et dur, un gars corpulent l'avoir mou et ratatiné. Certains en ont de quoi remplir un char, ou tout au moins de quoi avoir des prétentions, et d'autres l'ont noueux et musclé, mais sans que cela nuise à ce qui importe dans les rapports sexuels." » Schreck détourna les yeux pour les fixer sur le garçon : « Cela te dit quelque chose ? »

Manifestement embarrassé, Petit Zhang sautait d'un pied sur l'autre, le front emperlé d'une myriade de gouttelettes. « Je n'ai rien à voir avec ça, implora-t-il, les mains jointes. Ces livres ne m'appartiennent pas, je les ai trouvés dans la bibliothèque... J'ai cru que c'étaient des ouvrages littéraires...

– Une bien belle littérature ! Écoute donc ce passage : « La position de vol du dragon. On la fait se coucher sur le dos, les pieds tournés vers le ciel. L'homme s'étend sur la femme, s'appuyant sur ses cuisses et lui suçant la langue. Elle dresse spontanément l'entrée de son vagin pour recevoir la tige de jade qui la perce et la pénètre jusqu'à la porte mystérieuse du fond. En se retirant, il frappe à l'entrée de son vagin. On se soulève en ayant soin de remuer et de se balancer. Si l'on pratique la méthode des huit pénétrations profondes et six superficielles, l'intérieur du *yin* s'échauffera tandis que la chose *yang* durcira. L'homme s'en réjouira et la femme y prendra plaisir. Le couple se sentira euphorique et toute maladie sera éliminée. Cette manière rappelle la situation du dragon qui sort de l'hibernation et grimpe aux nuées... » Voyons... « La position d'approche du tigre. On la fait s'agenouiller à la turque, tête baissée. L'homme s'accroupit derrière elle et lui prend la taille pour lui enfoncer la tige de jade dans la porte du sexe. Si l'on pratique la méthode des cinq pénétrations superficielles pour six profondes et que l'on se retire cent fois, les pinces de jade se distendent et le sperme jaillit en abondance. L'eau et le feu s'épaulent. C'est le sublime du chaudron qui a entièrement transformé le cinabre. Tout embarras se trouve éliminé. L'excellente circulation du sang fortifie le cœur et en fait bénéficier la volonté. Cette manière rappelle celle du tigre ou du léopard sortant des bois et rugissant contre le vent. » Veux-tu que je continue, Petit Zhang ? Il y a neuf positions.

– Mon père, je vous prie de cesser. »

Mais Schreck ouvrit le livre à la première page et dit : « Par prudence, l'auteur de cette... œuvre est anonyme, la préface est signée d'un certain Maître du Pavillon de la Rouge Cueillette... rien de moins que ça ! Elle mentionne l'Empereur Jaune et s'intitule : *Le Sublime Discours de la Fille Candide*. Il a été publié en 1566[1]... » L'Allemand feuilleta l'ouvrage une nou-

1. Traduit par André Lévy, Arles, éditions Philippe Picquier, 2000.

velle fois et le plaça sous les yeux de son domestique en s'écriant : « Et ça ? »

Une illustration montrait un petit bois de bambous, rempli de pivoines et de fleurs de lotus. Assise sur une balançoire, une jeune fille à la robe ouverte écartait les jambes, offrant son sexe aux regards. Devant elle, un garçon debout, vêtu d'une longue houppelande, la pénétrait de son membre vigoureux. Petit Zhang enfouit son visage dans ses mains. D'un geste brusque, le jésuite referma l'ouvrage et le rangea dans le coffre, avec les autres. Les mains derrière le dos, il se mit à faire les cent pas dans la pièce.

« Je comprends maintenant pourquoi ton sommeil est aussi agité ! Pour le cas où tu n'aurais pas mesuré les erreurs que tu as commises, je vais te les énumérer : premièrement, tu t'es approprié des livres qui se trouvaient dans la bibliothèque privée de M. Michele Yang Tingyun. Deuxièmement, tu as osé les lire. Troisièmement, t'ayant surpris, l'*ayi* te conseille de remettre les ouvrages à leur place, et toi, tu t'enfuis sans la prier de t'excuser du spectacle indécent que tu donnais !

– Père, cette horrible vieille femme m'a dit qu'à force de lire ces livres j'épuiserais toute ma réserve de *yang*, que mon esprit vital, *qi*, se tarirait, que ma semence s'appauvrirait au point qu'il me serait impossible d'avoir d'autres enfants. Et... et puis... ces œuvres ne sont pas interdites... posons la question à M. Michele Yang Tingyun... puisqu'il les conserve dans sa demeure de manière si visible... essayons de lui poser la question. »

C'est alors qu'on frappa vigoureusement à la porte. « Qui que vous soyez, entrez ! » s'exclama Schreck, nerveux.

Yang Tingyun fit irruption dans la pièce. Ses yeux

brillaient et ses lèvres étaient étirées en un large sourire. « Venez, vite, une belle nouvelle ! » Au même instant, un homme surgissait d'un pas martial. C'était Niccolò Longobardo, qui soufflait comme un buffle après une journée de travail dans les champs.

« Terrentius, par tous les tremblements de terre, que se passe-t-il dans cette maison ? s'écria-t-il.

– Mon père, que faites-vous donc ici ?

– Ça alors ! Vous comptiez m'abandonner à la merci de ces gens féroces ? »

Après leur départ de Nanxiong, expliqua-t-il avec l'air exaspéré de ceux qui sont obligés de dire des évidences, la situation s'était détériorée au point qu'il avait jugé plus prudent de fermer la résidence. Il avait renvoyé les deux jeunes prêtres à Macao, avant de se rendre à Hangzhou.

« Je suis encore le responsable de cette mission, et vous verrez qu'ils ne pourront pas me renvoyer ! » Il se retourna brusquement : sur le seuil, l'*ayi* fixait sur Petit Zhang un regard furibond. « Qui est cette vieille femme ? Elle m'a assailli pendant que j'attendais Michele, sans cesser de dévider des injures. J'ignore à qui elle s'en prenait. »

Petit Zhang aurait aimé disparaître sous terre. Schreck expliqua sommairement que le garçon avait offensé par mégarde la gouvernante et qu'il le regrettait. Il adressa un signe à son serviteur, qui se prosterna, front contre terre, et murmura des excuses incompréhensibles avant de s'éclipser. Et comme ni Schreck ni la vieille Chinoise ne paraissaient vouloir éclaircir cette histoire, Yang Tingyun invita ses amis à le rejoindre pour le repas.

L'après-midi était avancé quand Schreck retrouva Petit Zhang. L'air inconsolable, il était assis sur un banc du jardin, dissimulé par un bosquet de bambous.

Le jésuite lui jeta un regard sévère et, sans lui laisser le temps de répliquer, s'exclama : « Je t'ordonne de réciter pendant deux heures, sans t'interrompre, le Pater, le Mea Culpa, l'Ave Maria et le Confiteor, dans l'ordre que je viens d'indiquer. Et j'insiste, jeune homme, à genoux au pied du grand crucifix de notre chambre ! »

Le serviteur acquiesça et fila sans demander son reste, croisant Longobardo, qui regagnait son logis. Celui-ci demanda un peu plus tard à Schreck : « Allez-vous enfin me dire ce qu'a fabriqué ce garçon ?

– Son éducation me procure bien des soucis ! En vérité, il s'est borné à satisfaire une curiosité bien masculine pour les choses de la vie. Mais je voudrais qu'il manifeste plus de respect envers la vieille *ayi*. Il n'est pas facile de le lui faire entendre, vous connaissez les jeunes gens ! »

Le lendemain, Petit Zhang affichait un sourire inhabituel : pour lui montrer qu'elle avait apprécié ses excuses, la gouvernante l'avait autorisé à s'entretenir quelques minutes avec son épouse sous sa surveillance. Au terme de cette rencontre, l'*ayi* dit à Petit Chrysanthème : « Il ne faut nourrir ces jeunes vantards que par de petites quantités de riz. Un peu de jeûne ne peut pas faire de mal aux coquelets qui veulent chanter quand ce n'est pas le moment. »

***

Le retour de la paix domestique ainsi que l'arrivée imminente de Trigault et de ses compagnons amenèrent un climat de gaieté qui contamina tous les occupants de la demeure.

Un après-midi humide et venteux où les mouettes avaient envahi la ville pour fuir la tempête qui faisait rage sur la côte, un batelier se présenta chez Yang Tingyun muni d'une dépêche. Celle-ci annonçait que les jésuites se présenteraient le lendemain. Il en fut bien ainsi, mais un autre groupe survint aussitôt après.

Le ministère de l'Intérieur et celui des Rites, qui voulaient éviter la dispersion des étrangers sur le territoire chinois et favoriser leur contrôle, avaient en effet dirigé vers Hangzhou tous les pères que les autorités étaient parvenues à recenser. C'est ainsi que Schreck, Tolentino, Longobardo, Aleni, Trigault, Rho, Schall von Bell et cinq missionnaires venant du Fujian et du Jiangsu se retrouvèrent autour de leur bienveillant protecteur chinois et de sa belle table regorgeant de mets.

Schreck était impatient d'écouter les récits de ses confrères, cependant il lui fallut attendre la fin de la prière, récitée par Longobardo, et du discours de bienvenue de Yang Tingyun.

Il était intrigué par un père au teint terreux, aux yeux ourlés de cernes, aux lèvres violacées, aux dents gâtées et aux joues creuses couvertes d'une barbe blanche, qui ne portait pas l'habit des fonctionnaires, mais une simple tunique à gros boutons, tachée et froissée, et qui avait grand-peine à marcher. Longobardo le présenta :

« Le père Sabatino De Ursis, originaire de Lecce, un pilier de notre mission. Il a eu le privilège de s'entretenir avec le père Matteo Ricci juste avant qu'il expire. »

Schreck s'agenouilla aux pieds du jésuite, qui l'invita aussitôt à se relever. « Ne gaspillez pas les précieuses forces que le Seigneur nous a données », dit-il d'une voix faible et chevrotante. Puis il ajouta, avec un sourire amusé : « Qu'êtes-vous venu faire en Chine ? Laissez-moi vous donner un conseil. Ne vous promenez pas armé de l'Évangile, mais des éphémérides. »

Il fut alors victime d'une quinte de toux, qui l'empêcha de poursuivre. Son visage s'assombrit et son air gai s'effaça devant une grimace de douleur. Il porta une main à sa poitrine comme pour s'opposer à une force qui l'étouffait. Tout le monde se tut, à l'exception de Longobardo :

« Ne perdons pas de temps en bavardages. Terrentius, je vous charge d'examiner sans tarder notre ami Sabatino. Je crois ne jamais l'avoir vu dans un tel état, sa santé se détériore de jour en jour. Nous attendrons votre avis de médecin pour bâtir le moindre projet sur l'avenir de notre mission.

– Ne dérangeons pas le père Terrentius, répliqua De Ursis, qui s'était entre-temps ressaisi. Et suivons le conseil de saint Nilus. Mieux vaut que les malades recourent à la prière, plutôt qu'aux médecins et aux remèdes. »

Le supérieur sourit. « C'est une bonne idée. Saint Augustin pensait, lui aussi, qu'il était plus efficace de prier Dieu ou les saints que de s'en remettre à la médecine pour obtenir le miracle de la guérison. Mais permettez-moi d'insister... »

Cinq minutes plus tard, Schreck examinait De Ursis dans une chambre où trônait un grand lit de bois. Il demanda au malade ce qu'il mangeait, comment il digérait et évacuait. Puis il scruta ses pupilles, renifla son haleine fétide, ausculta sa poitrine et son dos avec son cornet en os, observa avec soin les veines enflées de ses jambes. Quoique gêné par la toux, De Ursis se soumit à cet examen sans proférer un mot. Quand Petit Zhang eut reboutonné sa tunique, Schreck lui palpa les poignets et voulut qu'il s'allonge.

« Je vous ai assez tourmenté, maintenant reposez-vous. Je vais vous préparer un remède qui vous fera du bien. » Il se tourna vers son domestique et lui ordonna de hacher des germes de *taraxum*.

« *Taraxum*, mon père ?

– Oui, *pu gonyin*, pour soigner les abcès aux dents et améliorer l'haleine. Et puis, une infusion de *xu tuan*.

– *Dispacus* ? dit le garçon avec fierté.

– C'est bien, tu apprends vite. »

Quoique épuisé, De Ursis avait suivi les gestes de Schreck et sa conversation avec son serviteur. « Vous êtes le premier d'entre nous à vous fier aux méthodes chinoises, dit-il tout bas au médecin.

– Cela vous déplaît-il ?

– Non. Si vous saviez comme je me suis querellé avec le père Matteo, que Dieu l'ait dans Sa gloire, pour m'opposer aux préjugés qu'il nourrissait sur les talents des Chinois, notamment dans l'art de la médecine !

– Depuis que j'ai appris à prendre le pouls, mes diagnostics sont plus précis. Puis-je vous poser également des aiguilles ? »

Un éclair traversa les yeux du vieillard. « C'est la première fois... mais oui, essayons ! »

Tout en introduisant ses longues aiguilles sous la peau du missionnaire, Schreck raconta : « J'ai eu la chance d'étudier un ouvrage intitulé *Ben Cao Gang Mu*, dont j'ai tiré de nombreux enseignements concernant l'utilisation des herbes et les préparations.

– J'en ai entendu parler. Son auteur, Li Shizhen, était un grand savant. Ses descendants vivent ici, à Hangzhou.

– J'espère pouvoir les rencontrer un jour, dit Schreck, qui hésitait à parler de son projet.

– Vous n'avez qu'à demander à Leone Li Zhizao, notre confrère et cher ami. Il est natif lui-même de Hangzhou et il est une figure importante de cette ville.

Il connaît beaucoup de monde, il trouvera le moyen d'exaucer votre souhait. »

Schreck étendit une couverture de soie rouge sur le malade. « Assez parlé. Maintenant, reposez-vous. Je vous laisse en de bonnes mains. Ce jeune homme demeurera à vos côtés, ajouta-t-il en indiquant Petit Zhang. Je réponds moi-même de sa dévotion filiale. Il ôtera les aiguilles dans une vingtaine de minutes et veillera sur votre sommeil. Ayez confiance en lui, il a été bien instruit. » De Ursis salua l'Allemand d'un sourire reconnaissant.

Celui-ci regagna le pavillon. À sa vue, les membres de l'assemblée se turent, et Longobardo l'invita à donner son verdict. « La santé du père De Ursis n'est pas bonne, déclara Schreck après quelques hésitations. Mais le foie et les poumons ne sont pas irrémédiablement atteints. Il est robuste, il résistera.

– Combien de temps ?

– Jusqu'à ce que Dieu le veuille. En dépit de son mauvais teint, sa vie n'est pas en danger, et, à en juger par son *qi*, il se rétablira vite. »

C'est alors que retentit un éclat de rire forcé, nerveux, désagréable, qui fit sursauter tous les convives et les secoua d'un frisson. Schall von Bell s'était levé, il lança d'une voix sarcastique : « De quoi parlez-vous ? Ne me dites pas que vous croyez aux superstitions des Chinois ! Bien sûr, on ne peut exiger de Terrentius qu'il parle de l'Esprit saint ! Contentons-nous donc de l'entendre disserter de l'esprit vital.

– Si vous préférez l'ignorance... », répliqua Schreck en se ruant sur son compatriote. Mais il ne put achever sa phrase car Longobardo s'était interposé, et il apostrophait Schall von Bell d'un ton rude : « Je vous conseille de vous recueillir en prière. Par les temps qui courent et avec les dangers qui nous menacent, il ne serait pas impossible que Terrentius doive s'occuper tôt ou tard de notre esprit vital, ou du vôtre ! »

Schall von Bell baissa la tête et se rassit. Dans le silence général, Yang Tingyun fit servir du thé en espérant détendre l'atmosphère. Mais la soirée était gâchée, et les convives allèrent se coucher les uns après les autres. Longobardo quitta la table le dernier. Il était troublé par la violence verbale à laquelle il avait assisté. Elle lui semblait beaucoup plus destructrice que le plus fort des séismes.

***

Schreck huma avec plaisir l'air parfumé et chaud qui pénétrait à travers la moustiquaire. En dépit du désagréable incident de la veille avec Schall von Bell, il avait bien dormi. La haine que son compatriote lui vouait ne cessait de le surprendre, tout comme le fait qu'il ne perdait jamais l'occasion de s'opposer à ses idées. Cependant, il décida de chasser ces pensées pour profiter de ce moment de bien-être. C'est alors qu'il se souvint de son patient. Il s'habilla et se dirigea vers le pavillon où celui-ci était logé.

Il avait parcouru quelques pas quand il vit Petit Zhang venir vers lui à toute allure.

« Que se passe-t-il ? Où vas-tu ? interrogea-t-il.

– Venez, mon père, vite ! s'écria le jeune Chinois en tirant Schreck par la manche.

– Qu'est-il arrivé ? »

Petit Zhang se laissa tomber et s'agrippa aux genoux de l'Allemand. « C'est ma faute ! C'est ma faute ! s'exclama-t-il d'une voix désespérée. » Il se mit alors à sangloter et eut tout juste la force d'ajouter : « Le père Sabatino est mort ! »

***

Schreck aurait aimé disposer de plus de temps, mais il lui fallait agir en toute hâte et discrètement. Au début, Petit Zhang l'assista en invoquant des esprits vengeurs, cependant la nausée l'obligea à s'éclipser quand l'Allemand eut incisé la peau du cadavre et dénudé le tube digestif. Plus de dix années s'étaient écoulées depuis que Schreck avait effectué sa dernière autopsie à Rome, cependant les instruments que lui avait offerts le malheureux Gaspar se mouvaient avec rapidité et précision entre ses mains, comme s'il n'avait jamais cessé de s'exercer.

Constatant que la vessie avait énormément grossi et qu'elle contenait un liquide noirâtre, il comprit que Sabatino De Ursis avait été empoisonné.

XXV

Les deux Chinois étaient fort élégants dans leur habit de fonctionnaire impérial. Assis près de la porte, les yeux fermés, Paolo Xu Guangqi égrenait un chapelet en bois de figuier, ses lèvres se mouvant au rythme des litanies au-dessus de sa longue barbe blanche. Leone Li Zhizao, lui aussi doté d'une barbe chenue, méditait en se frottant les doigts. Au bout d'un moment, il demanda poliment : « En êtes-vous certain, père Terrentius ? »

Schreck, qui déplorait de devoir faire la connaissance de ces deux hommes en de telles circonstances, confirma ce qu'il avait déjà révélé : « Oui, Sabatino est mort après avoir ingéré une substance toxique. »

Paolo Xu Guangqi interrompit sa prière et fixa les yeux sur l'Allemand. On pouvait y lire, inchangé, le chagrin qui s'était emparé de lui à l'annonce de la mauvaise nouvelle.

« Toxique ! répéta-t-il, incrédule.

– Oui, monsieur Paolo, un poison. Un poison provenant d'un arbre que les Hollandais nomment *stroont-boom*. Les résidus contenus dans le verre que j'ai trouvé sur la table de nuit ne laissent aucun doute à ce sujet. J'en ai même les preuves. »

L'air encore plus sévère que de coutume, Longobardo arpentait la salle à grandes enjambées. Il se figea soudain et demanda : « Dites-moi une chose. Comment ce verre est-il arrivé au chevet du malade ?

– Un individu l'a apporté à Sabatino et l'a persuadé d'en boire le contenu.

– Était-ce l'un de vos remèdes ?

– L'écorce du *stroont-boom* était en ma possession avant qu'on me la vole, à mon arrivée à Macao. Tout cela est ma faute.

– Ne dites pas de bêtises ! Il n'y a pas d'autre fautif que l'individu qui a commis ce crime infâme.

– C'est pourtant moi qui ai ramassé cette écorce, et c'est à moi qu'on l'a volée, enfin, c'est moi qui ai confié à Petit Zhang le soin de veiller sur le malade. Je ne pouvais imaginer qu'il enfreindrait mes ordres pour rejoindre son épouse au cours de la nuit. À son retour, il s'est aperçu que le pauvre Sabatino avait expiré et... »

D'un geste, Longobardo l'arrêta. « Petit Zhang lui-même n'est pas fautif. Voyant que Sabatino dormait, il s'est sans doute accordé un peu de liberté... Vous dites que vous avez des preuves. Lesquelles ? »

Schreck, qui regrettait d'avoir trop parlé, hésita un moment avant d'avouer la vérité : « J'ai disséqué le cadavre et j'ai observé les dommages que le poison avait causés... Je suis médecin. »

Les deux Chinois se tournèrent vers lui d'un même mouvement, tandis que Longobardo s'écriait : « Terrentius, repentez-vous et priez Jésus le Crucifié, dont le sang nous purifie de toute souillure ! »

En entendant le jésuite utiliser les mots d'un franciscain qui avait expiré trois siècles plus tôt, plus précisément la formule de l'*Itinerarium* de Fra' Bonaventura, Schreck songea que son aveu l'avait bouleversé. Mais il se trompait : si le supérieur était troublé, ce n'était pas pour la raison que l'Allemand imaginait. De fait, le vieux missionnaire expliqua, les bras écartés : « Nous nous agenouillerons ensemble pour implorer le pardon ! J'ai pensé, moi aussi, que seule l'étude des viscères pouvait révéler la cause de cette mort. »

À présent, un grand éventail remplaçait le chapelet entre les doigts de Paolo Xu Guangqi. Le visage éclairé d'une lumière lointaine, qui semblait s'élever des profondeurs de son âme, il déclara : « Vous êtes médecin, Terrentius, mais vous êtes aussi un chrétien, et vous vous trouvez en Chine. Ces deux circonstances auraient dû vous détourner d'une opération qui viole l'intégrité des cadavres et qui constitue, pour nous autres Chinois, non seulement un signe de mauvais augure, mais aussi la pire offense qu'on puisse perpétrer contre la mémoire d'un mort et son esprit. Toutefois, je ne veux pas vous juger. » Il opina du chef, comme si un lointain souvenir lui revenait à l'esprit, et poursuivit : « Alors que nous traduisions pour l'empereur les *Éléments* d'Euclide, le père Matteo Ricci me répétait souvent : "Il est facile d'échanger des louanges entre amis, mais il est difficile de se supporter mutuellement." Bien entendu, c'était de nous qu'il parlait. À l'époque, nous étions fatigués, nerveux et tendus, car nous ne pouvions nous autoriser la moindre faiblesse ou erreur. Le père Ricci jouait son admission à la cour, et moi, je jouais ma tête, car je m'étais converti et je travaillais avec les étrangers. L'assertion du père Matteo résumait si bien notre relation que je le priai avec succès de l'insérer dans son *Traité de l'amitié*. »

Il s'éventa un moment avant de continuer, comme soulagé : « Dans la situation douloureuse qui est la nôtre, il convient de recourir à la sagesse de notre regretté Matteo. En tant que Chinois et en tant que chrétien, je réprouve l'opération que vous avez effectuée sur le corps du pauvre Sabatino. Mais vous êtes un ami, et je suis donc prêt à supporter vos actes, ainsi que vous supportez l'air que je dirige en ce moment sur votre visage avec cet éventail. » Il referma l'objet d'un coup sec et se leva.

« Laissons tout jugement à Dieu. Efforçons-nous maintenant d'exploiter l'avantage que votre acte de superbe nous a donné. Car éventrer un homme, qu'il soit vivant ou mort, constitue bien un acte de superbe. C'est s'arroger le droit qui revient à notre seul Seigneur.

– Avons-nous donc un avantage ? demanda Longobardo.

– Bien sûr, l'assassin ignore que nous savons de quoi Sabatino est mort.

– Si nous taisons qu'il s'est agi d'un empoisonnement, Terrentius sera accusé d'avoir établi un mauvais diagnostic et donc taxé d'incompétence. Plus personne n'aura confiance en lui.

– Peu m'importe ma réputation, coupa court l'Allemand, je l'ai mise en jeu chaque fois qu'il s'est agi de trouver la vérité. Que les gens pensent ce qu'ils veulent. Tôt ou tard, les faits parleront d'eux-mêmes. »

Ils décidèrent donc de passer leur entretien sous silence et allèrent assister à la cérémonie funèbre. En raison de la grande chaleur, Sabatino De Ursis fut enterré rapidement dans un coin du jardin où poussaient de grands *bai he*, les « cent pétales réunis », en d'autres termes des lys colorés et parfumés. Comme le répéta la vieille *ayi*, l'emplacement de la tombe avait été déterminé par le *feng shui*, le vent et l'eau, raison pour laquelle elle était en harmonie avec les énergies de la nature. Au terme des funérailles, elle s'attarda un moment près des fleurs et raconta à Petit Chrysanthème une légende selon laquelle leurs bulbes étaient formés de vers entortillés qui s'étaient transformés en végétaux.

« Voilà pourquoi, ma fille, le *bai he* est fort nourrissant. L'esprit du père étranger ne sera donc pas obligé à chercher de quoi se sustenter parmi nous autres vivants, il nous laissera en paix. » Et elle conclut : « À partir de demain, au lieu de perdre ton temps avec ce fainéant qui te regarde comme un veau et qui exige de toi obéissance, tu soigneras toi-même ces fleurs. Plus elles seront luxuriantes, moins nous courrons le danger de voir un fantôme inquiet et affamé rôder dans la maison. »

***

Un air de tristesse s'abattit sur la demeure de Michele Yang Tingyun et s'y installa au cours des jours suivants. L'on n'entendait plus de bavardages, pas même dans le quartier des femmes. Sans doute le plus accablé, Petit Zhang passait toutes ses journées recroquevillé dans un coin. Il ne sortit qu'une seule fois, pour remettre à des marchands, dont la jonque partait pour Macao, deux copies d'une lettre de Schreck destinée à Faber qui seraient ensuite expédiées en Europe. Dans cette missive, l'Allemand relatait à son lointain ami la mort de Sabatino et l'autopsie qu'il avait pratiquée sur son corps, il lui demandait aussi des nouvelles de Galilée. Il espérait toujours que celui-ci lui enverrait ses éphémérides afin d'aider les Chinois à corriger leur calendrier.

Après que Petit Zhang eut filé vers l'embarcadère principal de Hangzhou, muni de ses lettres, Schreck se promena un moment dans le jardin. Songeur, il s'immobilisa devant la tombe où gisait De Ursis. Il faisait très chaud en cette fin du mois d'août 1621, et les hirondelles tourbillonnaient en dessinant dans le ciel des guirlandes de fleurs noires. Tout aussi sombres étaient les pensées qui se pressaient dans son esprit. Écrasé par un terrible poids, il s'interrogeait sur l'avenir, quand une voix l'apostropha :

« Vous avez été habile, mais les signes du sacrilège que vous avez perpétré sur le corps de Sabatino ne m'ont pas échappé. »

Schall von Bell se dressait devant lui. Ses yeux étaient enfoncés et son visage luisait, pareil à un masque de bronze.

« Les choses peuvent changer d'aspect en un instant, selon la façon dont on les regarde, rétorqua Schreck.

– J'ai examiné le cadavre avant qu'on le mette en bière, et je ne me suis pas trompé. La longue suture qui courait sur son ventre prouve qu'on l'a profané. L'auteur de ce crime ne peut être que vous !

– Que comptez-vous faire ? demanda Terrentius, qui se sentait percé à jour par le regard mauvais de son compatriote.

– Je pourrais vous dénoncer au père Longobardo, mais comment se fier à un homme qui étudie les volcans ? À l'évidence, la terre l'intéresse plus que le ciel. Si je racontais à M. Michele Yang Tingyun ce que vous avez fait, il risquerait de nous chasser, de crainte de devoir subir la vengeance de l'esprit de Sabatino. Il a beau être converti, il demeure un Chinois. Quant aux autres, ils ne cessent de remâcher leur peur d'être renvoyés à Macao ou arrêtés. Je me tairai donc. Mais pas longtemps. À moins que vous ne me révéliez quelque chose... Avez-vous découvert de quoi Sabatino De Ursis a péri ? »

Schreck, que la colère gagnait, eut grand-peine à se maîtriser. Il tremblait légèrement quand il répondit :

« Dieu l'a rappelé, mettez-vous en prière et posez-Lui la question ! » Puis il tourna les talons et se dirigea à grandes enjambées vers le pavillon central. Schall von Bell semblait s'être affaissé. Sa robe pendait de ses épaules comme si on venait de la passer à un épouvantail.

***

L'entretien douloureux qu'il avait eu avec Schall von Bell marqua profondément Schreck. Il comprit que le moment était venu d'imprimer un tournant à son séjour en Chine, avant qu'on ne l'en empêche. Après un dîner fort triste, comme de coutume, il entraîna Leone Li Zhizao dans le jardin et l'interrogea sans détour sur la famille de Li Shizhen, l'auteur du traité de thérapie médicale *Ben Cao Gang Mu*. Ils s'étaient assis sur un banc, devant le lac le plus vaste du jardin. Des carpes énormes s'étaient approchées du bord, et l'on pouvait voir leurs écailles rouges, blanches, noires et orange se refléter dans l'eau. Leurs petites bouches obscènes s'ouvraient, affamées.

En 1590, raconta Leone, les fils de Li Shizhen avaient abandonné leurs activités afin de seconder leur père dans la réalisation de son œuvre : Li Jianfang était médecin à l'Académie impériale de médecine ; Li Jianzhong, magistrat ; Li Jianyuan, préfet, et Li Jianmu, homme de lettres. « Ils ont installé dans cette ville une grande officine. Je les connais depuis l'enfance, et je serai heureux de vous aider à faire leur connaissance. »

Les derniers feux de la journée donnèrent soudain au Chinois un profil grec des plus inattendus, il serra le bras de Schreck et conclut : « Pour l'heure, allons nous coucher. Faisons de l'ordre dans notre esprit et dans notre corps. Qu'en dites-vous ? »

***

Deux semaines plus tard, quand on eut récité des prières en nombre suffisant et célébré une grande quantité de messes en mémoire du défunt Sabatino, les occupants de la maison recommencèrent à évoquer les projets de mission et les stratégies à adopter pour faire parvenir à l'empereur la prévision astronomique exacte de la prochaine éclipse de Soleil. Il convenait de devancer les astronomes de l'observatoire impérial, chinois et musulmans, qui produisaient depuis plusieurs années des calculs erronés. Longobardo, Schreck, Schall von Bell et Rho unirent leurs efforts pour rédiger un mémoire renfermant cette fameuse prévision calculée à la minute près, et le traduire avec l'aide de Paolo Xu Guangqi et Leone Li Zhizao. Ce texte fut confié à une jonque postale, qui devait emprunter le canal impérial et rejoindre la cour. Pour l'occasion, les jésuites concélébrèrent une messe propitiatoire. Après quoi, la vie retourna peu à peu à la normale, si tant est qu'on pût qualifier de normale cette cohabitation forcée, marquée par la crainte de voir la situation se renverser d'un moment à l'autre et déboucher sur la capture, ou sur l'exil à Macao.

Schreck, Longobardo et les deux vieux assistants de Matteo Ricci continuaient toutefois de scruter les visages, d'analyser les phrases et de se réunir de temps à autre pour bâtir des hypothèses. En vain : l'assassin de Sabatino De Ursis n'avait laissé aucun indice et il veillait soigneusement à ne pas commettre de faux pas. Au fil du temps, Schreck constata que ses trois compagnons relâchaient leur attention, il eut même l'impression qu'ils changeaient d'avis. Un jour, Longobardo lui demanda à brûle-pourpoint, en le regardant d'un œil torve : « Terrentius, êtes-vous bien certain que le verre que vous avez trouvé contenait du poison ? » L'Allemand comprit alors qu'il était désormais le seul à croire encore à l'existence d'un assassin.

Par une de ces journées tourmentées, alors qu'il se promenait comme à l'accoutumée avec Tolentino et Giacomo Rho, Schreck formula tout haut l'une des innombrables pensées qui se pressaient dans son esprit : « Ah, si nous avions les tables astronomiques, mises à jour, de M. Galilée, nos calculs seraient plus aisés et plus précis... Mais je n'ai plus de nouvelles de lui depuis notre départ... »

Une brise inattendue agitait le bosquet de bambous voisins, lui tirant un bruissement strident. Rho, qui paraissait de fort mauvaise humeur, répondit : « Nous n'avons rien à envier à Galilée. Et, à en juger par nos résultats, nous n'avons pas besoin de ses éphémérides. »

Surpris par ce ton sec et méprisant qu'il ne lui connaissait pas, Schreck insista : « Avec l'aide de ses tables, nous obtiendrions des calculs exacts à la seconde près. Il achevait de les remplir la dernière fois que je l'ai vu, et il promit de me les envoyer.

– Si elles sont aussi phénoménales que sa lunette astronomique, souhaitons de les avoir au plus vite », déclara Tolentino avec enthousiasme.

Rho n'intervint plus à ce sujet. Il marchait, la tête dans les épaules et le regard rivé au sol. Soudain, il trébucha sur un caillou et gémit, comme s'il était perdu. Schreck et Tolentino volèrent à son secours, lui évitant de rouler au sol, cependant il se dégagea vivement. Après avoir parcouru quelques pas, il s'exclama : « L'orage gronde, mais il finira par tourner.

Pourvu qu'il n'apporte pas trop de foudre. Es-tu vraiment persuadé, Johann, que nous devons détruire dans le ciel non seulement les cinquante-cinq sphères cristallines d'Aristote, mais aussi les neuf de Ptolémée ? Et si l'Univers était infini, si les étoiles et les planètes flottaient dans le vide, comme le croient ces diables de Chinois ? » Sur ces mots, il regagna son logis après avoir adressé un bref signe de tête à ses confrères.

***

Les porteurs s'immobilisèrent dans la Dajing Xiang, une ruelle boueuse, et Schreck descendit en veillant à ne pas crotter ses bottes. Avant d'entrer, il leva les yeux au ciel et vit défiler un banc de nuages traversés par un rayon de soleil qui leur donnait un aspect changeant. Il avait attendu ce moment pendant plusieurs années, et il s'étonnait de ne pas éprouver la moindre anxiété. Il finit par franchir le portail de l'officine. Il pénétra dans une pénombre ouatée et s'engagea dans un couloir, dont les murs étaient couverts de tablettes en bois noir affichant de vieilles recettes en caractères dorés. Il atteignit un vaste salon éclairé par un lampadaire. Pots et flacons étaient bien alignés sur des meubles regorgeant de minuscules tiroirs.

Li Jianfang, fils du célèbre Li Shizhen, l'auteur du *Ben Cao Gang Mu*, l'attendait, un sourire aux lèvres. Ce petit homme pansu portait une longue robe noire et un chapeau conique qui semblait tenir sur sa tête par miracle. Il accueillit son invité d'une voix tonitruante : « Bienvenue, docteur Terrentius. Mon excellent ami Li Zhizao m'a parlé de vous. Je suis heureux de faire votre connaissance. »

Schreck, que cette atmosphère avait soudain replongé dans les souterrains de l'hôpital des Orphelins, se ressaisit. « C'est un plaisir que je partage. Vous ne pouvez savoir combien j'ai attendu cette rencontre. » Un homme massif au cou taurin et borgne vint servir le thé. Une fois encore, Schreck se retrouva en pensée à Rome... Gerardo...

Li Jianfang déclara sans détour : « Notre ami commun Li Zhizao m'a appris que vous vous occupiez vous aussi de botanique et que vous aviez publié une grande encyclopédie en Occident.

– En vérité, elle n'a pas encore été imprimée, et je n'y ai pas travaillé seul. Elle traite de la nature d'un pays fort lointain que l'on nomme Mexique. Je me suis chargé des commentaires et de nombreuses illustrations.

– Quel dommage ! J'aurais aimé la voir...

– Si vous le souhaitez, je peux vous montrer un certain nombre de planches que j'ai ébauchées au cours de mon voyage... Je les ai apportées. »

Il se saisit promptement de sa besace et en tira une chemise, dont il dénoua les rubans. Avec des gestes mesurés, il aligna ses esquisses sur un comptoir. Le Chinois les observa avec attention.

« Que de détails ! Avec de tels dessins, notre *Ben Cao Gang Mu* eût été irréprochable... Vous devriez enseigner à mes enfants l'art de reproduire ces *fanshu* poilues, dit-il en admirant une figure représentant des tubéreuses.

– Étranges, n'est-ce pas ? C'est une espèce du Nouveau Monde que nous avons importée il y a une centaine d'années. En Occident, nous lui avons donné le nom de pomme de terre, elle a envahi nos tables.

– Cela ne fait pas plus de trente ans que nous la connaissons. Un homme de lettres dénommé Chen Zhenlong la ramena des îles que vous appelez Philippines. Et son fils envoya au gouverneur de la province de Fujian un exposé afin d'apprendre aux Chinois à la cultiver. Par reconnaissance, on lui a consacré un temple... »

L'apothicaire s'interrompit en voyant entrer une femme accompagnée d'une fillette malingre et très pâle. Pieds nus, mal vêtues, elles avançaient la tête basse. Le domestique qui avait servi le thé les retint. Il échangea quelques mots avec l'adulte avant de traverser la vaste salle et de parler à l'oreille de Li Jianfang. Celui-ci se tourna vers Schreck et lui dit :

« Abandonnons nos pommes de terre... Quel remède donneriez-vous à un individu ayant ingéré une grande quantité d'alcool ?

– Je lui ordonnerais de mâcher les grains d'un arbre que nous appelons *Hovenia dulci*, répondit aussitôt l'Allemand, nullement surpris. Votre langue désigne ses fruits sous le nom de *zhijiu*.

– Et si l'ivrogne était atteint de gale et infesté de poux ? demanda le Chinois en ricanant.

– Pauvre homme, il a dû exercer le métier de marin sur nos caraques ! Quoi qu'il en soit, je ne l'abandonnerais pas à son sort, je lui préparerais une décoction d'écorce de *lindera*, le « roi des arbres », *wang mu*, et l'emploierais pour lui laver plaies et cheveux. »

Li Jianfang semblait satisfait. Une légère rougeur colorait ses joues, tel un fard. « Notre ami commun Li Zhizao vous décrit comme un médecin habile et un bon apothicaire. J'ajoute que vous êtes rapide. » Il se pencha vers le serviteur et murmura quelque chose à son oreille. L'homme alla puiser une série d'herbes dans les tiroirs, prépara des sachets qu'il remit à la femme et à la fillette. Celles-ci remercièrent en s'inclinant jusqu'à ce que Li Jianfang les congédie d'un geste.

Lorsqu'elles eurent disparu, l'apothicaire expliqua :

« Cette femme est mariée à un ivrogne notoire, qui exerçait autrefois le métier de porteur. De temps à autre, elle vient mendier des remèdes, mais je doute fort qu'ils aient le moindre effet sur son mari. »

Li Jianfang se replongea dans les dessins de Schreck. Ceux-ci l'absorbèrent tant qu'il ne remarqua pas le nouvel arrivé. L'homme au visage parcheminé avait sans doute couru à toute allure, car il avait grand-peine à reprendre haleine. Le domestique de Li Jianfang écouta ce qu'il avait à dire et rapporta ses propos à son maître en s'inclinant :

« Excellence, le docteur étranger est appelé de toute urgence chez lui.

– Que se passe-t-il ? s'écria Schreck, qui avait reconnu l'un des secrétaires de Michele Yang Tingyun. Pourquoi dois-je rentrer ? »

Le serviteur attendit un signe d'assentiment de l'apothicaire avant de répondre avec flegme : « Une jeune personne vivant chez M. Yang est, semble-t-il, en proie aux douleurs de l'enfantement ! »

XXVI

L'encre dessinait sur le papier buvard des arabesques, qui formaient des lignes amputées, composaient des morceaux de phrase. Il s'agissait d'une lettre, datée du 3 août 1621. Elle avait donc été écrite deux ans plus tôt, le jour même où Sabatino avait été empoisonné.

« ... Votre Excellence, que je révère avec l'humilité que les enfants doivent à leur père, conviendra que j'ai œuvré ainsi qu'on me l'avait ordonné... En fin de compte, je n'ai fait que favoriser le retour du père Sabatino De Ursis au bercail... un homme qui n'avait plus assez de forces pour étendre la vigne du Seigneur... Celui qui s'est fait homme nous a donné la récompense méritée : l'hérétique a enfin accompli le faux pas que nous espérions depuis plusieurs années... Sa main, guidée par le démon, a achevé son œuvre immonde. Elle a travaillé dans l'ombre, sans scrupule... Elle a fendu la poitrine du défunt comme un porcher fend celle du cochon, elle a soulevé les viscères comme autant de serpents dans les mains du chasseur. J'ai pu le constater de mes propres yeux. J'ai examiné le cadavre, et les signes de suture que j'y ai vus prouvent qu'il y a eu autopsie...

« Monseigneur, je dois en rester là pour le moment... comme dans le passé, mon inaction risque d'être longue... Nous sommes la proie de mille dangers, craignons pour notre vie, la prudence est donc de mise... J'ignore ce qui arriverait si ce que j'ai découvert était divulgué. La superstition, qui constitue le véritable souverain de la Chine, et les bizarreries du père Longobardo, dont vous m'aviez vous-même touché mot, pourraient nous entraîner dans une sanglante répression. Je risquerais, moi votre indigne serviteur, de passer du rang d'accusateur au rang d'accusé... Je n'ai pas honte d'avoir peur. La peur est un sentiment naturel, dont nous a dotés l'Immense... c'est Lui qui m'indiquera le moment et la manière appropriés pour révéler la vérité, et vos prières me soutiendront. Ces jésuites ne sont ni faciles ni simples, je dois continuer à me cacher, prier en secret ainsi que saint Dominique nous l'a enseigné... attendre le bon moment. Alors seulement, quand je pourrai confondre le blasphémateur devant tous, il me sera permis de le conduire à la Santa Casa de Goa, afin que vous, aimable père, excellent monseigneur Francesco Delgado De Matos, puissiez montrer votre magnanimité en l'aidant à se repentir et à accepter le rachat par le feu... »

C'est tout ce qu'on pouvait lire. Le reste disparaissait dans un réseau d'encre, dans une pluie de taches, de volutes, d'arabesques. Il était également impossible de reconnaître l'écriture, épaissie par le buvard. Qui était l'auteur de cette lettre ? Et que faisait-elle dans les pages du *Lun Yu* de Confucius ? Qui l'avait dissimulée, deux ans plus tôt, dans la bibliothèque de Michele Yang Tingyun ?

Plusieurs hypothèses traversèrent l'esprit de Schreck. Selon la plus probable, l'auteur de ces lignes, dérangé, avait mis sa lettre en lieu sûr et caché le papier buvard dans le premier livre qu'il avait trouvé. Pourquoi ne l'avait-il pas récupéré ensuite ? Peut-être n'en avait-il pas eu la possibilité, à moins qu'il ne l'eût oublié...

« Un dominicain déguisé en jésuite ! Le limier de l'Inquisition ne me laisse pas de répit », songea l'Allemand en rangeant la précieuse édition des *Annales* de Confucius et en glissant le papier buvard dans sa poche. « Faber m'avait averti. Par chance, entre Goa et moi, il y a encore la Chine... »

***

Le visage de Manuel Dias exprimait une certaine dureté, et ses yeux, surmontés d'épais sourcils sombres, disaient que, plus que tout, il aimait commander. Il était arrivé à Hangzhou en avril 1623 pour remplacer à la tête de la mission Niccolò Longobardo, enfin réadmis à Pékin après le succès de ses prévisions astronomiques, et la situation qu'il y avait trouvée lui avait déplu.

Avant tout, il avait surpris M. M. Yang Tingyun, qui hébergeait ses confrères depuis deux ans, en prière devant l'autel où reposaient les tablettes portant le nom de ses ancêtres, des bâtonnets d'encens entre les doigts, preuve que, malgré sa conversion et son baptême, il continuait d'honorer les ancêtres, la principale religion des Chinois.

Quant aux jésuites, ils ne semblaient guère brûler de zèle missionnaire : ils se consacraient tous, sans exception, à la traduction en chinois d'ouvrages scientifiques. Certes, les mathématiques et l'astronomie leur avaient valu l'attention de l'empereur, mais ils auraient dû veiller également à divulguer la vraie religion, en qualité de soldats du Christ. Dias n'ignorait pas que bon nombre de ces missionnaires étaient venus d'Europe dans le dessein même d'étudier les planètes et les étoiles qui encombraient le ciel, mais il n'aurait jamais imaginé que, pour favoriser l'étude de ces corps célestes, ils eussent négligé Dieu, les saints, les bienheureux et tous les habitants du paradis qui peuplaient ce ciel.

Ainsi, Giulio Aleni n'avait que la géométrie et la géographie en tête ; Terrentius ne se contentait pas de s'occuper de mathématiques et d'astronomie : il rédigeait un ouvrage en chinois sur le corps humain, faisait des recherches sur les herbes dans une officine de la ville, avec un certain docteur Li Jianfang, et avait ouvert un dispensaire pour soigner les pauvres ; Schall von Bell, son compatriote, se vouait quant à lui à la trigonométrie et aux mesures célestes ; Giulio Tolentino aidait aux traductions ; enfin, Giacomo Rho, phagocyté par sa propre ambition, avait décidé de transmettre aux Chinois, dans un livre qu'il voulait intituler *Shou Suan*, c'est-à-dire « Calcul », la méthode ingénieuse que Henry Briggs avait inventée avec l'aide du baron de Merchiston John Napier pour simplifier les multiplications.

Dias avait également fait la connaissance de Leone Li Zhizao et de Paolo Xu Guangqi, les Chinois convertis qui avaient secondé le père Matteo Ricci, et ceux-ci lui avaient déplu. Ils allaient et venaient à leur guise dans la demeure, étaient consultés comme des oracles et des voyants infaillibles, soignés et choyés comme des enfants. Paolo, par exemple, passait son temps à égrener un chapelet qui n'était autre qu'un *mâla* bouddhiste, reconnaissable au nombre de ses perles – cent huit – identique à celui des désirs que les disciples de Bouddha jugeaient coupables. De plus, il récitait des versets du canon bouddhiste, non des Ave, des Pater ou des Gloria, et personne ne trouvait rien à y redire !

Dias avait exposé ses doutes à Longobardo. Le

vieux jésuite, qui allait saluer ce jour-là le gouverneur avant de regagner Pékin, l'avait invité à l'accompagner. Puis il s'était efforcé de le rassurer : « C'est normal, nous sommes en Chine, et les Chinois s'adressent avec naturel aux divinités qu'ils connaissent. Ils n'imaginent pas que la vraie religion est unique, et ils ignorent ce qu'est l'hérésie. Chacun d'eux est libre d'adorer qui il veut, quand il le veut et comme il le veut. Personne n'a jamais réussi à leur inculquer le concept de monothéisme. Mais ne vous inquiétez pas, Paolo Xu Guangqi est un excellent chrétien, un homme généreux et fiable. Quand la mission aura retrouvé la vigueur et le prestige qui la caractérisaient du temps de père Matteo, nous nous emploierons à mieux évangéliser nos amis chinois. » Après quoi, Longobardo avait fixé avec insistance le crucifix en or, prérogative des supérieurs, que Dias portait sur la poitrine.

« Je vous déconseille d'exhiber cette croix à l'extérieur de la demeure de M. Michele Yang Tingyun.

– Mais nous allons chez le gouverneur ! Il convient que j'arbore le signe de mon rang.

– Les Chinois non baptisés jugent de mauvais augure la vision d'un homme blessé et agonisant.

– C'est absurde ! »

Dias en resta là, mais il se promit de remédier à tout ce qui n'allait pas dès qu'il aurait pris les rênes de la mission.

***

Donato Zhang Tianci fit mine de bondir à droite, puis à gauche, et parvint à surmonter l'obstacle, qui, déséquilibré, s'effondra dans un grand vacarme. Donato avait trois ans et mesurait environ une aune.

Après s'être joué de Nicolas Trigault, il lui fallait se débarrasser de Giulio Tolentino, qui tentait de l'arrêter, les bras écartés tel le Sarrasin en bois qu'on montait les jours de fête à Sarzana di Toscana, sa ville natale, pour remémorer l'an 1016, date à laquelle les navires pisans avaient chassé les Maures de Sardaigne. L'enfant le fit tomber à son tour, sort qui échut ensuite à Giacomo Rho, dont les mains crochues se refermèrent sur le vide. Un peu plus tard, quand Johann Adam Schall von Bell entra dans la pièce, il trouva ses trois confrères riant à gorge déployée dans une position ridicule.

« Que se passe-t-il ? » interrogea-t-il, furibond. Comme on ne lui répondait pas, il saisit Zhang Tianci par le bras et le secoua. « Qu'as-tu fabriqué, petit démon ? »

La gaieté qui animait les grands yeux de l'enfant, surmontés de longs sourcils, s'effaça devant la peur. « *Agong, agong*, grand-père, grand-père ! » s'écria-t-il. Tandis qu'il essayait d'échapper à l'Allemand, un objet brillant glissa de sa poche.

Sans lâcher prise, Schall von Bell se pencha. « Qu'est-ce que c'est... Ciel ! Une de nos pendulettes ! » Il tourna et retourna entre ses doigts une boîte argentée, sur laquelle des oiseaux et des fleurs étaient gravés dans un joyeux désordre d'ailes et de pétales. « Elle s'est sûrement cassée ! » Il ouvrit le verre qui protégeait le cadran, avec ses douze chiffres romains en émail noir, puis le boîtier. Il examina la fusée, la chaîne en boyau, l'index circulaire qui permettait de mesurer la pression du ressort, les trois roues qui assuraient au mécanisme un mouvement complexe, et constata qu'il n'y avait pas de dégât.

Profitant de son inattention, l'enfant parvint à lui échapper et se réfugia dans un coin. Ses trois compagnons de jeu se précipitèrent vers lui, et Tolentino le prit dans ses bras. « Ne crains rien, le père Adam t'aime beaucoup, n'aie pas peur...

– Ce n'est pas vrai ! Je l'ai en horreur. Cet enfant est une peste ! Débarrassez-moi de lui ! Il pouvait se produire l'irréparable, comprenez-vous ? Cette pendulette compte au nombre des cadeaux que nous allons offrir à l'empereur, et ce maudit insecte l'a dérobée ! Si je le reprends les mains dans le sac, je... »

Soudain, une voix retentit, forte et frémissante : « Je ne vous autorise pas à menacer cet enfant et à le traiter de voleur ! » Flanqué de son domestique, Schreck entra dans la salle et s'empara de Donato, qu'il serra contre sa poitrine.

« *Agong*, grand-père, te voici enfin ! s'écria le petit, en larmes, en cachant son visage contre l'épaule du jésuite, qui lui embrassa tendrement la nuque.

– Cet enfant a volé une pendulette dans nos caisses ! rétorqua Schall von Bell. C'est un fripon, il faut le punir sévèrement.

– Petit Zhang, emmène ton fils », dit Schreck, avant d'ajouter d'un air féroce à l'adresse de son compatriote : « C'est moi qui lui ai donné cet objet, c'est donc moi le voleur !

– Voler est un péché grave ! Mais ce n'est rien en comparaison de ce que vous avez accompli à la mort du pauvre Sabatino De Ursis ! Trois ans se sont écoulés depuis et je n'ai vu aucun repentir en vous !

– Moi, je n'ai rien à me reprocher en ce qui concerne la mort de Sabatino ! En revanche, j'attends depuis longtemps qu'on m'explique... »

Il fut interrompu par Manuel Dias et par Giulio Aleni, qui, attirés par les cris, faisaient irruption dans la pièce. Emporté par son élan, Aleni renversa une chaise, produisant un grand bruit.

« Que se passe-t-il ? s'exclama Dias.

– Ce petit s'amuse avec nos instruments », répondit Schall von Bell.

Le supérieur caressa sa longue barbe, encore noire malgré ses cinquante ans, et respira profondément avant de déclarer : « Ce n'est pas la première fois qu'on autorise Zhang Tianci à jouer avec des engins sous notre surveillance. C'est un enfant vif, mais toujours respectueux et gentil. Si la pendulette n'est pas cassée...

– Je déplore la liberté qu'on accorde à cet enfant. Depuis le jour de sa naissance, il semble qu'il n'y ait que lui dans cette maison. On lui permet d'entrer partout, de toucher à tout, de s'entremettre dans toutes les situations. La résidence est à sa merci, et nous sommes nous-mêmes contraints de régler notre existence sur la sienne... Doucement, Donato dort... Mettons de côté ce beau morceau de porc pour Donato... Avant d'ouvrir la fenêtre, assurez-vous que Donato ne soit pas là, car il est un peu enrhumé... Et maintenant, voilà que nos pendules sont entre ses mains ! Et s'il les casse ? Qu'offrirons-nous à l'empereur quand il nous autorisera à résider dans la capitale ? Nous risquons de ruiner des années d'efforts par la faute de ce diable d'enfant que quelqu'un a eu la bizarre idée de baptiser Tianci, Don du Ciel, Donato ! Quel beau don, vraiment beau ! Et père Terrentius qui se fait appeler grand-père... Nous avons atteint le sommet du ridicule ! »

Si Dias aimait toujours commander un an après son arrivée, il détestait être contredit. Pointant son index sur Schall von Bell, il s'exclama :

« L'incident est clos ! Cet enfant est hors de cause. M. Michele Yang Tingyun, dont nous sommes les invités, je vous le rappelle, le tient en grande considération. Si Petit Zhang et Petit Chrysanthème y consentaient, il l'adopterait pour lui transmettre son nom prestigieux. Quant à père Terrentius, il nourrit pour Donato et pour ses parents un amour digne de louanges. L'arrivée de cet enfant, que vous traitez injustement de diable, a égayé notre exil forcé. Mieux, depuis qu'il est né, les contrariétés se sont éloignées. Ce matin même, j'ai reçu une dépêche du père Longobardo dans laquelle il m'annonce que le ministre des Rites Shen Que, notre pire ennemi et persécuteur, s'est éteint le 12 février 1624, il y a donc deux mois. On ne peut certes se réjouir de la disparition d'un être humain, toutefois, si Notre-Seigneur en a voulu ainsi... » Il se signa. « La mort de Shen affaiblit le parti de nos détracteurs. Il semble que l'empereur attende avec impatience les traductions en chinois des livres de mathématiques et d'astronomie que vous préparez. Ce n'est pas tout. Terrentius, voulez-vous bien informer nos confrères du travail que vous avez mené à bien avec les descendants de Li Shizhen ? Dites-leur tout ce que vous m'avez relaté au cours de ces derniers mois.

– Pour commencer, j'apprends aux deux neveux du docteur Li Jianfang l'art de la gravure sur cuivre, répondit Schreck d'une voix calme. Nous comptons publier une édition du *Ben Cao Gang Mu* agrémentée de nouvelles illustrations. De plus, j'ai rencontré à l'officine des personnages influents, en particulier l'ingénieur Wang Zheng, que nos connaissances de mécanique semblent intéresser. Je lui ai parlé des ouvrages que nous avons apportés d'Europe, et il aimerait les consulter. »

Giulio Aleni opina du bonnet. Les textes auxquels Schreck faisait allusion l'avaient lui-même vivement impressionné quand il les avait découverts trois ans plus tôt, à l'arrivée de Trigault. Le *Théâtre des instruments mathématiques* de Jacques Besson, les *Diverse et artificiose machine* d'Agostino Ramelli, le *Nuovo teatro di machine et edifici per varie e sicure operationi* de Vittorio Zonca et *Machinae novae* de Fausto Veranzio proposaient, en effet, d'étonnantes solutions techniques pour résoudre des problèmes de construction, de mécanique et d'hydraulique. Leurs illustrations étaient magnifiques.

« Terrentius, quel genre d'homme est ce Wang Zheng ? demanda-t-il.

– Un homme honnête, qui se soucie du destin de son pays. Il dirige depuis plusieurs années les œuvres hydrauliques au ministère des Travaux publics, et son engagement est remarquable. Malgré sa compétence, il m'a avoué qu'il se sentait impuissant face aux grandes inondations qui bouleversent le cours du fleuve Jaune et celui du Yangzi, tuant des milliers et des milliers de paysans chaque année et inondant de vastes portions de terrain. Quand je lui ai parlé des systèmes que nous utilisons en Occident pour maîtriser les eaux, pour en exploiter l'énergie, pour les transporter, en dévier le cours et les drainer, il m'a prié de lui montrer nos livres, m'a proposé de les traduire dans sa langue et de les commenter avec son aide. Il a ajouté qu'un travail de ce genre serait fort apprécié de l'empereur. Si le peuple travaille bien et sans danger, les récoltes seront abondantes pour tous et les causes de rébellion s'évanouiront.

– Nous devons continuer d'aider les Chinois à résoudre leurs problèmes, intervint Dias. Il est raisonnable d'espérer qu'après avoir accueilli notre science et notre technique, ils accueilleront la parole du Christ. »

Une idée traversa soudain l'esprit de Schreck, donnant corps à des doutes qui le tourmentaient depuis longtemps, et une angoisse sourde l'envahit.

« Je n'en suis pas sûr. Notre Dieu est trop mystérieux pour eux. En fin de compte, Il n'est qu'une hypothèse.

– Certains ont péri sur le bûcher pour en avoir dit beaucoup moins, déclara Dias en le foudroyant du regard.

– Et pour en avoir fait beaucoup moins, ajouta Schall von Bell.

– Je ne comprends pas, répliqua le supérieur.

– Je veux parler de ceux qui trompent les gens en leur faisant croire que, comme Dieu, ils connaissent les secrets de la nature, ou de ceux qui forcent la nature par le biais d'expériences dangereuses, interdites...

– À qui faites-vous allusion, père Adam ? intervint Tolentino, non sans naïveté. Il n'y a tout de même pas de sorcières parmi nous !

– Des sorcières ? Il y a moins de quarante ans, l'évêque de Genève en a fait brûler cinq cents en l'espace de trois mois, celui de Bamberg six cents, le sénat de Savoie huit cents et l'évêque de Würzburg neuf cents... Paramo a calculé qu'il a en a péri plus de trente mille sur le bûcher au cours de ces cent cinquante dernières années... Des sorcières...

– Je ne comprends toujours pas, l'interrompit Dias. Paramo est un exalté, il affirme qu'en condamnant Adam et Ève, Notre-Seigneur a été le premier inquisiteur. Je ne vois pas le rapport avec ce dont vous parlez.

– De fait, je n'entendais pas parler de sorcières... peut-être d'un sorcier. Mais ce n'est rien... rien d'important... »

Dans le silence qui s'ensuivit, on entendit résonner les pas de Schreck, qui quittait la salle.

Giacomo Rho fut secoué d'un frisson.

XXVII

Il pleuvait depuis l'aube. Pendant toute la journée, d'énormes nuages noirs avaient déversé un mur d'eau sur les hommes et le paysage. Le jardin de Michele Yang Tingyun était réduit à l'état de bourbier, et le minuscule pavillon qui occupait le centre de l'étang semblait voguer sur les flots. Les allées qui parcouraient la colline de rochers, disposés selon les règles immuables du paysage artificiel, s'étaient muées en torrents en crue, que même les grenouilles noirâtres qui avaient surgi un peu partout répugnaient à emprunter. De temps à autre, on entrevoyait des silhouettes solitaires qui bondissaient d'un bâtiment à l'autre, mais on n'en saisissait que des détails incertains : un tourbillon de vêtements mouillés, une chaussure qui s'enfonçait dans la boue, ou une main placée en visière sur le front. Le crépuscule transforma le jardin en antre épouvantable, près d'engloutir quiconque s'y fût aventuré.

Contraint de sortir, Johann Schreck affronta la lourde cascade et gagna à grand-peine le pavillon qui était situé à l'extrémité ouest de la résidence. En proie à un mélange de réticence et d'agitation, il tendit sa cape trempée au domestique qui lui avait ouvert. Tandis que l'homme s'éloignait et disparaissait derrière une porte, il regarda le sillage d'eau que le vêtement laissait sur le sol.

Manuel Dias l'attendait au centre de la pièce, assis sur une chaise massive et marquetée. Il toussota et s'employa à chasser des manches de sa robe d'invisibles grains de poussière, avant de commencer : « Je vous ai donné rendez-vous à cette heure-ci afin que nous puissions nous soustraire à la curiosité de nos confrères, occupés par l'office. Les orages d'été s'abattent toujours à l'improviste.

– La pluie ne m'effraie pas, répliqua Schreck, qui se demandait si le supérieur faisait allusion au temps ou à une mauvaise nouvelle.

– Je suis persuadé que rien ne vous effraie.

– Permettez-moi de vous dire que vous vous trompez. Je crains les ignares, en particulier s'ils sont prétentieux.

– Si j'étais à votre place, je craindrais aussi une autre sorte d'individus.

– Par exemple ?

– Ceux qui trament pour faire échouer notre mission.

– Sont-ils nombreux ?

– Plus que vous ne le croyez. Et dangereux. »

Avec une lenteur exaspérante, Dias fit craquer les articulations de ses doigts, puis il caressa le grand crucifix qui brillait sur sa poitrine.

« Asseyez-vous. Une longue discussion nous attend. Depuis que je suis rentré de Jiading, hier, je n'ai adressé la parole qu'à M. Michele Yang Tingyun et à Petit Zhang, pour vous convoquer ici. J'ai consacré les vingt-quatre heures de silence que je me suis imposées à la méditation, et j'ai jeûné, raison pour laquelle je me sens purifié et par conséquent en mesure de mieux supporter le poids de mes devoirs. Nous devrions tous moins manger, nous avons tant grossi !

– Vous pourriez ordonner au cuisinier de s'inspirer des chapitres trente-huit, trente-neuf et quarante de la règle de saint Benoît.

– Vous moquez-vous de moi ?

– Non. En qualité de moines, nous pourrions nous contenter de deux potages par jour, y ajouter tout au plus une assiette de légumes crus ainsi qu'une miche de pain de moins d'une livre. »

Le tonnerre retentit et, comme la pluie redoublait, les deux hommes eurent l'impression de se trouver à l'intérieur d'un tambour qui résonnait sous les coups d'un fou.

« Parlez-moi de votre travail avec l'ingénieur Wang Zheng ! ordonna Dias d'un ton sec.

– Nous avons entrepris de traduire les livres de mécanique et nous avons l'intention d'en faire reproduire les illustrations par des graveurs.

– Qu'allez-vous faire de ces ouvrages ?

– Nous les regrouperons dans un livre que je compte intituler *Qi Qi Tu Shuo*, soit *Manuel illustré de machines extraordinaires*.

– C'est un bon titre. J'en informerai par une dépêche le père Longobardo et M. Paolo Xu Guangqi, à Pékin. Il convient d'informer la cour de cette prochaine publication.

– Cela me paraît prématuré. Les traductions et les gravures nécessiteront un certain délai.

– Quand seront-elles prêtes, Terrentius ?

– Pas avant deux ans. Il faudra ensuite préparer les matrices pour imprimer les caractères, ce qui demandera une année supplémentaire.

– Ne peut-on pas aller plus vite ?

– Non, si nous voulons un bon résultat.

– Dans trois ans... en 1628, en milieu d'année.

– Ce sera le centenaire de l'entrée au collège Montaigu, à Paris, de notre fondateur saint Ignace de Loyola.

– Consacrer vos travaux et ceux de l'ingénieur Wang Zheng à une commémoration de cet événement pourrait être une bonne idée ! Les Chinois mesureraient ainsi l'importance que les études ont pour notre Compagnie. Très bien. Nous attendrons donc, et pendant ce temps nous agirons sur d'autres fronts. »

Le supérieur marqua une pause et poursuivit, d'un tout autre ton : « Notre général, le père Muzio Vitelleschi, a répondu à ma lettre annuelle et m'a communiqué une mauvaise nouvelle. Il y a trois ans, sous l'incitation de certains carmes déchaussés et du capucin Girolamo da Narni, le pape Grégoire XV a donné naissance, par la bulle *Incrustabili*, à une congrégation de cardinaux dénommée De Propaganda Fide, qui a pour but de contrôler toutes les missions, où qu'elles se trouvent, y compris la nôtre. Cette manœuvre tend à nous priver de la protection du roi du Portugal, à affaiblir l'autorité de nos supérieurs, à nous lier à un évêque qui nous sera bientôt envoyé et qui n'appartiendra sans doute pas à notre Compagnie. Nous perdrons ainsi le privilège qui consistait à rendre compte de nos actions devant le seul Saint-Père, et nous verrons arriver en Chine d'autres ordres religieux. Mais ce n'est pas tout. Certains pensent que notre participation aux rites civils des Chinois qui consistent à s'agenouiller devant l'empereur, ou devant les tablettes de ses aïeux, constitue un blasphème. Mieux, que nous commettons une grave erreur en autorisant nos disciples et collaborateurs chinois à pratiquer le culte des ancêtres et à faire des sacrifices en l'honneur des défunts. On nous accuse aussi de ne pas avoir convaincu les Chinois d'adopter le Jésus crucifié comme symbole sacré.

– Ils en ont horreur, ils le jugent de mauvais augure.

– Je le sais, mais certains, en Europe, manifestent de l'hostilité à notre égard, comme si nous avions créé nous-mêmes de telles superstitions, comme si nous étions de dangereux agitateurs. Tout en surveillant la construction de notre nouvelle église à Jiading, j'ai longuement réfléchi aux accusations afin d'y remédier, et j'en ai conclu que les défauts de nos disciples sont une conséquence de leur conversion tardive. Ayant appris le Verbe à l'âge adulte, ils n'ont pas eu moyen de le digérer, de l'assimiler, de le mûrir, ni le temps de se dépouiller de leurs propres croyances. Il ne nous reste donc qu'à suivre les indications de notre saint fondateur...

– C'est-à-dire ?

– Créer un collège où former les nouvelles générations de chrétiens. Nous y consacrerons toute notre énergie. »

Schreck était perplexe. S'inspirant de la *Formula Istituti* d'Ignace de Loyola et de la lettre apostolique *Regimini militantis* par laquelle Paul III avait fondé la Compagnie de Jésus le 27 septembre 1540, les Jésuites avaient créé de nombreux collèges : à Messine en 1548, à Rome en 1551, puis dans tous les pays catholiques d'Europe, en particulier près des frontières des nations protestantes. L'organisation des études y était très rigoureuse, elle suivait fidèlement la *Ratio studiorum* qui imposait cinq années d'enseignement littéraire – langues anciennes, poésie et rhétorique – puis deux années d'enseignement philosophique et scientifique. La discipline y était, elle aussi, sans faille et le soutien des parents des élèves souhaité. Comment transposer ce modèle en Chine ? À des enfants auxquels il fallait tout apprendre, vraiment tout ? Par prudence, Schreck décida de souligner les difficultés pratiques d'un tel projet :

« La solution du collège est intéressante, mais il n'y a pas assez de place dans cette maison pour héberger des élèves. De plus, il me paraît difficile d'obtenir des parents chinois l'autorisation d'instruire leurs enfants à notre façon.

– M. Michele Yang Tingyun possède une ferme, aux portes de Hangzhou, où l'on élevait autrefois des oies et des cochons. Il me l'a promise. C'est là que nous fonderons le collège. Quant au recrutement des écoliers, ne vous inquiétez pas. Nous utiliserons une méthode très simple : nous les achèterons !

– Comment !

– Depuis la dernière disette, répondit Dias avec un soupir, les rues environnantes regorgent d'enfants en vente. M. Michele a déjà envoyé son surintendant en reconnaissance avec l'ordre d'en contrôler le sexe – il n'est pas rare, en effet, qu'on maquille les fillettes en garçons pour s'en débarrasser – et de sélectionner les plus dégourdis d'entre eux. Nous aurons bientôt nos premiers collégiens et nous leur dispenserons une éducation chrétienne.

– Avez-vous déjà songé à leur accueil ? À leur programme scolaire ? interrogea Schreck, qui s'était rembruni.

– C'est vous qui aurez à résoudre ce problème, Terrentius.

– Moi ?

– Oui, car vous serez le responsable du collège que j'entends fonder.

– Moi ? Pourquoi moi ? J'ai déjà tant d'occupations !

– Parce que j'en ai décidé ainsi ! Vous avez de nombreux défauts – hélas, le savoir ne va pas toujours de pair avec la modestie, la complaisance et le sens de l'opportunité –, mais vous êtes le seul d'entre nous à maîtriser de nombreuses sciences et à vous faire comprendre facilement. Prenez garde, toutefois ! Je vous surveillerai et vous devrez répondre de tout devant moi. Les pères Giulio Tolentino, Giacomo Rho et Adam Schall von Bell travailleront à vos côtés. Vous aurez ainsi tout loisir de continuer avec eux les traductions des ouvrages de mathématiques et d'astronomie. Vous vous installerez dans une semaine à la ferme de M. Yang Tingyun. Vous pourrez emmener Petit Zhang et sa famille. Notre généreux hôte a déjà affecté à votre service l'*ayi*, un cuisinier et un certain nombre de domestiques. Peu m'importe qu'on vous prépare un banquet impérial ou un potage pour plaire à saint Benoît. Vous rédigerez un compte rendu tous les quinze jours, et j'inspecterai périodiquement le collège. »

Puis il ajouta à la hâte, comme s'il s'agissait d'un détail insignifiant : « Naturellement, vous n'aurez plus le temps de vous occuper de votre herbier chinois avec la famille Li. » Sur ces mots, il battit dans ses mains, convoquant un domestique.

Schreck ne s'attendait pas à pareille décision. Les nouvelles illustrations du *Ben Cao Gang Mu* étaient magnifiques ; grâce à elles, la nouvelle édition de l'encyclopédie ferait sensation. Déçu, il s'enfonça dans un lourd silence.

Quand le thé fut servi, le supérieur reprit la parole : « Et maintenant, je vais vous annoncer une bonne nouvelle ! À cent quatre-vingts milles de Xi'an, capitale du Shaanxi, des ouvriers qui creusaient les fondations d'une maison ont découvert une énorme dalle de marbre noir. Il s'agit d'une stèle très ancienne, semblable à celles que les Chinois utilisent pour les commémorations et les exaltations, vous en avez sans doute vu en grand nombre... La sainte croix est gravée sur la partie supérieure, elle surmonte des caractères chinois et des inscriptions en une langue que je ne parviens pas à déchiffrer. » Dias s'empara d'un rouleau, posé sur la table voisine. « En voici un calque au noir de fumée. Vous verrez que les caractères chinois mentionnent notre religion. Cette découverte est, à mon avis, fort importante, mais avant de l'utiliser nous devrions établir ce qu'elle dit et à quelle époque elle remonte. »

Schreck saisit délicatement la feuille et l'étendit sur le sol. La stèle mesurait environ huit pieds de long sur trois de large, on y voyait une croix dont les extrémités étaient entourées de fleurs. Des colonnes de caractères chinois précédaient l'inscription en langue inconnue que Dias avait mentionnée.

« Il s'agit de l'ancienne écriture syriaque, qu'utilisaient les disciples de l'évêque Nestorius ! révéla l'Allemand avec satisfaction.

– Les nestoriens ? C'est possible, ils étaient en Chine il y a près de mille ans. Pour échapper aux persécutions, Nestorius migra avec ses disciples vers l'Orient, après avoir été condamné pour hérésie par le concile d'Éphèse, en 481, parce qu'il affirmait que la Vierge Marie était la mère d'un homme ordinaire auquel le Seigneur avait octroyé ensuite la divinité. Les récits des missionnaires franciscains et de Marco Polo ont mentionné des communautés nestoriennes en Chine, mais plus personne n'en a parlé par la suite.

– Pierre de la propagation en Chine de la Religion Lumineuse venue du Grand Qin, traduisit Schreck. Oui, il s'agit bien d'une synthèse du christianisme, qui évoque un Dieu un et triple, éternel créateur et pur esprit, un homme à l'état de justice originel, le péché et ses terribles conséquences sur le monde... la Vierge... Jésus, d'abord homme puis Dieu, qui prêcha les huit béatitudes... les prêtres professent la pauvreté... célèbrent la messe une fois par semaine... La stèle porte la date de février 781 », conclut-il.

Dias, qui s'était levé et qui observait le rouleau derrière l'épaule de Schreck, semblait très agité. « Dans ce cas, c'est une découverte exceptionnelle ! Le plus vieux document chrétien en chinois ! Imaginez le prestige que nous attirerons sur notre Compagnie lorsque nous annoncerons au monde que le Verbe fut annoncé en Chine il y a huit siècles ! Personne n'osera plus nous nuire, pas même la Propaganda Fide, cette congrégation créée dans ce seul dessein ! Il faut que nous voyions au plus vite l'original. Je vais dépêcher quelqu'un à Xinanfu et envoyer une lettre à Rome, au général. »

Dias saisit Schreck par le bras et l'obligea à se relever. Tandis que l'Allemand l'écoutait sans broncher, le supérieur changea une nouvelle fois de ton et poursuivit d'une voix sèche : « À propos, il faut fermer le dispensaire, vous n'aurez plus le temps de vous en occuper.

– Comment ? Non seulement je dois interrompre mes travaux botaniques, mais aussi cesser d'exercer la médecine ? Qui aidera les malheureux qui s'adressent à nous ?

– Vous aurez toujours un fonctionnaire ou un noble à soigner de temps à autre.

– Vous ne voulez tout de même pas que je soigne uniquement les riches !

– Riches ou pauvres, l'important, c'est qu'ils soient influents à la cour. Nous nous désintéresserons des autres. Au reste, l'œuvre du fondateur de notre mission, le père Matteo Ricci, que Dieu l'ait dans Sa gloire, ne fut couronnée de succès que le jour où il abandonna ses simples habits de bonze et les pauvres auxquels il s'était voué, pour se consacrer aux dignitaires. Nous suivrons la même stratégie, nous partirons du haut pour arriver au bas. Et nous y parviendrons, nous y parviendrons, ne vous inquiétez pas. » Il se leva, signifiant que l'entretien était terminé, et quitta le pavillon à grandes enjambées.

Schreck sortit à son tour. Le ciel s'était éclairci, il ne restait plus de la tempête que quelques nuages, encore gonflés d'eau, qui couraient, poursuivis par le vent et par un grondement sourd. Les feuilles étaient constellées de perles, et des centaines de grenouilles noires sautaient de tous côtés en lançant leur bruyant cri d'amour et de guerre. L'Allemand gagna d'un pas lent ses appartements, où il trouva un Petit Zhang tout agité.

« Mon père, enfilez des vêtements secs... » Comme Schreck obtempérait docilement, le jeune homme demanda : « Vous portez-vous bien, mon père ?

– Très bien. Amène-moi Donato. Je vais lui raconter une histoire avant qu'il se couche.

– Ce petit est terrible, père. Aujourd'hui, il a renversé un sac de farine, et j'ai bien cru que l'*ayi* allait avoir un accident. Elle l'a accusé d'être plus dangereux qu'une horde de Mongols. Il y a quelque chose qui cloche chez cet enfant.

– Je suis d'accord, Petit Zhang. Et sais-tu de quoi il s'agit ?

– Dites-le-moi afin que je puisse le corriger.

– Eh bien, ce qui cloche chez cet enfant, c'est son père. »

Il fallut un certain temps à Petit Zhang pour

comprendre que le jésuite plaisantait. Il s'écria : « Mon père, si vous saviez comme il est difficile d'élever Tianci... Il ne tient pas en place, comme ces libellules de paille attachées à un fil qu'on vend au marché ! Et Petit Chrysanthème ! Elle n'a plus un regard ni une pensée pour moi ! Seul notre fils l'intéresse !

– Jeune homme, tu devrais plutôt remercier le ciel. Si ta femme s'occupait plus de toi, elle risquerait de mesurer la bêtise qu'elle a commise en t'épousant.

– Père !

– Ne perds pas de temps, va chercher Donato. Tu commenceras ensuite à dresser un inventaire de tous nos biens, car nous allons bientôt déménager.

– Où irons-nous ? Et qu'y ferons-nous ? »

Soudain toute la tension qu'il avait accumulée au cours de son entretien avec Dias s'abattit sur les épaules de Schreck, telle une chape. Il lança à Petit Zhang un regard empreint d'affection et d'impuissance, puis il répondit : « Seul Dieu possède la réponse à tes questions. »

***

Johann Schreck n'en croyait pas ses yeux. Le texte qu'il lisait suscitait en lui euphorie et perplexité. Les caractères étaient élégamment tracés et alignés en bon ordre : « Selon Aristote, la science naît de l'oreille, car tout ce qui pénètre au moyen de l'ouïe pénètre avec plus de clarté dans l'intelligence. Pour Platon, en revanche, l'œil est le maître de la philosophie, car il conduit de la matière à l'esprit, du visible à l'invisible, et mène aux portes de la philosophie. C'est l'œil qui distingue le nombre, la grandeur et la distance des objets, aussi tout ce qui augmente la puissance visuelle doit être tenu en grande considération... Qui a inventé la lunette astronomique ? Un astronome occidental... Cet instrument possède d'innombrables avantages. »

Le cœur battant, Schreck se demanda qui pouvait bien composer en chinois un texte sur la lunette astronomique. Voilà que la bibliothèque de Michele Yang Tingyun lui réservait une nouvelle surprise. Cette fois, il ne s'agissait pas de menaces imprimées sur du papier buvard, mais de pages qui trônaient sur la table, flanquées du pinceau et de la pierre à encre encore humides. « Grâce à la lunette astronomique, continua-t-il, il n'y a plus de petits objets, ni d'objets lointains... »

Ah, si Galilée pouvait lire ces lignes ! songea Schreck avec nostalgie. Ce n'était pas tout : « ... On voit les parties éclairées et les parties obscures de la Lune... En l'espace d'un an, Vénus subit des phases et des quarts qui ressemblent aux phases et aux quarts de la Lune. Elle n'est pas toujours visible parce qu'elle tourne autour du Soleil... Le Soleil a des taches... se succèdent sans périodicité... Quatre étoiles gravitent autour de Jupiter... Deux petites étoiles se tiennent des deux côtés de Saturne... Il n'y a pas sept Pléiades mais trente... »

Soudain, un bruissement le fit sursauter. Il se retourna. Schall von Bell se tenait sur le seuil du pavillon et l'observait d'un air sombre. La barbe et les cheveux en désordre, il semblait écrasé par un fardeau.

« Que faites-vous ici ? interrogea-t-il avec sa brusquerie habituelle.

– Ce que l'on fait en général dans une bibliothèque. Je suis venu chercher un livre, et j'ai aperçu ces papiers. Intéressant...

– Cela m'appartient. Voulez-vous ajouter quelque chose ? demanda-t-il d'un ton sarcastique. Nul doute, vous connaissez le *Sidereus Nuncius* bien mieux que moi, et vous avez été le premier à observer les découvertes de Galilée à ses côtés. N'est-ce pas ? »

Schreck scruta les pierres bleues qui le regardaient avec haine.

« Vous êtes-vous converti aux idées de Copernic ?

– Copernic ! Copernic ! Non, je reste fidèle au modèle de Tycho Brahé, les planètes autour du Soleil, et le Soleil autour de la Terre avec les planètes.

– Et ceci ? demanda Terrentius en indiquant le texte.

– Tenons-nous-en à la réalité. Galilée a inventé un engin phénoménal qui nous permet de faire des découvertes dans le ciel. Mais de là à affirmer que la Terre tourne autour du Soleil... Vous savez, je suis pragmatique.

– Qu'entendez-vous par là ?

– Je parle de la lunette astronomique. Nous l'utilisons, tout le monde sait que nous l'utilisons, mais personne ne la connaît, nous exceptés. Alors avant que les astronomes de cour nous accusent de sorcellerie...

– Vous ? Auriez-vous peur qu'on vous prenne pour un sorcier ? Pour un hérétique ? Vous ! Ha ! ha !

– Cela n'a rien de drôle. Nos prévisions exactes nous valent la jalousie des astronomes impériaux. Mieux vaut donc prévenir une attaque de leur part en travaillant ouvertement, en expliquant ce que nous voyons et en décrivant l'instrument qui nous permet d'amplifier la vue au point que les corps célestes nous apparaissent tout près.

– Je suis d'accord. Sans instruments, on se contente de belles théories, qui n'ont rien à voir avec la science. Ainsi, vous devenez baconien vous aussi ?

– Je ne l'ai jamais affirmé. Non, je veux parler de notre droit à utiliser tous les moyens pour sauvegarder la mission, qui vise, je vous le rappelle au cas où vous l'auriez oublié, à conduire Dieu, le vrai Dieu et non la science, parmi ces païens.

– Je comprends... tous les moyens... Pour la plus grande gloire de Dieu, il est donc permis de célébrer M. Galilée et ses découvertes. Cela me réconforte..., conclut Schreck d'un ton faussement satisfait.

– Il importe que les nouvelles soient diffusées avec clarté et sans réticences. Tôt ou tard, elles parviendront à l'empereur, et c'est lui qui réclamera une lunette astronomique. Il convient de préparer le terrain. C'est la seule raison pour laquelle je rédige ce traité. »

Schreck saisit la première page et lut à haute voix : « *Yuan Jing Shuo*, *Discours sur le verre qui voit loin*... Comme je suis naïf, je pensais que vous aviez changé d'avis au sujet de M. Galilée. Mais avez-vous bien réfléchi ? Quel que soit le dessein dans lequel vous utilisez ses découvertes, en les divulguant vous ne faites qu'obéir à sa devise et à celle de l'académie des Lincei, que vous qualifiez de secte !

– C'est-à-dire ?

– Divulguer la connaissance, et de manière pacifique. C'est logique. »

Le silence s'abattit sur la pièce. Schall von Bell le brisa au bout d'un moment : « Prenez garde, Terrentius, les expédients de la logique ne rendent pas toujours de bons services. En 1201, Simon de Tournai démontra le mystère de la Trinité avec des arguments fins et des raisonnements bien enchaînés. Son auditoire l'applaudit tant qu'il s'enorgueillit. Il se vanta alors de posséder les arguments, le savoir et les capacités dialectiques pour prouver le contraire. Son arrogance fut aussitôt punie. Il fut victime de paralysie et perdit toutes ses facultés mentales. »

Schreck jugea que le moment était venu de jouer cartes sur table.

« Un individu tente depuis fort longtemps de me paralyser, moi aussi, d'entraver mes recherches, mes activités, de me dépeindre comme un être bêtement orgueilleux ! s'écria-t-il avec dureté. Et rien n'arrête cet individu, pas même la vie humaine.

– J'ignore de quoi vous parlez, rétorqua Schall von Bell en se caressant les lèvres.

– Quelle ironie ! Demain, nous quitterons cette confortable demeure pour fonder ensemble un collège improbable. Une fois encore, nous serons impliqués dans le même projet. Nous avons déjà partagé cette expérience sur la caraque qui nous conduisait en Chine et ici, avec les traductions. Mais cette fois, il faut que nous mettions les choses au clair, Adam, le moment est venu... »

Il s'interrompit soudain. Des voix s'étaient élevées du jardin, elles appartenaient à des promeneurs qui conversaient tout près de la bibliothèque. Les deux Allemands entendirent distinctement Tolentino demander : « D'après vous, les protecteurs des hérétiques sont-ils eux aussi des hérétiques ? »

Son accompagnateur répondit avec amabilité : « C'est une bonne question. Il faut toutefois établir des distinctions. Ceux qui protègent l'erreur de l'hérétique, à savoir son hérésie, sont plus coupables que les simples disciples, ils méritent eux aussi l'infâme sceau d'hérétique. Ceux qui protègent la personne de l'hérétique, en se prodiguant pour que l'impie ne tombe pas entre les mains de l'Inquisition, doivent être excommuniés *ipso facto* et traduits devant le tribunal. Mieux vaut alors qu'ils abjurent. La loi est très sévère : elle prévoit la démolition de la demeure où un ou plusieurs hérétiques trouvent refuge, l'exil de son propriétaire et la confiscation de ses biens. Voyez, on peut défendre les hérétiques de plusieurs façons : avec les armes, sans armes, en criant ou en sifflant pour les inciter à fuir ou à se défendre, en orientant l'enquête sur soi pour favoriser leur fuite ou leur liberté, en omettant de communiquer des informations décisives pour sa capture, en empêchant directement ou indirectement la célébration d'un procès ou l'exécution d'une sentence, en libérant un prisonnier sans en avoir reçu l'ordre de l'évêque... Bref, les cas que la loi prévoit sont nombreux et... » La suite du discours se perdit au loin.

Quand leur écho se fut évanoui, Schreck adressa un signe d'au revoir à Schall von Bell et quitta la pièce. Il se dirigea vers son logis d'un pas lent, les mains derrière le dos. Il était fort troublé, car il avait reconnu la voix de l'homme qui s'entretenait avec Tolentino. Il s'agissait de Giacomo Rho.

XXVIII

Ils étaient âgés de neuf à treize ans et affichaient tous des conditions de santé et d'hygiène pitoyables. À l'arrivée des quatre derniers, particulièrement crasseux, les cris de l'*ayi* retentirent dans toute la ferme : « Y en a-t-il d'autres ? S'il en est ainsi, je n'ai plus qu'à commander, monsieur le surintendant ! Amenez-en d'autres ! Beaucoup d'autres ! Et surtout, qu'ils puent comme des carcasses de buffle en décomposition ! Qu'on les choisisse directement dans les porcheries ! Plus ils sont dégoûtants, plus ils plaisent à cette pauvre vieille ! Car il est évident que je n'ai que ça à faire : gratter les croûtes, chercher les poux et les puces ! »

Elle se plaignit ensuite qu'on gaspillât trop d'eau et de savon, rappela que les employés des bains publics recevaient deux pièces de cuivre pour chaque client, s'en prit au destin et menaça. Mais seule la superstition rappela à leurs devoirs les domestiques, que ses hurlements avaient dispersés : « Aujourd'hui, c'est le jour du rat, personne ne s'en est-il donc aperçu ? Personne ne sait qu'il est imprudent de prendre un bain ce jour-là ? Que nous risquons d'attirer la teigne et des essaims de sauterelles ? Il faut vite laver ces petits cochons, comment vais-je y parvenir, moi, une vieille femme sans forces ? »

Trois serviteurs et une femme de chambre surgirent sur-le-champ, armés d'un savon à base de petits pois et d'herbes, ainsi que d'une immense bassine où plonger tous les enfants. Quelques instants plus tard, la tête luisante d'onguent et vêtus d'une blouse noire qui leur descendait jusqu'aux pieds, ils étaient prêts à rencontrer les jésuites, à apprendre les règles de la maison et des études.

Les quatorze garçonnets s'acclimatèrent vite à leur nouvelle demeure : ils mangeaient tous les jours, disposaient d'une natte propre et de couvertures garnies de ouate, ce qui était loin d'être le cas auparavant. Ils ne pouvaient se plaindre, non plus, des missionnaires, la plupart du temps aimables, ni même de l'*ayi* : elle avait beau crier comme une oie féroce, elle leur distribuait en cachette des biscuits au sésame et aux graines de tournesol. La moitié des collégiens portant le nom de famille Zhen, ou encore Liu et Mei, Schreck leur avait attribué un surnom afin de mieux les distinguer : « Faon », « Petiot », « le Grand Élégant », « le Rusé », « Yeux Écarquillés », « J'ai Toujours Faim », « J'ai Toujours Sommeil », « D'accord Père », « Je Sais Tout », etc. Certains devaient leur rester après qu'ils auraient reçu les noms des apôtres avec le baptême.

Donato suivait toutes les activités des collégiens, y compris leurs leçons, qu'il écoutait sans bouger jusqu'à ce que Petit Chrysanthème vienne le chercher. Petit Zhang était également très présent. C'est lui qui relatait à Schreck, le soir, les prouesses de tel ou tel enfant.

Un an plus tard, les garçonnets, soumis à douze heures d'études par jour, avaient accompli des progrès étonnants, d'autant plus qu'ils étaient presque tous analphabètes à leur arrivée. Ils avaient appris à lire et à écrire trois mille caractères, savaient un peu de latin et de calcul. La méthode rigoureuse des jésuites avait trouvé chez eux un terrain fertile, ils rêvaient de ressembler à Petit Zhang, symbole de la réussite, preuve qu'on menait une vie agréable et sûre parmi les étrangers.

Trois fois par semaine, quand Rho ou Schall von Bell faisaient la classe, Schreck pouvait travailler avec l'ingénieur Wang Zhen aux traductions de mécanique. Leur *Qi Qi Tu Shuo* avançait, malgré les complications des illustrations qui ne mobilisaient pas moins de cinq dessinateurs chinois. L'arrivée de Wang Zhen transportait les collégiens : à l'heure du repas, ils avaient tout loisir d'admirer sa longue barbe grise, ses vêtements de brocart, ses bottes en satin, son petit chapeau orné d'une plume de paon. Parfois, l'ingénieur acceptait l'invitation des jésuites à tenir un discours aux enfants, et il les exhortait alors à l'étude des sciences, qui apporteraient le progrès en Chine. Ravis, les élèves se lançaient des défis au calcul, jeux que Schreck avait ordonné de ne pas interrompre.

S'ils n'avaient pas été réprimandés au cours de la journée, les collégiens servaient la messe à tour de rôle. Cette perspective les comblait, car ils avaient alors le droit de manier le calice et la patène en or, de feuilleter le livre historié qui, soutenu par un gigantesque chevalet, occupait la moitié de l'autel, d'observer de près les morceaux de pain consacré, ou de minces et appétissantes hosties en pâte de riz. Cependant, la vie en commun et les règles sévères entraînaient une certaine tension parmi les grands, qu'il était parfois nécessaire de chapitrer et de punir. On isolait alors les coupables en de longues séances de prière, on doublait leurs devoirs de classe, on les privait des heures de récréation et d'activité théâtrale.

Les garçons appréciaient particulièrement le théâtre,

qui leur donnait une occasion de se divertir et de montrer leurs capacités manuelles dans la fabrication des décors et des costumes, élaborés avec les jésuites dans une grande pièce, dénommée *declamationum*, qui tenait lieu d'atelier et de salle de représentation. Si cet art distrayait les élèves, il offrait le moyen aux missionnaires de leur enseigner l'éloquence, que la *Ratio studiorium* recommandait, et de la pratiquer en public. À l'occasion d'une fête sacrée, Schreck avait décidé qu'on donnerait les représentations – vies de saints, dialogues tirés des Évangiles, mystères glorieux ou *autos sacramentales* espagnols – à l'intérieur de l'église, installée dans ce qui avait été la plus grande écurie de la ferme. Ce fut le cas en mai 1627, soit un an et demi après l'ouverture du collège.

Le public, invité par Michele Yang Tingyun et par Manuel Dias, était composé des jésuites des provinces du Zhejiang et du Fujian, de nombreux fonctionnaires provenant de la ville et des domestiques. On avait choisi le *Triomphe de l'Église pour la conversion de saint Ignace*, une tragi-comédie en latin. Les décors consistaient en deux colonnes de bois blanc et un portique, au fond de la scène, flanqués d'un portrait de saint Ignace et de saint François Xavier. Le texte avait été adapté aux capacités des élèves, et donc réduit à une peau de chagrin, et, bien qu'il ne fût pas parfaitement récité, la représentation obtint un certain succès. Quand elle fut terminée, Schreck invita les collégiens à improviser sur un thème profane, *La Conquête du char de la gloire par le grand Théandre*, et à esquisser les pas d'une danse, qui témoigna de la grâce et de la maîtrise qu'ils avaient acquises.

Dias ne tarit pas d'éloges au sujet des enfants, mais Schall von Bell, dont les yeux lançaient des flammes, déclara : « Le chemin qu'ont accompli ces garçons en si peu de temps est prodigieux, toutefois je ne crois pas que la représentation d'un texte profane et les mouvements rythmés du corps qui l'accompagnent soient appropriés à la sainteté de ces lieux et au respect du saint sacrement. » Dès lors, seuls les spectacles religieux eurent lieu dans l'église.

Une autre question suscitait les protestations de l'Allemand : la *lectio*. Dirigé à tour de rôle par les missionnaires, l'exercice de lecture constituait la principale activité didactique et consistait à répéter des textes classiques simplifiés. Les enfants éprouvant des difficultés à le maîtriser, Schreck décida que la *lectio* serait précédée d'une *praelectio* : une lecture et un commentaire de l'œuvre choisie, ainsi qu'une présentation de l'auteur et du contexte historique dans lequel il avait œuvré. Une fois familiarisés avec l'atmosphère de l'écriture, les élèves s'exerceraient les uns après les autres à la lecture.

Si la *praelectio* accroissait le travail des missionnaires, ils n'y trouvèrent rien à redire. Cependant, quelques jours après avoir montré du doigt les représentations profanes, Adam Schall von Bell, qui feuilletait des textes à commenter en classe, s'écria : « Quel mécréant ! Comment se fait-il que Terrentius soit aussi désinvolte ? Qu'il n'aborde jamais les problèmes religieux et moraux ?

– Je nourris moi aussi plus d'un doute sur ses choix, approuva Rho, qui se tenait non loin de là. On a beau les purger et les simplifier, ces livres ne me semblent nullement appropriés à ces petits sauvageons qui ne pensent qu'à s'empiffrer.

– Il faut mettre fin à ce scandale ! Il est absurde d'expliquer la poésie profane à ces enfants !

– Absurde !

– Nous devons transformer ces petits mendiants en

chrétiens, non en jésuites. Nous avons besoin de disciples obéissants, d'individus capables de nous soutenir dans notre mission, de résoudre quelques problèmes pour nous, de fidèles secrétaires, rien de plus ! Sans compter qu'étant de condition modeste ils risquent d'être influencés par toutes ces émotions. Nous pourrions employer notre temps de manière plus efficace. Le père Longobardo attend la traduction des tables trigonométriques de Pitiscus, et la *praelectio* nous empêche de l'achever ! »

Cette question fut officiellement soulevée le lendemain, au cours d'une des visites périodiques de Dias. Schall von Bell profita du déjeuner, qui réunissait les jésuites à une même table, pour exprimer ses doutes ainsi qu'il les avait confiés à Rho. Le supérieur attendit qu'on lui eût servi un second bol de riz blanc, cuit à la vapeur, et une abondante portion de *qingdou xiaren*, les crevettes aux petits pois dont il était friand, pour répondre : « Croyez-vous que ce genre de poésie pourrait corrompre le niveau de moralité et de religiosité qu'ont atteint ces garçons si simples ? En effet... En effet... Visons des objectifs moins ambitieux et moins dangereux. Qu'en pensez-vous, Terrentius ? »

Schreck posa avec soin ses baguettes et rétorqua d'un air surpris : « Je me contente d'appliquer les constitutions des collèges que saint Ignace lui-même voulut en 1541, à savoir que les élèves doivent être *ben fundados en grammatica, en arta oratoria y en verses*. Et que signifient ces deux derniers mots, que notre fondateur ajouta en 1544 après une longue méditation, sinon qu'il prônait l'enseignement des poètes et de la poésie ? Et dans quel but ? Nous le savons tous, *ad perfectam eloquentiam pervenire*.

« Je vous rappelle que saint Ignace invita au collège de Messine Hannibal du Condray, professeur de l'université de Paris, lequel enseignait à ses élèves les *Ars* d'Horace, les *Géorgiques* et l'*Énéide* de Virgile, ainsi que les œuvres de Térence, Cicéron, Ovide, Sénèque, Martial et Ausone, jusqu'à la *Copia Verborum* d'Érasme et les auteurs profanes grecs. Les étudiants de Messine devaient pouvoir distinguer les diverses sortes de vers éoliens, les strophes saphiques et alcaïques ou les hendécasyllabes. "Qu'est-ce qu'un hexamètre ?" demandait brusquement du Condray quand il voyait un élève distrait, et, quand il n'obtenait pas de réponse, il s'écriait : "Une hexapode cataleptique ! Et le trimètre iambique cataleptique ? Et l'ennéasyllabe alcaïque ?" Les asynartètes étaient son idée fixe. Gare à ceux qui ne connaissaient pas la différence entre le vers archiloquéen, le phérécratéen, l'aristophanéen, le glyconique, l'alcaïque décasyllabique, l'alcaïque hendécasyllabe et l'asclépiade. Il exigeait que les collégiens récitent par cœur et à haute voix une ode d'Horace avant de dire les prières du soir. Agenouillés en chemise de nuit, les jeunes gens devaient chanter les gloires et les misères terrestres. Par exemple, la belle Lydie qui envoûta Sybaris : *Lydia, dic, per omnis, te deos oro, Sybarin cur properes amando perdere.* »

Missionnaires et collégiens avaient cessé de manger, ils écoutaient, comme hypnotisés. Impassible, Schreck dévida l'ode jusqu'à la fin puis, fixant le supérieur, conclut : « Il n'y a pas d'excès d'ambition dans les programmes que j'ai établis pour nos élèves. Je me suis contenté d'appliquer les suggestions des grands qui nous ont précédés. Et si nos jeunes gens apprennent avec une vitesse extraordinaire, les textes sont adaptés à leur niveau et donc très simplifiés, sans qu'il y ait besoin de grands approfondissements... Les principes moraux et religieux ne sont donc pas en jeu.

Quant au temps que nous consacrons à nos leçons, il est effectivement considérable, comme l'affirme le père Adam. Mais c'est la seule possibilité que nous ayons de former non seulement des chrétiens mais aussi des chrétiens érudits. Nous sommes en Chine, où la culture atteint des sommets. Je n'aimerais pas prêter le flanc à ceux qui pourraient nous accuser d'avoir des ignares pour collaborateurs. »

Dias acquiesça, et la question en resta là.

***

Muni d'un éventail noir, Schreck s'octroyait une pause après avoir passé la matinée à expliquer aux collégiens la différence entre métaphysique et éthique – entreprise non seulement malaisée mais également inutile, qui requérait une précocité que ses élèves ne possédaient pas, en dépit de leur vivacité, de leur curiosité et de leur soif d'apprendre –, quand Petit Zhang fit irruption dans son pavillon.

« Mon père, je vous en prie, dit-il, manifestement troublé, nous avons besoin de vous !

– Chaque fois que tu te précipites chez moi, c'est pour m'annoncer de mauvaises nouvelles. Que se passe-t-il ? Est-il arrivé quelque chose à Donato ? »

Petit Zhang secoua la tête et commença son récit. Alors qu'il rentrait du marché Xiaozhalan, il avait vu tomber d'une litière, qui parcourait à toute allure la rue des Antiquaires, un enfant ligoté comme une gerbe d'herbes. Entendant ses appels au secours, les porteurs l'avaient ramassé et emporté dans une impasse, au fond de laquelle se découpait la porte d'une résidence. Cette scène ne semblait pas avoir surpris les passants qui se pressaient sur le marché. Un marchand de melons lui avait expliqué, parmi les rires et les obscénités, que la demeure appartenait à Han Zhaogui, le coiffeur et châtreur le plus prestigieux de la ville, qui fournissait en eunuques la maison impériale.

« Pauvre garçon ! Vous auriez dû voir comme il se débattait. Il faut que vous interveniez !

– Tu as raison, nous devons agir, et vite ! » s'exclama Schreck sans parvenir à dissimuler son indignation.

Il monta aussitôt dans un palanquin et se dirigea vers la rue des Antiquaires. À la vue de sa tenue de mandarin, le célèbre coiffeur, un gros homme onctueux aux sourcils épais et aux incisives saillantes, qui portait, pour sa part, une robe ornée de broderies rouges et d'une longue rangée de boutons, multiplia les révérences et les politesses.

Schreck déclara sans préambule : « D'après ce qu'on me rapporte, vous hébergez un garçon que vous vous apprêtez à purifier. Je veux l'acheter !

– Je regrette, j'ai déjà promis l'enfant à un marchand, qui, au reste, ne va pas tarder à se présenter pour s'assurer de son état avant l'opération, répondit Han Zhaogui avec une grimace mielleuse qui se voulait peut-être un sourire.

– Nous nous entendrons donc avec ce monsieur. Pour l'heure, conduisez-moi auprès de l'impur. »

Ils pénétrèrent dans une petite pièce, éclairée par des lampes à huile qui répandaient plus de fumée que de lumière. Un garçonnet gisait sur une table, les pieds et les poings liés, les bras et les jambes écartés. Apercevant l'habit de mandarin que Schreck arborait, il se mit à trembler.

Han Zhaogui s'approcha du petit prisonnier et entreprit de lui caresser les cuisses. « Voyez comme ses traits sont réguliers !

– Quelle somme vous a-t-on promise pour son achat ?

– Cent onces d'or et quatre pièces de soie d'une livre », dit le Chinois, les yeux larmoyants. Puis il fit claquer sa langue et lança au garçonnet : « Ne t'agite pas comme ça, imbécile, tu vas être bientôt libéré de ton insignifiante tige de jade !

– Cessez de le toucher ! hurla Schreck avec une impétuosité qui le surprit lui-même.

– Je n'ai pas l'intention de faire de mal à cet enfant, je vous le jure, bredouilla le coiffeur qui avait bondi en arrière. Il serait stupide de ma part de gâcher ma marchandise.

– J'attendrai ici.

– Restez donc dans mon humble demeure et, si vous le souhaitez, dans cette pièce. Mais il ne faut pas que vous approchiez l'enfant. Nous devons respecter certaines lois, que vous connaissez sans nul doute, ajouta Han Zhaogui avec une révérence.

– J'attendrai. »

Schreck s'assit sous l'œil vigilant d'un domestique. Il aurait voulu se pencher vers l'enfant et le réconforter, mais il savait qu'il ne pouvait enfreindre les règles de la propriété. Cela ne l'empêchait pas de lui parler. « Hé, hé ! » l'interpella-t-il.

L'enfant tourna vers lui son regard luisant et terrorisé.

« *Ni jiao shenme mingzi ?* Comment t'appelles-tu ?

– Qiu Zhaotong, répondit faiblement le petit au bout d'un moment.

– *Ni ji sui ?* Quel âge as-tu ?

– *Shier*. Douze ans. »

Au fil de ses questions, Schreck découvrit qu'à la mort de son père, un paysan très pauvre, l'enfant avait été vendu par sa mère au coiffeur de son village.

Celui-ci l'avait cédé à Han Zhaogui, qui l'avait à son tour offert à un marchand. Les quelques pièces de monnaie que la famille avait gagnées s'étaient multipliées par mille dans les poches des intermédiaires.

Soudain, on entendit un grand bruit de pas. Précédé par quatre domestiques et suivi du coiffeur, un Chinois grand et gros entra. Sa tête, parfaitement sphérique, était glabre et luisante, son visage couvert de fard blanc et ses joues colorées de rouge. Il portait une grande quantité de bagues en jade, qui attiraient le regard sur ses doigts terminés par des ongles longs et pointus. C'était un marchand de céréales, un dénommé Gao Lianying. Il alla jusqu'à la table et contempla le garçonnet en opinant du bonnet.

« Oui, c'est bien ce que je voulais, maître Han, un exemplaire plus en chair que le précédent, qui est mort au bout de deux mois. Remerciez mon amitié si je ne vous ai pas dénoncé, vous qui m'avez vendu de la marchandise avariée.

– Monsieur Gao, ce n'est pas ma faute. Le garçon avait bien réagi à l'opération. Il avait perdu connaissance au moment même où je lui avais glissé l'œuf dans la bouche pour l'empêcher de respirer. Il ne s'était donc pas démené, et l'incision avait été nette. J'avais suturé les ligaments des testicules très rapidement avec du fil de soie de première qualité. La plaie avait cicatrisé en l'espace de deux semaines, et j'avais ôté sans tarder le petit tube en bambou glissé dans le méat urinaire. Je me demande bien pourquoi il est mort, cet imbécile.

– Il s'est envolé en enfer au bout de soixante jours. Et maintenant ma femme et mes concubines doivent se contenter de simples domestiques. Si vous voyiez le désordre qui règne dans leurs appartements... tout est sens dessus dessous. Sans parler des querelles, des hurlements incessants. Non, seul un castrat peut gouverner le logement des femmes ! Mais je vous préviens, si celui-ci connaît le même sort que le précédent, je vous ferai payer votre négligence.

– Que dites-vous là, monsieur Gao ! C'est un bel exemplaire, ne le voyez-vous donc pas ? Touchez ces muscles puissants et vifs, tâtez ce ventre tendu comme un tambour. Et regardez ces dents, elles sont si parfaites qu'on les croirait d'ivoire. »

En tournant autour de la table, le marchand aperçut Schreck. À la vue de son habit de fonctionnaire impérial, il se figea. « Maître Han, un peu d'éducation ! Présentez-moi ce noble seigneur, afin que je puisse lui offrir mes hommages. »

Les présentations ayant été faites, Schreck exposa sa proposition au marchand. Il lui rachetait l'enfant au prix convenu, majoré de vingt onces d'or, et en offrait vingt autres au coiffeur. N'étant pas négociant pour rien, l'homme accepta de bon gré cet accord. Avant de partir, il lança au missionnaire : « Monsieur Deng Yuhan, sachez que je serai toujours à votre service. »

L'arrivée de Qiu Zhaotong à la résidence des jésuites créa un certain trouble. Dias, qui redoutait les incidents diplomatiques, exigea un exposé immédiat des événements. Ce quinzième collégien fut accueilli avec bienveillance par les quatorze autres, qui lui donnèrent le surnom de Moïse, car il s'était sauvé, non des eaux, mais de la castration.

***

En octobre 1627, la veille de son départ pour Suzhou, où l'attendait une mission du gouvernement concernant la circulation fluviale, Michele Yang Tingyun se rendit au collège. Les élèves, qui l'attendaient en rang dans la cour, entonnèrent une chanson en son honneur, et les quatre jésuites l'accueillirent à bras ouverts, comme il convient à un bienfaiteur.

Pour l'occasion, les enfants récitèrent une série de poèmes en chinois : des vers de Li Bo, qui dataient de l'époque Tang, soit de neuf cents ans plus tôt. Tolentino s'était employé à censurer les passages ayant trait à l'ivresse du vin, sous les effets duquel le poète avait souvent composé. Michele Yang Tingyun écoutait avec ravissement, « la tête posée sur un coussin de nuages bleus », ainsi que l'aurait dit Li Bo.

Sa joie eût sans doute été gâtée s'il avait su qu'il s'agissait de sa dernière visite au collège.

***

Un mois plus tard, par un mardi de novembre fort venteux, Giulio Tolentino se présenta à Schreck. Plongé dans la traduction d'un ouvrage de mathématiques, l'Allemand fut abasourdi en l'entendant s'exclamer, les mains sur les hanches : « Père Terrentius, c'est un désastre ! Nous n'épargnons pas nos efforts pour eux, et ils nous récompensent de la manière la plus ingrate et la plus perverse qui soit.

– Que se passe-t-il ? De quoi parlez-vous ?

– Je suis au désespoir. Croyez-vous que les études profitent à ces enfants ? Qu'elles les dégrossissent, qu'elles les conduisent sur le chemin de la vérité et de la pureté ? Pas du tout ! Ils se jettent dans le gouffre du péché, comme de vulgaires voyous !

– Du péché ? Quel péché ?

– Père Terrentius, je ne cesse de leur répéter le catéchisme, les exemples de vie et de rédemption qu'offrent les paraboles et les vies des saints, je leur fais lire et relire les Écritures... ces enfants ne retiennent rien. Si vous saviez ce que j'ai appris en confession ! Je soigne leurs âmes malades depuis deux ans, et hier encore je me croyais capable de les guérir, mais je m'aperçois aujourd'hui que j'ai échoué ! J'ignore si je parviendrai à vous en parler, j'éprouve un certain embarras...

– Exprimez-vous ouvertement, dit Schreck en lui donnant une tape amicale sur l'épaule. S'il y a un problème, nous trouverons la solution.

– Père, ces enfants s'adonnent de manière excessive au plaisir solitaire ! Ils le pratiquent avec constance et sans modération. Tous, jusqu'aux plus jeunes.

– C'est sans doute l'âge, une faiblesse momentanée. Allons, Giulio, n'en faisons pas un drame, cette tempête des sens passera.

– La situation est dramatique, et je crains qu'ils ne parviennent pas à remonter la pente de la vertu. J'ai découvert aujourd'hui qu'ils font un concours... à celui qui... qui...

– Qui ? l'incita Schreck que la gêne de son confrère amusait.

– Bref, vous avez très bien compris, leur compétition concerne le nombre des... pratiques de perdition. Celui qui parvient à en effectuer le plus au cours d'une même journée l'emporte. Je viens d'apprendre en confession que le vainqueur se voit même offrir un prix.

– Un prix ? interrogea Schreck en éclatant de rire.

– Il n'y a rien de drôle à ça, croyez-moi !

– Et que gagne-t-on dans ce... concours ?

– Les vaincus cèdent leur droit de sonner la cloche pendant la fonction.

– Cela fait trois jours que « Petiot » s'en charge... Eh bien !

– Père Terrentius, il faut que vous interveniez avec

toute votre autorité. La situation est devenue irréversible... nous les avons perdus !

– Je ne crois pas... Je ne crois pas... Ce n'est pas grave. Vous rappelez-vous la Genèse ?

– Bien sûr !

– Le chapitre XXXVIII, l'histoire d'Onân ?

– Parfaitement.

– Alors vous n'avez pas oublié que lorsque Er, le fils aîné de Juda, lui-même fils de Jacob, mourut, Juda ordonna à son fils cadet Onân : "Va vers la femme de ton frère, remplis avec elle ton devoir de beau-frère." Mais Onân "savait que la postérité ne serait pas sienne et, chaque fois qu'il s'unissait à la femme de son frère, il laissait perdre à terre". J'imagine que vous savez comment les docteurs en théologie ont expliqué ce passage.

– Onân avait tant de respect pour la mémoire de son frère que son corps réagissait par une pollution spontanée afin de lui interdire l'accouplement avec sa belle-sœur.

– C'est une des interprétations, cher Giulio.

– Comment pourrait-on lire autrement ce passage ?

– C'est simple. Pour se rendre inapte à l'union charnelle, et donc pour éviter d'accomplir un acte qui ne lui plaisait guère, Onân faisait ce que font nos garçons, il se masturbait.

– Non, non ! Cette interprétation est forcée, artificielle, privée de tout fondement !

– Fort bien, dit Schreck avec un air moqueur. Affrontons la question d'un autre point de vue. Que pensez-vous de Galien ?

– Je ne sais presque rien de lui. Comme je vous estime, je me conforme à votre jugement négatif sur ses conclusions médicales.

– Attention, Giulio, j'en veux moins à Galien qu'à

ceux qui pratiquent la médecine comme si nous étions encore à son époque.

– Je ne vois pas ce que vient faire Galien avec notre problème.

– Galien conseillait de ne pas retenir le sperme trop longtemps, il le jugeait même néfaste. Pour étayer sa thèse, il mentionnait Diogène, qui se masturbait en public. Mettez-vous donc l'âme en paix, nos garçons se bornent à suivre l'exemple d'un célèbre philosophe. Et par chance, ils ne s'exhibent pas publiquement !

– Je vous en prie, ne plaisantez pas ! Le plaisir solitaire est un mal qui conduit au désordre mental et qui mène rapidement à l'autodestruction. De plus, il est contre la morale.

– Pensez-vous que la pollution spontanée, celle qui se présente de nuit, soit un acte ignoble et coupable ?

– Bien sûr ! Et il faut se confesser quand elle a lieu.

– Vous êtes plus sévère que saint Thomas !

– Pourquoi ?

– Le philosophe d'Aquin la considérait avec clémence, car si la pollution nocturne dérive de pensées qu'on pourrait qualifier de lascives et qui bouleversent les rêves, ce sont ces pensées qui constituent le péché, et non la pollution en elle-même. En revanche, si l'écoulement de sperme pendant le sommeil est le produit d'une longue abstinence il témoignerait de la vertu !

– Il est impossible de discuter avec vous. Vous détournez tant la conversation qu'on ne peut vous suivre. Mais quels que soient les arguments que vous produisez pour défendre ces débauchés, le fait est là. Malgré mes réprimandes et les centaines de prières que je leur impose avant de les absoudre, ils s'obstinent impassiblement dans leur œuvre suicidaire. »

Schreck simula une grande inquiétude et s'écria :

« Si nous ne parvenons pas à empêcher cette hécatombe, le Seigneur ne nous le pardonnera jamais !

– C'est exactement ce que j'essaie de vous dire depuis une demi-heure !

– Fort bien ! Nous y remédierons ! Il existe deux méthodes pour éviter le massacre : la bague dentée ou l'eau froide !

– Comment ?

– Nous suivrons les conseils de Girolomo Mercuriale, qui fut mon professeur de médecine à l'université de Padoue. Vous partagerez les enfants en deux groupes. Vous enfilerez à ceux du premier une bague dentée jusqu'à la base de la verge, quand celle-ci est en repos. Veillez à ce que les dents soient bien placées à l'intérieur, et que la bague soit assez serrée, afin qu'elle produise l'effet nécessaire lorsque l'érection se produira. Pour les autres, utilisez de l'eau froide, dans laquelle ils plongeront leur appendice coupable toutes les quarante minutes, jour et nuit. Surveillez-les bien. Au terme d'une semaine d'observation et de confessions, vous serez en mesure de distinguer la méthode la plus efficace, et vous l'adopterez en permanence.

– La bague ? L'eau ? Père Terrentius, êtes-vous sérieux ? Oh ! vous vous moquez de moi ! Je vous demande conseil pour résoudre un problème grave, et vous plaisantez.

– Mon bon Giulio, répondit l'Allemand, les mains jointes, nous avons à affronter des problèmes plus sérieux que l'exubérance de ces garçons. Si vous ne voulez pas accepter leur jeunesse, je vous exhorte au moins à la pardonner. »

Tolentino aurait voulu répliquer, mais il n'en eut pas le temps, car un terrible hurlement s'éleva soudain de la cour du collège. Les deux hommes se dévisagèrent puis sortirent à toute allure. La vieille *ayi* pleurait dans les bras de Petit Chrysanthème, qui sanglotait, elle aussi. À côté d'elles se tenait Petit Zhang, pâle et tendu. Schreck l'invita d'un signe à s'expliquer. Le jeune homme prononça quelques mots lapidaires : « Un malheur ! Le surintendant vient d'arriver. M. Michele Yang Tingyun. Son cœur s'est brisé. Il est mort sur le coup. »

XXIX

Le géomancien était grand et massif, il avait les yeux injectés de sang, et si l'on murmurait qu'il avait un passé violent et tumultueux, il jouissait d'une excellente réputation dans son métier. Arrivé sur-le-champ, il avait longuement scruté le *luopan*, la boussole à aiguille magnétique pourvue d'un nombre important de cercles concentriques, sur lesquels étaient inscrits des caractères chinois. Il s'était enfermé pendant quatre heures dans le pavillon le plus lointain pour faire des calculs, puis il s'en était allé. Il était revenu le lendemain et avait eu un entretien en tête à tête avec le nouveau maître de maison, le fils aîné de Yang Tingyun, à qui il avait donné son verdict : pour être en harmonie avec les forces de la nature, en particulier avec le vent, *feng*, et l'eau, *shui*, on célébrerait les funérailles du défunt trois jours après sa disparition. En attendant, on construirait une tombe sur la colline qui dominait le tronçon du fleuve Qiantang où se reflétait la pagode des Six Harmonies, au sommet de laquelle on allumait le soir des feux qui tenaient lieu de phare.

Après avoir honoré son contrat avec le géomancien, le fils aîné de Yang ordonna qu'on pleure le mort. On exposa ainsi la caisse en cèdre dans une salle de la résidence entièrement tendue de toile blanche, et le pèlerinage put commencer : les gens s'agenouillaient, des bâtonnets d'encens à la main, et des volutes parfumées se frayaient un chemin dans l'air dense.

À genoux près du cercueil, et vêtu d'une longue robe de chanvre blanc, le nouveau maître de maison déposait dans un brasero des feuilles de papier, sur lesquelles on avait représenté pièces de monnaie, domestiques, carrosses, chevaux, chameaux et buffles, et les faisait brûler, avec des bouts de soie dorée. Ayant ainsi assuré au défunt le soutien nécessaire pour surmonter les difficultés matérielles de l'au-delà, il adressa un signe de tête à une dizaine de femmes, également agenouillées et vêtues d'étoffe brute, qui commencèrent aussitôt à se lamenter et à déplorer tout haut la disparition d'un illustre personnage qu'elles ne mentionnaient pas par son nom de famille mais par l'appellation de « Marquis Bienveillant ». Le chœur des pleureuses, qui avait coûté une belle somme, était accompagné par les notes prolongées de fines trompettes en bambou à l'embout et au pavillon de cuivre, et rythmé par des cymbales en laiton.

Pour la triste, mais solennelle occasion, on avait invité la concubine répudiée, qui était aussi la mère des deux uniques fils du défunt. La tête basse, elle était agenouillée à côté de l'épouse officielle et de son fils cadet, deux pas derrière l'aîné. Les deux femmes sursautaient chaque fois que les cymbales déchiraient l'air pour souligner un passage musical donné.

Dans un coin, un vieillard à la longue et fine barbe blanche, célèbre calligraphe de la province de Zhejiang, s'appliquait à écrire à l'encre dorée sur une tablette oblongue le nom du défunt. Cette tablette serait ensuite posée sur l'autel des ancêtres qui trônait dans un pavillon, à l'entrée de la résidence.

Des moines bouddhistes et taoïstes étaient alignés

le long des murs. Immobiles, le crâne rasé, vêtus de tuniques orange, les uns murmuraient en rythme le sûtra du Diamant ; les yeux fermés, les autres avançaient et reculaient, silencieux dans leurs bottes de feutre noir, secouaient la tête en faisant voltiger leurs longs cheveux.

Deux jours après le début des lamentations publiques, on scella le cercueil. Le fils aîné tourna lentement autour en disant d'une voix forte, pour que le disparu l'entende : « N'ayez pas peur, père, nous allons refermer la caisse. Retirez vos mains et faites attention aux clous. » Il déposa à l'intérieur soixante-dix sachets, un pour chaque année que Michele Yang Tingyun avait vécue, plaça dans une main du défunt des feuilles de thé et dans l'autre deux bâtons et des grains de riz, glissa sous sa nuque un appuie-tête en bois de châtaignier d'eau, recouvert d'étoffe rouge et bleu. Enfin, il introduisit des petits lingots d'or et d'argent. Après quoi, il ordonna aux ouvriers d'apporter le couvercle et de le sceller.

***

Assis sur un banc, les jésuites s'étaient relayés au cours de la veillée funèbre. Après avoir célébré une messe et distribué la communion, le premier jour, il ne leur restait plus qu'à faire acte de présence, car la famille n'aurait jamais pu renoncer aux rites traditionnels, preuve de leur dévouement au défunt.

Schreck, Rho, Tolentino et Dias suivaient tous les préparatifs, en compagnie d'un marchand hollandais de porcelaine. Arrivé quelques jours plus tôt à Hangzhou, l'homme avait effectué une visite fructueuse au four Guan, le plus grand et le plus important de la ville. Il s'apprêtait à regagner Batavia avec deux chariots remplis de précieuses céramiques fabriquées à partir d'un minerai que les Chinois appelaient *gaolin*. Ayant observé avec intérêt et curiosité la cérémonie, il ne put s'empêcher de demander : « Pensez-vous qu'il est malséant de réclamer des explications ?

– Votre curiosité n'a rien d'étrange, monsieur Van der Graaf, répondit Dias. Les enterrements chinois ont de quoi surprendre ceux qui y assistent pour la première fois. Le fils aîné de M. Yang Tingyun a enfermé dans ces petits sachets un mélange de cendre, de terre et de chaux, dont il a également rempli le coussin garnissant l'appuie-tête. Cette mixture, jointe au thé, permettra au défunt de préparer une tisane qui vivifiera ses souvenirs. Elle annulera les effets du breuvage que la matrone Mengbo Nangniang lui offrira dans l'au-delà dans le dessein d'effacer de sa mémoire son expérience terrestre.

– Pourquoi est-il important que le défunt conserve ses souvenirs ?

– Pour les bouddhistes, qui croient à la réincarnation, les hommes doivent pouvoir se rappeler, au moment de leur renaissance, les actes de leur vie précédente.

– M. Michele Yang Tingyun n'était-il pas chrétien ?

– Le plus fervent de Hangzhou !

– Comment tous ces rites se concilient-ils ?

– Ne vous posez pas ce genre de questions. Nous sommes en Chine ! Mais, je vous en prie, n'allez pas raconter que nous autres jésuites approuvons ces rites. Notre présence s'explique par deux bonnes raisons : en premier lieu, de la gratitude, car la famille Yang se charge depuis plusieurs années de notre subsistance et de notre sécurité. Ensuite nous avons le devoir de recommander l'âme du chef de famille au Seigneur. »

Le Hollandais garda le silence un moment puis reprit : « Et les bâtons ? Et les grains de riz ? À quoi servent-ils ?

– Le riz, à nourrir les chiens qu'on rencontre dans le voyage vers l'autre monde. Les bâtons à les chasser s'ils ne s'en contentent pas et deviennent agressifs.

– J'imagine que les lingots témoignent de la richesse du défunt, ou de son importance.

– Surtout, ils attirent la bonne fortune sur lui et sur ses descendants. Certains glissent des bijoux dans le cercueil, mais les plus distingués jugent ce geste peu raffiné.

– Ne craint-on pas que tous ces biens n'attirent la cupidité des voleurs ?

– Certes, les tombes des riches sont souvent mises à sac, mais cela n'arrivera pas à celle de M. Michele Yang Tingyun, car sa sépulture sera veillée nuit et jour par des gardes armés. »

C'est alors que Petit Zhang surgit de derrière le paravent doré qui dissimulait la porte d'entrée. L'ayant aperçu, Schreck se signa une dernière fois, prit congé de ses confrères d'un geste de la tête et quitta la salle, non sans susciter une certaine contrariété. L'Allemand éprouva un grand soulagement en pénétrant dans la lumière du jardin. Il vit les collégiens, qui attendaient leur tour pour rendre hommage au défunt, passa la main sur la tête des plus petits et s'éloigna en compagnie de Petit Zhang.

Le jeune Chinois était fort agité. « Mon père, dit-il, un domestique du docteur Li Jianfang a apporté la réponse que vous attendiez. » Il lui tendit un pli cacheté par un sceau de cire rouge. Le jésuite ouvrit la missive, la parcourut et fixa le vide pendant quelques instants.

« De mauvaises nouvelles, mon père ?

– Appelle les porteurs, je pars immédiatement pour l'officine ! »

Cinq minutes plus tard, un palanquin se dirigeait vers le centre de la ville, et plus précisément vers la rue Dajing Xiang. L'arrêt dans l'officine de la famille Li se prolongea jusqu'à l'après-midi. Sur le chemin du retour, Schreck, en proie à une forte émotion, décida de se concentrer sur les faits afin de conserver toute la lucidité que requérait sa réflexion. Il convenait d'appliquer en cet instant aussi la méthode qu'il employait dans son travail scientifique : observer les données concrètes, bâtir des hypothèses et les vérifier. Il n'existait point d'autre moyen pour parvenir à des conclusions sensées, l'héritage le plus important de l'académie des Lincei.

Le premier élément dont il disposait était tragique et fort clair : Michele Yang Tingyun avait été empoisonné avec de l'écorce de *stroont-boom* ! Les propos de Li Jianfang ne laissaient aucune place au doute : « C'est une substance mortelle que nous ne connaissons pas et qui agit en moins de temps qu'il n'en faut pour respirer. Les quelques gouttes du liquide que vous m'avez apporté ont suffi pour tuer en l'espace de quelques instants deux des rats sur lesquels j'essaie mes nouveaux remèdes. » Appelé avec ses confrères au chevet du défunt, Schreck n'avait pas eu la possibilité d'examiner le corps sans vie, mais il avait réussi à subtiliser une coupelle, trouvée sur la table de nuit, dont il avait ensuite confié le contenu à Li Jianfang par l'intermédiaire de Petit Zhang.

Ainsi, tous ses soupçons étaient confirmés : un individu, dissimulé parmi les jésuites, s'arrogeait le pouvoir de tuer ! Il s'agissait sans doute de l'homme qui avait déjà donné la mort à Sabatino De Ursis : un inquisiteur maléfique et sans scrupule, un dominicain possédé qui œuvrait sous couvert de leur mission depuis près de dix ans. Il fallait à tout prix enquêter sur les dernières heures de Michele Yang Tingyun, apprendre qui l'avait approché, qui avait été le dernier à le voir. Une série d'hypothèses se pressaient dans son esprit, mais aucune ne parvenait à le satisfaire. Il se promit de commencer son enquête sans tarder.

Schreck regagna le collège à l'heure du dîner. Quand il entra dans le réfectoire, élèves et missionnaires écoutaient la fin de la prière, debout. Une forêt de regards convergea sur lui. Tout le monde le vit franchir le seuil, adresser un signe de salut, puis s'immobiliser brusquement, une main à son côté, et s'écrouler au sol. Ceux qui accoururent à son secours crurent qu'il était mort.

***

Schreck reprit connaissance dans son lit. Une angoisse sourde, implacable, s'empara aussitôt de lui et il se remémora la mort tragique de Michele Yang Tingyun. Ainsi, songea-t-il, le sbire de l'Inquisition avait eu encore une fois le courage d'agir... Il s'interrogea sur les raisons de ce geste et sur ce que réservait l'avenir.

Il ouvrit les paupières. Assise à son chevet, Petit Chrysanthème, blême, le scrutait de ses yeux humides. Elle lui pressait la main et lui caressait la paume. Elle sursauta.

« Fais chauffer de l'eau, ma fille, lui demanda-t-il d'une voix faible. Tu trouveras dans mes tiroirs des germes de *wuyi*. Mets-les à infuser. »

La tête posée sur l'oreiller, il regarda la jeune femme ouvrir l'armoire et y puiser des herbes. Il songea qu'elle était devenue très belle, avec sa longue tresse noire qui se balançait à chacun de ses mouvements. Elle avait beau n'avoir que dix-neuf ans, elle était une bonne épouse et une mère parfaite, une fille admirable. Il se dit qu'il l'aimait.

Tandis qu'elle portait la tasse à ses lèvres et lui soulevait la nuque pour l'aider, il aperçut ses confrères, discrètement adossés au mur.

« Tu nous as fait mourir de peur », déclara Giacomo Rho.

Les yeux clos, Tolentino égrenait les nœuds de son chapelet en ficelle tout en murmurant : « ... doux, plein d'équilibre, juste, joyeux avec ceux qui sont dans la joie, prêt à pleurer avec les malheureux, patient, bon... Les frères et les étrangers n'eurent jamais, dans la tentation, de meilleur et de plus grand conseiller... »

Manuel Dias était présent, lui aussi, son crucifix en or brillant dans la pénombre. Mais, absorbé dans ses pensées, il ne disait mot.

L'*ayi* entra, suivie de Petit Zhang, et s'empara de la tasse, dont Petit Chrysanthème avait administré le contenu à Schreck.

Rho demanda tout bas : « Quelle est donc cette odeur fétide ?

– Elle provient des germes d'*Ulmus macrocarpa*, dont je viens de boire une infusion, répondit l'Allemand.

– J'ignorais qu'ils avaient des propriétés curatives.

– C'est la première fois que je les expérimente.

– Vous ne devriez pas, mon père ! intervint Petit Zhang, avant d'ajouter à la ronde : Il a l'habitude de tester sur lui les herbes dont il ne connaît pas les effets.

– Ne vois-tu pas que je me porte déjà mieux ? » le rassura son maître en s'efforçant de se redresser.

Mais Petit Chrysanthème le saisit aux épaules et le

recoucha délicatement. « Que faites-vous là, mon père !

– Ne t'inquiète pas, ma fille, ce n'est qu'un malaise passager. Maintenant, je vais bien.

– Bien ou mal, vous allez rester allongé, et pas d'histoires ! s'écria alors l'*ayi*. Fermez les yeux, dormez ! Et vous, qui vous tenez blottis ici comme des corbeaux, déclara-t-elle à l'adresse des autres jésuites, disparaissez ! C'est moi qui veillerai sur cet homme béni. Toi, Petit Chrysanthème, va t'occuper de ton fils ! Je l'ai vu s'ébattre du côté des cuisines, il doit certainement faire des bêtises ! »

Lorsque tout le monde fut sorti, la vieille femme au visage parcheminé tira un tabouret près du lit et se tint immobile, comme un rocher.

Deux jours furent nécessaires à Schreck pour se rétablir. L'*ayi* ne le quitta pas un instant, elle lui servit des plats de légumes et de viande qui, associés aux remèdes que préparaient Petit Zhang et Petit Chrysanthème, favorisèrent sa guérison. Dias et l'ingénieur Wang Zheng se présentèrent avec le premier exemplaire imprimé de leur ouvrage sur les machines, *Qi Qi Tu Shuo*, mais la vieille femme ne les autorisa pas à entrer.

Le troisième jour, ils pénétrèrent dans la chambre sur la pointe des pieds. Profitant de l'absence de la vieille gouvernante, qui était allée chercher du linge propre, Schreck s'assit à une table avec l'aide de ses amis. Ils avaient tout juste commencé à feuilleter le premier des trois tomes du *Manuel illustré des machines extraordinaires* quand l'*ayi* revint avec sa corbeille de linge.

« Vous avez donc décidé de le tuer ! s'écria-t-elle. Alors continuez donc ! Si vous pensez, en revanche, qu'il vaut mieux le garder parmi nous autres vivants, taisez-vous et sortez sur-le-champ ! » Elle se tourna vers Schreck et ajouta : « Et vous, au lit ! Tant que vous n'êtes pas complètement guéri, c'est moi le médecin ici ! »

Dias et Wang Zheng sortirent à toute allure et Schreck, mortifié, se glissa entre les draps. Juste avant de franchir le seuil, Dias eut le temps de prononcer une dernière phrase : « Reposez-vous bien, Terrentius, car vous aurez besoin de toutes vos forces pour le voyage qui vous attend.

– Un voyage ? »

Il n'obtint aucune explication, car la vieille gouvernante avait chassé le supérieur et l'ingénieur.

XXX

Un voyage ? pensait Schreck. En aurai-je le courage ? La tête reposant sur un oreiller rempli de feuilles de thé vert censées le soulager de la migraine, il méditait les paroles de Dias. Une dizaine de jours s'étaient écoulés depuis la visite du supérieur, et il n'avait pas reçu d'autres nouvelles : seuls Petit Zhang et Petit Chrysanthème étaient autorisés à entrer dans la chambre pour préparer les remèdes. Le petit Donato lui-même n'avait pas la permission de rendre visite à son *agong*, son grand-père bien-aimé.

La vieille gouvernante n'était pas à blâmer. Après une première amélioration, l'état de santé de Schreck s'était lentement aggravé, et l'Allemand avait distingué dans son propre organisme les symptômes d'une maladie inconnue. Le docteur Li Jianfang, parti cueillir des herbes et ramasser des minéraux rares dans le Yunnan, ne pouvait pas l'aider, toutefois ses enseignements demeuraient : les Chinois, lui avait-il expliqué, qualifiaient de *wenzhen* l'attention qu'on portait à son corps. Schreck s'était donc interrogé, il avait observé, ausculté, reniflé et palpé le sien. Il avait recouru également aux huit principes que le docteur Liu lui avait enseignés pour établir un diagnostic. Selon les critères *biao-li*, extérieur et intérieur, la rate et les intestins avaient été attaqués par un agent venu du dehors, mais le mal s'était ensuite enraciné. Le chaud et le froid, *hanre*, ainsi que la perte d'équilibre *yin-yang* témoignaient d'une grande déficience des fluides et des fonctions. Enfin, l'évaluation des manques et des excès, *xu-shi*, laissait entendre que son *qi* s'était abaissé à un niveau pathologique.

Schreck se garda de communiquer ses conclusions à qui que ce soit, mais l'*ayi*, Petit Zhang et Petit Chrysanthème surent lire sa souffrance sur son visage. Son front toujours emperlé de sueur, ses yeux verts noyés dans un sillon noir, ses joues pâles, et le léger tremblement de ses membres les inquiétaient.

Petit Zhang, qui avait assisté le jésuite au cours des dix dernières années et qui avait appris ses enseignements au point de pouvoir utiliser les herbes à bon escient, se rappela un jour une phrase que son grand-père avait coutume de répéter : « *Ta de hulu li daodi zuo de shi senme yao ?* », en d'autres termes : « Quels remèdes ta courge renferme-t-elle ? » Dans la langue des Occidentaux, on pouvait également traduire ces mots par : « Quel atout caches-tu dans ta manche ? »

Saisi d'une inspiration subite, le jeune Chinois évida une grosse courge, fit sécher sa pulpe à la chaleur et y ajouta les remèdes souverains, qui gouvernent et soutiennent la vie, en s'étonnant que son maître n'y eût pas pensé : *renshen*, *wujiapi* et poudre de perles. Il confectionna des pastilles sphériques qu'il persuada Schreck d'avaler régulièrement, associées à une décoction des mêmes ingrédients à boire en grandes quantités. L'effet fut presque miraculeux. En quelques jours, l'Allemand recouvra ses forces. Il se leva et reprit ses activités habituelles. Devinant toutefois que cette amélioration ne serait pas de longue durée, il décida de se concentrer sur les deux inconnues que sa maladie l'avait contraint de négliger : l'empoisonnement de Michele Yang Tingyun et le voyage que Dias avait annoncé.

Lorsque le supérieur fut enfin autorisé à voir le malade, il s'écria : « Quelle bonne mine, enfin !

– Je la dois à une histoire populaire qui remonte à mille trois cents ans, répondit Schreck, qui s'exerçait à la calligraphie, confortablement installé à sa table. Il était une fois un marchand qui vendait des remèdes au marché. Il avait pendu devant son étal une belle et grosse courge. Le soir, il sauta dans la courge et disparut. C'est de là que naquit la célèbre phrase : "Quels remèdes ta courge renferme-t-elle ?" Par chance, Petit Zhang s'en est souvenu. »

Dias lui tapota la main. Il portait une robe brodée en fil d'argent, la plus riche qu'il possédât, ainsi que son crucifix de cérémonie, celui-là même que le père général lui avait offert quand il était parti pour la Chine.

« Lors de ma dernière visite, dit-il, je voulais vous annoncer une nouvelle extraordinaire. Mais cela ne me fut pas possible. J'y remédie aujourd'hui. Après la mort du pauvre Michele Yang Tingyun, alors même que vous tombiez malade, nous avons reçu une dépêche de Pékin signée du père Longobardo. On vous a octroyé un grand honneur, le plus grand qui soit quand on vit en Chine. L'empereur vous a convoqué pour vous charger de corriger le calendrier.

– Moi ? Pourquoi donc ?

– La publication de votre *Qi Qi Tu Shuo* a entraîné une soif de curiosité sans précédent. Les fonctionnaires du tribunal des mathématiques, qui dirigent l'Observatoire astronomique impérial, se sont surtout intéressés aux principes de géométrie du premier tome, et en particulier aux calculs des volumes des figures solides. Les fonctionnaires du ministère de l'Agriculture, qui donnent les instructions concernant l'entretien des engins agricoles, se sont penchés, pour leur part, avec ravissement sur la transformation du mouvement circulaire en mouvement rectiligne, que décrit le deuxième tome. Les chercheurs de l'académie Hanlin, qui sont des hommes de lettres, ont délibéré qu'il était temps de fabriquer pour le bien de la Chine les machines dont le troisième tome illustre et explique le fonctionnement. »

Il marqua une pause et poursuivit : « Il ne faut pas oublier, non plus, le docteur Li Jianfang. Il a beaucoup vanté la seconde édition du *Ben Cao Gang Mu*, qu'il a préparée avec vous et qui va bientôt être imprimée. Il a semé votre nom aux quatre vents, et ceux qui soufflent du désert l'ont conduit impétueusement jusqu'à Pékin. Enfin, nos amis Paolo Xu Guangqi et Leoni Li Zhizao, retournés à la cour à l'avènement du nouvel empereur, ont envoyé à celui-ci des mémoires dans lesquels ils demandent humblement l'autorisation d'imprimer les ouvrages de mathématiques et d'astronomie que vous avez traduits avec Giacomo Rho et Adam Schall von Bell. Vous comprenez maintenant pourquoi le Fils du Ciel vous appelle à la capitale. »

D'autres raisons poussaient le jeune empereur à se tourner vers les étrangers, ajouta Manuel Dias. En premier lieu, des difficultés sur le plan militaire : les attaques des Mandchous, de plus en plus dangereuses, se multipliaient à la frontière du Liaoning ; les Mongols avaient fait sécession autour de leur chef, Bobai ; les pirates japonais ne cessaient d'assaillir la côte, terrorisant et dépouillant villes et villages. En outre, les inondations saisonnières du fleuve Jaune provoquaient des disettes, et les caisses de l'empire ne pouvaient pas aider les populations car la construction de la tombe du défunt empereur Wanlin, pour laquelle on avait employé le fort onéreux cèdre du Sichuan, les avait vidées. Les dépenses de la récente guerre de Corée, soit vingt-six millions de *liang*, et les rentes que les quarante-cinq princes impériaux et vingt-trois mille nobles de rang inférieur gaspillaient allègrement avaient entraîné une augmentation des impôts. Le mécontentement était général. Enfin, les astronomes impériaux avaient commis de nombreuses erreurs dans leurs prédictions des éclipses. On commençait à murmurer que l'empereur n'avait plus le mandat du Ciel.

« Le moment nous est favorable, commenta Dias, il faut en profiter. L'empereur vient de monter sur le trône, il ne peut donc être délogé par une rébellion. Si vous en avez la force, vous partirez dans quelques jours avec Tolentino et Rho. Schall von Bell vous rejoindra plus tard. J'ai envoyé une dépêche dans le Shanxi pour le rappeler. Le père Longobardo vous attend avec impatience. Ensemble, vous ferez un excellent travail, j'en suis certain. »

Cet entretien se conclut par une étreinte fraternelle entre le supérieur et Schreck, bouleversé par la nouvelle de son départ.

***

« J'ai Toujours Faim » était un enfant respectueux, calme et posé, il lisait lorsqu'il le fallait, priait avec un recueillement sincère, aidait ses camarades en difficulté, et était le premier à s'endormir quand on éteignait les chandelles dans la grande chambrée. Mais il avait un défaut, que Schreck combattait : il nourrissait une méfiance viscérale pour tout ce qui était chiffres et mesure. Telle une carpe du lac Xi Hu, « J'ai Toujours Faim » s'obstinait à garder le silence chaque fois qu'on lui soumettait un exercice de calcul, des tableaux à consulter, ou une figure géométrique à évaluer.

« Répète avec moi, mon garçon, lui dit Schreck avec patience. Les Écossais mesurent le tissu avec le *ell*, qui est l'équivalent de quarante-cinq pouces pour les Anglais. Le *pied du roi* des Français vaut, quant à lui, 12,78 pouces. Les Italiens utilisent l'aune, qui mesure un demi-*ell*. Donc, combien faut-il de *pieds du roi* pour avoir une aune ? » Comme en proie à l'hypnose, l'enfant fixait le vide.

« Tu as l'air d'un âne ! Si tu butes sur ces simples calculs, que se passera-t-il quand nous en viendrons aux volumes des liquides ? Que me répondras-tu quand je t'expliquerai que le *pottle* est l'équivalent de quatre *pints*, et le *bushel* de huit *gallons* ? » « J'ai Toujours Faim » sourit comme un imbécile heureux, et répéta, les yeux écarquillés : « Le *pottle* ? Le *bushel* ? »

Comprenant qu'il n'arriverait à rien, Schreck décida d'abandonner le calcul. « Écoutez-moi, dit-il à son auditoire, je vois que certains d'entre vous ont du mal à suivre le programme. Il faudra toutefois que vous fassiez des efforts et que vous vous habituiez aussi à travailler en mon absence, puisque je m'apprête à quitter le collège. »

« Petiot », qui avait beaucoup grandi, au point de dépasser à présent bon nombre de ses camarades, s'exclama : « Père Terrentius, allons-nous rester seuls ? »

« Vous ne voulez plus nous faire la classe ? » demanda « Faon ». Et « Moïse » interrogea : « Vous allez tomber malade une nouvelle fois ? »

Schreck leva la main pour obtenir le silence. « Je vais devoir partir. J'ai été appelé à la capitale pour une tâche importante.

– Pouvons-nous vous accompagner, père ? s'écria "Petiot" en prenant la main de l'Allemand.

– Non. Il faut d'abord que vous deveniez de bons chrétiens et que vous acheviez vos études. Dans quelques années, vous me rendrez visite à la capitale, et nous en ferons de belles... »

Il s'interrompit, en proie à l'un des vertiges qui l'assaillaient de plus en plus fréquemment. Il savait que son discours n'avait pas été persuasif, mais il ne parvenait pas à insuffler aux enfants la force qui l'animait autrefois. Il les quitta, pensif.

***

Le lendemain, alors que Petit Zhang s'employait à nettoyer les caisses en bois de camphre qui serviraient au transport des livres, son fils Donato fit une découverte sensationnelle. Il courait et sautait dans le champ qui longeait le collège, quand il trébucha sur une racine et s'écorcha les genoux en tombant sur le sol. En larmes, il fixa un moment le ciel et constata soudain que les nuages se mouvaient, qu'ils avaient une vie propre. L'un d'eux, qui évoquait un arbre, adopta la forme d'un champignon puis celle d'un cœur. Lorsque Petit Chrysanthème l'appela, ce flocon changeant s'était partagé en deux moitiés, formant deux poings replets. Jusqu'au soir on l'entendit s'écrier : « Un chien ! » ou : « Quelle belle queue a ce porcelet ! » ou encore : « Un œil ! » Puis l'obscurité engloutit ce monde varié, et Donato fut fort déçu. Seul Schreck, venu lui souhaiter une bonne nuit, réussit à ramener un sourire sur ses lèvres.

« Si tu me promets que tu t'endormiras aussitôt après, je t'annoncerai une belle nouvelle.

– Il n'y a plus de nuages, répondit l'enfant, maussade.

– Ils reviendront demain, ne t'inquiète pas. Tu en verras même de plus beaux. Un jour, je t'emmènerai dans un endroit où tu pourras observer les plus beaux nuages du monde.

– Vraiment, grand-père ?

– Bien sûr. Ce sont les nuages de l'empereur. Le ciel lui réserve les meilleurs. As-tu jamais vu un chameau en l'air ?

– Non, grand-père, jamais.

– Eh bien, là où je t'emmènerai, de nombreux chameaux volent, déguisés en nuages. On voit aussi des tigres, des ours et des oiseaux. Le ciel de Pékin abrite toutes sortes d'animaux.

– Tous les animaux ? Vraiment tous ? Comme dans l'arche de Noé ? »

Le jésuite éclata d'un rire étrange. « Bien sûr. Pour l'heure, il faut que tu dormes. Sinon, tu seras si fatigué, demain, que tu ne pourras pas voir les nuages.

– Une dernière chose, grand-père. Je te promets de fermer les yeux ensuite.

– Bon, je t'écoute.

– Là où nous irons, y aura-t-il aussi des dragons ?

– Bien sûr. Ils flotteront tous dans le ciel, comme des nuages, à l'exception du plus important, qui se trouve à Pékin, la ville où nous allons. Cette ville en renferme une autre en son centre, la Cité interdite, et c'est là que vit le dragon dont je te parle. Il se tient à l'intérieur d'un merveilleux palais en or, assis sur le trône. C'est notre empereur. »

Un sourire apparut sur les lèvres de Donato. Il ferma les paupières et s'endormit sur-le-champ.

***

Le fils aîné de Michele Yang Tingyun était un jeune homme mince et élégant, gentil et digne, comme son défunt père. Il achevait ses études et s'apprêtait à passer le premier des difficiles examens qui permettaient de devenir fonctionnaire impérial. Il tenait en grande considération les sages et les savants. Ayant côtoyé les jésuites pendant une bonne partie de son adolescence, il les respectait et admirait leurs activités. Il avait été baptisé, comme son père, et s'était donné pour but, lui aussi, de protéger la religion étrangère et les missionnaires qui prônaient l'égalité, la fraternité et l'amour. Certains d'entre eux abordaient des matières stupéfiantes, telles que les mathématiques et l'astronomie ; père Terrentius était même un médecin apprécié, non seulement dans le cercle des étrangers, mais aussi dans toute la ville de Hangzhou, raison pour laquelle il jouissait, à ses yeux, d'une estime particulière.

Quand le jésuite était tombé malade, le jeune Yang était occupé par de longs et complexes rites funèbres et par la succession de son père. Il avait attendu que le missionnaire se rétablisse pour lui rendre visite, d'autant plus que le supérieur Dias lui avait annoncé son prochain départ pour Pékin. Arrivé au collège, il se fit annoncer par l'*ayi* et offrit à l'Allemand une ancienne édition du *Hou Han Shu*, l'histoire dynastique des Han postérieurs, qu'il avait dénichée chez un antiquaire.

« Quelle gentille attention, le remercia Schreck. J'aurai besoin de m'inspirer du passé pour affronter le présent.

– Vous êtes vraiment devenu un Chinois, père ! Je suis heureux d'apprendre que vous vous êtes rétabli. Je suis certain que votre présence à la cour diffusera de la lumière au point d'éclairer aussi ma modeste demeure. »

Après s'être enquis de la mère naturelle et de la mère adoptive de Yang, Schreck, toujours hanté par la mort de Michele Yang Tingyun, se résolut à formuler la question qui lui brûlait les lèvres depuis longtemps : « C'est ici, au collège, que j'ai vu votre vénérable père pour la dernière fois. Il était venu nous saluer avant son départ. Il était en parfaite santé. Je ne m'explique toujours pas sa mort, et je ne me résignerai pas tant que je n'aurai pas compris.

– Cela s'est produit subitement, répondit le jeune homme, les yeux embués de larmes. La veille au soir, il était rentré de Suzhou, où il avait passé le mois. En se levant, le matin, il a pris, comme à son habitude, la potion que vous lui aviez envoyée pour maintenir son *qi* au niveau adéquat. Il l'avait bue régulièrement pendant son voyage, et avec satisfaction, puisque ses effets avaient été bénéfiques. Il a salué son serviteur personnel, chargé de le vêtir, et il s'est effondré sans même s'en rendre compte. Le médecin a déclaré que son cœur avait cédé subitement, chose qui arrive souvent aux personnes âgées, que sa vie s'était brisée comme un chêne frappé par la foudre.

– Une potion ! s'écria Schreck, cramoisi. Je ne lui ai jamais envoyé la moindre potion ! Jamais !

– Vous avez été victime d'une terrible maladie, qui, m'a-t-on dit, vous a accablé au point qu'on a craint pour votre vie. Je me permets de vous dire avec respect, comme un fils à son père, que vous avez peut-être oublié. La veille du départ de mon père pour Suzhou, un porteur qui disait venir du collège a remis de votre part à mon père un pot renfermant des herbes dont il fallait faire une décoction. Mon père en a tiré tant de bénéfices qu'il comptait vous exprimer en personne sa gratitude. Hélas, la mort le lui a interdit. Je suis venu vous remercier, en son nom, de l'acte d'amitié par lequel vous avez voulu lui assurer une longue et agréable vieillesse. Toute ma famille vous sera à jamais reconnaissante. » Il se leva sans hâte et se prosterna, front contre terre.

Schreck se leva à son tour et étreignit le garçon. Ils prirent congé ainsi. Mais si cet entretien avait rasséréné ce dernier en lui donnant la possibilité de manifester ses sentiments à un homme qu'il respectait et vénérait, il bouleversa l'Allemand au point de l'obséder. « Un pot d'herbes ! Une potion ! répétait-il tout haut en arpentant la pièce d'un pas nerveux, oublieux de sa propre maladie. Une potion médicinale ! Des herbes parmi lesquelles on avait glissé du *stroontboom* ! » Nul doute, l'assassin avait rempli le récipient de végétaux reconstituants, auxquels il avait ajouté des morceaux d'écorce mortelle en grande concentration. « Une potion médicinale ! Je vous en donnerai de la médecine ! » continuait-il, tandis qu'une pensée s'insinuait dans son cerveau, un doute, un minuscule indice auquel il ne parvenait pas, toutefois, à donner une forme concrète, l'ébauche d'une intuition encore inaccessible.

XXXI

D'un simple battement de cils, ce garçon de dix-huit ans aux joues de bébé pouvait faire décapiter n'importe qui. Lorsqu'il s'était agi d'apaiser les séditions dans le Shanxi, dans l'Anhui et dans le Sichuan, il avait fermé les yeux des milliers de fois, et autant de têtes avaient été coupées d'un seul coup : soldats ou officiers, paysans ou hommes de lettres, fonctionnaires ou princes, personne n'avait échappé à la colère du Fils du Ciel.

Flanqué de deux grues en bronze doré qui dispensaient, par leur présence, des vœux d'immortalité, l'empereur était enveloppé dans un délicieux nuage qui s'élevait des nombreux brûle-parfum placés à ses pieds. Le siège en palissandre qui trônait sur une estrade, dans le pavillon de la Suprême Harmonie, point central de la Cité interdite, était trop grand pour son corps menu et ingrat. L'or qui recouvrait le bois se confondait avec celui de son habit, une longue et lourde houppelande de brocart doré, sur laquelle des dragons se poursuivaient en de rutilantes broderies, au milieu de perles de rivière parfaitement ovales. Les perles sphériques de son grand collier avaient été pêchées, quant à elles, dans la mer, au sud de l'île de Hainan. Le cuir gris de ses bottes provenait d'un étrange animal, aux pattes courtes et doté d'une seule corne, que l'eunuque Zheng He, amiral de la flotte impériale, avait rencontré au cours d'un de ses voyages, quand, un siècle et demi plus tôt, il avait débarqué sur une terre très lointaine, vers l'ouest, habitée d'hommes à la peau noire.

Tandis qu'il avançait vers le trône, soutenu par Paolo Xu Guangqi et Leone Li Zhizao, Schreck pensait avec effroi au mal obscur qui s'était manifesté pour la première fois un an et demi plus tôt, le jour de la mort de Michele Yang Tingyun, et qui le privait de ses forces. Cette maladie couvait, indomptable, sourde à tous les soins, elle l'attaquait à l'improviste, pour se tapir dans ses viscères à l'apparition d'une nouvelle herbe, d'un nouveau traitement, et revenir, plus agressive qu'avant.

Ce matin-là, Petit Zhang avait fait infuser des fleurs blanches de *patrinia* et des racines noires de *scrophularia*. « Buvez, tant que c'est bien chaud », avait-il dit, les traits tirés, tandis que se rapprochaient les gongs de la garde impériale venue chercher l'Allemand et l'escorter jusqu'à la Cite interdite. Quand le palanquin aux rideaux jaunes frappés du symbole du dragon s'était arrêté devant la résidence des jésuites avec ses huit porteurs et son cortège de vingt-cinq cavaliers, six porte-drapeaux, douze hommes d'armes et dix musiciens, Petit Zhang avait aidé Schreck à se lever et avait posé sur ses épaules sa robe de lettré de troisième classe. D'une voix brisée par l'émotion, il avait dit : « Mon père, ils sont arrivés. Vous devez vous rendre à l'audience. Vite ! On ne peut faire attendre l'empereur ! »

Avant de partir, Schreck avait voulu faire halte dans l'église, un grand bâtiment en pierre que les Chinois appelaient *Bei Tang*, l'église du Nord, meublée de simples bancs et de panneaux de bois représentant en relief la *Via Crucis*. Après avoir prié, il avait lancé un regard suppliant à la Vierge, près de l'autel, une statue d'environ un mètre, qu'un artisan chinois, converti par le père Longobardo, avait sculptée non sans difficulté dans le marbre. Schreck eut l'impression qu'elle l'écoutait de la grande colonne qui lui servait de piédestal. Avec ses yeux en amande, son air bon et maternel, sa cape drapée jusqu'aux pieds, elle ne ressemblait en rien à la jeune fille qui, selon les Écritures, avait miraculeusement enfanté le Fils de Dieu. Elle était coiffée d'une couronne en fer dorée, de reine, et tenait dans ses bras l'Enfant Jésus, qui souriait béatement en tendant sa menotte vers le ciel, attitude qui avait rappelé à Schreck celle de Donato, son bien-aimé petit-fils chinois.

Alignés devant l'église, les jésuites avaient salué Schreck, et quand le cortège s'était ébranlé l'Allemand avait vu le vieux Niccolò Longobardo glisser dans sa poche le foulard avec lequel il avait essuyé ses larmes.

Et voilà qu'il se trouvait devant le tout-puissant Dragon fait homme, l'étoile Polaire sur terre, l'Immense, l'Océanique. Les membres de la famille impériale étaient agenouillés derrière le trône ; des deux côtés, également à genoux, les dignitaires et les fonctionnaires les plus importants de l'État : le Grand Secrétaire, les six ministres, les censeurs, le président du Conseil des rites, les cinq chefs des commissions militaires, le président de l'académie Hanlin, le directeur de l'Académie impériale de médecine, les employés du palais, le trésorier impérial, le chef des eunuques, puis, de plus en plus loin, les mandarins de rang inférieur. Prosternés, ils n'osaient pas regarder le jeune empereur Si Zong, de la grande dynastie des Ming, qui venait d'inaugurer la période de règne

Chong Zhen, l'Âge d'Or Heureux et Propice, sous le nom dynastique de Zhuang Lie Di.

Paolo et Leone avaient recommandé à Schreck de ne jamais poser les yeux sur les pupilles royales. Il était toutefois difficile de résister à la curiosité. Tandis que les deux Chinois l'aidaient à s'agenouiller pour effectuer le *kotou*, les neuf prosternations, le front contre le sol, Schreck releva la tête et croisa un instant le regard ennuyé et tragique du jeune homme. Il l'épia également après le *kotou*, contraint de demeurer dans cette position inconfortable pendant un temps interminable : l'empereur picorait du grain, posé sur une table basse, il sirotait du thé, dégustait des petits pains fourrés à la viande. Quand ses serviteurs lui offrirent une cuvette en jade où se laver les mains, on entendit le gong annonçant que l'audience pouvait commencer.

Le dos et le cou brisés, Schreck redressa la tête. Il songea qu'il valait mieux être malade et allongé sur le sol de cette pièce magnifique, plutôt qu'en bonne santé dans la salle de la Santa Casa, à genoux devant le Grand Inquisiteur de Goa. Un sourire monta à ses lèvres.

C'est alors qu'une voix plaintive retentit. Elle appartenait justement au Fils du Ciel : « Quoique barbare, un gentilhomme de votre rang devrait savoir qu'on ne rit pas devant l'empereur ! » Un grand froid s'abattit sur la pièce. Mais Si Zong poursuivait : « Comme vous avez, à l'évidence, une bonne raison d'être gai, nous ne prendrons pas ombrage de votre inconvenance et nous réjouirons avec vous. Le mémoire, dans lequel vous prévoyiez avec exactitude l'éclipse de lune du 21 juin, nous est parvenu. Il confirme votre talent. Bravo ! Mes astronomes avaient annoncé qu'elle commencerait à dix heures et demie pour s'achever à onze heures. Les pauvres, ils se sont encore trompés ! Le dragon a dévoré la Lune pendant deux minutes à partir de l'heure du tigre, comme cet étranger l'avait prédit.

« Nous avons donc ordonné que le directeur de l'Observatoire astronomique soit exécuté à l'automne prochain, quand s'éteindra l'année que les sages venus d'Occident appellent mille six cent vingt-neuf. Et que l'on décapite avec lui les vice-directeurs et les fonctionnaires du tribunal des Mathématiques responsables des calculs ! Que leurs fils aînés soient exposés au marché de Qianmen pendant deux semaines, les chevilles, les doigts et le cou dans des étaux de bois, que leurs familles soient exilées aux frontières occidentales, après avoir payé quatre-vingts grands lingots d'or et quarante petits lingots d'argent ! Que les préfets du département des clepsydres hydrauliques et de la mesure du temps soient punis de soixante coups de gros bâton, et privés de deux années de salaire ! Que les scribes qui ont recopié le mémoire contenant la prévision erronée des éclipses reçoivent cent coups de petit bâton ! En outre, nous décrétons que cet homme – il montra du doigt Schreck – jouisse du respect public, et nous lui octroyons la faculté de rire dans toute l'enceinte de la Cité interdite ! »

Il fit un signe du menton, et un fonctionnaire vêtu en grande pompe, portant un chapeau noir orné d'une plume de paon, surgit de derrière un paravent. Avançant à reculons, pour éviter de tourner le dos au souverain, il glissa un coussin sous les genoux de Schreck et disparut.

« Les pendules en or que vous nous avez envoyées comme tribut nous ont plu, continua Si Zong, blotti sur son grand trône doré. Tout comme les astrolabes, la sphère armillaire et le sextant. »

Schreck poussa un soupir de soulagement. La bienveillance de l'empereur étendait un voile d'optimisme sur les espoirs pour l'avenir. Ces bonnes nouvelles le revigoraient. Déjà l'auguste voix reprenait : « Nos conseillers nous ont décrit le travail que vous avez mené à Hangzhou pour glorifier la dynastie par de nouveaux livres de science. D'autres informateurs ont affirmé que vous respectez nos traditions. Voilà pourquoi nous avons décidé de vous confier la direction de la commission pour la réforme du calendrier. D'ici à deux mois, nous publierons l'édit dans lequel seront spécifiés les devoirs qu'une telle charge comporte. »

Il claqua des doigts. Aussitôt, ses serviteurs lui présentèrent la table des mets, où reposaient à présent vingt plats différents et dix tasses de divers bouillons. Armé de baguettes en plaqué argent, l'empereur goûta quatre plats et plongea une cuiller dans une soupe, qu'il abandonna rapidement. On ne lui resservirait ces plats que dans un mois, de manière que ses préférences culinaires demeurent secrètes. Pour plus de précaution, chacun d'eux était préparé par deux responsables, dont le nom était noté par un fonctionnaire du ministère de l'Intérieur. Enfin, l'on disposait d'un goûteur officiel. La fin du repas marqua aussi la fin de l'audience.

Tandis qu'il s'éloignait à reculons et les yeux baissés, soutenu par Paolo Xu Guangqi et Leone Li Zhizao, Schreck entendit encore une fois la voix du Fils du Ciel : « Qu'on fasse entrer les ambassadeurs des pays tributaires dans le pavillon de l'Harmonie Protectrice, et qu'ils nous y attendent ! Nous les rejoindrons au moment propice. »

Poussé par une force irrépressible, le jésuite leva la tête et croisa le regard de l'empereur, dans lequel il lut un désespoir qui rendait son teint neigeux encore plus évanescent. Il ne pouvait savoir que ce matin-là le directeur du Bureau impérial des divinations et des sacrifices avait prédit à l'empereur que les Mandchous envahiraient la Chine, qu'ils balaieraient les Ming et fonderaient une nouvelle dynastie ; enfin que, lui, le souverain aux joues de bébé, se pendrait sur la colline du Charbon qui dominait la Cité interdite. À l'instant où le palanquin de Schreck franchissait la porte de la Paix céleste – la Tian' anmen –, les entrailles de l'imprudent devin étaient offertes, encore fumantes, aux ancêtres impériaux, dans le Temple de la transformation de la Connaissance, dépouillé pour l'occasion de toute statue ou portrait de Bouddha, la religion bouddhiste étant opposée aux sacrifices humains.

***

Le trajet de retour permit au jésuite de reprendre haleine, mais il sentait qu'il ne parviendrait pas à recouvrer ses forces. Il aurait aimé se reposer, à son arrivée, or les autres missionnaires l'attendaient dans le réfectoire, impatients de connaître l'issue de cette audience extraordinaire. Le vieux Niccolò Longobardo, sans doute le plus nerveux, réclama le silence, tandis que Giacomo Rho murmurait, absorbé dans ses pensées : « ... *In cruce latebat sola Deitas at hic latet simul et humanitas*...

– Que marmonnez-vous là ? l'apostropha le vieillard, interrompant l'oraison jaculatoire de son confrère.

– C'est l'*Adoro te devote* de saint Thomas d'Aquin, déclara Schall von Bell, qui poursuivit avec un sourire : "... *ambo tamen credens atque confitens peto quod petivit latro poenitens*..."

– Croyez-vous que c'est le moment de rire ?

– "*Homo sum, humani nihil a me alienum puto*." »

Tolentino intervint en opinant vigoureusement du

bonnet : « Luther, Calvin, Baius, Jansen ont lu Augustin avec les yeux du diable et l'ont utilisé pour réfuter l'irrésistible vérité, à savoir que l'homme est l'image de Dieu ! *Homo sum*, les attitudes nous appartiennent, mais la seule voie de la perfection consiste à pratiquer l'amour pour le prochain, la miséricorde et la charité. »

Cette intervention mit fin à la discussion, et Longobardo put se tourner vers Schreck : « Alors, père Terrentius, parlez-nous de cet empereur. Quelle impression vous a-t-il faite ? L'optimisme est-il de mise ? »

***

Schall von Bell était assis à sa table dans sa chambre, une grande pièce dépouillée. Une lanterne répandait sur ses papiers et son visage une lumière irréelle tout en projetant son ombre sur le mur. Cette image ramena un vieux souvenir à la mémoire de Schreck, qui se tenait derrière la porte entrouverte : il revit Johann Van Heeck dans la bibliothèque du prince Cesi, la nuit où il avait décidé de se lancer dans l'aventure chinoise. Que de temps s'était écoulé depuis !

Soudain, Schall von Bell leva brusquement la tête et, sans se retourner, demanda : « C'est vous, Terrentius ? Vous devriez être couché à l'heure qu'il est, après une telle journée et dans l'état de santé qui est le vôtre.

– Vos yeux percent-ils les murs ?

– Je vous attendais. Cela fait longtemps que je vous attends. »

Un étrange silence s'ensuivit. Les grillons, qui avaient envahi Pékin et qui rythmaient les jours et les nuits en cette saison, semblèrent se taire, eux aussi. Schreck avança vers la table.

« Toujours au travail ?

– Comme vous. »

Schall von Bell plongea son pinceau dans un petit bol d'eau, le frotta sur la pierre à encre et reprit son ouvrage. Plusieurs livres étaient ouverts devant lui, parmi lesquels Schreck reconnut *Trigonometriae Sive, De dimensione Triangulorum libri quinque* de Bartolomeus Pitiscus, et les *Mémoires mathématiques* de Simon Stevin.

« Je vérifie les tables trigonométriques que nous avons établies pour les Chinois, dit-il. Certains chiffres ont été mal recopiés. Comme d'habitude ! Il faut que je me dépêche, le temps presse.

– Dans quelques années, quand nos collégiens auront achevé leurs études, à Hangzhou, nous ne rencontrerons plus ce genre de problème.

– Vous êtes trop optimiste. Nous avons rempli les têtes de ces enfants, mais leur cerveau restera chinois.

– Croyez-vous qu'ils soient, eux aussi, préadamiques ? interrogea Schreck sur le ton de la polémique.

– Comment ? Ciel ! Vos sauvages de l'île Maurice... Un voyage inoubliable, n'est-ce pas ? Comme le temps passe, c'était il y a dix ans !

– Jamais je n'oublierai la traversée à bord du *San Carlos*. Ni la destruction de mes herbes médicinales et la disparition de mes instruments chirurgicaux, au reste. »

Schall posa son pinceau, se nettoya les mains à l'aide d'un chiffon et leva la tête.

« Je suis certain que vous connaissez l'auteur de cette mauvaise plaisanterie.

– Oui, et je sais aussi qui a mis mon herbier en

pièces à Goa. Qui a volé l'écorce de *stroont-boom* et qui l'a administrée à...

– Rien ne vous échappe... Vous êtes un homme exceptionnel, Terrentius, si vous saviez combien je vous admire... *Stroont-boom*, de quoi parlez-vous ?

– D'une écorce cueillie à l'île Maurice.

– Vous ne m'avez jamais montré le résultat de votre cueillette à l'île Maurice. Je ne connais pas les espèces dont vous vous étiez approvisionné. »

Désarçonné, Schreck reprit : « Vous disiez que vous m'admirez ? Je ne vous crois pas, vous avez toujours entravé mon travail et toujours attaqué avec virulence...

– Vous êtes très en avance, par rapport à nous, trop ! Cela nous nuit à nos propres yeux et à ceux d'autrui. Vous avez oublié qui nous sommes et quel est notre devoir. Nous devons susciter la foi, non la méfiance, distribuer des certitudes, non des doutes. Il faut savoir reculer quand cela est nécessaire, sans poursuivre des vérités que seule la sagesse divine est, pour l'heure, capable de déchiffrer. Pensez-vous qu'il me soit facile de défendre Aristote ? Pour expliquer la nature, nous avons choisi des modèles qui se sont révélés de plus en plus inappropriés au fur et à mesure que nos connaissances augmentaient. Ne croyez-vous pas que j'en souffre ? L'étude minutieuse du corps humain pourrait nous permettre un jour de vivre longtemps et peut-être d'atteindre l'immortalité, je m'en rends bien compte, voyez-vous. Mais pouvons-nous toujours vivre dans le sentiment de notre insuffisance ? Dévoiler les erreurs des docteurs de l'Église, ces hommes mêmes qui servent de piédestal à notre orgueil ? La suffisance ne nous est nécessaire que pour éblouir les simples et les persuader de trouver refuge dans la loi divine. Nous sommes petits et insignifiants, et pourtant chaque fois que nous hésitons des légions d'incrédules tremblent, car ils confondent la recherche avec l'incertitude, et nous provoquons des blessures inguérissables à leur foi. »

Interdit, Schreck regardait fixement Schall von Bell avec la conviction de plus en plus certaine que l'homme était étranger aux dommages qu'il avait subis, ainsi qu'à l'empoisonnement de Sabatino De Ursis et de Michele Yang Tingyun.

« Sans la recherche, il n'y a pas de progrès, Adam, vous le savez très bien.

– Ce n'est pas la recherche en elle-même qui m'effraie. C'est la hâte. Vous voulez atteindre et divulguer des résultats estimables, mais peu vous importe que le monde soit prêt, ou non, à les recevoir sans remettre Dieu en cause. Je sais bien que le système de Copernic, qui contredit l'univers d'Aristote et de Ptolémée, l'explique mieux. Et je suis également persuadé que nous devons utiliser la science pour comprendre les mécanismes qui régulent les phénomènes que nos sens perçoivent. Je sais aussi qu'on ne peut trouver plus grande certitude que nos prépositions mathématiques. Que la différence fondamentale entre l'homme et Dieu consiste dans le fait que l'intellect divin connaît et connaîtra toujours mieux que nous ces prépositions. Et comme je suis certain de ce que j'avance, il faudrait jeter aux orties la distinction d'Aristote entre intelligence et raison, car tout le savoir se résume à cette dernière. »

Il s'interrompit un instant, les yeux étincelants. « Je sais tout cela très bien, comme vous le savez vous-même, comme le savent ce fanatique de Galilée et vos prétentieux amis de la secte romaine mais... nous ne pouvons pas encore le dire. Si le monde n'est pas prêt à entendre, il faut se taire, sinon, c'est le chaos. Que croyez-vous que soient les hérésies sinon des tentatives de comprendre et d'expliquer le monde ? Baptistes, condormants, évangélistes, antitactes, agnostiques, gnosimaques, bagnolais, pétrobrusiens, mandéens, jacobites, ermésiens, ophites, sabelliens, incorruptibles, encratites, quiétistes... et tous les autres... ce ne sont que des chercheurs... J'ai essayé de vous le faire comprendre de toutes les façons possibles, mais vous n'avez jamais voulu m'écouter. Alors, je vous le répète pour la dernière fois, et avec clarté : l'hérétique ne s'oppose pas à Dieu, il veut révéler le projet de Dieu aux sourds et le montrer aux aveugles, courant ainsi le risque de les précipiter dans la damnation éternelle. Voilà pourquoi je vous considère comme un hérétique, vous qui comprenez mieux que quiconque Son projet ! » Il abattit son poing sur la table et se leva.

Épuisés, hors d'haleine, les deux jésuites se dévisageaient. Schall se tourna vers la fenêtre et se mit à fixer un point au loin. Soudain, il s'agenouilla et commença à réciter l'oraison de saint Ignace de Loyola : « *Alma de Cristo sanctificame. Cuerpo de Cristo, sálvame. Sangre de Cristo, embriágame.* » Les mots évoquaient des pierres tombant dans un étang, et leur écho semblait s'amplifier au fil des secondes. « *Aqua del costado de Cristo, lávame. Pasión de Cristo, cófortame...* »

Schreck se dirigea vers la porte et sortit dans la cour. L'air de la nuit l'enivra et il eut un violent étourdissement – dû au mal mystérieux qui le dévorait, ou à son entretien avec Schall von Bell ? Une fois dans sa cellule, il s'étendit sur le lit, tout habillé. Petit Zhang le trouva immobile, le souffle court.

« Vous ne vous sentez pas bien, mon père ?

– Mon garçon, il y a un livre noir dans ma besace. Veux-tu bien me le donner ?

– Ah, saint Augustin. » Il s'exécuta aussitôt. « Le voici. Que voulez-vous que je fasse ?

– Ouvre-le à l'endroit du ruban, et lis la page de droite, à partir du début.

– "Notre ignorance du mouvement, de l'ordre des corps célestes, de la structure des ciels, notre ignorance de l'espèce et de la nature des animaux, des plantes, des pierres, des sources, des fleuves et des montagnes, notre ignorance des distances, des temps et de mille autres choses que les philosophes naturels ont, ou plutôt croient avoir expliquées et comprises, ne doit pas nous surprendre. Ne nous en préoccupons pas et ne nous en étonnons pas, car ces hommes ont beau être dotés de génie, enflammés d'amour pour la nature, riches en moyens et en temps, ces hommes qui ont réussi à percevoir quelque chose avec l'aide de la raison et de l'expérience humaine, ces hommes n'ont compris qu'une toute petite partie des phénomènes naturels, et leurs découvertes tant louées consistent souvent en des suppositions, non en une connaissance de la réalité objective." »

Soudain, Schreck sentit qu'il approchait de la solution du mystère. Il manquait encore l'étincelle révélatrice, celle qui donne une lumière puissante et irrépressible, celle qui parvient à déchaîner l'incendie dans la prairie. Mille questions lui martelaient le cerveau : qui était le limier, le tueur de l'Inquisition habilement caché parmi les missionnaires ? L'homme qui, après avoir porté la robe des Dominicains, arborait l'habit de la Compagnie de Jésus ? Par quel mystère ne s'était-il jamais trahi ? Comment n'avait-il laissé aucun indice ? Rien de rien ? Schreck se dit qu'il lui fallait démasquer le coupable au plus vite. Sinon, il risquait de perdre la tête. À moins que la maladie ne le tue d'ici là, laissant les vers de la pomme pourrie s'installer, détruisant ce que les missionnaires avaient construit. Un instant, les événements de sa vie défilèrent dans son esprit, puis il s'endormit.

Inquiet, Petit Zhang le veilla toute la nuit. « La pomme pourrie... Les vers... criait le jésuite dans son sommeil. La pomme pourrie... Les vers ! »

XXXII

Petit Zhang suait à grosses gouttes. À l'idée d'affronter cet examen, de surcroît en présence de Longobardo, il n'avait pas dormi de deux nuits. Il dut se concentrer pour répondre à la question de Schreck. « Afin de rechercher la vertu des plantes, il faut les transformer en liqueur simple, dit-il. L'extraction des sucs et de la teinture se fera lentement et à feu doux. »

Schreck s'installa plus confortablement sur le lit, ajusta la couverture sur ses pieds et reprit d'une voix inflexible : « Quelles catégories de liquides connais-tu ?

– Les eaux, c'est-à-dire les liqueurs distillées sans saveur et sans odeur, les liqueurs aqueuses qu'on peut mélanger à l'eau, les esprits qui sont, eux aussi, aqueux mais qui ont une saveur manifeste. Parmi ces derniers se rangent les esprits âcres qui réchauffent la langue, les esprits âcres qui corrompent, les esprits sulfureux ou urineux qui sentent l'urine, les esprits mixtes que domine une saveur acide, les esprits ardents qui s'enflamment, enfin les esprits salins. »

Satisfait, il pensait en avoir terminé, quand une nouvelle interrogation le surprit :

« Que sais-tu des sels ?

– Il existe des sels lessiviels, qui ont le goût de la

lessive, et les sels salins, qui ont sur la langue l'effet du sel ordinaire.

– Comment détermine-t-on qu'il y a de l'acide dans une liqueur ?

– L'acide vire au rouge si on y verse du sel de Saturne, du vitriol allemand, du tournesol ou du sublimé. »

Longobardo, qui avait assisté à l'entretien, assis à côté de Schreck, en opinant du bonnet à chaque réponse, intervint : « Je crois que cela peut suffire. Je ne suis pas spécialiste en la matière, mais Petit Zhang me donne l'impression de bien la connaître. Qu'en dites-vous ?

– Il a ma pleine approbation », répondit Schreck avec fierté.

Petit Zhang était tiraillé entre la joie et la perplexité : il ne comprenait pas pourquoi on devait le nommer apothicaire de la mission, étant donné que Terrentius exerçait cette fonction. Il courut annoncer cette bonne nouvelle à Petit Chrysanthème, laissant les jésuites en tête à tête.

Les deux hommes observèrent un moment de silence, puis Schreck déclara : « J'ai réfléchi à ce qu'il convient de faire. Je voudrais que toutes nos traductions soient publiées ensemble et qu'on intitule cette encyclopédie *Chong Zhen Li Shu*, livre calendrier de l'époque Chong Zhen. Ce vaniteux d'empereur sera ainsi satisfait. Vous y réunirez les ouvrages de mathématiques et d'astronomie, un atlas céleste comportant toutes les tables du Soleil et de la Lune... Dommage que nous n'ayons jamais eu les tables de M. Galilée ! ajouta-il avec un sourire amer. Il faut aussi construire des lunettes astronomiques en cuivre, de nouveaux sextants et des sphères armillaires en bronze, avec la division du cercle à l'européenne, et les présenter à la cour afin qu'ils deviennent des instruments d'usage commun dans l'Observatoire impérial.

– Ils trouveront ensuite tout naturel d'accepter notre religion.

– Peut-être... Mais je ne serai plus là. Les docteurs du Collège impérial de médecine l'ont confirmé, mon *qi* est si bas qu'il n'est plus possible de le renforcer. Je ne verrai pas le mois de juin. J'ignore ce qui me tue. Mon corps tout entier se dégrade lentement. J'ai expérimenté des racines, des herbes, des minéraux, des substances animales, en vain. Il n'y a rien à faire.

– En êtes-vous certain ?

– Oui.

– Depuis le jour où l'empereur vous a confié la correction du calendrier, je prie encore plus le Seigneur pour votre santé.

– À l'évidence, Il a des soucis plus importants à régler en ce moment.

– Ne plaisantez pas, le réprimanda avec gentillesse Longobardo.

– Effectivement, il n'y a pas de quoi plaisanter. »

Le silence s'abattit une nouvelle fois sur la pièce. Longobardo, qui ne pouvait se résigner à la mort imminente de Schreck, était frappé par la lucidité et la sérénité avec laquelle son ami affrontait cette épreuve. Il lui pressa la main, aussi froide que du marbre, et tenta de le réconforter :

« Toujours le même prétentieux ! Vous croyez comprendre les choses mieux que quiconque. Votre état s'améliorera bientôt et vous retournerez à votre tâche avec plus de forces qu'avant. Vous verrez, c'est vous qui imprimerez le *Chong Zhen Li Shu*.

– Il n'en sera rien, et vous le savez. Je souhaite qu'Adam Schall von Bell prenne ma succession. C'est un homme décidé, rapide, capable, le seul à pouvoir mener à bien cette entreprise. Il a les nerfs solides, les idées claires et une connaissance des mathématiques que personne, parmi nous, ne possède. Je suis certain que Paolo Xu Guangqi et Leone Li Zhizao approuveront ce choix et le souffleront à l'empereur.

– Adam est un chercheur habile, mais il n'approuve ni vos idées ni vos méthodes fondées sur l'expérience. Il n'a cessé de placer des obstacles sur votre chemin. »

La cloche sonna l'heure, non loin de là, et Schreck eut le sentiment qu'elle l'appelait. Il n'avait plus aucun désir, l'odeur de sa chambre le troublait, ses souvenirs l'assaillaient, et les images de sa vie se recomposaient pour se briser soudain en mille éclats. Un rayon lumineux filtra à travers le rideau qui obscurcissait la fenêtre, se transformant en étincelles dans ses yeux. Il devait répondre au supérieur. « Adam n'est qu'un homme tourmenté, comme notre époque. » Tandis qu'il prononçait cette phrase, il revit les yeux las de Galilée et le visage de Federico Cesi qui avait employé ces mots mêmes pour définir Cremonini de nombreuses années plus tôt.

Petit Zhang apporta une tasse, dont Schreck but le contenu. Paraissant recouvrer quelques forces, il adressa un sourire reconnaissant au jeune Chinois, qui s'apprêtait à ressortir. Le vieux supérieur reprit alors, les yeux voilés de larmes, la voix brisée par l'émotion : « C'est vrai, Adam est un homme énergique, il a des qualités. Je demanderai à Leone et à Paolo de le présenter à la cour. Il m'aidera aussi à affronter un problème dont je vous parlerai plus tard. Pour l'heure, reposez-vous.

– Ne m'abandonnez pas à ma curiosité ! Et puis, écouter ne me fatigue pas.

– Maintenant que nous avons aplani les difficultés avec les autorités chinoises, répondit le vieillard après une courte hésitation, nous devons affronter des complications venues d'Europe.

– Que voulez-vous dire ?

– Je viens de recevoir une longue dépêche, partie de Rome il y a un an. Le général me pose les questions que certains docteurs de la Sorbonne ont soulevées afin de jeter le discrédit sur notre mission.

– Par exemple ?

– Je vais vous les énumérer. La première concerne les Chinois que nous baptisons. On se demande à Paris s'ils se confessent et communient au moins une fois par an.

– Qui peut le savoir ? dit Schreck avec un sourire. Ils sont peu nombreux et dispersés sur un immense territoire ! Ah, ces grands savants n'ont-ils donc rien de mieux à faire ?

– On nous accuse aussi d'éliminer la cérémonie de la salive, du sel et de l'huile quand nous baptisons les femmes. Et de ne pas administrer l'extrême-onction.

– Qu'ils essaient donc de toucher une Chinoise avec de la salive et du sel ! Ou de signer un moribond avec de l'huile ! On les mettrait en pièces sur-le-champ ! Ici, la tradition et la superstition en savent bien plus long que la théologie, la philosophie et nos rites. Ces rites paraissent mystérieux, peut-être même agressifs aux Chinois, et cela n'a rien d'étonnant.

– Nos détracteurs nous demandent aussi s'il est juste que les chrétiens chinois prêtent de l'argent à un taux d'usure de trente pour cent, comme le veut la loi de l'État, plutôt que de le faire gratuitement, en qualité de chrétiens. Et encore : les chrétiens chinois peuvent-ils continuer à financer les cérémonies données en l'honneur de Confucius, de Bouddha ou d'autres faux dieux, de crainte de subir des attaques ou de perdre leur prestige social ? Pourquoi les chrétiens chinois n'ont-ils pas de crucifix entre les doigts quand ils s'agenouillent devant les autorités ou dans les temples ? Pourquoi nous autres missionnaires nous agenouillons-nous devant l'empereur ? Et pourquoi exposons-nous sur l'autel une tablette portant l'inscription "Dix mille années à l'empereur de la Chine", et non le crucifix ? »

Cette fois, Schreck rit de bon cœur. « Quels idiots ! Écrivez au général que ces docteurs sont de fieffés imbéciles. La vérité, c'est qu'ils n'admettent pas que nous autres Jésuites soyons acceptés à la cour, que nos missions en Orient soient stables et fortes, que le Portugal nous protège !

– Ils nous causeront bien des ennuis.

– Vous saurez les affronter, eux aussi.

– Avec l'aide de Dieu.

– Avec Son aide, bien sûr, celle d'Adam et, naturellement, avec un peu de chance, répondit Longobardo en soupirant.

– Accepteriez-vous de me rendre un service ?

– Bien entendu.

– Petit Zhang conserve une série de dessins que j'ai exécutés au fil de mes recherches. J'avais la vanité terrestre de les publier en un ouvrage que j'aurais aimé intituler *Plinius Indicus*. Tout cela ne m'intéresse plus. Vous ferez de ces planches l'usage que vous croyez bon. J'espère qu'elles serviront à quelque chose ou à quelqu'un.

– Soit. Vous pouvez compter sur moi. »

L'Allemand tira la couverture sur son buste. « Il fait frais aujourd'hui. Plus frais que prévu.

– Oui, ce froid subit m'inquiète.

– Le froid ?

– Non, pas seulement. L'eau du puits est boueuse, elle dégage une mauvaise odeur. Il n'y a pas de vent, et pourtant la surface de l'étang est ridée. Le ciel est d'une limpidité insolite, si l'on excepte quelques nuages qui s'étirent en longueur. Et puis les cochons sont agités. Ce sont les signes annonciateurs d'un tremblement de terre... »

Schreck regarda vers le ciel et vit un long nuage bleuâtre aussi fin qu'une veine. Puis il aperçut dans la cour Paolo Xu Guangqi, qui avait abandonné quelques instants son travail de traduction et qui récitait le chapelet, assis sur un siège. L'Allemand l'avait si souvent vu avec son *mâla* qu'il n'y prêta guère attention, cependant il fut surpris par ses yeux écarquillés, perdus dans le vide. Le refrain bouddhiste des versets de la Loi, le *Dhammapada*, s'échappait de ses lèvres : « La voie idéale est l'Octuple Voie. Les Quatre Vérités sont les vérités suprêmes. Être sans passions est le meilleur destin. Celui qui voit clair est le meilleur des humains... » Jamais il n'avait vu le Chinois plongé dans une méditation aussi profonde. Il scruta son visage figé, comme pétrifié, absent, son corps immobile, privé de toute trace de souffle. On aurait dit une statue. On aurait pu croire aussi qu'il était mort, s'il n'avait pas égrené le rosaire et murmuré une prière.

Soudain, Schreck eut l'impression que Paolo Xu Guangqi lui communiquait un message, un message inquiétant. Mais lequel ? « Voici la seule voie. Nulle autre ne mène à une claire vision. Suis-la, et ce sera pour Mara la plus grande confusion... » À chaque phrase, les perles en bois de figuier glissaient entre les doigts de l'homme à un rythme lent, aussi précis que celui d'une pendule. Fasciné par l'avancée inexorable de ces petites boules, Schreck se mit à les compter. Il constata qu'elles étaient animées d'un mouvement propre. L'une après l'autre. Une. Deux. Trois... Une après l'autre... Quatre. Cinq. Six... « Toutes les choses conditionnées sont douleurs. Qui a, par la sagesse, saisi cette vérité est lassé de la souffrance. C'est la voie de la purification[1]... » Sept. Huit... L'une après l'autre... Neuf. Dix. Onze...

Il aurait compté les cent huit grains s'il n'avait pas soudain été secoué par un frisson glacial. C'était une sorte de coup de poignard, qui lui coupa le souffle. Un instant, il manqua d'air.

Longobardo, qui avait suivi le regard de Schreck et contemplé à son tour leur ami en prière, avait l'impression d'avoir affaire à deux statues, l'une dans la cour, l'autre à ses côtés. Cependant, alors que Paolo Xu Guangqi méditait, Johann Schreck semblait foudroyé par une soudaine et terrible révélation. « Le chapelet ! » s'exclama-t-il, mais le supérieur n'entendit qu'un soupir.

Puis cette sorte de parenthèse s'acheva, et Schreck se ressaisit. De même que les oiseaux de mer surmontent les rafales de vent saumâtre et trouvent refuge sur la falaise que balaie la fureur des éléments, de même les faits, les attitudes et les paroles du passé acquirent un ordre et une signification dans son esprit. À présent, il savait qui était le limier de l'Inquisition.

Il adressa un signe rassurant à Longobardo, qui l'observait d'un air inquiet, et dit : « Tout va bien, un léger vertige, qui est passé. Si vous le permettez, je vais sortir pour satisfaire une nécessité corporelle. » Ayant repoussé sa couverture, il gagna la porte en s'appuyant sur sa canne, et sortit sous l'œil de plus en plus préoccupé du vieux jésuite.

---

1. *Dhammapada*, XX, 273-274, 278, traduit par Le Dong, Paris, Le Seuil, 2002.

***

Il le trouva à l'église, étendu à plat ventre sur le sol, les bras en croix, en pleurs. Les volets des grandes fenêtres étaient fermés, et il régnait une atmosphère irréelle. Dans la pénombre, les panneaux de bois sculpté qui revêtaient les murs affichaient un aspect inquiétant. Du calvaire et de ses personnages, on ne distinguait que des détails : une main implorante, le dos d'un cheval, la couronne d'épines, la lance d'un légionnaire. Un rayon se posait sur la statue de la Vierge à l'Enfant, éclairant ses yeux en amande et sa couronne dorée.

Schreck referma délicatement la porte derrière lui et avança le long de la nef centrale. Un pas après l'autre, sans hésitation, mais avec lenteur. Comme les grains du rosaire. Tandis qu'il se rapprochait, il entendit des sanglots, des soupirs ainsi que des implorations : « Très saint prêtre de Dieu, glorieux confesseur, éminent prédicateur.

– Je suis là ! » s'exclama l'Allemand.

L'homme se raidit, mais il demeura face contre terre.

« Je suis là ! » répéta Schreck avant de poursuivre la prière interrompue : « Bienheureux Dominique, élu du Seigneur, objet de Sa complaisance et de Sa prédilection... Une bien belle prière que celle de Jourdain de Saxe.

– Quelle erreur ai-je commise ? » interrogea l'homme en se redressant. Ses joues étaient sillonnées des larmes que l'exercice de contrition avait provoquées.

L'Allemand s'assit au bout du banc le plus proche de l'autel. « Le chapelet, dit-il.

– Le chapelet ?

– Nous autres Jésuites n'avons pas coutume de prier avec une invention de saint Dominique.

– Il guérit les plaies de la société ! D'après Grégoire XIII, qui ne devrait pas vous déplaire puisqu'il protégeait les Jésuites et qu'il promut le calendrier que vous essayez d'introduire en Chine, saint Dominique inventa le chapelet pour apaiser la colère de Dieu et obtenir l'intercession de la Bienheureuse Vierge.

– Oh ! vous pouvez ajouter Urbain IV, Léon X, Jules III et Pie V, qui affirmèrent respectivement que le rosaire attire de nouvelles grâces sur les chrétiens, qu'il a été inventé pour combattre l'hérésie et les hérésiarques, qu'il est l'ornement de l'Église de Rome, qu'il éloigne les ténèbres de l'hérésie et enflamme les fidèles au point de les transformer en hommes meilleurs... Ah, j'oubliais Sixte IV. Pour lui, dire le chapelet promeut l'honneur de Dieu et de la Vierge, repousse les dangers du monde.

– Seul le chapelet vous a conduit à moi ?

– Principalement, Giulio. Mais à bien considérer les années écoulées, il compte parmi les nombreux indices dont vous avez signé vos méfaits et que je viens seulement de déchiffrer. »

Tolentino se releva et épousseta sa robe, puis il s'assit sur le même banc que Schreck, mais à l'extrémité opposée, près de la Vierge de marbre, qui semblait ne regarder que lui depuis son piédestal.

« De nombreux signes ? J'ai eu l'imprudence de me réfugier dans le rosaire, je vous l'accorde, mais je ne me rappelle pas avoir commis d'autres erreurs.

– Je vais vous les énumérer et vous pourrez juger si vous avez été peu habile, ou trop sûr de vous-même. Ce genre de chose arrive à ceux qui croient être les dépositaires de la justice divine. Avant tout, encore Jourdain de Saxe : "Venez en aide, ô très bon père, venez en aide, ô très clément, à mon âme pécheresse, toute privée de grâce et de vertus, chargée de misères, enveloppée des liens du vice et du péché, secourez-la...” Vous rappelez-vous ? Nous étions malades, il y avait de nombreux morts et moribonds à bord du *San Carlos*, tandis que nous faisions route vers le sud, et nous priions le Seigneur. Vous, vous invoquiez saint Dominique avec la prière superbe que Jourdain de Saxe, son premier successeur à la tête des frères prieurs, composa pour sa canonisation. Je fus surpris de l'entendre dans votre bouche, puis j'oubliai, jusqu'à aujourd'hui... Si mes souvenirs sont bons, vous avez également utilisé les paroles de Jourdain de Saxe quand le pauvre Cavallina expira : “Oh, venez donc à mon secours, je vous en supplie, venez au secours de tous ceux qui me sont chers.” Je venais juste de lui fermer les paupières... Et à mon chevet, à Hangzhou, après mon premier malaise : “... doux, plein d'équilibre, juste, glorieux...” Toujours saint Dominique...

– Tous les puissants et les saints hommes d'Église admiraient et protégeaient Domingo de Guzmán : les cardinaux d'Ostie, de Porto, de San Teodoro, de Santa Maria in Cosmedina, des Douze Apôtres, Robert de Courson, cardinal de Saint-Étienne au mont Celio... Vous, vous le méprisez !

– Je ne méprise par saint Dominique, j'ai horreur des dominicains qui, comme vous, sont persuadés d'agir selon ses enseignements et dont les griffes ruissellent du sang de leurs victimes !

– *On no val senhagols, val bagols !* Où ne vaut la bénédiction prévaudra le bâton, disait Dominique. Et nous sommes le bâton de Dieu !

– Taisez-vous et écoutez-moi ! Votre prière peu avisée fut suivie de la destruction de mes herbes médicinales et de la disparition de mes instruments chirurgicaux.

– “Si vous refusez de venir à la Vérité qui sauve, on appellera contre vous des chefs et des prélats qui, hélas, rassembleront contre ce pays la puissance des nations et feront mourir bien des gens par le glaive, ruineront les tours, renverseront et détruiront les murs et vous réduiront tous en servitude, ô douleur ! Ainsi prévaudra le *bagol*, sa force où la douceur et la bénédiction n'ont rien pu faire !” » gronda Tolentino.

Schreck continua comme si de rien n'était : la malédiction de saint Dominique ne l'effrayait guère, il sentait naître en lui des forces inespérées. « Vous avez été habile à ne point laisser de traces en ces occasions. En revanche, vous en avez semé à Goa. Je me rappelle votre apologie d'Innocent VIII, le chasseur de sorcières, et de François Ier, le massacreur des Vaudois. Votre trait d'esprit qui se fondait sur le psaume 73 : “Lève-toi, ô Dieu, plaide ta cause !” disiez-vous pour nous faire sourire. C'est aussi la devise de l'Inquisition qui trônait sur l'étendard, à la Santa Casa de Goa, *Exurge Domine et Judica Causam Tuam*... Ah, cette convocation pour soigner un malade inexistant, quelle bouffonnerie ! La Santa Casa ! Vous la connaissiez si bien que vous saviez que les prisonniers blancs y sont mieux traités que les détenus indigènes. “Au moins pour ce qui est des repas”, avez-vous dit alors. Et le Grand Inquisiteur de Goa, Francisco Delgado De Matos, avait eu vent de la destruction de mes herbes ! Quel imbécile ! Comment n'ai-je pas compris alors que vous en étiez l'auteur ! Vous saviez où je conservais mes plantes, je vous l'avais moi-même montré. Mais l'écorce du *stroont-boom* se sauva de votre fureur hâtive, et si vous l'avez remarquée ensuite, c'est parce que vous m'avez aidé, avec Giacomo Rho, à récupérer ce qui avait échappé à la dévastation.

– Monseigneur Delgado De Matos en sait sur vous plus que vous ne pouvez l'imaginer, répondit Tolentino avec un ricanement mauvais. Il vous attend avec la patience que le père doit avoir pour le fils bien-aimé qui s'écarte du droit chemin, et la rigueur qui ne peut faire défaut quand on souhaite que l'œuvre de correction ait des effets durables... éternels, si vous préférez.

– À notre arrivée à Macao, vous avez couru le premier récupérer mes bagages qui avaient chuté, et vous avez sans doute profité du désordre pour vous approprier la racine. "Votre bagage est maintenant assuré par une double courroie, et il ne pourra plus tomber", m'avez-vous affirmé. » Il s'interrompit un instant pour soupeser un souvenir douloureux, qui s'ajoutait à tant d'autres. « C'est vous qui avez dénoncé le pauvre père Gaspar, qui m'avait offert de nouveaux instruments chirurgicaux. Vous étiez dans son atelier, quand il me les montra... Vous avez aussi cet épisode sur la conscience !

– Un homme dangereux. Voulez-vous savoir ce qu'il est devenu ? Il a pleuré comme un veau qu'on égorge tandis qu'on lui brisait les doigts des mains et des pieds... l'un après l'autre... mais il a déclaré qu'il n'avait rien à avouer. Il n'est plus qu'un nuage de fumée qui vogue dans les airs.

– *Domini canes !* Vous et vos semblables êtes les chiens du Seigneur ! Des bêtes immondes ! »

Tolentino le défia d'un sourire ironique. « Cessez de vous en prendre aux dominicains ! Rappelez-vous Savonarole ! Il était dominicain, et il brûla lui aussi sur le bûcher. L'Inquisition est un instrument équilibré et juste. Le Saint-Père l'utilise pour extirper les plantes malades qui nuisent à la vigne du Seigneur. C'est vrai, nous autres Dominicains sommes le pilier principal de l'Inquisition, mais les autres ordres religieux y concourent aussi. Et ce n'est pas nous qui torturons, pendons et brûlons les hérétiques, vous le savez bien. Nous nous contentons de les juger. C'est le bras séculier qui veille à exécuter les sentences.

– Cela vous fait sourire ? Je n'en suis guère surpris. Vous avez même réussi à plaisanter sur la circoncision du Christ pour affirmer que les Jésuites n'ont pas à craindre la chirurgie. Nous avons tous ri en cette occasion, oubliant que vous veniez de réciter la bulle de Sixte V sur la Congrégation de l'Index, prouvant ainsi que vous la connaissiez par cœur. Et quand, à bord de notre jonque, nous avons aperçu père Gaspar aux arrêts, vous avez cité avec justesse un canon du concile de Trente... Vous avez bonne mémoire...

– Vous aussi, me semble-t-il.

– Oui, mais je ne connais pas les documents que vous autres inquisiteurs avez utilisés pour confondre des innocents.

– Pas des innocents ! Des individus nuisibles dont l'haleine pue le soufre ! Des hérétiques !

– Taisez-vous, je n'ai pas terminé ! Dans la demeure de Michele Yang Tingyun, vous avez même rapporté les paroles du précepte avec lequel la Congrégation de l'Index suspendait les ouvrages qui exposaient la théorie copernicienne... *suspendedos esse donec corrigantur...* J'aurais dû me demander alors pourquoi vous connaissiez si bien ce texte !

– Je me trouvais parmi ceux qui aidèrent le notaire du Saint-Office à le recopier pour l'envoyer aux inquisiteurs et aux universités dans toute la péninsule et de l'autre côté des Alpes.

– Seule la peur de la Chine et des Chinois endigua provisoirement votre folie. Pendant notre voyage à Hangzhou, toutefois, la devise des Dominicains,

Honeste vivere, discere et docere, vous échappa. Vous l'avez alors dédiée aux bonzes du monastère de Nanhua... C'est la seule phrase que la terreur ne vous avait pas amené à ravaler... Vous vous rappelez ? Vous avez gardé le silence pendant tout le voyage... »

Tolentino commença à s'agiter sur son banc. Il fit mine de se lever, mais se ravisa aussitôt. Schreck, qui avait remarqué ce mouvement furtif, lui intima :

« Vous ne pouvez pas partir ! Vous devez encore m'écouter ! Enfin, vous avez eu recours à l'assassinat, d'abord de Sabatino De Ursis, puis de Michele Yang Tingyun. Vous avez administré à De Ursis de l'extrait de *stroont-boom* en profitant d'une absence momentanée de Petit Zhang. Peut-être lui avez-vous même dit que je le lui envoyais... Et de la même façon, vous vous êtes servi de mon nom pour faire livrer à Michele Yang Tingyun les herbes et l'écorce maléfique qui l'ont tué. Il était venu nous dire au revoir au collège, et vous saviez, comme nous autres, qu'il s'absenterait pendant un mois... Cela lui donnait le temps nécessaire pour consommer les herbes, poison compris. Pourquoi avez-vous agi ainsi ? »

Le visage de Tolentino se changea en masque tragique. Les yeux écarquillés, la bouche grande ouverte, telle une plaie scandaleuse, il s'écria : « Pour vous amener à commettre un faux pas, Terrentius ! J'étais chargé de réunir les preuves de vos activités illicites !

– Et vous n'avez pas hésité à tuer pour parvenir à votre but !

– Vous exagérez. Abraham attendit quatre-vingt-dix-neuf ans avant que Dieu accorde à sa femme Sarah, qui en avait quatre-vingt-dix, d'engendrer Isaac, le fils tant désiré. Et pourtant, il n'hésita pas à obéir au Seigneur, qui lui enjoignait de sacrifier l'enfant. Au reste, il l'aurait fait si le Très-Haut n'avait pas retenu sa main... Dieu donne et Dieu prend. » Il glissa sur le banc d'un mouvement presque imperceptible puis s'immobilisa. « En ce qui me concerne, j'ai immolé deux agneaux sacrificiels sur l'autel du Seigneur pour le glorifier et... pour vous débusquer. En tant que médecin, je le savais, vous n'auriez pas résisté à l'appel de l'âme rationnelle : connaître la cause de leur décès. Mais je n'ai pas eu la force de vous dénoncer après l'autopsie de Sabatino, car nous étions en danger, et ma propre vie eût été en péril si les Chinois avaient appris qu'on profanait des morts dans la maison des étrangers. En revanche, vous vous êtes joué de moi, avec Michele, car vous n'avez même pas touché son cadavre.

– Ce n'était pas nécessaire. Une simple expérience m'a permis de connaître les causes de sa mort.

– Les enquêtes scientifiques..., dit Tolentino en se rapprochant de l'Allemand. Les expériences... L'angoisse de la solitude m'a tenu compagnie pendant toutes ces années passées à vos côtés, tandis que je vous surveillais, que je vous épiais... Je m'imbibais de vos doctrines et je les répétais, tels ces oiseaux colorés qui imitent la voix des hommes. Vos doctrines... J'aurais sans doute cédé à leur charme si le chapelet et les prières ne m'avaient pas défendu. Quelle ironie c'eût été, si j'avais succombé à vos arguments alors même que je vous donnais la chasse pour vous empêcher de les professer. »

Il baissa le ton en glissant de nouveau sur le banc : « Doux, plein d'équilibre, juste, joyeux avec qui est dans la joie, prêt à pleurer avec les malheureux, patient, gentil, bon pour consoler... Vous avez oublié ? C'est un des témoignages réunis au procès de canonisation de Dominique, je l'ai récité auprès du cadavre de Michele Yang Tingyun pour remercier le saint de me donner la force d'accomplir ma mission.

– Je croyais vous avoir acquis à la cause de la libre-pensée, mais je nourrissais de poison le serpent du démon !

– Vos enseignements m'ont permis de tenir de beaux discours, je vous l'accorde... Cependant, chaque fois que je magnifiais votre maudite science qui méprise la Vérité, je passais des heures entières à demander pardon à Celui qui meut l'Univers autour de la Terre. Maintenant, c'est fini ! » Il bondit sur ses pieds et siffla avec fougue : « Je dis, prononce et décrète que toi, Johann Schreck dit Terrentius, rendu gravement suspect d'hérésie aux yeux du Saint-Office pour les doctrines mensongères que tu professes et pour les pratiques interdites, contraires aux Saintes et Divines Écritures, avec lesquelles tu opères, es condamné à rendre la vie à celui qui te l'a donnée. *Misericordia et Justitia !* »

Il se jeta sur Schreck. Figé sur le banc, celui-ci eut le temps de constater combien le chapelet de ficelle, surgi entre les doigts de son adversaire, était simple, avec ses pauvres nœuds pour grains. Tolentino le lui passa autour du cou et, d'un coup vigoureux, l'entraîna sur le sol. Il n'y eut pas de vraie bagarre : les deux hommes s'agrippèrent l'un à l'autre, formant une masse sombre.

Comprenant qu'il n'aurait pas la force de résister, l'Allemand s'en remit à la volonté de Dieu, tandis que Tolentino l'étranglait. Il revit le petit Donato, qui venait vers lui en criant : « Grand-père ! Grand-père ! *Agong ! Agong !* », puis il fut saisi de nausée et de vertiges. Une force surhumaine le secouait et l'agitait, accompagnée d'un grondement, qui s'amplifia de plus en plus au point de lui transpercer les oreilles. Tout tremblait autour de lui, y compris Tolentino, qui ne lâchait pas prise. Les yeux brûlants, la gorge sèche, l'Allemand pensa que telle devait être la mort. Soudain, un craquement retentit, semblable à celui d'une branche qu'on brise, suivi d'un bruit sourd, terrifiant. L'air pénétra dans ses poumons, lui causant une vive douleur, comme s'il avalait de la poussière de verre. Il avait recommencé à respirer.

Schreck fut abasourdi par cette vie qui revenait. Puisqu'il souffrait, il était encore vivant. Mais il ne sentait plus l'étreinte de Tolentino ni son poids sur son corps. Il se souleva à grand-peine sur un coude. Le cliquètement d'un objet attira son attention, l'obligeant à ouvrir les yeux. Il vit la couronne dorée de la Vierge Marie tourner une dernière fois et s'immobiliser sur le sol. Avant de perdre connaissance, il aperçut une masse sombre. Tolentino gisait dans une mare de sang : la lourde statue en marbre était tombée de son piédestal et lui avait enfoncé le crâne.

***

« Un violent séisme, mais je l'attendais, disait tout bas Niccolò Longobardo à Giacomo Rho, qui l'écoutait avec respect. Le gaz du sous-sol a agi comme un vent vigoureux, il s'est concentré et renforcé avant de souffler. Ce tremblement de terre appartient à la cinquième catégorie du classement d'Abeldo, à en juger par les fissures qui se sont formées sur le sol. » Constatant que Schreck avait rouvert les yeux, le vieillard se tut.

L'Allemand était étendu sur un banc en pierre, dans la cour où donnaient les logements. On avait glissé sous sa nuque un coussin fabriqué à la hâte avec des chiffons. De l'autre côté du mur d'enceinte s'élevait le vacarme d'une foule en mouvement. « Que s'est-il passé ? Quel est ce désordre ? murmura l'Allemand.

– Il y a eu une terrible secousse tellurique, et de

nombreux bâtiments sont endommagés, répondit le supérieur en lui prenant la main, froide comme toujours. Les gens se précipitent sur les Collines Parfumées pour y passer la nuit. Ils craignent une réplique. Nos demeures ont été relativement épargnées. Nous vous avons trouvé dans l'église... en compagnie du pauvre Giulio Tolentino. Un homme généreux et pieux. Il priait avant que la mort ne le ravisse. Il avait encore son chapelet entre les doigts. »

Incapable de bouger, Schreck contempla le ciel. Une lueur rougeâtre s'y répandait. Le fin nuage bleu qui le parcourait avant le séisme s'était transformé en une série de flocons rubiconds, qui évoquaient les joues d'un enfant, par exemple celles de l'empereur. « Je voudrais voir ce beau coucher de soleil que nous a offert le premier jour de mai. Pouvez-vous m'aider à aller au jardin ? »

D'abord désarçonné par cette question, le vieux jésuite se résigna à accepter. Les deux hommes s'éloignèrent à petits pas vers la partie sud du mur d'enceinte, appuyés l'un à l'autre.

Le jardin n'était pas grand, mais les plantes qui y poussaient lui offraient un air frais et parfumé, et l'on avait l'impression d'être en dehors du monde quand on se tenait à l'intérieur.

Schreck s'assit à grand-peine sur un banc.

« Heureusement, il est toujours disposé à ce qu'on l'admire et l'observe... Et à ce qu'on le mesure... ajouta-t-il en levant les yeux.

– De qui parlez-vous ?

– Du ciel ! » répondit l'Allemand.

Mais face à tout ce rouge, il fut soudain saisi d'un accès de mélancolie.

Conclusion

Johann Schreck, dit Terrentius, mourut à Pékin le 13 mai 1630, après avoir absorbé une plante qu'il croyait à tort curative. La chronique de sa disparition apparaît dans les pages que Daniello Bartoli consacra à la Chine, dans *L'Historia della Compagnia di Gesu*, en 1663 :

« ... le père Giovanni Terenzio... que tua le remède qu'on lui avait donné pour guérir : il l'altéra violemment et lui provoqua une sueur si continue et si abondante qu'il le pressa et évacua tout le bon suc, les esprits, les forces et l'âme, à la cinquante-cinquième année de sa vie, vingt et unième de la Compagnie et neuvième depuis qu'il était entré en Chine. » Sa mort suscita un grand deuil pour tous car : « ... il était révéré jusqu'aux idolâtres, qui pleurèrent sa perte et voulurent participer par leurs aumônes spontanées à l'honneur de ses funérailles, lesquelles furent les premières funérailles solennelles qu'on célébrât à cette cour, après l'exil. » Schreck fut enterré dans le cimetière de Shala, à Pékin, où se trouvait aussi la tombe de Matteo Ricci.

Adam Schall von Bell lui succéda dans l'entreprise qui consistait à corriger le calendrier. Avec la collaboration de Giacomo Rho, de Paolo Xu Guangqi, de Leone Li Zhizao et d'autres convertis chinois, il présenta au trône, entre 1631 et 1635, l'encyclopédie scientifique intitulée *Chong Zhen Li Shu*, en cent trente-sept chapitres, qui comprenait deux atlas célestes, et des instruments astronomiques, dont la lunette. Le *Chong Zhen Li Shu* fut republié sous divers titres en 1645, 1669, 1674 et au cours du XVIIIe siècle.

Avec l'avènement de la nouvelle dynastie Qing, fondée par les Mandchous, en 1644, Schall von Bell fut nommé directeur de l'Observatoire astronomique impérial, charge qu'il détint jusqu'en 1664, année où il tomba en disgrâce, fut emprisonné et condamné à mort. Réhabilité peu après, il fut libéré. Il mourut en 1666 et fut enterré, lui aussi, avec tous les honneurs, à Shala. Après Schall von Bell, dix autres missionnaires jésuites se succédèrent à la direction de l'Observatoire astronomique impérial, jusqu'en 1779.

En 1900, au cours de la révolte des Boxers, le cimetière fut violé, et les restes des missionnaires se perdirent. Aujourd'hui, une école du Parti communiste chinois se dresse sur son emplacement, et l'on peut voir dans une cour, plongée dans la verdure, les stèles en pierre qui marquaient les tombes des Européens.

Schall von Bell parle abondamment de Johann Schreck dans l'*Historica Relatio* qu'il écrivit pour rappeler l'histoire de la mission. Il manifeste à son égard une estime scientifique et humaine. En revanche, il n'y a plus de traces de ce nom dans les ouvrages et documents officiels des Jésuites des XVIIe et XVIIIe siècles. À croire qu'un missionnaire scientifique dénommé Terrentius, ami de Galileo Galilei, et membre – comme le savant pisan – de l'académie des Lincei, n'avait jamais existé.

***

La seconde édition du *Ben Cao Gang Mu* fut publiée à Hangzhou en 1640 avec de nouvelles illustrations, plus réussies sur le plan stylistique que les premières. Dans l'état actuel de mes recherches, l'intervention de Schreck pour refondre l'iconographie du *Traité de thérapie végétale* demeure au stade d'hypothèse.

***

Le *Plinius Indicus* dont Schreck parle dans sa correspondance n'a pas encore été retrouvé. Ses dernières traces remontent à 1748 et à 1751, dans deux lettres que le missionnaire jésuite et naturaliste Pierre Noël Le Chéron d'Incarville écrivit à son maître, Bernard de Jussieu. Dans la première de ces missives, on lit : « ... Je viens d'apprendre que le père allemand qui a composé le livre des plantes... est le père Jean Térence de Constance, qui a fait le *Plinius Indicus*. » Dans la seconde : « J'ai fait tirer une copie de l'herbier chinois du P. Térence... J'ai une double copie des peintures, ou dessins des plantes enluminées avec leurs couleurs naturelles. » Comme on le sait, le neveu de Bernard, Antoine-Laurent de Jussieu, fut le principal organisateur du Muséum d'histoire naturelle de Paris, et c'est justement dans la bibliothèque de ce musée, ainsi que dans celle de la Société asiatique, que sont conservées deux copies manuscrites d'un herbier fort semblable à la seconde édition du *Ben Cao Gang Mu*, avec de splendides illustrations en couleur. Y a-t-il un lien entre ces deux manuscrits et le *Plinius Indicus* ?

Isaia IANNACCONE

Nemo propheta in patria [1]

NOTE DE L'AUTEUR

En 1995, j'obtins une bourse d'études du ministère de l'Éducation de la république de Chine (Taiwan) qui me permit de consulter, pendant plusieurs mois, des documents anciens dans les bibliothèques de cette belle île tropicale. Je travaillais alors sur l'épopée des Jésuites en Chine entre la fin du XVIe et le XVIIIe siècle, et en particulier sur les écrits scientifiques que des missionnaires-savants – Johann Schreck, dit Terrentius, en tête – avaient publiés en chinois en collaboration avec de grands intellectuels de ce pays. Le travail conjoint de ces éminents personnages avait donné lieu à l'un des rendez-vous les plus intéressants et les plus significatifs de l'Histoire : la rencontre consciente, non violente, de la science européenne et de celle de l'empire du Milieu.

Hébergé à la *Guest House* de l'Académie de sinologie taiwanaise, je fis alors la connaissance d'un autre chercheur européen. Il s'agissait du physicien français Georges Waysand, écrivain et professeur à l'université de Paris-VII. Nous passâmes ensemble de nombreuses soirées à discuter de nos projets. Je lui révélai notamment que j'avais tenté, par le passé, de romancer la vie

1. Nul n'est prophète en son pays.

de mon héros, Johann Schreck. Nos conversations me permirent de mettre au point certaines idées et d'en élaborer de nouvelles, toutefois, j'en restai là.

Quelques années plus tard, je revis Georges à Paris, ville où je me rendais souvent, en particulier parce que j'avais entamé une collaboration avec le CNRS et avec l'Observatoire astronomique en qualité de sinologue. Georges, qui n'avait pas oublié mon idée de roman, me présenta alors une de ses amies, qui travaillait dans l'édition.

C'est ainsi que Françoise Roth, éditrice et spécialiste de romans historiques, fit irruption dans mon existence. Au cours des trois (ou quatre ?) rendez-vous qui nous réunirent à l'impérissable Deux Magots entre 1999 et 2000, elle se passionna pour mon sujet et m'enseigna quelques « ficelles du métier ». Puis elle m'invita à rédiger un chapitre en français en partant de zéro.

L'entreprise n'était pas aisée. J'utilisais le français pour des raisons professionnelles, mais ce n'est pas ma langue maternelle. Je me tournai alors vers Wu Pi-Chung, Taiwanaise transplantée en Europe, musicienne, metteur en scène d'opéra et de théâtre, qui a – entre autres – le mérite de bien connaître de nombreuses langues. Elle m'aida à concevoir l'organisation d'ensemble du roman, me suggérant de l'élaborer comme une partition musicale ou comme une mise en scène. Elle m'incita à rédiger un synopsis, un schéma général où introduire et calibrer les « andante », les « vite », les *adagio ma non troppo*, les fugues, etc., et à assembler le tout de manière équilibrée, à l'instar d'un compositeur ou d'un metteur en scène.

À la fin du printemps 2000, stimulé par Pi-Chung, qui affrontait une grossesse difficile, j'écrivis en italien un chapitre du roman, qu'elle traduisit ensuite en français, tout comme le synopsis. Nous demandâmes à Michel-Pierre Lerner, directeur de recherche à l'Observatoire astronomique et historien confirmé de la science, grand connaisseur de la tradition linguistique italienne, de l'examiner. Il se prêta volontiers au jeu. Puis je soumis ce travail à Françoise Roth, qui, enthousiasmée, m'encouragea à poursuivre dans cette voie.

Mais je dus m'installer à Bruxelles et il me fallut attendre septembre 2004 pour me remettre à l'ouvrage. Je rédigeai ce roman en italien puis, en mars 2005, l'envoyai à un agent littéraire et à deux éditeurs de mon pays, ainsi qu'à Françoise, pour la remercier des conseils qu'elle m'avait donnés quelques années plus tôt.

Je ne reçus des réponses (négatives) d'Italie qu'au bout de plusieurs mois. En revanche, Françoise m'appela trois jours après la réception du manuscrit.

***

C'est ainsi qu'est né *L'Ami de Galilée*. Il s'agit – il faut le rappeler – d'un roman historique. Comme le veut ce genre littéraire, des individus ayant réellement existé y côtoient des personnages imaginaires (Gerardo, Teresina, Giulio Tolentino, Petit Zhang, Petit Chrysanthème, le juge Zhao Cao, Donato, l'*ayi*, les collégiens chinois, etc.), de même que des événements historiques se mêlent à des situations inventées (telles que la présence inquiétante de l'Inquisition dans la vie de Schreck). Cette association d'éléments m'a permis de mener à bien mon récit tout en déroulant, comme avec une peinture chinoise, des pages de l'Histoire que la plupart des historiens occidentaux ont noyées dans l'oubli, alors que les Chinois les ont englobées dans les fondements de leur tradition culturelle.

Les personnes que j'ai citées ont joué un rôle indispensable pour la réalisation de ce roman. Sans elles, je n'aurais pas pu l'achever. Je les remercie de tout cœur. Je remercie également l'écrivain Simonetta Greggio qui examina le texte en détail, Nathalie Bauer pour son excellente traduction, Maurizio Recano de ses éclaircissements en matière d'architecture lusitanienne, Jean-Claude Dortu et Robert Vonesch de leurs encouragements et Jocelyne et Jacques Paderi de leur soutien fraternel.

Enfin, qu'un merci tout particulier aille au petit Francesco Iannaccone, qui m'a souvent tenu compagnie lorsque je corrigeais ces pages dans la journée.

Du même auteur :

L'AMI DE GALILÉE, roman, Stock, 2006.

LE RIDEAU DE JADE, roman, Stock, 2008.

Composition réalisée par NORD COMPO

Achevé d'imprimer en mars 2008 en France par
MAURY Imprimeur
45330 Malesherbes
Dépôt légal 1re publication : avril 2008
Librairie Générale Française – 31, rue de Fleurus – 75278 Paris Cedex 06

31/2011/0